魅麗文化

可爱不可及

CUTE
GIRL

2

西风灼灼/著

百花洲文艺出版社
BAIHUAZHOU LITERATURE AND ART PUBLISHING HOUSE

图书在版编目（CIP）数据

可爱不可及 . 2 / 西风灼灼著 . — 南昌 ：百花洲文
艺出版社 , 2020. 9
ISBN 978-7-5500-3778-6

Ⅰ . ①可… Ⅱ . ①西… Ⅲ . ①长篇小说－中国－当代
Ⅳ . ① I247.5

中国版本图书馆 CIP 数据核字（2020）第 131599 号

可爱不可及 . 2
Ke'ai Bu Keji.2
西风灼灼 著

责任编辑	蔡央扬
特约编辑	喻 戎 吴 龄
装帧设计	BookDesign Studio 阿鬼设计 QQ:476454071
内页设计	刘 阳
出版发行	百花洲文艺出版社
社　　址	南昌市红谷滩新区世贸路 898 号博能中心 A 座 20 楼
邮　　编	330038
经　　销	全国新华书店
印　　刷	湖南凌宇纸品有限公司
开　　本	880mm×1230mm　　1/32
印　　张	10
版　　次	2021 年 3 月第 1 版第 1 次印刷
字　　数	291 千字
书　　号	ISBN 978-7-5500-3778-6
定　　价	42.80 元

赣版权登字　05-2020-104

网址 http：//www.bhzwy.com
图书若有印装错误，影响阅读，可向承印厂联系调换。

目录
CONTENTS ·　·　·　·

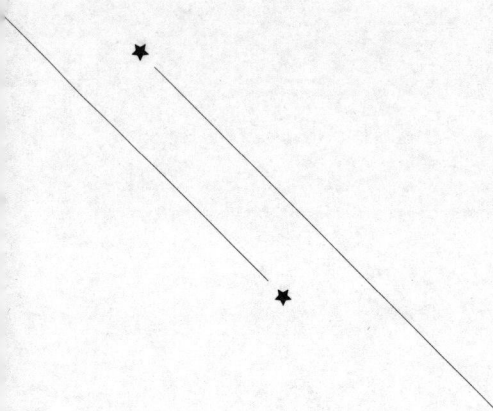

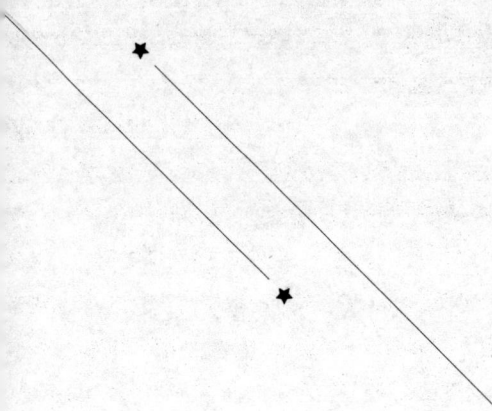

她以前姓程，单名一个"偌"。

她过去二十几年的人生，既谈不上顺遂，又不足以用坎坷形容，只是充满了种种极富戏剧性的遗憾。

自几岁起她便知道，自己非父母亲生，生母是养母的亲姐，生父不详。但那时一家三口其乐融融，共享天伦，是否父母亲生，于她而言只是称谓上的差别，并无实质意义。

此后几年间，家里添了弟弟，得遇天时地利人和，父亲做生意发了点小财，比上不足，比下有余，四口之家富足和谐。

然而欲望根植于人心深处，如同赌徒从不会感到知足。

变故出现在她上中学时。父亲冒险拿出全部身家投入事业，结果落得血本无归的下场，甚至让整个家庭负债累累。那笔钱在当时的她看来，是能让人搭上整个人生的天文数字。

在她感到自己的未来也随之黯淡的时候，几乎忘在脑后的生父母替她送来一线希望。

不过这时的生父母，已死于非命。

生父母死于深山车祸，生母在死前才道出她的存在。她素未谋面的亲爷爷在私底下做过 DNA 鉴定之后，带着巨额身家以及丰厚的条件出现在她面前。

她第一次见到江启应，是在自家单元楼下。满脸沟壑、鬓发斑白的老人站在一辆她还说不出名字的轿车旁，正抬首往上张望。她沉默地看了眼，径直要走进单元楼。

江启应叫住她："程偌？"

她诧异且警惕地看着这位衣着不俗、气质不凡的老人，问："你认识我？"

江启应朝她露出个自认为和蔼的笑容，说："我是你爷爷。"

她当时不知是被这句话吓到还是被他的笑容吓到，一溜烟跑上楼，掏钥匙开门，宛如身后有狼追。

回想当时，她如此害怕，是已经猜到接下来会发生什么。

江启应当着她养父母的面拿出 DNA 鉴定书，替她养父母清空了债务。

从此以后，她姓江，叫江偌。

——这就是条件。

回到江家后，江偌用了很长时间适应与原生家庭相差数个阶级的生活，也仍然感到与之格格不入。在这个世界里，她沉默自卑。

但她喜欢上了陆淮深。

可陆淮深不仅是陆淮深，她听大伯父说，他是她的堂姐将来的结婚对象。

那时候江偌就知道，他是天上月，可爱而不可及。

只是那时的她尚且懵懂，并不了解联姻的内里乾坤，以为两个人要结婚必定是因为爱情。一想到陆淮深与堂姐，再联想到"爱情"二字，江偌便心痛遗憾。

可是后来她才明白，利益与爱情能否在以利益开始的婚姻里兼得，是联姻人士逃不开的永恒命题。这是她与陆淮深结婚后，无论是感情相当稳定，早晚安都会法式热吻的时候，还是矛盾重重毅然想要离婚的时候，都会思考的问题。

尤其是，她与陆淮深的婚姻，一开始并不是两厢情愿。

陆家与江家联姻，是强强联合的双赢，但是江家的联姻对象，从江偌的堂姐江舟蔓变成江偌。

这实属无奈。江舟蔓的父亲是江启应的养子，先蓄意谋杀江偌生父母，又欲通过联姻借陆家这座靠山，独吞江氏。江启应发现后，暗中想要撮合陆淮深与江偌。被陆淮深拒绝后，江启应棋先一招，寻到陆淮深把柄，以此威胁。陆淮深妥协，江偌却根本没有选择权。

与陆淮深结婚，江偌只有遗憾和愧疚。遗憾在于陆淮深十分抗拒另一半是她，哪怕这只是金钱至上的联姻；愧疚是因为，还是强求了他，哪怕她只是被迫选择，也逃不掉同谋的身份。

　　只是江偌低估了陆淮深对她和江启应的痛恨，他痛恨到不惜帮助江舟蔓的父亲占据江氏。

　　江偌即便被他逼到走投无路，与他针锋相对，也不算是因爱生恨，她只是很遗憾与他走到今天这地步而已。

　　陆淮深想跟她试着开始正常相处的婚姻时，她早已结束了对他的仰慕期盼。经过太多次的立场冲突，他们之间的隔阂早已无法填补，她早已失去跟他好好开始的自信和勇气。

　　只是陆淮深专注于她时的眼神，仍会使她内心悸动难自控。午夜梦回睁开眼看见他的侧脸，她也无法抑制对他的贪恋。

　　总之总之，内心的渴望再难填满，却又害怕结局会令人难堪。

　　很久之后江偌回想起来，当初让她坚定内心的转机，应该是从那一晚，陆淮深问出"试一试？"而她回答"试试就试试"开始的。

　　同时她也会想到，她本来叫程偌。

　　她和陆淮深本该是一生都会毫无交集的两个人。

陆淮深问："试一试？"

她说："试试就试试。"

江偌独自一人回到宴会厅的时候，脑子里不断回旋着这两句话。竟就这么决定了与他试着携手走接下来的路，她的精神还处于极度亢奋的状态，心里却又十分平静，这样的落差让她迟迟没有踏实感。

江偌找到一处人少的地方，拿起香槟灌了两口。喝下去的瞬间是冷静的，但是入腹不久，一股热流涌动。她咂巴了下嘴，看了眼杯子里淡金色的液体，也就剩一小口了。她将最后一口喝掉，将杯子放在一边。

周致雅过来找她："Gisele（吉赛尔）都回来好久了，你怎么才回来？"

江偌总觉得她无时无刻不在盯着自己似的，时时都能准确地找到自己的位置。

想起跟陆淮深溜出去那么久，她心虚道："我上洗手间了，酒喝太多。"

周致雅挥挥手，不在意地打断她："行了，有个人需要你接待一下。"

"谁？"

"还记得 DS 前段时间挑选出来的亚洲推广大使名单吗？还是你经手的。"

江偌点头。面向亚洲的话，就得选国内知名艺人，符合亚洲和国人的审美标准，名单里有顶流明星，也有形象符合公司要求但是欠缺了点儿名气的。

周致雅说："那位叫杜盛仪的来了，Gisele 忙不过来，你跟我一起去，先把她稳住。"

杜盛仪就是那位形象符合要求，但是名气还差点儿火候的。

杜盛仪以模特身份出道，走过几场国际大秀，后来转行做了演员。她曾在一篇采访中直言，转行是因为做模特不够赚钱。可惜的是，她做了演员却没有观众缘，电影、电视剧拍了不少，却屡次因为一些没有证据的绯闻被合作男艺人的粉丝攻击抹黑。而她本人态度高冷，不屑回应，反倒因应得宜，被人称为娱乐圈淡泊名利的清流，靠此赢得了一批粉丝。可她出道比较晚，年龄也不小了，发展时间不长、空间不够大，名气还是比不上当今长霸微博热搜榜的流量女星。

周致雅带着江偌直奔某个方向。

杜盛仪独自一人找了个偏僻的酒台，半倚着身子，也不主动跟人社交，正低着头看放在面前的手机。

她一身黑红拼接的抹胸长裙，身材高挑，长发半绾，露出线条完美的肩颈，气质相当引人注目。她五官很立体，不过并不似欧美人高鼻深目的立体，而是符合国人审美、有棱有角中带着东方韵味的立体，乍一看十分美艳大气。

周致雅上前招呼道："杜小姐，我是 DS 集团总经理的秘书周致雅，这位是助理江偌。"

杜盛仪闻声抬起头来，看向的却是江偌。

江偌与她握手："你好杜小姐。"

杜盛仪握住她的手，目光好奇，问："你叫江偌？"

江偌说："是的。"

杜盛仪意味深长地停顿了两秒，才又露出个淡淡的笑容："幸会。"

周致雅露出笑容，展开话题："DS 酒店亚洲推广大使的选拔案子，我和江助理都有参与，不知道杜小姐有没有入住过 DS 旗下酒店呢？"

杜盛仪颔首说："住过。"

言简意赅，不是特别健谈；待人礼貌，但始终不算热络；眼神清冷，乍看显得孤傲。

这也不难理解，网上为什么有那么多关于杜盛仪的恶评。

因不了解，江偌无法对杜盛仪的为人做出评价，也不会因网上的一些负面评论对杜盛仪有偏见。她深知，网络评论里，或多或少都掺杂了故意为之的恶意。

江偌依稀记得，网友评价杜盛仪这样的人不适合混迹娱乐圈，又就杜盛仪的性格探讨，是什么环境和经历造就了现在的她。

有人说她是童年不幸，导致性格不健全；有人自称知情者，说她是落魄的富二代，那种傲气是骨子里的，后来她因感情失败得了抑郁症，此后才什么都不大放在眼里了。

众说纷纭，还都有鼻子有眼的，抛出几张所谓的圈内人的爆料截图，就将一个人的过往盖章。自此以后，围绕她生世、性格、经历的言论层出不穷，自然也不会有人去求证真假。

DS 酒店的几个推广大使候选人，只要没有日程冲突的，都到场了。她们个个都是交际好手，身着华裳，身边从不缺聊上几句的人。

反观杜盛仪，一个人孤零零的。但江偌觉得，杜盛仪本身看起来也是不在乎的，她甚至都不怎么看重 DS 推广大使的代言机会。

但杜盛仪始终是候选人之一，DS 作为主办方，不能因为她名气不如别家，就故意怠慢。

周致雅跟她聊起来，问她在 DS 酒店住过之后有什么感受，偏好哪种类型的酒店，接着又跟人全方位介绍 DS 酒店。杜盛仪有问必答，大多时候只是保持着安静倾听的姿势，时不时会点下头，表示自己在听。

杜盛仪的经纪人观望这边，发了条苦口婆心的微信消息给她："姑奶奶热情点行不行，端着干什么呢？跟人拉拉关系，就算拿不下这代言，也给人留个好印象。"

杜盛仪草草看了眼，锁了屏，没理。

经纪人恨铁不成钢："DS 向来出手大方，代言费可不少，拿到手对你的发展有利无害，拿不下来少不了被人冷嘲热讽，自己看着办！"

杜盛仪仍是那副不冷不热的态度，看过就锁屏。

周致雅渐渐无话可说。跟这杜盛仪交流真的累，她架子端得实在高，但又不会给你目中无人的感觉，让人气不起来，却又憋闷得慌。

杜盛仪这时十分自如地拿起自己的手包，说："我去抽支烟。"

她展唇淡淡地笑，将装了烟的手包朝江偌抬了抬，做出邀请："江小姐抽烟吗？"

江偌："我不抽，谢谢。"

杜盛仪望向江偌，见她抿着唇轻轻地笑着，应该是酒喝多了的缘故，脸颊粉红，眼睛里水光盈盈。

杜盛仪捏着包，背脊挺直地缓步绕过人群，走向吸烟区。

她走后，周致雅难得夸一个人，夸杜盛仪美，随后又贬了一句："这性格说好听是淡泊，说难听叫孤僻，跟她相处真是累。"

江偌没接话。

周致雅一副精气耗尽的模样，说："我先走一步，待会儿她要是再回来，你顶一下。"

江偌来不及回答，周致雅已经撤得没影儿了。

江偌一个人等了会儿，贺宗鸣闲得无事过来跟她搭了几句话。

江偌不冷不热，不爱搭理他。视线在人群里游移搜寻，她一眼就准确给陆淮深定了位，后来又她堪堪收回目光。他在跟人应酬，而她的思绪却总被他占据。

可江偌发现，有些事迈出了那一步，似乎一切都有了变化。变得踏实，变得跃跃欲试，看见他，她就不由得对今后充满希冀，那是她期待已久又不敢轻易开始的尝试。

不过她想，陆淮深应该是不能了解这些感受的。

江偌匆促看了一眼后就低下头，不再去看他，怕被他发现，也怕招人笑话。回过神，她听见贺宗鸣突然问她："刚才跟你聊天的那个女明星，你们认识？"

江偌抿了下唇间残留的香槟，说："不认识，这是第一次见，她是我们公司推广大使的候选人。"

贺宗鸣又问："你们打算找她？"

"我觉得她气质挺不错的，公司也看好她，但是结果还待定。"江偌看了他一眼，觉得他突然提起杜盛仪有些奇怪，"怎么，你对人家有意思？"

贺宗鸣飞快撇清关系："欸，话不能乱说。"

这严肃过头的样子更让江偌觉得有蹊跷，她问："你反驳得这么快，难道是做贼心虚？"

贺宗鸣不屑地"嗬"了一声，道："你说谁心虚呢？我要对她有什么乱七八糟的心思我遭雷劈。"

"至于吗？人家那么漂亮，招人喜欢也实属正常。"

在她说起"人家那么漂亮"时，贺宗鸣眼里透着由衷的欣赏，他愣了一下，欲言又止了一阵，最后大手一挥，说："算了。"

两人正聊着闲话，江偌的目光忽地定格在不远处，那儿有两批人交汇，互相握手，爽朗寒暄。

左边的几人，是江渭铭一家三口。江偌之前就与江家那几人打了照面，互相都没为难，各自装作不认识。

江觐向人介绍身旁的女人："乔叔叔，这是我的未婚妻，许斯茌。"

相隔不远，江偌将这话听得清清楚楚，眼神顿时一沉，心中百味杂陈。

江觐什么时候有的未婚妻？明钰知道吗？他是否已经跟明钰了断？

江偌紧盯着江觐，也许是目光太过灼热，江舟蔓察觉后朝她看了一眼。冷冷淡淡的一眼，带着无声的讥诮。

贺宗鸣也跟着观望了一会儿，见江舟蔓狠狠瞪了眼江偌，不免想远了。当初陆淮深帮助江渭铭一家对付江启应，这事在他和江偌之间可能始终会是个结。

见江偌走神，贺宗鸣低声说："许家在首都根深蒂固，江觐显然是因为他妹跟陆淮深吹了，所以只好牺牲自己，替江家另找了棵好乘凉的大树。"

江偌看着贺宗鸣："吹了？"

贺宗鸣也看着她："对啊，吹了。"

所以陆淮深那晚所说，江舟蔓是前女友，并非说假？

她想起那晚互不相让的争吵，整个过程是越吵越烈，什么话狠就朝对方扔，完全不顾后果。

她不确定地问："什么时候吹的？"

贺宗鸣毫不犹豫地说："跟你结婚前吹的。"

江偌眉头一拧，道："你当我傻子呢？"

贺宗鸣尴尬地笑了两声："我也没撒谎啊，他们正式分手不就是跟你结婚前吗？只是后来你们俩一年到头都见不上一面，夫妻不像夫妻，江舟蔓又时常找他。不过那时候嘛，他们见面也不算是那种男女关系了……"他说看看了眼江偌的脸色，心里琢磨着这些话也不该由他这个外人来说，"他们其实也好长时间没联系了，既然到了该了结的时候，有些事情也是心照不宣。就是江舟蔓不愿放弃陆家这粗壮大腿。前些日子将话都说开了，老陆没告诉你？"

江偌敛着眸，没说话。

手机在包里振动，江偌看了眼来电显示，是陆淮深。她抬头向陆淮深之前所在的位置看去，没看见人，搜寻一圈，看见他站在人少的角落，朝她使了个眼色。

江偌接了电话："干吗？"

"待会儿跟我一起走。"江偌远远看着他嘴唇翕动，声音却在自己耳畔响起。

她低声说："不行，别人会看见。"

"看见怎么了？"陆淮深不悦皱眉。

"总之现在不行。"

陆淮深觉得，真是"天道好轮回，苍天饶过谁"啊。当初是她想曝光两人关系，他偏压着她，现在全反着来了，那感觉还真有够憋屈。

其实现在回头想想，江偌当初也并非心甘情愿。

她知道和他关系曝光之后势必要面对一些难听的言论，可迫在眉睫的时候，她没有其他选择，只能孤注一掷。

陆淮深眼睛一眨不眨地看着她，目光里先前的不快，在短暂的沉默中缓和下来。

江偌对着他做口型，低软声音从手机听筒进入他耳里："挂了？"

"去地下停车场。"陆淮深的语气不容拒绝。

江偌拗不过他，拖延道："待会儿再说。"

这个"待会儿"，已经是两小时以后。

陆淮深离开得早，到了停车场就给江偌报了自己的位置，让她结束后下去。

江偌跟 Gisele 一起待到宾客几乎都离场。离开时 Gisele 的车等在酒店门口，江偌找理由多留了几分钟，等人走了，自己才乘电梯下了地下停车场。

划给贵宾的 VIP 停车区只剩一辆黑色轿车停在那里，江偌拉开后座车门，先矮身探头朝里张望了一眼。

陆淮深一双深眸对上她的眼，似笑非笑地说："你做贼呢？"

江偌垂眸没看他，按着裙摆躬身坐进去。

上车之后，两人没什么机会说话。陆淮深接了个工作电话，看着平板电脑里对方发来的资料，跟人开了个电话会议。江偌看着窗外，身体有些疲倦，心里却躁动不安。

陆淮深挂掉电话时，车子已到家门口。

院子里亮着灯，陆淮深走在前面，江偌落后了半步的距离，他的身影斜斜地半罩在她身上。夜色和灯光给气氛增添了几分旖旎，走动间，江偌的手不经意擦过他的尾指，她赶紧往后收。

陆淮深察觉她的动作，侧过脸看她一眼。夜色下，他的眼一如既往地深邃，藏着她看不明白的种种。他挑了下眉，要笑不笑的，那样子能让人一眼看出是打着坏心思的，痞气、性感与沉着兼存。

江偌一步步跟在后头，陆淮深输密码开门进去，她刚抬脚，前面的人忽然一个转身，只手拦腰将她拎进去。

江偌脚刚沾地，已经被人按在了玄关一侧的墙上，陆淮深抬腿将门踢回去。

他低头的时候，江偌都已经准备好迎接接下来的事了，结果他突然停下。

室内没有开灯，外面的灯光和月光将客厅照得一半微亮一半漆黑。

他就那样和她隔着半掌的距离，适应过黑暗后，借着模糊的光打量她。

江偌呼吸不紊，抬头看着他，眼底透着茫然和疑惑。她被他看得心神晃荡，咬着唇眨了下眼睛。

"怎么……"她刚开口，胸前便覆上温热的躯体，鼻息间能感受到他粗沉的呼吸，他稍稍稍头，含住她的唇。

江偌听见自己如播鼓的心跳声，几乎是在他贴上来的同时，她就主动张开了唇准备好接纳他。

陆淮深眼底深藏笑意与情欲，他松开她稍许，又若即若离地亲上一下，接着便见她急不可耐地追上来缠住他的脖子，化被动为主动。

江偌此刻无暇感受夏夜的宁静，她只觉得心里有把火在烧，烧燎她的身体，霸占她的感官，在她的脑中噼里啪啦爆着火花，让她片刻不得安宁。陆淮深却变得不徐不疾。这是前所未有的。

他亲吻时极尽撩拨，耐心地同她玩着你来我往的把戏，直至江偌无力招架，喘着气哼哼唧唧。他饶有兴味地审视着江偌，看得喉头发紧，却更想多看看江偌沉迷不能自己的模样。他噙着笑凝视她迷离的双眼，胸腔微微震动。

江偌倏地睁开眼，看着陆淮深那双漆黑的带着笑意的眸，她终于发觉他是故意的。

江偌喘着气瞪着他，看他除了衣襟被自己捏出褶皱，还是那副衣冠楚楚的模样，她顿时抿着唇负气道："不来了。"

陆淮深哑声道："不行。"

他攥住她一只手腕，紧紧搂住她。

江偌挣扎了两下，将脸别向一边，哼唧一声说："回房间去。"

……………

　　从来没有哪一次像这次一样，抛去所有心理障碍，全身心接受对方，江偌又累又困不想动弹。陆淮深抱她去冲洗了一番。

　　重新躺到床上，陆淮深从后面贴上来，手臂搁在她腰上，将她锁在怀中。

　　江偌没由来地愣了一下，缩了缩肩膀，然后若无其事地搭上他的手，指尖顺着他手臂上的一根青筋来来回回摸来摸去。接着她睡意越来越浓，手上的动作也停下，手指软软地搭在他小臂上，呼吸平和均匀。

　　她睡得朦朦胧胧的时候，陆淮深的声音将她吵醒："以后都住这儿如何？"

　　江偌迷蒙睁开眼，已经陷入睡眠状态的大脑反应慢了半拍，花了几秒才清醒过来，她说："程啸要上学，我妈不能没人照顾。"

　　"你不可能跟他们住一辈子，找个放心的家政过去。"

　　"我妈不喜欢家里有陌生人，我请的那个阿姨，都是做完饭打扫完就离开的。"江偌说话都带着鼻音。

　　要她一下子改变之前的状态，她其实有点别扭，进展太快，有些不真实，她一时难适应。可既然说要试一试，那也包括试着以夫妻的方式生活。嘴上说着尝试，实际上却连介入他的生活、接受他介入自己生活的准备都没有，那跟以前有什么差别？

　　但是江偌不知道要怎么跟乔惠和程啸说这件事，怕他们不能理解。也怕万一尝试失败，到头来她和陆淮深还是无法善终，到时候又要解释。

　　没有谁在迈出第一步的时候，就能确定结果是否真的圆满。

　　陆淮深没再接话。

　　江偌也明白，两个不同的人在事情的解决方式上，也会有差异，得有人做出妥协。她想了想，说："暂时还是像以前那样，我家里和这边都回。我东西都还在那边家里，一次性搬过来，我妈可能会多想。"

　　陆淮深有些不快地说："一三五你妈那儿，二四六我这儿？你还真是雨露均沾。"

　　他语气并没有嘲讽的意思，江偌转过身去想跟他讲道理，刚转过去，就被他一巴掌蒙住脸。他重新将她扳过身去，说："睡觉。"

　　江偌没再出声，心想，他这是同意了。

过了会儿她又听他说："既然不想一次性搬，那就慢慢搬。"

江偌愣了。

江偌在他这边的东西寥寥，换洗衣物几套，随身小物几样，总让人觉得她随时都会将东西一兜就走人似的。

第二天是周末，两人都睡晚了一点。

江偌被陆淮深的手机振动的声音吵醒，随后身后有窸窣动静，陆淮深松开她接了电话。

裴绍："陆总？"

"嗯，说。"陆淮深闭着眼捏了捏眉心。

江偌在被子里翻了个身，伸了个懒腰。陆淮深看了她一眼，对那边说："等一下。"

然后他起来，套了件睡袍去了书房。

江偌盯着他绕过床尾，走向卧室门口，陆淮深见她睡眼惺忪盯着自己，让她再睡会儿。

江偌昨晚睡得很沉，这会儿醒来就睡不着了，干脆起身去洗漱。

她的日用品和衣物都还在隔壁，她去客房收拾妥当出来，陆淮深盯着神清气爽的她半天，随后说了句："把东西搬到主卧去。"

江偌也没扭捏，她的东西很少，腾出衣帽间一个角落挂衣服，盥洗台也挪出一半给自己，最后一看整个主卧，她的东西的存在感仍然弱得很。

陆淮深有事要出门，顺带捎上江偌，让她回家收拾点行李过来。

到了她家楼下，陆淮深说："多带点东西。"

江偌正烦心万一被家里人看出端倪，到时要怎么说，她欲盖弥彰道："够用的。"

陆淮深哼笑一声："够用？你去我那儿度假的？"

江偌看着他没说话。

陆淮深说："要不我上去打个招呼？"

他作势要开车门，江偌赶紧拉住他："不用了，我走了，你自己路上小心。"

江偌解开安全带就要下车，陆淮深将人扯回来，重重亲了一通才放开。他哑着声问她："晚上我来接你？"

那眼神，暗示意味很明显。江偌发现，陆淮深现在跟她待在一起，随时随地都很不正经。

"你就不能想点正经事？"

陆淮深一副理所当然的表情，说："这怎么不是正经事？"

"这哪里是正经事了？你不正经！"

"就你正经，啊？让我瞧瞧是真正经还是假正经。"陆淮深蓄意使坏，笑得风流又痞气，漫不经心在她身上揉上一把。

江偌面红耳赤地丢开他的手，下了车摔上车门就往楼上走。

进门之前，江偌打开手机的前置摄像头，对着手机抿了几下嘴，确认没异常了才掏钥匙准备开门，结果门从里面被打开了。

程啸那高高瘦瘦的身子往门前一挡，靠在门框上不让她进，摆出兴师问罪的阵势："刚才在外面干吗呢？进门之前你还自拍啊？"

江偌心虚，知道程啸肯定事先通过猫眼看见了她。可她没提前说她这个时候要回来，他怎么就恰好来开门了？

她避而不答，问："你要出门？"

"不出门，就等你呢。"程啸还环着胸堵在门口，眼神往她脸上扫，每个字都透着阴阳怪气。

江偌心里一咯噔，想起家里的小阳台。在那里探头就能看见单元楼前那条通行道，每次陆淮深都是将车停在那里。

她想起在车里跟陆淮深做的一切，被小孩子看到这种卿卿我我的场面，这简直让她头皮发麻，整个人都有种被窥探了隐私的羞耻感。

江偌竭力保持镇定，伸手推开他，故意拉着脸说："你站这儿当门神呢？赶紧让你姐我进去。"

程啸小人得志般怪笑一声："少来。每次都拿家长身份压我，充其量你就比我大六岁而已，陆淮深都比你大不止大六岁，他把你当小孩了吗？"

江偌故作平静："你俩没有同比性，一个是亲人，一个是……"

江偌顿住。

程啸咄咄逼人地追问："一个是什么？"

江偌看向他，缓缓道："丈夫。"

程啸闻言，顿时眉头紧蹙，质问道："你认真的？打算真的和陆淮深在一起？"

江倩将钥匙拍在鞋柜上，盯着墙边一株吊兰，沉默了片刻，点头承认。因为她不知道，否认之后，要怎么跟程啸解释楼下的事。

"只是先试试看能不能改变一下相处方式而已。"江倩低声说着，往里面看了看，没看见乔惠。

"那以前那些事呢？当作没发生？"程啸在一旁气愤得不行，恨不得戳她脑门儿让她清醒点。

"当然不是。但后果已经酿成，我跟他既然重新做了决定，就会解决历史遗留问题。"

程啸严肃道："你这人就是记吃不记打。"

他心里极力反对江倩跟陆淮深谈感情。他看得出江倩喜欢陆淮深，但是他不知道陆淮深对他姐到底有几分真情，几分假意，只怕结果伤人。

江倩看着程啸青涩的面孔，坚定且平静地说："不用担心我。"

此时，乔惠从卧室里出来，问："你们俩站在门口叽叽咕咕说什么呢？"

回家一段时间，乔惠恢复得不错，气色看起来好了许多。

江倩谎称："我问他暑假补课的事。"说完她转身看了眼程啸，示意他不要乱说话。

乔惠不疑有他，也没多问。

临近晚上，江倩拿了个行李箱在收拾东西，乔惠看见了，问她："你收拾东西要去哪里？"

江倩就是故意让她看见的，反正自己最后搬走时也要解释，索性光明正大点。

她说："那边的东西比较少，有时候忙，去那边住的时候，换洗衣服不够。"

乔惠知道"那边"指的是陆淮深家里，也知道江倩不回来的时候大部分时间都是去了陆淮深那里。今天早上在卧室里，乔惠其实听见了些江倩和程啸的对话，只是在装作不知道，不让江倩为难而已。自从上次陆淮深亲自找过她之后，她就打算不再干涉江倩的任何决定。

但不干涉不代表她认为陆淮深是个好女婿人选。因为过去的事情，她对这个人没什么好印象。但"婚姻不是儿戏"的传统思想，又让她打从心底里希望江倩跟陆淮深能解决矛盾好好过。

可她更担心的是江倩会驾驭不了陆淮深，怕江倩吃亏。一个男人外表不凡，年纪轻轻身居高位，他的重心都在事业上，还有没有精力重视一个女人？

万千忧思在心头，乔惠看着她收拾东西，说："你可以多带些东西过去，毕竟你公司离陆淮深那里更近，下班回那儿，能免去好多奔波，还能多些时间休息。我现在身体好得差不多了，又有阿姨每天来做饭、做家务，你没必要再经常往家里跑。"

江偌整理衣服的动作慢下来，一时没说话。

乔惠见她不吭声，大概明白她在想什么，说："你没必要顾虑我，你自己的感情，你自己定夺就可以了。"乔惠迟疑了一下，又问，"只是，你爷爷的事，他现在是什么态度？"

江觐手段极端，会做出什么姑且不知，江偌不想让乔惠忧心，只告诉她马上就能拿回股份，自己会给陆淮深一半，他会帮爷爷的律师收集证据，先挺过下一次庭审。其中关系复杂，陆淮深是调查她生父母车祸真相过程中重要的一环，他人脉广，财力雄厚，怎么说办事也会更顺利。

江偌把当年车祸的事告诉小姨，然后问她："你知道她为什么会去云胄市吗？乔家在那边有没有亲戚之类的？"

携家带口地去那么偏的地方，总要有个理由。

乔惠直到此时才知道，自己姐姐的死竟然有很大可能是一场阴谋。她本以为，这江渭铭为了家产陷害自己养父，已经够忘恩负义，没想到早在之前，就已搭上三条人命。

她诧然之余，回想道："我跟你母亲那十几年根本没怎么联系，乔家也没亲戚在东南省啊。可你爷爷当初说，你妈去世之前才道出你的身世，有没有可能，他们去云胄市跟你有关？"

江偌盘腿坐在地上，说起生母，她并没有什么真情实感，就像从局外人的角度讨论一件充满悬疑的谋杀案："可是我出生后她就把我留在老家，之后肯定也知道你收养了我，没理由再跑去千里之外。"

乔惠也毫无头绪。

现在掌握的信息太少，江偌想，她得找个时间向爷爷了解一下当初车祸前后的事。

乔惠忽然想到什么，问："如果这些事真是江渭铭他们做的，要是他们知道你在调查这些，会不会对你不利呀？"

江偌面不改色地安慰她："不会的，他们不敢这么明目张胆。"

乔惠不敢轻信，道："怎么不会？"她顿时担心得六神无主，回过神来，赶紧催促江偌，"你多收拾点东西去，以后跟陆淮深住一起。在他眼皮子底下，江渭铭他们总不敢轻易乱来吧？"

这是乔惠能想到的最安全的办法。即使听起来，有那么点儿利用陆淮深的意思。

晚饭过后，陆淮深来接了江偌离开。

程啸回了房间，独剩乔惠在客厅。家里一下子安静下来，她盯着电视心里发慌，总担心江偌出什么事。她回到卧室，打开她用了许多年的一个雕花木制收纳盒，从里面拿出一张照片。

经过岁月的洗涤，彩色照片已经有些褪了色。照片上两个模样相仿的女孩，一左一右站在父母身边，一个穿着碎花长裙，笑容甜美，一个穿着衬衫长裤，干练安静的模样。

乔惠用手指抚过姐姐的脸，心想：江偌长得真是像你，多灾多难也像你，可这一切的始作俑者都是你。

乔惠想起隐瞒了江偌的那通电话。就在乔珮出事前两天，两人曾大吵了一通，出事那天，乔珮再给她打电话，她没有接。

随陆淮深回到家里后，江偌一刻不停地将东西整理出来，压缩了原本属于陆淮深的一半空间给自己。

原本男性化的衣帽间，一下子多了不容忽视的女性元素。浴室的盥洗台上多了不少瓶瓶罐罐，衣柜里除了西装衬衫，多了样式繁多的女装和女性配饰。

陆淮深去衣帽间逛了一圈，没什么感受，因为江偌这次搬过来的东西还不算多。

只是浴室里的场面就有点过分了，江偌的东西几乎霸占整个盥洗台，他的剃须刀和须后水被放在了最右边。

这样的改变，是明确直白且肉眼可见的，预示着另一种生活的开始。

江偌收拾了挺久，洗完澡吹干头发出来，看着半靠在床上的陆淮深，她尴尬局促了好半响，就像突然进入陌生领域，有期待却也有陌生。

陆淮深抬眼看向她，怔了一下，目光不着痕迹地在她身上打量了一圈。

她一身香槟色上下分装的丝质睡衣，上面是吊带。

陆淮深眼神一变，江偌就知道他在想什么，她更加窘迫，快速地钻进了被窝里，把被子拉到了下巴处。

"你这是什么意思？"陆淮深看向她，乐了，被气的。

"我有点不习惯。"江偌又将被子往上拉了点，过了会儿，她试探地伸出头，"要不然，我还是先去隔壁睡？"

陆淮深掀起被子就将人往怀里捞。

江偌的手刚抵到他肩膀，就被重重吻住唇瓣，她呼吸一急，也没抗拒，缠了上去。她刚洗过澡，身上一股子沐浴露的清香，他吻上去，那味道又不清晰了，只闻到她自然的体香，很淡很干净，几乎没有什么杂质，不是能具体形容出来的味道。

江偌一到这个时候，就觉得神思都飘飘然，身体轻颤。

然而这时，江偌的手机响了。

她霍然睁开眼，伸手就要去拿手机，陆淮深将她的手臂拽回来，想让她沿着原先的轨迹进行下去。

江偌抽回收手，无比赧然："我接电话。"

陆淮深看着她不说话，那眼神和脸色黑得她都不敢看。

江偌拿起电话，看见"陆嘉乐"三个字，以为她打错了，狐疑着接了："喂？"

陆淮深故意在她身上使坏，凑到她脖颈间又啃又咬，想着待她结束通话，还能继续。

江偌却推开了他，问电话那头："你怎么了？别哭啊，好好跟我说。"

陆淮深撑着双臂在她身上，看着她担忧的表情，她的注意力已然不在他身上。他喉结上下动了动，咬牙翻身躺在床上。

陆嘉乐浑然不知打扰了自己大哥的好事，哭得上气不接下气："我在你家小区外面，保安不……不让我进去。"

江偌一下从床上坐起来，问："你怎么跑我家去了？"

结束通话后，江偌看了眼时间，现在都晚上十一点多了。

她不敢让一个女孩子在外游荡，便给程啸打电话，想让他下楼去接。谁知电话半天无人接，江偌只得狠狠心吵醒应该已入睡的乔惠，让她等下给陆嘉乐开下门。

陆淮深与江偌驱车赶过去的时候，家里除了陆嘉乐，还有一只法国斗牛犬，以及禁足期偷跑出来找程啸的陆缄。

程啸和陆缄本来在附近的网吧组队"开黑"，两人打游戏打得专注，手机又开了静音，就这么错过了江偌的头一通电话。结束一局之后程啸随手捞过手机一看，给他姐拨回去，才知道家里有人来了，还是陆缄他妹，两人才匆匆从网吧赶回来。

两拨人前后脚到家，陆嘉乐正坐在饭厅里吃乔惠给她下的面。

陆缄的护妹之心爆发，着急地问："这么晚了你怎么到这儿来了？你一个人跑出来的？"

陆嘉乐惊诧地看着他，反问："你不是被你爸禁足了吗？又怎么在这儿？"

陆缄凶巴巴地瞪她一眼，说："你管我！大晚上的，你一个女孩子在外面瞎跑什么？离家出走也不知道提前准备好，"说着，他指指她身上的热裤和吊带，"看看你这穿的是什么？要是被坏人盯上了，你哭都没地方哭！"

陆嘉乐心虚又后怕，默默地抱着碗喝面汤。

陆缄见她一声不吭的样，拉开椅子坐在她旁边，戳她手臂："问你话，怎么不回家？"

陆嘉乐生气地放下碗，说："就是不想回！"

"理由呢？"陆缄更生气。

陆嘉乐耷拉着头，哽咽道："我爸在外面有女人了，那个女人怀孕了，还到我家来闹，我妈可能会跟他离婚。"

"就这事？可你离家出走能解决什么问题？"

"当然能。他们要是在乎我，就不会离婚。"

陆缄送她俩字："天真！"

陆嘉乐刚平复下来的心情顿时坠入谷底。

回想父亲的情妇嚣张登门，站在她面前说几个月后就要给她添个弟弟的样子，她仍恶心得想吐。她从没想到敬爱的父亲竟是背叛妈妈、背叛家庭的人渣。可即便如此，她也不希望父母离婚，不希望一家四口被迫一拍两散。

虽然当时的场面很惨烈，但她走的时候可潇洒了，只给她爸撂下一句："你要是让那个女人把孩子生下来，要是你跟我妈离婚，我就永远不回来了。"

然后她狂奔而出，却不知道去哪里。去同学那儿吧，家长有微信群，她妈在里面问一圈就能知道她在哪儿。小姑姑和爷爷那儿更不能去，他们不亲自把她送回家都算好的。

她就是要让家人不知道她的行踪，这样他们才会着急，才会重视她的想法，才不会离婚。

她很难过，又发现今晚还找不到落脚的地方，她还没有带身份证，连酒店都无法单独入住，绝望感层层叠叠地累加。

打车到了学校，漫无目的地在周围逛了许久，挂掉父母的数个电话，她仍然找不到去处，最后才决定去锦上南苑。

她怕江偌拒绝她，也怕江偌通知她的父母，犹豫着在小区外蹲了快一个小时。接着有好几个醉酒的小混混路过时冲她吹口哨，在她周围徘徊着，她吓得不敢动，假装给家长打电话，装作在等父母来接。那些混混听见后，才胡言乱语地走远，她浑身发抖，才终于鼓起勇气给江偌打电话。电话接通的那一刻，她就崩溃了。

这些，她都不敢说。

一直没出声的陆淮深点名当事人："陆嘉乐。"

陆嘉乐偷偷瞄了眼陆淮深，小心翼翼地应了，不自觉端正坐姿。

陆淮深跟陆嘉乐年龄差距太大，两家关系也算不上好，所以二人根本没有所谓的兄妹情，陆嘉乐对他是又敬又畏。

陆淮深说："我送你回去。"

陆淮深往那儿一站，就有一股充满压迫性的震慑力，加上陆嘉乐向来怕他，他一发话，就有种让她不敢拒绝的分量。但她还是冒着胆子拒绝了："我不回去。"

"这儿没地方给你睡了。"

陆嘉乐垂着头闷声说："我可以睡沙发，或者让我哥睡沙发。"

陆淮深不客气地说："你还挺理所应当的，懂不懂先来后到？"

一时间大家都僵在那里。

陆嘉乐忽地哭出声，倔强地看着陆淮深，说："我走，我走还不行吗？"

这件事上，陆缄本来是站陆淮深的，他自知陆嘉乐的情况跟自己不一样，这个时候最好还是回家去。但这时候见她哭得鼻涕眼泪一把抓，他瞬间心软顺着她："行行行，我睡沙发。"

程啸跟江偌商量："你们家那么大，要不让她去你们那儿呗。她要是留下来，妈还是病人呢，哪来精力照顾她啊？不然你也得留下来，那样更没法住，干脆你们将她领走得了。"

陆嘉乐听他的口气，感觉自己就是个麻烦，泪水更加汹涌了，二话不说，抱着她的狗就要走，说："我不用你们管了。"

江偌连忙拉住陆嘉乐："你别冲动，这么晚你难不成真去快餐店待着？那明天呢？"

江偌征求她的意见，问她愿不愿意去陆淮深家里。陆嘉乐僵站着许久，想到在街边的经历，着实怕了，偷偷打量了一眼陆淮深的表情后，快速点了下头。

解决方案就这么拍板定下，陆嘉乐带着狗，跟陆淮深和江偌去了他们家。

但陆淮深始终是不大乐意给陆清时的孩子当保姆。车上，陆嘉乐给怀中的狗顺着毛，看向反光镜里，发觉她大哥扫了她一眼，那眼神，甚是不欢迎。陆嘉乐心虚地低下头。

江偌说："到了之后，还是给你妈妈打个电话报平安。"

陆嘉乐不安地摩挲着手机，嘴上小声地抗拒着："不想打……"

江偌柔声劝慰："你就这样离开，知不知道他们会担心？可能你们家正因为你的出走乱成一团，家人因为你一个人提心吊胆。"

陆嘉乐闷闷的，但是回答得很用力："我就是要他们担心，反正他们也不嫌乱。"说完她缩在一旁，摆出拒绝沟通的姿态。

江偌看向陆淮深，他始终没说话，也不知是不想插手陆清时的家务事，还是单纯懒得说话。

前方夜色深浓，陆淮深面无表情地开着车，薄唇紧抿，侧脸线条因沉默而显得凌厉。

一路畅通无阻，来回两小时，到家已经快凌晨两点。

江偌把自己原来住的客房给陆嘉乐住，陆嘉乐出门时什么也没带，就拿了个手机，江偌拿了件自己的 T 恤睡裙给她，还告诉她新的洗漱用品在哪里，陆嘉乐红着脸道谢，又小声补充："太麻烦你了。"

江偌笑着说："你跟你大哥怎么说也是一家人，住自己家不用这么客气。"

在陆嘉乐眼里，陆淮深不像哥哥，更像是一个严厉难相处的长辈，两人本身接触得就少，她也从来没在他家里住过，初来乍到，放不开很正常。反倒是江偌，让她觉得像姐姐，易亲近。

陆嘉乐两眼都是红血丝，眼周红肿，像两颗核桃，她悄悄跟江偌吐槽："大哥这么严肃，你难道都不怕他的吗？"

上次在爷爷家的时候，嫂子还跟他叫板。反正大哥一看她，她是大气都不敢出的。

江偌觉得，陆嘉乐用"严肃"这个词，算是比较委婉的表达方式了，直白点应该是"凶残冷酷""不近人情"等更加有冲击力的字眼。

"相处时间长了就没感觉了。"江偌说。

陆嘉乐眼睛一亮："那说明你一开始也怕他呀！"

江偌竟然回答不上来。想想刚认识他的时候，怕倒是不怕，反而有种恍然大悟的感觉——原来自己喜欢的是这种类型。但也可以归结于她当时年纪小不知深浅。

"是不是呀？"陆嘉乐见她不回答，又追问，"你到底看上他什么了？"

江偌回答得模棱两可："这个说不清楚。"

陆嘉乐咬咬唇："那，你们现在已经和好了吗？"

"算是吧。时间不早了，你洗完早点睡觉。"江偌结束了这个话题，回了房间。

房间里，陆淮深正在打电话告知季澜芷，说陆嘉乐在他这儿。

江偌本来也有此意。陆嘉乐任性，但他们也不能跟着任性，既然人确保无虞了，必须要通知她家里人。

往常这个点，季澜芷早睡了，但现在家里上下灯火通明，陆清时已经在找人调附近的道路监控追踪。陆淮深这通电话，让陆清时夫妻俩都松了一口气。

担惊受怕一晚，整个人都有点虚浮，从来不对孩子动手的季澜芷都有把陆嘉乐拎来揍一顿的冲动。

陆淮深看见江偌进来，把手机递给她，让她去解释前因后果。女人跟女人交流，会更方便。

江偌来不及多想，接了电话，跟季澜芷说了陆嘉乐是怎么找上她的，又转达了陆嘉乐现在的情况和想法。

江偌其实摸不太透季澜芷的心思，也不清楚这对夫妻在面临婚姻困境时的选择。她上次在 Gisele 的办公室听见了季澜芷播放的录音，录音里，陆清时表明了态度，他选择家庭，不愿意留下吴丽丽肚子里的孩子。说不定让季澜芷善后，也是他的意思。

陆嘉乐担心她爸让小三把孩子生下来，又怕她妈提离婚，不过是自己内心戏太多，没了解父母之间真实的相处方式。

当初季澜芷会亲自出面解决，说明她打算在事情尘埃落定后，继续跟陆清时过日子。

季澜芷到 DS 见过 Gisele 和吴丽丽之后，吴丽丽就被开除了，她们私下又进行了怎样的协商，江偌不太清楚。但这件事没被曝光、大肆相传，说明陆家和季澜芷还是给吴丽丽留了一条生路，让她今后在这行业里还能混下去。但凡有点自知之明和及时止损的睿智，吴丽丽都应该打掉孩子，跟陆清时撇清关系，继续她的公关之路，风生水起指日可待。江偌没想到，明明有退路的吴丽丽，会选择背水一战，实在是愚蠢。祸害自己不说，还闹得别人家里鸡飞狗跳。尤其是两个孩子，正处于三观成形的最重要阶段，对其影响可大可小。

幸好这次陆嘉乐的弟弟一放假就被送去美国夏令营了，对这事一无所知。

陆嘉乐就没那么幸运了。

维持数年的好父亲形象一旦垮塌，就很难再建立起父女、父子之间的信任。这从陆嘉乐的言语中已经可见踪迹，陆清时在她心中的形象，已经一落千丈。

季澜芷说："事情发生得突然，毕竟是我亲手教大的，她的反应会这么大，我也不是很意外。我也不希望在这种情况下让她知道她爸的事，这是最糟的方式。"

陆嘉乐才十五岁，正值青春期，季澜芷很怕这件事给她造成不可逆的影响。

江偌不擅长安慰人，也不想在这种关头去打听别人隐私，她道："陆嘉乐在这边暂时没什么问题，不如等她平复了心情，你们再试着好好沟通。"

"也好，"季澜芷说，"对了，这几天家里估计不会安生，如果方便的话，能不能让陆嘉乐在你们那儿多住几天？"

"不麻烦，其实住这儿也好，可以让她自己静一静。等过个一两天，她愿意了，我就让她给你打个电话。"

季澜芷："谢谢，我今晚收拾一些她的行李，明天晚些让人送过来。"

"别客气。"

季澜芷顿了一下，又说："还有陆淮深那边，劳烦也帮我转达一下谢意。"

这么些年，陆清时没少给陆淮深使绊子，陆淮深跟他们的关系算不上好，陆淮深能在陆嘉乐的事上多担待，季澜芷是真的感谢。

"没问题。"

江偌还是挺佩服季澜芷的，虽不知道她在丈夫面前是个什么样的女人，但至少在外是极为得体的。面对第三者，她能拿出陆太太沉着大气的姿态，处理得干净利落；孩子面前，又是严慈有度的母亲，陆嘉乐被她教得懂礼又不骄纵，丝毫没有纨绔富家女的坏毛病；面对刁钻的姑嫂，亦没见她逞强或是跟人吵红脸。

或许这些跟她的出身有关系，季家是书香世家，即便后来家族从商，也仍有学者辈出，家庭一直很注重后代的修养教育。

可男人从来不会在乎这些，能在诱惑前自持的男人，少之又少。

有可能陆清时已不是第一次出轨，只是这次被发现了而已。如果这是第一次，这么多年的夫妻情分，一朝化为云烟，也过分伤人了。

兔死狐悲，江偌转身看着陆淮深，心想：他也是在陆家那个大环境下长大，多年来的耳濡目染，是否已经让他觉得男人出轨是一件再正常不过的事？

"傻站在那儿干什么？"陆淮深朝她走来。

他站到她面前，影子罩着她，见她还是直直地盯着他看，他不禁皱了下眉，问："看我干什么？"两人靠得近，他刻意放轻了声音，声线极为低沉，听起来很是有种缠绵的感觉。

江偌摇头道："我在想你小叔的事。"

他搭着腰，垂眸时，一缕笑意瞬间而过，随后目光又恢复以往的深邃，他道："咸吃萝卜淡操心。"

江偌看得有些入迷。这双眼，有时凌厉冷酷让人不敢直视，有时又深沉慵懒让人恨不得沉溺其中。

她觉得她和陆淮深之间，是有很大问题的，但说她逃避也好懦弱也罢，她现在不想解决。没到那一步，她也无从解决。

陆淮深大手揽着她的背，将她往怀里一压，自上而下看着她，问："你睡不睡？"

她点头："睡。"

翌日周一，江偌搭陆淮深的车去公司。其实她跟陆淮深不是特别顺路，每次送她都要绕十来分钟的路程。

江偌和陆淮深都只睡了不到五小时，陆淮深身体底子好，影响倒不大，但江偌本来就体弱抵抗力差，睡眠不足让她整个人都有点颓，眼底有很明显的浮青。上车后，江偌闭上眼睛就睡过去了，车停下也不知。

陆淮深叫她两声，她才蒙眬转醒，茫然地眯着眼睛适应光线，还没清醒过来就捂着嘴打哈欠。

陆淮深见了，说："要不然辞职算了？"

陆淮深是老板，上班时间不受限制，江偌是拿人工资做事的，自然不能懈怠。陆淮深就是因为懂这道理，所以是劝她辞职，而不是劝她请假。

江偌有气无力地道："不工作你养我？"

她不知道他是认真的还是信口一说而已，但无论哪种情况，她都不可能辞职。

谁知道两人之后有什么变故。没工作的她，总是少了分底气。

这话江偌自然是不会说出口的。

陆淮深挑眉，搭在方向盘上的手指有节奏地敲着，道："你那点工资，养你自己，再养你妈和你弟，还能剩几毛钱？"

她目前每月的工资加奖金，比上不足比下却有余，若按她前几年的消费习惯，养她一个人都是不够的。但人毕竟是顺应时势的动物，合理安排各项支出，养一家三口不成问题，只是确实存不下钱。

之前陆淮深给她的那笔钱，乔惠出院后，她全部都用在了爷爷身上。老人两个月前病危过一次，情况稳定之后，住院开销也没断过，那钱也不经耗。等股权交接完成，她将持有江氏百分之十的股份，中途如不出差池，今后就不用再担忧经济问题。

江偌鄙夷地看他一眼，道："怎么，资本家看不起我们工薪阶层啊？不管钱多钱少，大家都是各凭本事吃饭。"

"要是每个岗位上的人都有你这样的觉悟，做上司的倒能省很多事。"

"那也要看是哪种上司。如果上司只知道压榨员工的劳动力，而不给予等量报酬，那就怪不得员工抱怨了。"

陆淮深觉得有趣，问："那你觉得你的报酬，跟你上司分配的工作量成正比吗？"

江偌看着前方进进出出的大厦入口，顿了顿，说："这个也不完全是我说了算，这世上有多少人满足于现状？我也只是平常人。"

"说明还是不满意。"

"大多时候还是满意……"

江偌话未说完，陆淮深打断了她："江偌，我养你还是轻轻松松的。"

不远处是行人熙攘的红绿灯路口，江偌盯着那处的热闹，有些怔住，车厢里便有了接下来的片刻安静。

她朝他莞尔，道："你知道没有事业的全职太太是多高风险的职业吗？没有谁能保证婚姻不会破裂。"

她的言外之意很明显：辞去工作靠他养，她没底气，没保障。连爱情都不能永驻，何况是他们之间基底不算稳固的婚姻？

陆淮深不动声色地瞧着她，先前的笑容也不见踪影，那眼神深浅莫测，看得江偌心里没底。

话是这样说的没错，但两人刚达成一致，准备尝试新的相处模式，她的警惕和未雨绸缪的心态不经意间又展露得这样强烈，不知陆淮深是否会认为她诚意不够。

她轻抿下唇，语气缓缓道："我知道我这点收入入不了你的眼，但这是我融入社会、自食其力的一种方式。世事难测，就算有一天……"她瞄了眼他的反应，又继续说，"我是说如果，我们终究要一拍两散，我也能有自己的立足之地。"

"看来你从未想过依靠谁。"陆淮深左手整个小臂搭在方向盘上，声音里夹杂着不满，"江偌，你给自己留了太多退路。"

江偌心一突，神情微怔，继而笑开："跟你在一起本来就是犯险，我做那决定时，已经是不计后果，谁能有这勇气？看在我豁出去的分上，我还不能给自己留点退路啊？"

陆淮深面色微沉，江偌忽地探身过去，伸手钩住他的脖子。陆淮深有些措手不及，怔了下，冷眉冷眼的模样不经意间便柔和下来。

江偌少有主动的时候，她红了脸，道："这才刚开始，你总不能让我朝夕之间就改变原来的想法吧？"

她皮肤很白，淡淡的红晕从两颊肌底晕开，长发垂散开，露出白嫩的耳垂，晨光从四面八方照进来，她脸上和耳垂上细细的茸毛都在肉眼下清晰可见。

陆淮深一动未动，看着眼前这张年轻美丽的面孔。

世上漂亮的女人有很多，美艳性感的，见过的没见过的，他眼前这位也并非一开始就是最独特、能让人记挂住的。只因为看了一眼，又多看了一眼，他慢慢地就忍不住总想去看一眼。她冲他一笑，他的脾气便怎么都发不出来了。

陆淮深故作不为所动的样子，江偌眼里的笑意淡去，化为无奈，触到他后颈的指尖动了动。察觉到她想要松开手，陆淮深低声制止："不准动。"

江偌茫然望着他，手就那么要搭不搭地落在他肩上，手指若有若无碰到他的发楂。他素来都是十分清爽利索的短发，头发又粗又硬，扎得她的手有些痒痛。她一想，干脆将手指往那发间插进去，学着他平日里接吻时总是扣着她后脑勺的动作，将他的头往前一按，在他脸上亲了一下。

松开他时，见他眼底隐隐的笑意，她便知道他满意得很。

江偌松开他说："我去上班了。"说完，江偌像是做了坏事的孩子，闪躲着大人逼问的眼神，快速推开车门下了车。她不知不觉中加快了脚步，心跳一下快过一下，一路也不敢回头。

做更亲密的事时放得挺开，小亲小闹一下反而就像丢了魂儿似的。

可能前者是欲望占了上风，后者则更多关乎情爱。

到了办公室楼层，江偌刚出电梯，背后就有一只手将她拉住，吓了她一跳。一转身看见王昭，江偌抚着胸口说："早啊。"

王昭眯起眼睛打量她，故意怪声怪气地笑："吓成这样，干什么坏事了？刚才在电梯里还想叫你呢，你一副魂不守舍的样子，跟你挥手都没看见！"

王昭的头发长了些，换了个发型，红唇媚眼，少了几分利落，多了几分妩媚，故意扬着侧脸挑起眼角时更是别有味道。

江偌："没有，我在想事情，没注意到你。"

"少来！"王昭偷偷捏她一把，耳语说，"跟人在车里又搂又抱的，我可都看见了！我瞧着那男的怎么有点儿眼熟呢，好像叫陆……"

江偌面不改色地捂人嘴，其实王昭刻意压低了声儿，别人根本听不见，纯属江偌自己心里有鬼。

王昭去扒她的手，说："你要憋死我啦！平时需要抱文件的时候怎么没见你有这么大劲儿呢？我可真是太单纯，日常被你这张嘴糊弄，一口一个'昭昭，可以陪我去拿东西吗'，我都不忍心拒绝你。干活儿的时候柔弱无骨，封口的时候可一点儿都不含糊！"

"您怎么不去说单口相声？混个'青年杰出相声艺术家'什么的，简直没难度啊。"

"少给我转移话题，那个姓陆的怎么回事？"

江偌清了清嗓，面不改色问："你在哪儿看见的？"

"进停车场的时候，你埋在男人怀里，那漂亮圆润的后脑勺，我老远就看见了。"

江偌见躲不过去，又临近上班时间，只好先拖延："先上班，有空了我再跟你讲。"说完她不顾王昭阻拦，脚底抹油就溜。

江偌刚在办公桌后坐下，便接到了吴婶的电话，吴婶在电话里说："嘉乐吃了饭就跑楼上去了，刚才打扫卫生的来了，跟我说孩子躲在房间里哭呢，会不会有什么事呀？"

江偌心情复杂地靠在办公椅上，道："应该是受她父母的事的影响，孩子年纪小，心理承受能力比较差。"

吴婶若有所思地应着，想到什么，又说："今早有人给她送了个行李箱来，她吃完饭去看了眼，后来就把自己关进房间了，这行李是她家人送来的吧？"

"对，她妈妈送来的。她估计是想到父母了。她要是再有什么事，麻烦给我打电话。"

"欸，好的。"

刚挂了电话，江偌就被 Gisele 叫进去。Gisele 交代了一堆事情给她，涉及招标等重要事项，她不敢怠慢，无暇想其他事。

到中午下班时间，她准备下去吃饭，刚离开秘书室就被王昭半路拦截。

两人一同去了附近新开的餐厅，吃饭间隙，江偌还是告诉了王昭自己已婚且另一半是陆淮深的实情。

这好比凭空砸下一道天雷，这块惊天大料，王昭迟迟无法消化，震惊之中不忘连连咋舌："嫁进了陆家，不天天过骄奢淫逸的日子，还来干这苦差事？阔太太，难道你是闲得没事干，所以来体验人间疾苦？"

江偌不知要怎样跟王昭解释其中复杂缘由，若要一件事一件事地跟她掰扯清楚，那势必涉及江家和陆家那些不为人知的事。有些起因经过，连她都还茫然着，何谈详叙。

她只能一言蔽之："事情比较复杂，我跟他之前，并不是你想象中的那种夫妻。"

"之前？"王昭抓住了关键词。

"我结婚两年了。"江偌说，"我住在医院的爷爷，是江氏前一任董事长。"

王昭瞠目结舌，想起了今年春天广为流传的江氏集团内斗事件——江渭铭跟他养父翻脸，亲手将他养父送进监狱，自己摇身一变成了江氏一把手。

她所知道的，大多是从新闻里看来的，真正内情仍然无从知晓。

江偌讲了她和陆淮深结婚的前因后果，关于陆江两家其他恩怨的细节，不便提及。

王昭听得震撼不已，道："你这经历可真够魔幻的，"随后又替她不平，"你也混得忒惨了！换作是我，敢动属于老子的家产，我豁出一切也要将那白眼狼一家搅得天翻地覆，就算最后同归于尽，也好过自己吃苦，还眼睁睁看着仇人逍遥自在。"

江偌想，江家是否会天翻地覆，不到最后还无从知晓。

至少现在看来，江觐和江渭铭怕她生父母的死因被查证，凭这一点，她爷爷的官司就能有反击余地。她的股份也快要拿回手里，江谓铭又失去了陆家这座靠山，忌惮越深，越不得安宁。

江偌告诉王昭，这事不要跟别人提起。其实就算王昭一时嘴漏，也只会让人知道她和陆淮深的关系。不能为外人道的，她也只字未提。

不过王昭这人她还是信得过的，是真心相待还是有目的性的讨好，江偌还是分得清的。

从江偌的话里王昭也听得出，她还隐瞒着一些事情，但是人际交往重在尊重，既然江偌有难言之隐，自己也绝不越雷池穷追不舍。

下午下班，陆淮深手上工作还没结束，江偌担心着家里的陆嘉乐，便准备不等他，自己先回家。

走出公司大门，看见附近刚好有辆出租车停靠在路边下客，下班高峰期不好打车，况且这里是 CBD 的中心街区，她忙向车招手，小跑过去上了车。

已经七月中下旬，天气炎热，出租车里空调温度开得很低，江偌刚才小跑浸出的细汗冷干之后贴在皮肤上，冷意更甚。

刚上车她就注意到这车里味道有些怪异冲鼻，想来是窗户紧闭空气不流通的缘故，她将车窗降下两指宽的缝隙，稍微缓解这味道带来的不适。

司机发觉她的动作，问她："是觉得冷吗，要不我把空调关了？"

"不是的，有些闷，我透透气……"江偌一边说，一边习惯性将目光落在对话人的身上。

这个位置只能见到对方一半侧影，那人戴着棒球帽，穿着短袖，遒劲的手臂晒得黝黑，宽厚的大掌握着方向盘。

前方拥堵车流排队等着过路口，鸣笛声不绝于耳。

她缓缓抬眼看向反光镜里，帽檐挡住了那人眼，只可见高挺鼻梁下一张长满胡楂的下巴。那张脸棱角略显方正，但因为面部肌肉紧实，看起来很劲瘦。

江偌心里莫名腾起一股寒意。

这帽子遮挡下的半张脸她感到似曾相识。她曾在单元楼的楼道里，遇见过一个举止诡异、戴棒球帽、穿工装外套的男人。

烟味和汗味混合，在低温的环境中散发着和雨天相似的潮湿刺鼻味道，还有一股另外的味道，具体是什么，她没闻到过，说不上来。

她安慰自己，是最近事多，她太过敏感，没这样巧合的事。但难掩心中志忑，江偌埋着头装作若无其事地划着手机，这车无论有没有问题，她过不了心里这关，不敢再坐。

江偌抬头看向窗外，看到前面商场外挂着超市的广告牌，给陆嘉乐打了个电话过去，问她有没有想吃的，自己给她买回来。

陆嘉乐在电话那头报了几样零食名字，江偌心不在焉，只记下了两三样。

江偌挂了电话，跟司机说："麻烦拐过红绿灯在商场门口停一下，我去买点东西。"

那人抬头往反光镜里看了一眼，说："那边不好停车，要调头，有点麻烦。"

江偌佯作镇定："你只管调头去，我可以多给你些车费。"

"小姐真是阔绰。"那司机若有若无地笑了笑，嗓音有些低哑，典型的老烟嗓。

江偌心跳加速，如坐针毡。车在商场入口停下，她从钱包里抽了张五十的钞票给他。

他说："就那么点儿距离，我收你十五吧，再找你三十五。"

江偌一分钟都不想再待，刚想说"不用找了"，伸手去开门，发现车门是锁住的。

她强迫自己冷静。这里是闹市区，他不敢做什么的。

那人慢悠悠地找着钱，说："这儿只有三十的零钱，现在好多人都用手机支付了，我再给你找找还有没有五块零钱。"

"五块就算了，不用找了。"

"那不行。"他似乎还挺有原则，在自己上衣的兜里摸了摸，又去掏裤袋。

最终他摸出了张皱巴巴的五块钱，一并给了江偌，"啪嗒"一声，车门锁也应声开了。

他转身将钱递给江偌，冲她笑："咱们这是正经有证经营的车，不能胡乱收费的。"

江偌的目光锁住那上翘的嘴角，头皮发麻，她拿了钱，二话不说下了车。

江偌转身就往商场入口大步走去，紧捏着手里几张纸币，最上面那张湿冷的五元纸钞黏腻腻的，附着在她拇指内壁。这是那人从裤袋里掏出来的，不知道贴在大腿上浸了多少汗液。她忍着恶心将钱揉成一团扔进包里。

走着走着，她忽然想到什么，转身看向方才停车的地方。那车刚缓缓启动离开，江偌默默记下车牌号，目光不经意间落在驾驶室里。出租车的车玻璃未贴膜，视线毫无阻挡，她在看他，车里那人也遥遥打量着她。

江偌呼吸一滞，头也不回地进了商场。

商场里面人潮涌动，空间宽敞，嘈杂且封闭，给她一种异样的安全感。

乘电梯到负一层进了超市，入口处是西点区，空气中充斥着芝士与牛奶的香味。江偌推着辆购物车往里走，许是她疑心生暗鬼，几次余光掠过身后，总觉得暗处有道目光紧追着她。

若是以前，她不会认为跟踪监视这种电影里的桥段会发生在自己身上。而今却不是没有可能。

钱、权、欲，通常都游走在法律的边缘，一个不慎就会跨过那条模糊的界限。

江渭铭和江觐想要什么，她一直是清楚的。

江偌站在牛奶货架前，掏出手机给陆淮深打电话。

电话接通，陆淮深问她："你到家了？"

低沉熟悉的嗓音，仿佛隔空抚慰着她惊惶跳动的心脏。

她呼出了那口憋在心里的浊气，道："陆淮深……"

陆淮深听出她的心绪不宁，不禁沉了声："怎么了？"

"好像有人在跟踪我。"江偌面前是各种牌子的牛奶，各种英文中文，只有"milk（奶）"能印进脑海，她目光警惕地左右游离。

"你在哪儿？"

"我在超市。"

陆淮深说："地址发给我，待在里面别离开，等我过来。"

现在对她而言，公众场合是最安全的地方。

挂了电话，江偌快速地买好东西，直到陆淮深打电话来，她才推着东西去收银台结账。

陆淮深从收银台另一侧的入口进来，跟她一起排队，什么也没问。

在他来之前，那种被人监视的感觉犹在。虽然后脑勺没长眼睛，但被人盯着后背时，如芒在背的感觉是真实存在的。陆淮深出现之后，站在她身后，大半个身子将她挡住，江偌感到安定了许多。

结账时，陆淮深从钱包里取出一张卡递给收银员刷，递回来时，陆淮深没接。江偌看他一眼，替他接过，正想还给他，他已经单手拎着两只购物袋往外走了。

江偌小跑两步跟上去，说："我可以拎一个。"

她明明记得没买多少东西，最大号的购物袋，却装了满满两袋。

陆淮深看了看她，伸出空着的那只手将她牵住，动作熟稔得像是已经练习过多次。握住她的大掌指骨修长有力，拇指随意地在她手背摩挲了两下，被他抚过的小片肌肤有些酥痒灼热，像是有股电流从她手腕扩散，温和地流窜开。

江偌瞬间有些僵硬，耳根发热，没挣脱，但一时也没好意思去看他。

上车之后，江偌才敢开口跟陆淮深说事情经过。

"你确定见过那人？"陆淮深单手扶着方向盘倒车，一气呵成退出停车位。

"不敢百分百确定，但实在太像了。"江偌心有余悸，"他行为鬼祟，那次看起来在我家门外已经流连了好一会儿。他当时说找错了地方，但是他从单元楼离开之后，就直接往大门外走了。就是之前你出差，让我跟你律师签股份合同那天。"

"这么说，那时候就盯上你了。"

陆淮深还有印象。那天裴绍收到消息，之前跟章志有往来的几个人离开云胄市到了东临市。当时他已让裴绍派人盯着，被盯梢的那几人，那天并未去过江偌家附近，否则线人会立刻传来消息。这说明跟踪她的另有其人，当时有可能只是去踩点。

江偌看向陆淮深，见他支着手肘若有所思，她不安地问："有没有可能是江觐？"

陆淮深如实说："有可能。现在基本能确定，章志和你爸妈的死，都跟江渭铭和江觐脱不了干系。之前在云胄市曾跟章志有联系的那几人已经到了东临市，这些人此前在云胄市扎根多年，初步估计是水火的手下。"

江偌也不知道这算坏消息还是好消息，但成为众矢之的的感觉，真是不好受。

陆淮深看了看江偌忧心忡忡的表情，道："这事你没有办法，我这边已经派人在查，如果江觐知道自己被盯上了，他不敢轻易对你下手，别担心。"

江偌从未质疑过陆淮深处理事情的能力和手段，他语气的笃定和处变不惊的自信，并非刻意表露，而是由内而外让人信服。

她看向车外倒退的街景，心渐渐静下来。她明白，她在一点点交出信任的同时，也正在依赖上陆淮深给予的安全感。同时她又怕这种依赖过于膨胀，以至于终有一天会令她无法自拔。

可是在种种艰险之中，唯有他能与她同行。

吃过晚饭，陆嘉乐央江偌跟她一起出去遛狗。江偌怕她不熟路，加上自己心里有事闷得慌，出去走走也好，便答应了。

夏季天黑得晚，深蓝苍穹尚存一丝光亮，闷热逐渐褪去，夏夜已至。

别墅后面是极宽敞的后院，青草地皮，中间有游泳池，淡蓝色的平静水面在灯光下折射出粼粼波光。后院之外，有一条栈道通向远处的人工湖，虽然一路都有照明灯，但光线晦暗，周遭僻静，两人没过去，只在后院溜达。

二楼，陆淮深站在书房的窗前打电话，俯视着泳池旁的两人一狗。

江偌一身湖绿色印花吊带长裙，收腰的褶皱浅 V 领，长发垂顺地披在肩上，加上一双人字拖，有种度假的清凉感。

电话里贺宗鸣正在说："我看见他们同行的人里有 DS 的高层，她会不会是为了酒店推广大使而来？"

陆淮深没出声，目光不离楼下那人。楼下那人感应到了他的目光似的，往二楼方向望了一眼。陆淮深不自觉朝她扬起唇角，也不管她看不看得清。

电话那头，没听见回应的贺宗鸣又问陆淮深："你要不要过来一趟？"

"我过去干什么？"陆淮深敛眉，转身往里走去。

"那你打算什么都不做？我是觉得，她平时都一副无欲无求的样子，对商业资源从不上心，这次跟 DS 的合作这么主动，会不会有什么目的？"

陆淮深点了支烟，烟雾丝丝缕缕地将他的面容笼罩，他说："你想说她奔着江偌去的？"

"那晚 DS 的开业酒会，她见过江偌了，你不是也知道？"贺宗鸣说完停顿了一下，"她这人做事离经叛道，尤其爱跟你对着干，这你想必心里有数。"

陆淮深翻看着书桌上一叠文件纸，叼着烟不以为然地说："她不会做这种折损自尊的事。"

贺宗鸣缄默，他不是不赞同，但这谁能说得清呢？

挂了电话，陆淮深又接到裴绍打来的电话。

"四名保镖的资料我发到您邮箱了，您选出两位，明日就能上岗。"

陆淮深翻看着资料，资料上的两男两女，长相偏大众化，适合隐藏身份，受雇于大型保镖机构，有退役军人背景。

陆淮深选定一男一女，说："让他们隐藏在人群中，别让江偌发现，务必要注意她周围形迹可疑的人。"

裴绍："明白。"

派保镖跟随江偌，主要目的是警告江觐。江觐一旦发现江偌身边有人跟着，为了防止露出马脚，就不敢轻易动她。而江偌心思敏感，让她知道有保镖跟着自己，反而会让她多虑，变得战战兢兢。

裴绍说："您让我调查的另一件事有结果了，从云胥市过来的那几人，到东临市之后就住进了一栋租来的公寓，从未去过锦上南苑，也没见他们跟什么可疑人物有过来往。但无法排除，水火本人和他派出的人装扮成任何普通人的样子跟他们碰面的可能性。还有，太太记下的出租车牌号还在调查，如果那个司机就是水火，可能会留下痕迹，但出租车应该不是以他的名字登记的。"

因为一旦被识破，就会有暴露的危险，水火不是蠢笨之流，不会如此大意。

陆淮深陷入沉思，过了良久，他思忖着道："如果让东临市的警方介入，调查的时候会方便很多。"

裴绍略一思考，答："可警方须得有个契机，比如查证到水火的犯罪记录才能介入其中。"

"谁说要从水火入手？"

裴绍片刻后恍悟："您是说江觐？"

如果能找到江觐和水火往来的证据，问题便迎刃而解了。到时候顺水推舟，既能证明江偌父母横死的幕后黑手是江觐，水火也难逃制裁。

陆淮深心生此计时，江偌正为官司一事而发愁。

高随刚刚致电她，说二审就要开庭了，但当下他们还是没有把握足够的证据，官司不好打。

高随早就跟她说过，接下来无非就是两个方向：要么找到证明江启应无罪的证据；要么能证明江渭铭父子有罪，从这二人不纯的动机出发，反证江启应是被陷害。

可他也担心二审的时候，江渭铭方会向法院提供更直接的罪证。毕竟江启应经商多年，重罪虽是没有，但打过的擦边球不少，这些把柄若是被江渭铭握住，形势对江启应更加不利。

总的来说，最好是从江渭铭和江觐杀害了江偌的生父母和兄长这条线入手，证明江渭铭和江觐蓄意谋杀，为了防止东窗事发，所以才陷害江启应。

可是制造车祸重要环节的章志已死，他的手机里也没找到有用信息，水火跟他联系时使用的是网络号码，无法追踪。

江偌感觉现在的情况就是，遇溺不会游泳还腿抽筋，条条都不是生路。

陆淮深便建议："让警方介入，将那场车祸作为刑事案件，重新调查你父母的死因。"

江偌怔住，迅速想了想可行性，道："可已经结案很多年了，法医和现场鉴定都证明是自然车祸。"

"江渭铭有动机，证人离奇死亡，迷雾重重，种种因素重合，重新立案不是没可能。"

江偌思索片刻后说："高随有位校友在刑警队，曾经手过我父母车祸的案子，之前也给高随提供了一些线索。"

"他给高随提供线索有什么用？破案是警察的事。"陆淮深直起身，绕过床朝另一边走去。

"可以把目前找到的疑点罗列，问下高随那校友，重新立案有多大可能性。"

陆淮深脱下睡袍扔在一旁的沙发里，掀开被子上床，反问她："你找，别人就愿意吗？"

江偌哽住。

陆淮深瞧了眼她说不出话的样子，又说："这年头，闲得没事做愿意将陈年旧案拖出来重审的，可没几个。"

江偌盘着腿坐得笔直，心中滋味杂陈，看他两秒，说："不是你提出让警方介入的吗？现在有熟人，可以少走些弯路，有何不可？"

"那是高随的熟人。"陆淮深的声音里有些懒意，微微带着鼻音与漫不经心。

"高随是我爷爷的律师。"她觉得没什么不对。

"这场官司是场持久战，费时费力，他这么做有什么目的？"陆淮深的声音里带了那么点儿讥讽意味，"他这么忠心，江启应跟他谈过什么条件你就没了解过？"

江偌有些生气他这么说高随，忍不住同他理论："人人做事都有目的性，没目的的那叫圣母。人家一靠脑靠嘴吃饭的律师凭什么平白无故帮你打官司啊？'为爱发电'吗？"

"爱？"陆淮深从鼻子里冷哼一声，"倒是说说爱谁？"

江偌一怔，伸直了腿，抱着被子躺下，道："你少偷换概念，一种说法而已。"

陆淮深一把将她从背后抄起来，强行将她从薄被里捞出来，说："既然你说人人做事都有目的，你的目的是什么？"

江偌刚听清楚他的话，陆淮深冷不丁松了手，她还没来得及用自己的手支撑自己的重量，半个身体便歪倒在他身上。

陆淮深的手还搭在她肩背上，她趴伏在他臂弯里，撑起手肘的时候，发端撩过他的脖子和胸膛。

陆淮深动了下喉结，看着她仰起脸来望着自己。

她朝他一笑，有种耐人寻味的淡然，她反问："那你的目的呢？"

陆淮深轻哼了一声，不满她的这种躲避方式，微垂着眼睑，目光沉沉地盯着她，倏地将她往怀里收紧。

忽然跟他紧紧贴在一起，她呼吸一窒，一动不敢动地望着他。

江偌本还正思忖着该怎么回答刚才那问题，他又会有怎样的答案。

其实一开始大家目的都很明显，只是后来渐渐模糊了界限，变得很难再用言语完整地表达清楚。因为里面多了一些微妙的东西，难以言说，只可意会。

静默中，鼻间都是他的气息，胸腔里的心跳分不清彼此，但是越跳越快的肯定是她的。

陆淮深感受着怀里有些僵硬的身体，对比着她脸上平静得过分神色，只觉两者极为不搭。

装，再装。

"今早不是很主动，嗯？"陆淮深刻意放低声音，因此听起来更加有磁性，传入江偌耳里，是蛊惑的音调，也有一丝挑衅的味道。

陆淮深也无进一步动作，深邃的眸子凝视着她。

江偌的眼珠刚转了转，陆淮深立马喊住她："眼睛看哪儿？"那语气颇像老师教育上课不专心的学生。

江偌倏然明白了陆淮深想让她主动的意图，就像今天早上在车里那样。有了这层想法，仿佛拿捏了他的把柄，可以趁机使点儿小坏，她反而放松不少。她在他怀里撑着脑袋，目光灼灼地看着他。

"陆淮深，你想要什么可以直接说出来。"

"光说不做假把式，我想要的东西，自会想办法得到。"陆淮深眸光微暗，噙着抹淡淡的笑意，说不出的自信与欠揍。

江偌一身反骨，心想着：偏不给你得到。

她直接躺在他手臂下方的枕头上，伸起两条细白的胳膊说："我困了，睡觉了，晚安。"

随后她搂着被子往旁边一滚，闭上眼睛，说睡就睡。

陆淮深在后面阴恻恻地磨着后槽牙，关了灯。

江偌正疑惑着，陆淮深还真的能忍得住？下一秒，身后的被子被掀高落下，江偌的人已经被捞进温热的怀里，有力的臂膀桎梏住她。陆淮深将头埋进她的脖颈，唇瓣烙在她肌肤上，她话都说不出来。

忍不住的何止是他？

江偌掐住桎梏住自己的结实小臂，咬住唇，呼吸一紧。身后那人闷哼了一声，似难受亦似喟叹。

[第三章]
承认喜欢我就这么为难？

翌日一早，江偌早陆淮深十五分钟起来，他进来洗漱的时候，她正对着镜子化妆。

江偌抬起眼皮从镜子里看见了他。跟一个男人共同生活，一起站在盥洗台前，感觉还是有几分奇怪。陆淮深站在旁边低头挤牙膏，两人都还穿着睡衣，江偌又往镜子里多看两眼，竟觉得有种莫名的和谐。

陆淮深抬眼，捕捉到她来不及收回的目光，带着淡淡的低沉的鼻音问她："看什么？"

"没什么。"江偌继续动作娴熟地化妆。

换衣服的时候，江偌想起昨天睡前陆淮深说起的让警方重新立案的问题。

她刚穿好裙子，手背过去拉拉链，似自言自语一般："如果重新立案，章志生前死后的事，岂不是都应该作为证据被调查？那他的妻女……岂不是又要被牵涉其中？"

陆淮深扣着衬衫，头也不抬地说："自然，而且那一家三口至关重要。"

"可章遥那么努力地想要过上安稳日子……"江偌想起了那个二十来岁的女孩子，心有不忍。

陆淮深戳穿她的心思："你于心不忍？"

江偌说："我只是觉得她们无辜。"

江偌并不是反对这么做，相反，只要对江启应的案子有利，她都支持。只是让章遥母女再牵扯进来，极易给她们招惹来祸事，她难掩心中愧疚。

陆淮深放下整理衣袖的手，语气很是不近人情："她们无辜？那你有没想过自己无不无辜？"

江偌顿住，被他带着嘲讽的语气搅得心里冒火，她一字一字严正道："我只知道没谁无辜，也没谁不无辜，所有事都是下承上因，但很多时候自己连选择的机会都没有，就被迫承受后果。"

陆淮深脸色不怎么好看，他盯着她良久，冷笑道："我怎么觉得你这话意有所指？"

"就是意有所指。"江偌负气说完，不再看他，想了想，又低声道，"是你先无理取闹的。"

气氛凝固，良久，陆淮深拉开放表的抽屉，随手拿了块手表出来，又"啪"地将抽屉合上，转身出了衣帽间。

江偌想着想着就觉得后悔，每当谈及他们之间敏感的话题，仍会历史重演，对比以往，结果毫无改变。

她继续背过手去拉裙子拉链，心浮气躁，怎么也拉不上，最后索性脱下来，重新换了身套装。

吃早饭时两人各吃各的，异常沉默，连眼神交汇都没有。

陆嘉乐本来想搭陆淮深的车去找程啸和陆缄玩，结果被这两人的冷战唬得全程憋着口气，愣是没敢提。等陆淮深走了，她才让司机送自己去了锦上南苑。

因早上这段插曲，江偌全天不怎么在状态。快下班的时候，她接到陆嘉乐的电话，陆嘉乐问她晚上要不要跟他们一起去吃火锅、看电影。

江偌情绪不佳，想着跟小孩一起找找乐子也不赖，便答应了，还顺带叫上了王昭。

陆嘉乐问要不要叫陆淮深一起，江偌想着他应该不爱吃火锅，更不喜在拥挤的电影院观影，便替他拒了。

火锅店里热火朝天，王昭性格比较老少通吃，很快跟这群孩子打成一片。

几人正边吃边聊，陆淮深打来了电话。

店里的嘈杂人声传入听筒，陆淮深顿了顿，问："你在外面吃饭？"

"我们在吃火锅，晚点才会回去，你吃饭了吗？"江偌朝靠左的角落里转了转身，以便能听清陆淮深的声音。

陆淮深硬邦邦地回："没有。"

一顿晚饭而已，他想吃什么没有。江偌明知他故意这么说，但一股愧疚感还是油然而生。

桌上聊天的几个人不知什么时候安静了下来，目光全落在了她身上，四双眼睛一双瞪得比一双亮。

江偌问他："你要不要过来？"

"在哪儿？"

江偌报了地址，挂断电话。

陆缄最不乐意，看她的眼神充满幽怨："怎么还把大家长叫来了？"

在陆家，若要论震慑力，陆淮深出面某些时候可比陆终南还有效，专治各种不服，而陆缄在陆家又是个刺儿头，两人相当不对付。

现在已经过了晚高峰，陆淮深过来也就二十来分钟。火锅店有三层，中间是打通的中庭，他们在二楼回廊靠窗的位置。怕他找不到，江偌亲自下去接他。

江偌离开后，陆嘉乐贼兮兮地跟他们讲陆淮深和江偌早上吵架冷战的事，让他们都小心说话，看大哥脸色行事。

陆缄吐槽："打是亲，骂是爱，人家明着看是在吵架，其实根本就是在调情。"

陆嘉乐在情窦初开的年纪，又从未谈过恋爱，见陆缄说什么"调情"都面不改色的，脸唰地就红了，眼神却熠熠发亮，害羞中透着一股子好奇："是这样吗？我怎么没看出来？"

江偌到门口的时候，陆淮深停好车正往这边走过来，他身量高大，模样气场皆不俗，又是一身白衬衫黑西裤，穿梭在充满烟火气的老城区人行道上，格外引人瞩目。他身后的深蓝色夜幕之下，高楼大厦、车水马龙，尽是灯火繁华。

江偌略微恍惚了一下，然后冲他挥挥手。

陆淮深看了她一眼，她站在门口候号的人群中，两边挂着的大红灯笼将她的脸照得红彤彤的。她轻抿着被辣红的唇，双眸水亮。

刚走到门口，里面的嘈杂传出，陆淮深闻到火锅的辣味，忍不住蹙了下眉。

自从胃落下毛病，他对辛辣食物便敬而远之，时过多年，便成了习惯。

"今晚没应酬？"江偌跟他一起往楼上走，偏头看他，没注意到端着菜品经过的服务生，差点撞到人家身上。陆淮深眼疾手快，拽着她的手臂将人往怀里拉了把才险险避开。

他轻斥："看路。"

"欸，上来了。"陆嘉乐的座位正对楼梯口，最先瞧见江偌和陆淮深。

江偌下楼前特地让人添了副碗筷，陆嘉乐主动让出位子给陆淮深，跟王昭坐一起去了。

陆淮深一来就占了江偌原本的座，江偌往外坐了个位子，将两人的碗筷对调，又给他弄油碟。

江偌将王昭介绍给陆淮深认识，陆淮深点了个头表示招呼。

"我认识我认识，久仰陆总大名。"王昭有种接受领导视察的局促。

陆淮深看了眼江偌做好的油碟，说："不用弄了，我不吃。"

"不是没吃晚饭吗？"江偌以为是生活习惯和环境不同，陆淮深接受不了这种大众餐饮文化，便说，"要不然我跟你到另外的地方吃点？"

陆淮深又松口说："算了。"

陆缄假装在那儿叹气，要讥不讽地说："您可真是难伺候。"

陆淮深盯他一眼，陆缄眼神躲避。

陆淮深不徐不疾说："你爸打算过几天把你送到你姨婆那儿，这事知道吗？"

陆缄愣了，问："哪个姨婆？"

"南方乡下那个姨婆。你哥也同意了，要是不去，就收了你的卡。"

陆缄顿时气得想掀桌子。

看陆缄吃瘪，陆淮深好像舒坦了不少，因为江偌用余光瞧见了他嘴角幸灾乐祸的笑。

江偌给陆淮深烫火锅，陆淮深没吃几口便停了筷子，江偌便给他叫了碗米饭，自己喝了碗粥。

吃饭时陆嘉乐问陆淮深要不要跟他们一起去看电影，不等陆淮深开口，江偌替他回答："既然待会儿要一起回去，一起去看吧。"说完看向他，"这样安排可还行？"

陆淮深垂眸看她一下，语气显得有些不自在："你说行就行。"

王昭默默地扶了下额，心下激荡不已。陆淮深刚才那是啥眼神？深情款款？她万万没想到有一天能嗑到陆淮深和江偌的"狗粮"，这组合冷门到超出了她的想象范围！

一行人到了电影院，电影还有一会儿才开场，王昭和几个小孩一起去买爆米花和可乐，江偌跟陆淮深坐在休息区等待。江偌看得出来，他不怎么喜欢人多的环境，看着周遭人来人往，他一言不发地拧着眉心。

江偌凑过去，将手搁在他椅子扶手上，撑着下巴，说："既然这么不情愿，为什么还要给自己找不痛快？"

陆淮深可不是愿意将就委屈自己的人，吃火锅看电影可没一样是他喜欢的，但他都做了。

这个男人服软的方式总是如此清奇。

陆淮深面无表情地看着她小人得志的表情，抬手便将她的脑袋推开，还对她爱理不理的。

适逢暑假，工作日里来看电影的学生居多。陆淮深的样子实属招蜂引蝶那类，他还穿着与休闲场所格格不入的正装，引得一些小女生明里暗里频频打量。

江偌见站在不远处一个穿着热裤的小女生，跟同伴议论着什么，时不时朝陆淮深飞来一眼，而陆淮深不知是有意还是无意，目光跟人家对上了，惹得小女生双颊绯红躲在朋友身后低声尖叫。

江偌倏然别开头冷笑了一声，笑出声那种。

臭男人。

电影开场，除了银幕，一片漆黑。

看了会儿，江偌伸手去拿可乐，摸了半天差点摸到陆淮深腿上去，也没碰到原本放在手边的可乐。

正奇怪要去看，手上突然一暖，江偌怔住，指尖颤了颤，往旁边看去，见陆淮深手里拿着她的可乐，正在喝，还半垂着眼凝视着她。他喝完后手腕一转，将吸管放在她嘴边。

江偌脸一热，想自己拿饮料，他却捏着她的手不放。她看着近在咫尺的吸管，做不出就着他的手喝饮料的事来。她往他那边靠了靠，用只有他能听见的声音说："你松开……"

"不喝我喝了。"他在她耳边刻意压低声音，有种不怀好意的感觉。

江偌用另一只手拧了他一下。

趁黑耍流氓，不要脸。

电影结束后，王昭顺路送程啸和陆缄回锦上南苑，陆淮深和江偌直接带着陆嘉乐回自己家。

到了家里，陆嘉乐接了季澜芷打来的电话，回了客房。

江偌买了些半熟芝士和舒芙蕾，她拎着盒子到饭厅，把东西放进冰箱。

冰箱门开了一半，陆淮深走到她身后，手从她耳边伸过，拿了瓶水出来。

身后热烘烘的身体靠近，气味熟悉，这感觉似夏天忽至的雨，潮湿中涌动着热流，因它的猝不及防，更易令人心中悸动。江偌无法忽视对这种亲近越来越绵密的喜欢和渴望。

今时和往日的差别是，她不用也不会推开他。

她放好东西，转身见他拧开瓶盖，察觉到他眉心紧蹙，一直未曾舒展，不禁问："你是不是不舒服？"

"嗯。"陆淮深应了声，抬手就灌了口冰水。

见他回得不痛不痒，江偌半信半疑："哪儿不舒服？"

陆淮深垂眸睨她一眼，慢条斯理将水放进冰箱，才探究地多看她两眼："你不知道我哪里不舒服？"

江偌心里更觉这人是无病呻吟，也不知葫芦里卖的什么药，于是只不以为意地说："有病就吃药。"

她刚顺手关上冰箱，就被陆淮深堵住去路。

他搭着腰站在她面前，几番审视她，短促地哼笑了声："有些人口口声声说的喜欢，看来也就那么回事。"

话题太过跳脱，江偌有点跟不上，却着急反驳："我什么时候说过？"

陆淮深一瞬不瞬俯视着她，淡然却肯定地说："你说过。"

江偌脸热，倔强道："我没有。"

她记起来了，当时分明是他问她："你喜欢我？"

她回答的是：“喜欢上你有多简单，厌恶你就有多简单。”

这好像，的确算间接承认……

见江偌眼底浮现过转瞬而逝的恍然，陆淮深就猜到她记起来了。他神情懒懒地哼了声，甚是得意地说：“口不对心。”

“说过的话那么多，我哪能每句都铭记于心？”江偌仍然嘴硬。

盯着她肉乎乎的耳垂变得绯红，陆淮深不禁扬唇，说：“承认喜欢我就这么为难？”

不为难，是难为情。

“你没承认过，也没说过，你倒是说一句。”江偌十分在意这事，虽是间接承认，但她也成了先把“喜欢”说出口的那个，仿佛两人之间在感情天平上的落差因这事而变得格外明了。

陆淮深挑眉：“言语没有分量，行动更为真实。”

江偌正想骂他“双标”，他忽然靠近，伴着低沉的笑声，在她耳边说：“难道你觉得，我做得，不够努力？”说完，唇在她耳畔发间贴了一下，动作很轻，也不知是亲吻还是无意间碰到。

江偌抬手就掐住他的腰，道：“你的喜欢就只是两性生活。”

“身体的欲望，是精神的直观反映。”陆淮深一手撑着冰箱，一手将她往身前揽。

江偌手贴在他的胸膛，反诘道：“出轨劈腿的大有人在，那些控制不住身体欲望的行为，也是精神的反映？”

陆淮深神情十分泰然并且理所当然：“做那种事不一定是喜欢，喜欢一定会做。”

“诡辩！”江偌说着就莫名有些生气，“那这么说来，你们男人喜欢的上，不喜欢的也能上，那要这喜欢有什么屁用？”

陆淮深眉头一皱：“别说脏话。”

江偌瞪他：“我忍不住！”

她想起了陆清时和季澜芷，活生生又血淋淋的例子。

陆淮深太阳穴直跳，搬了石头砸自己脚，男人永远别想跟女人比逻辑。

江偌知道陆淮深是什么意思。只为了纾解和发泄的男女大有人在，有些人并不会为了一次发泄而强行走在一起，如果不合适，自然不会产生感情瓜葛。

她忽地想到，她本来是想问他身体哪里不舒服来着。

江偌没好气地问："你到底哪里不舒服？"

"胃不舒服，你不知道我不吃辣？"

江偌顿时愣住。

今晚一起吃的都是重口味的，点的牛油辣锅，她还催他吃了不少，陆淮深刚开始还照单全收，后来估计是实在受不了，才停了筷。

江偌霎时心疼得不行，愧疚地低声喃喃："对不起……"

陆淮深见她满脸歉疚，低头衔住她的唇。江偌万分内疚，主动捧着他的脸亲了几下，亲得极是温存。

她一只手伸下去，掌心贴着他胃的位置，在亲吻的间隙里轻声问："难不难受？"

陆淮深追着她的唇，哑声说："还好。"

"要不要我再给你做点吃的？"江偌手环到他后腰，将他抱住。

"不吃了，懒得折腾。"

正说着，听到楼上的开门声，陆淮深松开了她。江偌赶紧整理一下，换上若无其事的表情。

陆嘉乐下来看到他们，有些讶然："你们还在这儿呢？"

说着，她打开冰箱拿了一罐冰可乐，又拿起她放在客厅茶几上的半袋牛肉粒和一包薯片，拿了东西就上了楼去。

气氛静默，陆淮深定定望着江偌。所有的情感与温存，一旦被打断，过了那个时间、那个刚刚好的点，便很难再寻回。

江偌摸摸耳朵，上楼去了。

对于在全然不知的情况下让陆淮深吃了辣这个事，一直到洗澡的时候，江偌心里都还在意着。即便她已猜着，陆淮深当时不说之后却告诉她，是故意而为，目的不过是让她愧疚，在她早上故意讽刺他的罪行上再罪加一等。

心机男……

江偌站在淋浴头下，耳边都是淅淅沥沥的水声，容易让人沉静。

神思飘到天外，以至于她没听见外间响动，余光瞄见玻璃淋浴房外的人影，她本能地转过身背对着他，交叉着手挡在前面。

"你干什么？"

其实根本不必问。

陆淮深看了她一眼，那一眼幽暗却灼热。

江偌侧着头，下巴搭在自己肩头看向他，令她心颤的男性气息正不徐不疾地裹挟而来。

可能是愧疚和补偿心理作祟，江偌今晚配合得很，偶尔主动勾他，可以说是予取予求。

事后江偌缠在他身上动也懒得动，陆淮深一手托着她，扯了条浴巾裹在她背上，就那样抱着她往外走。

江偌将头搭放在他肩上，低软的声音里含着倦意："我考虑过重新立案了，如果需要章志的妻女做人证，先征求她们的同意会不会好一点？"

陆淮深停下，蹙眉盯着她："谁让你这时候谈这种事？"

江偌哑然，张着唇好一会儿，说："因为我觉得气氛挺好。"

陆淮深将她放在干区的盥洗台上，目光暗暗从她头顶掠过，他磨了把后槽牙，气笑了："真是有理有据让人无法反驳。"

江偌自己擦干身体，裹好浴巾，陆淮深穿好睡袍，又拿了擦头发的毛巾给她，再单手拦腰把她抱下来，问："万一她们不配合，你怎么办？"

江偌看看他，一时无言，擦头发的动作慢下来，随后她说："我会再好好想想……"

陆淮深抬起她的下巴，说："你在自己的事上瞻前顾后就算了，怎么对别人也总是心慈手软？"

江偌心头乱糟糟，但是又没精力去仔细将事情想出个结果，只是一动不动看着他，眼睛清澈水润。江偌将额头磕在他肩膀，闷声道："不是心慈手软，人都是自私的。"

她只是怕背负上自私的后果而已，这是懦弱。

但是要重新立案，章遥母女是关键，势必要找她们，这无法避免。问题的主次，江偌还是分得清的。

"你自己决定，反正江氏的股份交接也差不多了。"

这也算是江偌近来唯一感到舒心的事了，但她也不免因此想起那被陆淮深截走的百分之十股份。

她抬眸望着他。迄今为止，她仍不知他的目的。

陆淮深见她脸上带了点儿笑容，捞住她低声说："高兴了？"

江偌眼底笑意宁静："当然。"

吴丽丽被辞退后，公关部那边副总监职位空缺，前任总监推荐了王昭。Gisele 很看好王昭，但考虑到她资历尚浅，几番犹豫。

总经办却有一个资历比王昭老些的，也一直盯着那职位。她业务能力一般，跟一些男中层的关系却不一般。有话语权的基本都站她，加上她在公司的时间比王昭长，她便成了优先考虑对象。

下午江偌得到消息，公司的推广大使定下来了，是杜盛仪，并且 Gisele 让她去跟杜盛仪方谈代言合同。

江偌讶然。理论上来讲，每个部门负责不同事项，谈代言合同这事怎么轮也轮不到她总经理助理。

"是杜盛仪要求的，"Gisele 其实也有些意外，"她经纪人说，上次杜盛仪在宴会见过你和 Miya（米娅），跟你们比较聊得来。本来是想让你们俩一起去，毕竟你刚来不久，但 Miya 要跟我去出差，你可以选个法务部或者公关部的人跟你一起。"

江偌稍做思考，问："选王昭可以吗？"

Gisele 沉默片刻，清晰洞察了江偌的目的，但是还是点了头，应允道："可以。"

Gisele 同意了，说明王昭在她的考虑范围内，到时候合同谈下来，王昭的资历上又能添一笔。借此东风，倒可以名正言顺让她接下公关部副总监职位。

王昭得知这事后，抱着江偌猛亲一口，示爱的油腻话哗哗往外倒。

"够了，我的粉底都被你蹭掉了，"江偌死死按住她的头，为了按捺住她的感激之情，江偌转移话题，"今晚下班，我搭下你的车回我小姨那儿。"

前两年王昭刚工作的时候父母给她购置了一套公寓，装修完空置了一年，前几天她才搬过去，距离锦上南苑不远。江偌下班后要去看看小姨和家里那俩孩子，给家里添些日用品。

行至半路，王昭转弯时一面打方向盘右转，一面看了眼反光镜，说："后面这车跟了我们一路了，还真是巧了。"

江偌一愣，随即想起近日疑似被人跟踪的种种，背脊发冷，立刻扭身往后挡风玻璃外看去。只见后面一辆黑色半新的大众迈腾，保持着安全距离跟在车后。

转过弯，江偌只能看清车里有两个男人，细看不及，对方便打着转向灯拐到了左侧车道。

江偌心有戚戚，道："我总觉得最近有人跟踪我。"

江偌本不打算说出来，一来怕引起王昭恐慌，二来怕殃及王昭。

若是换作以前，王昭可能会笑话江偌电影看多了疑神疑鬼，但知道了江偌跟陆、江两家的渊源后，王昭不敢将她的话当玩笑。

"真的假的……"王昭咽了咽口水，"谁跟踪你啊？"

"很有可能是江觐的人。"江偌六神无主，让王昭也多加注意自己身边的异常。

王昭往后视镜里多看了几眼，问："那车在大街上随处可见，我看着就像是普通的私家车，你看清车上的人了吗？"

"没有，只大致看到是两个男人。"

高峰期车流拥堵，王昭视线受限，只从后视镜里见副驾驶上坐着一个穿黑色背心的普通男人，他正半低着头接电话，看起来并无特殊之处。

她们注意着后方车辆，后方车里的人也一直盯着她们。

迈腾副驾驶上，男人坐相散漫，手肘支在车门上，握着手机的手指间还夹着烟，薄薄的嘴唇翕动不太明显。男人吸了口烟，沙哑嗓音也如傍晚日头，懒倦含糊："确定有人跟着她。"

电话那头的人问："谁的人？陆淮深派来的？"

"还用问吗？"男人将电话换了个手拿着，放下车窗，往外抖了抖烟灰，"是一男一女，昨天到今天，好几次故意超我们的车，像是有意要让我们发现。"

对方没接话。

男人皱眉，低哑一笑："江先生，该您拿个主意了。"

江觐从牙缝里憋出一个字："撤。"

江觐挂了电话，一脚踹在沙发脚凳上。陆淮深可不就是故意的吗！

车上。

开车的小弟问："火哥，明天不用跟了吧？"

水火懒洋洋地看着前面那白色轿车，眯了眯眼，说："跟，我自己来。"

"江先生不是说了撤吗？"

水火的手心在发楂上捋来捋去，道："私人恩怨，跟江觊无关。"

那小弟一脸惊奇："你跟那江偌还有私人恩怨？风流债啊？"

水火又点了支烟，也他一眼，低骂了一句，淡淡说："你别说，我看女人的眼光，跟陆淮深还真有点像。"

小弟丈二和尚摸不着头脑，问："我怎么越听越不明白了，您这话听起来好像您跟陆淮深有交集？"

"有，当然有，"水火吞云吐雾两口，拨开额际发根遮掩的地方，露出一截蜿蜒丑陋的陈旧伤疤，"这玩意儿可不就是拜他所赐么。"

那疤痕已有些年头了，疤痕已泛白，小弟盯着那伤疤，极为诧异。

恨及心头，眼神却越是淡薄，水火轻哼着，指了指前面路口说："前面直走，别跟了。"

前方路口右转后，见那辆车直行了，王昭才卸下防备说："看吧，应该只是顺路，你想太多了。"

江偌却疑心对方是知道被发现了，所以临时改了道。她还是将车牌号记了下来。

听说江偌要去超市给家里买补给，正好王昭也想买些东西去新家，两人一起去了趟超市。

江偌回到家里，发现楼下正停着一辆黑色轿车。一般只有陆淮深来时，他们这小区才会出现如此扎眼的车，但陆淮深的车库里似乎并没有这辆车。

江偌经过时，忍不住往车里瞧了眼，见陆重正将目光从手机界面上抬起来。看到江偌，他放下车窗。江偌微讶，主动打了声招呼："你来接陆缄吗？"

陆重点了下头，看向她手里两个大大的购物袋，问："用不用我帮你提上去？"

江偌婉拒，但请他上去坐会儿。

陆重刚要应话，目光落在她身后，陆缄和程啸一前一后出来了。

程啸立刻接过江偌手里的东西，陆重往陆缄空空如也的双手里扫了眼，问："让你收拾的东西呢？"

陆缄在陆重面前规矩了些，但仍是一股颐指气使的派头，他说："我想让程啸跟我一起去姨婆那儿。"

陆重给他一眼，并没应。

陆缄说："那乡下我一个人都不认识，除了老头老太太就是穿开裆裤的小屁孩儿，要憋死我啊？"

想起去年被"流放"过去的日子，他整个人都丧得不行。

陆重："你问过程啸意见了？"

程啸本人没发话，就被陆缄抢白："他说要听他姐的意见。"陆缄说着望向江偌，满眼写着"姐姐行行好"。

江偌问程啸："你想去吗？"

程啸耸耸肩，表达得很含蓄："听说那儿环境挺不错的。"

"你想去就去吧。"在乡下，应该也闹不出什么幺蛾子来。

吃了晚饭，陆淮深那边应酬还没结束，江偌懒得麻烦司机过来，自己打了车回去。

陆嘉乐听说陆缄和程啸要去乡下姨婆那里，她也想跟着去，陆缄表示并不介意多带她这一个累赘。

但是陆嘉乐的累赘——那条法斗罗奇，被留了下来。

夜里，江偌躺在床上，想起白天的事。

她翻来覆去许久睡不着，陆淮深将人拖到自己身前，缚住她的手脚，道："你多动症？"

已是深夜，江偌人有些疲懒，她扯了扯被他压在手臂下的头发，带着鼻音说："你压到我头发了。"

陆淮深抬起垫在她颈下的手，江偌将被压住的发丝理好。

她依然无从开口，因为她可能只是被明钰的话搞得太敏感。下午的跟踪其实没有真凭实据，有可能确实只是刚好顺路的私家车。江觐纵然手伸得再长，应该也会对陆淮深心存顾虑。陆淮深之前已经在查水火的底，江觐要是知道被发现了，也不敢轻易动她。

江偌抚平心中惊悸，说："可能是我太敏感了，那天之后，总觉得有人跟着我。"

陆淮深问："怎么回事？"

保镖今天已经向陆淮深报告过，江觐派去跟踪江偌的人下午的时候已经撤走了，也不知道江偌发现的是江觐的人，还是他派去的保镖。

江偌将下午的事告诉了他，又说："我还记下了那车的车牌号，但我觉得只是我想多了。"

那车牌号保镖早就记下转交裴绍。有趣的是，昨天和今天，这些人使用的并不是同一辆车。可见其准备工作充足，且反侦察意识强。如若不是在江偌身边徘徊的时间太长，他们都很难让他的人察觉到。

陆淮深为使她安心，让她说出车牌号。

"万一只是普通私家车呢？"

"那就简单了，有问题的车才更难调查。"

车牌号记在手机备忘录上，江偌拿给他看。

放下手机，江偌翻了个身，趴在床上撑着下巴望向他，似笑非笑道："陆总人脉如此之广，门道如此之多，真是佩服。"

陆淮深听出她的揶揄，目光也带了几分笑意，道："那你不是该偷笑了？"

江偌疑惑道："嗯？"

陆淮深长臂搭在枕头上，挑了挑眉说："人脉广、门道多的，是你的男人。"

江偌露出个"你没懂我意思"的表情，说："本想跟你'商业互吹'一下，怎么从你嘴里说出来的仍然是在夸你自己？"

"想我怎么夸你？"陆淮深一脸洗耳恭听的样子。

江偌越发来劲了，还故意装作不在意地说："从我嘴里说出来，那有什么意思？"

你夸我呗，你可劲儿夸夸我。她想表达的其实是这意思。

陆淮深摸了摸下巴，支颐看着她，却一言未发。

平常的江偌比起同龄人显得沉稳许多，没有挤眉弄眼的矫揉造作，也没有故作矜持和刻意，现在这种特别鲜明的属于年轻女孩子的鲜活狡黠，和他这个年龄段格格不入的年轻，罕见地正中他意。

陆淮深心思走偏，想到，曾经以为自己将来若结婚，伴侣也应当是和他年龄相当，阅历成熟的女人，至少日常里能谈得到一块儿去。

江偌看过来，陆淮深仍是不为所动，她不自信起来："我难道就没什么突出的优点？"

"那还是有的。"

"哪里？"江偌盯着他，想听他接着说，结果陆淮深抱着她便将她按在床上。

江倩羞赧又不知所措地看着他，陆淮深手下的丝滑面料包裹着柔软肌肤，他垂眸盯着她白皙饱满的脸庞，声音低哑道："只可意会，不可言传。"

第二天，江倩要上班，陆淮深也要去公司，他便让司机送陆嘉乐去机场跟陆缄和程啸会合。

这天下午临下班前，裴绍将保镖的总结反馈给陆淮深。一整天观察下来，之前在江倩周围徘徊蹲点的那些人今天都已不在了。

似乎这一切都在陆淮深的意料之中，他头也不抬地说："继续盯着，别放松警惕。"

江倩在接下 DS 和杜盛仪签约的工作之后，便联系到了杜盛仪的团队，双方需要沟通一下代言合同的款项。杜盛仪想要找个时候面谈，却又迟迟空不出时间。

拖了十天半个月，江倩每次问的时候，对方不是说要补拍电影镜头，就是说有通告要跑，有广告要拍。

到了八月初，对方才说空出了一点时间，要江倩和王昭第二天下午五点的时候到青兰会馆，杜盛仪从外地回来下了飞机会直接去那边参加饭局。

王昭按捺不住脾气，说了句："吊着合作方半个月，还抽吃饭前的时间谈合同，这是看不起 DS 呢，还是耍大牌？我们上头都在催了，她倒是不急，心安理得地给别人的工作添麻烦。"

晚上，江倩跟陆淮深一起在外面吃岭南菜，说起明晚要去一趟青兰会馆。

陆淮深神色一凛，但江倩低头吃饭，没看见。

他问："去干什么？"

青兰会馆算不得什么干净地方，江倩就一"脆皮"，又一副正儿八经的气质，自那次她差点在那儿出事之后，陆淮深对她出入这些地方就多了分警惕。江倩这人性格虽犹犹豫豫、瞻前顾后，但某些时候又心大胆大，御楼都敢只身进，还有什么地儿她不敢去的？

陆淮深觉得人心奇怪，从前不上心的事情，时过境迁，又能在意得要死。

江倩中午没怎么吃东西，正饿得慌，咽下块菠萝咕噜肉才吐槽："我们公司要签一个推广形象大使，叫杜盛仪。之前这位杜小姐指定要我跟她谈，因为我跟周致雅在酒店的开业酒会上跟她聊过几句，她似乎更信任我和周致雅。但周致雅之前没空，便由我和王昭接了这活儿。那杜小姐还要求面谈，结果一拖再拖，到现在她才抽出点时间，而且还是在她吃饭的空档。"江偌摊手，抬头，发现陆淮深正一瞬不瞬盯着她，目光令人不解，她问，"怎么了？"

陆淮深不着痕迹地收回目光，问："之前怎么没听你说过？"

江偌夹着筷子回想了一下，道："没有吗？不过说了你也不认识她吧。"

江偌从不会过问陆淮深工作上的事情，除非与江氏有关。陆淮深也从不过问江偌工作上的事情，当然，除非也和江氏有关。

江氏就好像维系着她和他的最紧密的一条纽带。她和陆淮深之间的交集，冲突与妥协，此般种种，皆是因它的存在而存在。

如果有一天这条纽带断了，会有两种可能。一种乐观的可能是，他和她在达成一致的情况下解决了江氏的事情，感情的事好说；另一种不乐观可能是，矛盾无法跨越必然引发更多问题，感情的事免谈。

毕竟这世上所有事情的因果关系是不可逆的。

江偌与陆淮深忽然不约而同地沉默了一会儿，四目相对时，所想却全然不同。

江偌抿起唇来，撑着腮，没有回避他的目光，舌尖还有咕噜肉独特的余味。

可是怎么办，她好希望一切都是朝着乐观的方向前进的。

陆淮深已经吃好了，他看了眼她面前还剩半碗的米饭，手在下巴上摩挲了下，往后靠在椅子上，淡淡地看向她："赶紧吃饭，看我干什么，我脸上有饭？"

江偌垂眸拨了拨碗中米饭，她菜吃得多，已经饱腹，没什么食欲了，顺嘴便调侃道："看你看饱了。"

她说这话时半低着头，攒出笑意，挑起眼尾看了他一眼。本是无意动作，样子却有些漫不经心，语气也有点贫。

陆淮深盯着她眼角眉梢不经意的撩拨之态，良久，他偏头看向窗外，低低地笑了一声。

吃过饭，江偌站在餐厅前等陆淮深将车开出来。

餐厅坐落于毗邻购物中心的梧桐街上，这条街两侧立着楼层不高的西洋式建筑。为保持其独特性，这条百年老街并未改建过，也没有地下停车场，晚餐客流量一旦增大，此处划出来的停车位就明显不够用。

陆淮深的车停在餐厅露天停车场靠近出口的位置，结果吃完一顿饭出来，出口狭窄的位置被两辆车严丝合缝地挡住。

餐厅工作人员只能联系车主来挪车。

江偌过去和陆淮深一同等，正有一搭没一搭地聊着，身后传来声音："二位久等了，车主来挪车了。"

江偌朝车主致歉："麻烦了。"

拦住去路的有两辆车，但只要其中一辆移开，就能空出足够的空间倒车。

车主看起来是个二十出头相当年轻的男人，手里拎着车钥匙，个子高瘦，穿着衬衫和休闲裤，清爽短发修剪成时下男孩子流行的发型。

江偌刚想要让到一旁，那车主突然与她打招呼："江偌？"

陆淮深松懒的眼神一聚，看向她，遂又看向那年轻男人。

江偌看向来人，张了张嘴，叫不出名字。

"江偌，还真是你。"对方见她有点蒙，又说，"我是翰宋啊。"

江偌立时有了印象，"翰"这个姓氏很少见，姓"翰"的只有高中同学里有那么一位。但她记得翰宋是有些胖的，现在他瘦了不少，五官也更立体，导致她第一眼没认出来。

江偌收起诧异，说："好久不见，你瘦了，差点没认出来。"

"我倒是一眼认出你来了，比以前还漂亮了。"以前稚嫩，现在成熟，那气质让翰宋眼睛一亮。

"谢谢。"江偌大方笑笑，老同学见面不都这样嘛，互相客套客套，"我记得你好像去留学了，现在回来了？"

"对，先回公司工作两年再说，"翰宋将目光转到陆淮深身上，"这位是？"

江偌一时有点怔住，慌里慌张中，腰上横来一只手，轻拢住她的腰。

江偌的脸顿时有点僵，笑得也越发含糊："这是……"

翰宋意会过来，爽朗笑笑："明白明白，男朋友嘛，我先去给你们挪车。"

江偌没反驳，翰宋伸出手，陆淮深同他握了握手，当然也纯属礼节性客套。

翰宋上车之后，江偌心虚地瞧向陆淮深。陆淮深面无表情地抬起手腕看时间，余光都懒得分她了。

翰宋将车倒出来，陆淮深去开车，江偌跟着过去，翰宋在车里叫住她："老同学，加个微信吧。"

老同学留个联系方式，也不好拒绝。江偌心想，他也只是占个联系人位置而已。两人便互相加了微信。

但是江偌忘了，翰宋跟他们高中班长是铁哥们儿，那班长学习一般，却极其会来事儿，人缘奇好，尤其爱组织各种各样乱七八糟的聚会。而东临市同年龄层的富二代，基本都聚集在了她的高中里。圈子就那么大，关系网又复杂，最便于小道消息的流通。

江偌倒完全没想到这一层，只想着接下来怎么哄好陆淮深。

车子驶入如水夜色里，前两天刚逢台风过境，入了夜天气很是凉爽，陆淮深没开空调，江偌放下大半车窗，任风吹乱耳畔压得整齐的发丝。

陆淮深上车之后便没说话。

女人总是能很敏锐地察觉到情绪和气氛的变化，从她支支吾吾没说出陆淮深和她关系的时候，江偌就已经发觉陆淮深变了脸色。

行至半路，上了高架，周遭没有那么多车水马龙的嘈杂，江偌小心翼翼地探了眼他的神色。

陆淮深是看得到她的小动作的，但是他没给反应。

江偌寻思着，主动开了口："裴绍有说什么时候提车吗？"

前几天陆淮深给她买了辆车。因为她要在临海别墅和锦上南苑之间来回，有时候他有应酬不能接她，便让司机接送，她觉得太高调，但高峰期也常常不好打车。

江偌现在花陆淮深的钱，已经有那么点儿心安理得的感觉了，所以陆淮深提出要给她买辆车的时候，她也就没拒绝。

陆淮深敷衍回她："他会第一时间联系你。"

"哦。"江偌忽感无话可说。

气氛有些紧绷，江偌心中有些忐忑。于是打开手机和王昭微信聊天，以缓解紧张。

江偌："我惹到陆淮深了。"

王昭："什么程度？"

江偌想了想，回："无法估计。"

王昭："恕我直言，陆淮深此人，我不知道他的底线在哪里，毕竟我瞧着他总是情绪不露的样子，也不像是能用普通人的度来衡量哈。"

江偌发了个"猫猫扶墙叹气"的动画表情。

车停进车库，陆淮深熄火下了车，江偌跟在后面，两人一起进了屋，罗奇见他们回来，从它的狗窝里慢悠悠踱步过来。

江偌蹲下摸了摸它的狗脑袋，抬头去看陆淮深，发现他已经换了鞋径直上楼去了。

江偌回到房间的时候，陆淮深已经换了身运动装备，去了一楼的健身房。

江偌之前偶尔也会在陆淮深练拳击的时候去跑步机上跑一会儿，所以陆淮深下去之后，江偌也换了衣服跟着下去了。

陆淮深占用了跑步机热身，江偌过去旁边的椭圆机，坐在上面悠闲地蹬了几下腿。江偌也不故意找话说，就安静地待在他视线范围内，沉默地干扰他。

过了会儿，陆淮深退下跑步机，手搭在扶手上，定眼看了下她，似乎是有话要说，又似乎是在等她说，目光无波，看起来无端有点严肃。

江偌后知后觉直起身，犹豫了一下，刚要开口，陆淮深便转身离开了健身房。

江偌哄人的热情霎时委顿，甚至有些上火。她性子虽说较为老成内敛，但也是需要人哄着的年纪。

或许是最近陆淮深太顺着她，在他面前江偌也越来越懒得掩饰那原本的倔脾气，心头一股火气混杂着不忿直往头上冲，她下了椭圆机，脱了运动鞋，赤着脚就大步往楼上走。

在陆淮深进衣帽间前，她快步从他身侧走过，带起一阵风。

江偌拿了睡衣就要去浴室，见陆淮深一直站在门口，她本想目不斜视将他当空气，可忍不住用余光瞥了他一眼。江偌木着脸冲他冷声问："看什么看，不是不愿意看吗？"

陆淮深被她气乐了："脾气这么大，你是觉得你还有理了？"

江偌被反诘得一蒙，忘了自己才是始作俑者。她感觉得出陆淮深不是动气，就是心里不舒坦，因为她支支吾吾不向人介绍他与她的关系，最后还默认他是男朋友。

江偌降下声调："是你先发脾气的。"她不过是以暴制暴。

陆淮深皱眉捏起她的下巴："谁发脾气了？"

江偌气势早就弱下来，气愤地看了看他，别开脸了。她吸了吸气，平静地与他讲道理："翰宋是我同学，以前班上有人家里跟江家有来往，别人以前一直都以为你跟江舟蔓是一对，如今若是看到我和你……"

她承认她当时怯懦，越安稳的时候，越怕惹麻烦。她也知道太阳底下没有新鲜事，和他的关系总会被人知晓，总会遭遇某些知情人异样的眼光。如果可以，她当然希望能在爷爷洗净冤屈之后，等跟江渭铭一家的账算清的时候，再把关系公之于众。是她玻璃心，她无法面对质疑和奚落的声音。

陆淮深知道问题根源在哪里了。她在意别人的眼神和看法，以前不是不在意，只因形势所迫，没工夫在意。

他垂眸凝视她片刻，眼底噙着淡淡厉色，冲动开口："你以前不是巴不得让别人知道你是陆太太吗？现在摆脱麻烦了，你却担心起名声来了？"

江偌登时气急，瘦削的肩膀都在发抖，她压抑着声音也同样压抑着怒意："你也别忘了我是被谁逼的，别忘了你那时怎么对我……"

陆淮深怔住。

她胸口起伏着，狠狠瞪他两眼，别过脸就要走开。陆淮深忽地强硬扣住她的手臂，低头便堵住她的嘴。江偌连挣扎的机会都没有，陆淮深搂住她的腰，抵着她的身子往后退，直到她的背脊贴在冰凉的衣橱门上。

室内开着冷气，木质纹理的门板冰凉，冻得她缩了缩肩膀。

江偌用一条小臂隔在两人之间，被他的胸膛紧紧挤压着。当陆淮深无法自已地想入非非时，他松开了她一点。两人呼吸都有些急促，江偌余怒未消，故意不看他，然而热潮涌上脸颊，看得陆淮深心头发痒。

江偌这人，要是放任她说下去，不管是讲道理还是鬼扯，她能把一百年前旧账全部摊在你面前，同时说服她自己。当她的逻辑战胜了情感的时候，那就麻烦了。

陆淮深知道他和江偌以前的烂账不少，若两人都认真追究起来，结局一拍两散绝不是没可能。陆淮深将她的脸抬起来，她抿紧了唇，满是不情愿。

他扬起唇角，嗓音低沉："其实做男朋友也没什么不好。"

江偌不知他这话是真话还是反话，因他那笑意过分温和，让她起了层鸡皮疙瘩。

她纠结着："我也不是那意思……"

"那是什么意思？"陆淮深接话快得她猝不及防。

江偌说："你不如这样想，以前你委屈我不让我做陆太太，现在我委屈你做男朋友，我们也算扯平了？"

陆淮深松开她："扯不平。你这角度新奇，逻辑却很勉强。"

江偌主动踮脚搂住他，嗓音又柔又轻："今时不同往日嘛，你我都有苦衷不是吗？"

她主动投怀送抱什么的，陆淮深向来不会拒绝，嘴上说着"少来这套"，手上动作却一点不含糊。

江偌一喘，拍他后背："洗澡，都是汗。"

第四章

"你就这么相信他？"
"相信，至少现在是相信的。"

　　江偌洗完澡，发现后台不停有微信消息进来。

　　她点开才发现翰宋把她拉进了高中班级群，群名"城乡接合部夜总会"。同时微信界面还有几个新的好友申请。

　　翰宋的聊天框里有一条未读信息，是一个小时之前发的，当时他刚把她拖进群里，发消息问她："群名剌不剌激？"

　　江偌顿时觉得太阳穴跳得欢快。

　　陆淮深不知临时又有什么事，刚又去了书房。房间门没关严实，虚掩了一条缝隙，江偌放下手机，渐渐支撑不住睡去。

　　次日，意外来得猝不及防，本来约好今晚见面的杜盛仪再度毁约。但这次是杜盛仪亲自打电话给江偌道歉，说她这边临时出了点意外。

　　江偌尽量保持平和："不知是什么意外？有我们能帮得上的地方吗？"

　　"没什么，"杜盛仪顿了一下，语气一如既往地有种拒人于千里之外的冷淡，"就是有人不想让我接 DS 的代言。其实我个人还是很希望和你们公司合作的，只是需要点时间处理我这边遇到的麻烦。"

　　江偌半信半疑，沉默片刻还是回了"行"。

　　说完江偌欲挂电话，杜盛仪却又开口："其实这事你们公司帮不上忙，不过江助理你倒是……"说到这儿，她声音不自然地戛然而止，"算了，当我没说。"

江偌一头雾水，那边已经挂掉了电话。

能左右杜盛仪决定的，江偌能想到的，除了杜盛仪的经纪公司，就是竞争对手。DS作为全球知名高端酒店品牌，就杜盛仪当前的名气来说，接下这份代言，给她带来的利大于弊，公司理应不会阻止。至于竞争对手，原本待选的那几位，要么是一线流量女星，要么是走大银幕路线的青年花旦，她们对于国际酒店的代言，似乎并不是那么看重，所以也没必要恶性竞争。

江偌百思不得其解，仔细想了会儿杜盛仪说的话，总觉得漏掉了什么，却毫无头绪。

她将这消息告诉了王昭。

"我昨天就猜到苗头了，这事儿肯定又要出岔子，"王昭气不打一处来，一脸"我就知道"的表情。

江偌说："我等会儿跟Gisele说一下这事，如果杜盛仪那边确实协调不过来，看能不能换人。"

然而，她进了办公室刚要说这事，Gisele却抢先告诉她，杜盛仪的经纪人亲自打电话过来解释，说杜盛仪最近跑电影路演，行程错不开，等路演结束后再谈。

江偌有些蒙：两边口径竟不一样？

有趣的是，下午的时候她又接到了杜盛仪助理的致歉电话，而且对方还送了四张首映礼的票，请他们提前观影，并诚邀Gisele和钟慎出席。

这场首映礼邀请的都是业内人士以及媒体。Gisele自是不会去的，让她看近两小时的武侠片，她会睡过去。但她却要求江偌和王昭去，她俩是主要接洽人，去了美其名曰"给杜盛仪面子"。

"给她面子？她怎么不给我们面子？"王昭说这话的时候是周六傍晚，两人已经坐在了电影院里。

她们在中间靠后的位置，前面坐着一对明星夫妻，左边隔了两个位子坐着一名青年导演和制片人。

熄灯后，电影开始。

江偌支着下巴盯着银幕，当出品人名字嵌在银幕中央时，她猛地怔住。

王昭也发现了，讶异程度不下于江偌："博陆投资了这部电影吗？"

出品人一行中出现了陆淮深的名字,她以为自己眼花,可王昭分明也看见了。博陆必须得是主要出资方,陆淮深的名字才会出现在出品人行列。

王昭好奇:"博陆集团也开始发展娱乐版块了?"

江偌"嗯"了一声:"应该是吧。"只是陆淮深从未跟她提过。

不过他们之间本来也很少过问双方的工作,何况投资电影只是博陆诸多项目中的一项而已。可江偌总觉得怪怪的,具体哪里怪,她说不上来。

江偌没怎么看进去,电影所有色调都是灰沉沉的,可能是想突出冷兵器时代的特点,可惜拍得不尽如人意,江偌的注意力几乎都被杜盛仪吸引去了。

片中杜盛仪饰演一名女将,爱上了男主角扮演的世子。女将军在战场上身披铠甲叱咤风云,下了战场却穿上罗裙,为男主争权夺利付出一切。

奈何她是女二号,明明是三个人的电影,她却始终没有姓名。

当然,这个角色的设定还是挺打动江偌的,但不知为何,由杜盛仪演出来,她似乎便没那么喜欢了。

不久后,江偌才意识到,女人的第六感到底是多恐怖的东西。

电影结束后是媒体见面会,江偌和王昭看完电影便离开了,电影院在商场内,二人吃完饭顺便逛了街。

江偌最近热衷于买套装,专挑气场尖锐的职业风,她看中了一件真丝衬衣和黑色包臀裙。衬衣是褶皱深V领设计,领子开得很低,江偌另配了胸针收领。

江偌拿了这套去结账,打开钱包准备刷卡的时候,看见钱包卡位上一张陆淮深之前给她的副卡,她从来都没用过。江偌迟疑了一下,将自己的卡塞回去,取出那张卡递给收银员。

她刚走出商场大门,陆淮深的电话就来了。他问:"你看完电影了?"

"看完了。"

"买了衣服?"

"对。"她刷了卡,应该是有消费信息发到陆淮深手机上。

"吃饭没?"

江偌不答反问:"你喝酒了?"她听出他的声音有些懒散,是带着些微沙哑的鼻音。

他说:"就喝了一点儿。"

"记得让司机过去接你,别酒驾。"

江偌说完准备挂电话，又听他说："你离我这儿挺近，你到我这儿来，等下一起回去。"

　　"可我跟王昭在逛街呢。"江偌压低声音朝电话那头说。

　　王昭耳尖听到，立刻凑近手机道："不不不，我们已经打算回家了。"

　　陆淮深说了个地址就挂了电话。

　　两人分别后，江偌打车去了陆淮深跟客户吃饭的地方。

　　下了车，她站在酒店门口刚准备给陆淮深打电话，就见他正从里面出来，衬衫西裤，挺拔如斯。

　　他也盯着她看，对视使江偌微臊，她不着痕迹地别开眼去。

　　陆淮深朝她走近，手轻揽住她的腰，道："装不认识呢？"

　　他身上有烟酒味，江偌凑着鼻子上前嗅了嗅，半笑不笑地抬头："对方安排的项目还挺精彩的？"

　　他挑眉说："没什么新意。"

　　她穿着平底鞋，不踮脚的时候刚到陆淮深下巴的位置，凑近的时候，发顶贴着他的下颌，身上发间都有股淡淡的香味。那是江偌身上的香水味，尾调柔软好闻。

　　陆淮深闻着她的味道，被饭局上的浑浊气味冲得郁闷的心情一扫而光，身心都舒畅不少。

　　江偌抬头看向他微醺后格外清亮的双眸，故作叹息："看来想讨陆总欢心，还真是不容易。"

　　陆淮深低头凑近就要亲她，江偌倏地将脸一转，微嗔："周围都是人呢。"

　　泊车的门童将车开来，陆淮深将车钥匙扔给她："你来开车。"

　　陆淮深属于喝酒不上脸的类型，说白了就是特能装，装作没有醉，偏偏脚步还平稳，谈吐还清晰。但是有一个特点，他喝了酒后眼睛格外亮，尤其是有醉意的时候。

　　江偌偶然发现后，便是以此判断他是否喝醉，只是无法判断他醉酒的程度。

　　直到回了家，陆淮深上了楼便倒在床上，手搭在眼上挡光。

　　通常陆淮深回来后的第一件事就是去换衣服，如果像今天一样时间晚了，会直接去洗澡。

　　江偌去衣帽间换了家居服，出来见他已经躺下了，她拍拍他的腿，说："你洗了再睡呀，别穿着衣服躺床上，身上又是烟味又是酒味的。"

陆淮深喝多了酒本就头疼，兴许是觉得她聒噪，他抬脚就钩着她的腿绊住她。江偌站不稳，膝盖一弯往他身上扑去，陆淮深伸手将她稳稳接住。

江偌撑着他的胸膛半抬起身子，发梢在他脸上晃来荡去，陆淮深皱了皱眉，将她的头按下去贴在胸膛上。

江偌听着他沉稳的心跳，心中难以自抑地生出一阵悸动。

"你是不是喝多了？"她不想破坏此刻的温存，就这样一动不动贴在他身上。

回来时开着车窗吹了风，他身上沾染的烟味已经散去，自身的味道也越发清晰，充满了独特的气息。江偌极是喜欢他身上的味道，于是又往上嗅了嗅。

"喝没喝多你不知道吗？"陆淮深带着鼻音，一只手压在她腰上，说完用手来回在她腰背处抚摸，动作轻柔又夹杂暗示。

江偌推搡他："醉没有？"

他依然紧闭着双眼，说："有一点。"

江偌撑起身子来，用手抱住他的头，俯身在他唇上亲了一下，问："真的只有一点？"

陆淮深睁开眼睛，双眸不再有平日里的清明犀利，茫然中带着淡淡的欲念。

江偌笑着审视他，低喃道："看来还醉得不轻啊。"

陆淮深反应有些迟钝，看着她许久，才低低地笑了声。他压着她的后脑勺，将她的唇往自己面前送。

卧室里格外安静，逐渐急促的呼吸声异常明显，唇舌纠缠的声音也令人脸红心跳。可劲儿厮磨了一会儿，江偌退开稍许。

陆淮深一动不动地盯着眼前人，酒力发作，他有些困，思绪也不太清晰，眼神显得混沌迷离。

江偌被迷了心智似的，静静俯视着他。他处于放松状态时，薄唇微抿，刚才那温和一笑，唇角翘起，令她醉心得很。她伸手，指腹在他胡楂上摩挲，她打量着他清朗的眉目，他高挺的鼻梁在一侧留下小片阴影。

这张棱角分明的脸，分明就是她最中意的类型。

女人心中多少都存在幻想，她见他的第一眼，这张脸和举手投足间不经意流露出的气质、气场，就满足了她脑海中对完美男人的所有幻想。

可后来幻想破灭，愧疚和恨意充斥心中，偶尔午夜梦回她却还是会想起他。

上大学的时候，某次同学聚会中，一位同学献唱了一首歌，当唱到"其实每次见你我也着迷，无奈你我各有角色范围"时，她想到的还是他。

其实那时候她跟陆淮深看似已经是两条平行线了，她不大愿意去想起他。结婚后，他们隔着太平洋，她甚至不敢回去，怕见到他冷漠厌恶的眼神，怕被冷眼相待。所以那时，只是想起他，对她来讲都是折磨。

可有些人不是甘愿受折磨，也期盼着折磨之后那一瞬间的快慰吗？

她回过神，又仔细端详他，依然被那难以抗拒的悸动填满心扉。

江偌的抚摸似乎让他很是享受，他闭着眼睛就要睡着，江偌细声细语地唤醒他："我今天看电影的时候，好像在片头看见了你的名字。"

"嗯？"他这声反问，有点本能应声的意思，江偌不知道他将她的话听进去没有。

"博陆投资了那部电影吗？"

"嗯。"

"没听你提过。"她跟他提过杜盛仪，那时他也没说投了对方主演的电影。

他说："不是什么大项目，印象不深。"

江偌看他一会儿，点点头低声若有所思道："这样。"

陆淮深睡了过去，意识不清，江偌给他煮了醒酒汤喝，又给他脱了衣服，在浴缸里放满水，扶他去浴室洗漱。

最后她扶着人高马大的他站在盥洗台刷牙的时候，她气喘吁吁地咬牙切齿："以后再这样，我就让把你扔在地上，看都不会看你一眼。"

次日周日，王昭邀请了江偌晚上去新家吃饭，刚好陆淮深也有事要出门，便顺道送她一起去。

出发前江偌还在愁带什么礼物，陆淮深说让她去酒窖里选一瓶酒。

江偌不会选，让陆淮深去帮她挑一瓶。

陆淮深拿了酒上车，还随手拿了袋西班牙火腿，路上江偌又去买了水果篮和一束鲜花，终于两手满满。

下车时，陆淮深说："晚上我过来接你。"

江偌比了个"OK"，背上包准备下车，说："不过要是太晚我就睡我小姨这里了，反正比较近，我打算吃了饭去看看她。"

"嗯。"江偌打开车门，陆淮深突然问，"你不想问我去哪儿、做什么？"

江偌不明所以，他明知她没那个习惯。但察觉他的语气似乎有深意，她便顺着他的话问："你去哪里？"

他看了她两秒，不着痕迹地转头："赶紧去吧。"

江偌下了车，不知道他为什么突然那么问。

直到上了楼，王昭听见声音来开门，看见她双手拿满东西，赶紧接过，问她怎么来的。

江偌说："陆淮深送我过来的。"

王昭拉住她问："你没叫他一起来啊？"

江偌说："他待会儿有事。"

王昭接着又问："那你跟他提这事没有？"

王昭之前就说过，除了父母，只叫了她一个人过来吃饭。江偌深知陆淮深这人老板气比较重，跟王昭本来就不熟，更别说王昭的父母了，所以觉得叫他过来不太合适。

江偌跟她这么说了，王昭惊了片刻，数落她："到现在你还把你们俩的生活和朋友圈划分得这么明显吗？别忘了你们是夫妻。"

江偌想想，似乎是这样，除了在家里，他们互相独立于对方的圈子之外。

王昭直摇头："讲真，我真是从来没见过你们俩这样的夫妻。"

江偌不服，诚恳地告诉她："所有的'没见过'，都源于目光短浅。"

话是这么说，但她还是想起了刚才陆淮深没由来的问话，冗杂的情绪忽然爆开，回想他的反应，她心里不是滋味。

王昭父母很是热情周到，江偌离开时，王昭母亲还给了她一个保温桶，另外还有几个密封食盒和罐头。

"这个保温桶是阿姨刚才提前盛出来的汤，密封盒里面是做好的龙虾，都是昭昭爸爸的朋友送的，肉多还干净，这个你带回去给你小姨，加热一下就可以吃了。这个罐头里的牛肉酱也是你叔叔他独家秘制，味道很棒的！"

盛情难却，江偌道谢后收下了。

王昭的公寓离锦上南苑很近，江偌步行过去不到五分钟。

回到家里，江偌把需要冷藏的东西放进冰箱，把汤和未凉透的龙虾放在餐桌上，叮嘱道："妈，这个汤你待会儿饿了可以直接喝，放在保温桶里，还是热的。龙虾可能要热一下，你不能吃冷食。"

程啸他们明天就从乡下回来了，乔惠说："龙虾等明天你弟弟回来一起吃吧，我一个人哪吃得完。你再拿一点回去给陆淮深。"

江偌说："不用，他又不缺吃的，想吃什么立刻就有人送到他面前。"

乔惠在她背上抽了一把，教育她："有你这么说话的吗？他缺不缺那是他的事，你做没有做，那是你的心意。"

江偌捂着被抽痛的地方，不满地咕哝："身体还没恢复呢，力气怎么这么大？"

"揍你的力气还是有的。"乔惠皱眉说，"你不是说你们的关系跟之前已经不一样了吗？可我看你的样子，好像也没多关心他。"

江偌弱弱回："关心的方式不一样嘛。"

乔惠不信："那你是怎么关心他的？"

江偌缄默。她才不好意思为了力证对陆淮深的关心而大谈夫妻之间的事。

乔惠就知是这样。江偌在厨房和饭厅之间进进出出，她就跟在后面，那叫一个苦口婆心："你要谨记，夫妻之间不只是搭伙过日子而已，没意外的话，你们是要携手一生的人，既然你已决定跟他在一起，作为伴侣，不一定要你做到面面俱到，但你至少要时常想着他，将他放在心上呀。"

江偌反思了一会儿，小声地赧然道："我有将他放在心上。"

乔惠不确定江偌听没听进去，但这态度至少是让人欣慰的。

江偌脑海中忽然跳出今天下车前陆淮深问她的那句话："你不想问我去哪儿、做什么？"

难道真的是她给的关心不够？

她深谙，一个人付出的情感越多，想要的才会更多。脑海里冒出这样的念头，她整个人莫名欢呼雀跃。

这样一来，接下来的见面都变得有些迫不及待。

江偌离家之前给陆淮深去了个电话，她问："你的事情办完了吗？"

开口时，语气带着她自己都难以察觉的不同于往日的轻柔。

陆淮深勾了下唇，心情愉悦道："就快了，你再坐一会儿，我等下来接你。"

江偌听他声音低沉清晰，周围很安静，她猜不着他是在饭局或是其他什么地方，她说："那我去商场里买点东西，你到的时候给我打电话，我在商场外面等你。"

挂了电话，江偌脑子里反复思量着"心意"二字。

她刚走出小区，高随来电。

江启应的案子将于周三开庭，日子是上个月定下来的。庭审日临近，她心里没着落，前几天开始就频繁叫扰高随，高随倒也不厌其烦地安抚她。

高随这次是跟她确认一遍细节。

江偌慢下脚步认真听着。

电话里他提到了可能出现的结果，好坏都只是假设，并不是想让她空担心，而是要她在一定程度上做好心理准备。

"之前我们谈过，以你父母车祸案转移这案子的性质，尽量为江启应争取最轻刑罚。若你父母的案子重新立案，需要章志的家属做证，如果有需要我们可以申请证人保护。同时你也要做好准备，到时候江渭铭他们会做出应对措施，事情的走向会更复杂，你现在江氏的股权没到手，他们也许会在这事上动手脚，提防着点。"

股权转让须要经过公司其他股东表态，这流程中最易出纰漏。

江偌："我了解。那天我要去旁听吗？"

"建议你不出席，我担心到时候江渭铭的律师会将矛头指向你，毕竟现在你有股权转让问题，万一引来质疑得不偿失。结束后我会告诉你结果。"

江偌打算一切听专业人士的："好。"

挂了电话，江偌收拾心情，进了商场。她在一楼逛了一圈，最后停在一家高奢男装店的橱窗前，这家店的男装风格很适合陆淮深这样的商务精英男性。

她看上了橱窗模特身上的那套经典款藏青色西装。西装配有银色暗纹领带，包括那腕表配饰都精致无二，整套下来必定有些昂贵，目前是她力所不能及的。

但那条领带，她还是能负担的。

待江氏的股权交接成功后，她便可以不用有这么多的顾虑，看见适合他的，她可以立刻买下来。她似乎有些明白了人总想要去争的意义，因为在能力之内，不用受困于选择。

她渐渐有些走神，聚起精神准备进店时，突然从反光的橱窗里看见自己身后站了个陌生男人。对方像是已经停留了一会儿，可她之前毫无察觉。

她怔在原地，目光定在身后那张轮廓模糊的面孔上，头皮瞬间发紧。

"江橘，想给老公买衣服啊？"男人笑起来。

江橘僵硬地转过了头。

男人几乎高她一个头，着白色短袖Polo衫（网球衫）、卡其色长裤和休闲皮鞋，戴着黑边框眼镜，短发和胡楂修理得干干净净，斯文打扮，却有着充满力量感的身材和黝黑肤色。

听见他准确地以姓氏称呼自己的时候，她瞬间血液倒流，手脚冰凉。

她表情木然，冷冷看他一眼，故作镇定地说："不好意思，我不认识你。"江橘说完，转身要朝店里走。

他缓声叫住她："怎么会不认识呢？你还坐过我的车。"

那沉沉的烟酒嗓，令江橘濒临崩溃。不用再求证，江橘确定他就是上次那个诡异的出租车司机，也是莫名出现在她家楼道里的神秘男人。

他的形象与前两次大相径庭，要不是那熟悉的声音和使人毛骨悚然的笑，她几乎以为不是同一人。

江橘控制自己不表现出异常，只目光疑惑地看向他："先生，您真的认错人了吧？"

那男人轻笑一声后戳穿她："我都叫你'江小姐'了，你要是想装不认识我，首先就该反驳我——'先生，你认错人了，我不姓江'。"

江橘不接话，目光坚定且冰冷地望着他。

"水火，这两个字听着熟悉吧？"

江橘没法再装了，直接问："你要干什么？"她越是故作冷静，嗓音越是冷漠。

"我能干什么呢？"水火负手轻松笑道，"只是想找个地方跟江小姐喝点儿东西。"

"没空，我先生等下要来接我。"江橘敢这样直接拒绝，是因为知道水火要保全自己和江觐，他必须隐藏身份，自然不敢在人来人往的商场对她做什么。

水火挑眉道："少抬出陆淮深来压我。"至今他倒都是和和气气的，只是和气中透着无声的威胁。

他指向二楼那家咖啡厅，道："去那儿坐坐。"也不是商量的语气。

"我要是不去呢？"

水火无所谓地耸耸肩，道："只要你认为，你今后都不会去任何人烟稀少的地方，陆淮深能保你一辈子，那你，随意。"

咖啡厅里，水火点了杯冰美式，还要了份甜品。

江偌什么也没点，目光绕开水火看向咖啡厅门口，满脸对面男人欠她百万的不情愿表情。

"想走了？"水火看出她的不耐和焦虑。

江偌每个眼神和动作都仿佛受到束缚，她用冷漠口吻掩饰着紧张："你到底有什么目的？"

"想让你请我喝东西，我没带钱。"水火靠着椅子，一只手搭在另一张椅子的椅背上。

这人绝非善类的气质盖都盖不住。江偌如是想。

她从钱包里掏出两张钞票放在桌上，道："这样行了吗？我走了。"

水火看了眼她放在桌上的现钞，悠悠道："东西都还没上桌呢，你着什么急？"

江偌没好脸色："怎么，你还想我看着你吃？"

水火从容道："是你自己不点的。"

江偌心里骂他有病。

自己有没心理疾病，水火不知道，但他看着她明明害怕还故作无事的样子，的确挺享受。

江偌问他："你跟踪我多久了？"

水火说："你猜。"

江偌翻白眼，遇上这种不正常的人，她一点耐心和脾气都没有了。

服务生上餐，放下东西又离开。

江偌呼出一口郁气，耐着性子问："那我当你默认了。谁让你跟踪我的？江觐？"

水火这次没说话，而是似笑非笑地看着她，江偌心里一下子紧张起来。接着，水火突然起身，江偌放在腿上的手一紧，下意识握紧了手机。水火却忽然探身，一把拽起她的手臂，夺走她的手机。

录音功能开启后，即便锁了屏也不会停止录音，所以水火一按开锁屏键，屏幕上显示的就是录音界面。看时间，她应该从楼下就开始录音了。

他停止录音，将手机放在了他触手可及的位置。

"别在我面前玩把戏，你的手机先没收。"水火眯着眼，目光毫不掩饰透露出的危险。

江偌低头看放在膝盖上的手，小臂被他抓过的地方泛起红印。她惊魂难定，手掌都在不受控制地颤抖。她早该知道水火防备心很重，根本不会透露任何会暴露他的信息。

接下来水火说什么她都沉默以对，用实际行动表明自己一句话都不想再同他说。

水火煞有介事般道："这就放弃了？你再坚持一下，说不定可以从我这儿打听到你想知道的。你录音不就是想套我话吗？"

江偌仍不接话。

他摸着下巴道："我听说江启应的案子二审就要开庭……"

江偌无动于衷："是我错了，你是江甄的人，从你嘴里说出的话，又怎么会有可信度。这个时候放出假消息，才符合你们的立场。"

水火更正："我可不是谁的人。"

江偌蹙眉："你难道不是一直帮江渭铭和江甄做事？"

水火放下叉子，目光低垂，若有所思道："各有目的而已。我混到今天，再没人能让我心甘情愿帮他做事。帮谁做事……这种话只会让我想到一些不好的词，比如'仆从'，比如……'狗'。"他说着，隐隐流露出一丝焦躁。

那副模样令人不安，江偌下意识往后靠了靠，问："你今天冒着暴露自己的风险在我面前露面，是为了什么？"

他似乎根本没听见江偌的问题，困于回忆的悲痛中，咬牙切齿地自言自语："你知道吗？好多年前我心甘情愿帮人做事，结果出了事，妈死老婆跟人跑，我还被推出来背了黑锅。"

可惜江偌对他的自白没有生出任何同情，连怜悯的目光都没给他。

他忽然瘆人一笑，转了话锋："江偌，你了解过陆淮深的过去吗？你了解陆淮深吗？"

江偌没立刻答上来，用故作云淡风轻的口吻缓缓道："他的过去我了解了也不能改变，和我有关的是他的现在和未来。"虽然，这话她自己都不信。

水火也不信，极其不屑道："放屁。"

江偌的脸色立刻变得难看了。

水火很是得意，他知道当他问出那句话的时候，怀疑的种子就在江偌心里埋下了，那些被她按捺下的求知欲，只会日复一日膨胀。

"虽说傻人有傻福，但我知道，被人当傻子却是另一回事。你把江启应的野心当作自己的责任，殊不知拿你当枪使的是他，把你推进深水漩涡的始作俑者，也是他。而陆淮深呢？他连让你知晓他目的和计划的机会都不给你。"他笑着叹息摇头，"人生啊。"

江偌这下反而放松了一些，靠在椅子上，双手交叉在胸前，她感到好笑："还说不是为那父子俩做事呢？开庭在即，给我们制造信任危机，手段还真是一点都不高明。"

看到江偌不为所动，水火想发飙："你知道陆淮深最有本事的是什么吗？他能让女人心甘情愿活在他制造的假象中。你们怎么还会以为那是爱情？"

他说完，死死盯住江偌的眼睛。

她顿住，意识到什么。水火说"你们"，这个"你们"似乎不是指她和陆淮深，而是另有他人。

江偌倏地问："你以前就认识陆淮深？"

话刚出口，江偌的手机响了起来。手机就在水火手边，他盯着来电显示，低哼道："本想让你给陆淮深带个话，不过还是我亲自来吧。"

江偌气急地看他按下接听键。

"我马上到商场门口了，你在门口来等我。"

电话那头，陆淮深没听见回答，又叫了一遍江偌的名字。

水火淡淡笑开，随后用岭南语问道："陆淮深，阔别多年，别来无恙？"

电话听筒里没有传来应答，只有穿透沉默的车鸣。

"是我啊，老朋友难道连我是谁都听不出了吗？"水火一副兴致高涨的样子，目光里有着可见的兴奋，不知道的还真以为他是在跟多年未见的老友叙旧。

江偌厌烦了水火的精神病作态，疑问不断涌出水面，让她想一探究竟。

片刻后，陆淮深问："江偌呢？"

水火笑意更深："正坐我对面，她请我喝咖啡哪。你老婆人还不错，就是脾气不大好。看来你听出我是谁了。"

"让江偌接电话。"陆淮深根本不想同他多说。

"怎么，怕我跟她说你的过去，还是怕我动她？既然如此，你就不该在前两天将保镖撤了嘛。不过就算你不撤，我要是想做什么，也能找到办法的，今时不同往日了。"

陆淮深声音骤寒："你试试。"

"真以为我不敢？"水火晃晃腿，表情挑衅，好似陆淮深就在他面前一样。

陆淮深重复："让江偌接电话。"

水火看了眼江偌，慢吞吞把手机递给她。

江偌快速和陆淮深沟通完咖啡厅确切地点，陆淮深叮嘱："你就待在咖啡厅里，我等下上来。"

江偌挂断电话，水火也在这一刻起身，临走前他居高临下地俯视着江偌，将鼻梁上的眼镜往上抬了抬，道："再会了，江小姐。"

江偌未应声，只是拿波澜不惊的眼神瞧了瞧他。

水火笑了笑，转身，几步之后又去而复返，抽走了放在桌上的两张钞票，在手中扬了扬，说："车没油了，我去加点油，咖啡的账麻烦江小姐另结。"

江偌瞠目结舌。这人诡异得令人发指。

水火不过才走两三分钟，陆淮深就大步流星进了咖啡厅，江偌已经买好单坐在原来的位置上等他。

他一眼从人群中找到她，见她毫发无损地坐在那儿，绷紧的太阳穴才松弛下来。

江偌低头盯着手机在走神，等陆淮深走到她面前，她用余光感应到，才抬起头。

陆淮深似乎来时走得急，此刻还有点喘。

江偌看到他的时候，一句话也没说，陆淮深下意识以为她被水火吓到了，他紧了紧眉心，伸出手去，大掌从她发顶滑到脸上，柔声说："没事了。"

江偌怔了怔，后来才反应过来他是在安抚自己。

虽然一开始看见水火的时候吓得不轻，但后来的恐惧慢慢消减，现在她倒是很平静。惊吓是有，只是没陆淮深想的那么夸张。

她点点头，站起来说："走吧。"

陆淮深牵住了她的手，拉住她往外走。走出咖啡店，陆淮深依然牵着她。

江偌还是有些不习惯，她很少和陆淮深在外面这么一直手牵着手，总感觉这是那种热恋期腻腻歪歪的小情侣才能做出来的事。

她抬起手晃了晃，说："你是不是太紧张了？"她感觉陆淮深比她还要紧张一点。

男女交握在一起的双手肤色差别鲜明，陆淮深指骨修长有力，江偌手很纤细，但是骨小肉多，捏起来非常柔软。

陆淮深眉梢轻挑："不喜欢这样？"

江偌想了想，说："倒也不是。"

"还要想，那说明口不对心。"陆淮深作势要放。

江偌手上用力，没让他成功。

陆淮深拉着她离开商场，她亦步亦趋跟着，心不在焉。

陆淮深的车停在商场二号门外的临时停车位上，两人刚驱车离开，水火从商场里出来。看着汽车尾灯，他抬手将眼镜扔进了垃圾桶里，眯着眼看那辆车融入夜色里，直至在十字路口转了弯，消失在视线里。

他拿着从江偌那里哄骗来的"油钱"，在路口处拦了一辆出租车，他刚上车就接到了电话："火哥，江先生给你打过电话没人接，打到我这边来了。"

"你怎么说？"水火将手机夹在耳朵和肩膀之间，掏出烟点上，又随手降下车窗。

"我说你去酒吧了，可能没听见手机响，就是我们常去的那家。"

"知道了。"

小弟战战兢兢说："我怕江先生怀疑，特地在酒吧那边给您留了包间，您办完事儿就过去吧，我怕江先生真过去找你了。"水火沉默，小弟略慌，"火哥？"

水火说："嗯，我马上过去。"挂了电话，水火让司机调转方向去酒吧。

上车后江偌和陆淮深都没说话，这样诡异的沉默延续了良久，陆淮深才问她："水火跟你说了些什么？"

江偌想了想，那些话杂糅在脑海里，她挑不出一句最为重点的话作为答案。但心里的疑问江偌也不想藏着掖着，于是她问了个让她挠心挠肺想要知道的问题："你以前跟水火认识吗？他说了些不明就里的话，让我觉得你们好像已经认识了很久。"

陆淮深也没隐瞒，坦然道："的确认识，十多年前了吧。"

听他亲口承认，江偌仍是一惊：陆淮深竟跟水火这样的人有过交集？

江偌看向他，心底隐隐地躁动，想要知道更多。

"不过那时候他不叫水火，叫隋河。"陆淮深看了她一眼，继续往下说，"但十几年前，隋河就已经死了，我没想到他还活着。因为从未见过水火真面目，又时隔已久，所以我一直没将他们联系起来过。"

她没忍住，插问道："所以，你以前在岭南还是港城待过？"

水火跟他交流时，用的岭南语，他们可能在同一地方待过，但这也只是她的猜测。

陆淮深说："在港城待过几年。"

说实话，她对他的过去感到好奇，很好奇，尤其是在见了水火之后。她现在的心情就像等待真相浮出水面一样，紧张而又不敢惊扰那之前的平静。她控制着自己，不对他的过往步步紧逼。因此，她最终也只是平静地附和了一句："这样啊。"

江偌希望他说下去，说说他和水火的恩怨，水火又是怎么跟江觐走到了一起。她总觉得其中有千丝万缕的联系，她想抓住什么，那东西却在脑中一闪而逝，什么痕迹也没留下。

陆淮深转头看她，总觉得她心不在焉的，以为她还没从惊吓中缓过神来。加上大后天她爷爷的案子要开庭，怕现在说这话题会让她更紧张恐慌，他便说："以后再说这个。"

江偌看向他的侧脸，下意识想：他难道是觉得现在说这个不是时候？还是他想隐瞒什么，没有找好借口？

可转念她又因自己对他的不信任而感到内疚，便没有多想，只是点了点头，道："好。"

可越到深夜，江偌却越清醒，后怕的恐惧在夜里无孔不入，那些丝丝缕缕又似毫无关联的琐事充斥心间，让她无法入眠。

她一旦休息不好，之后一整天人都是虚浮的。周一更是忙碌，整整一天，她一刻也没休息过。

下午下班时，江偌搭了王昭的车。程啸今天回来，她得过去看看。

路上王昭说起总经办某位同事昨天被求婚了，今天逢人就举起手指上的"鸽子蛋"晃悠，末了，兴起问江偌："你跟陆淮深好歹结婚这么久了，最近感情也见好，怎么这手上还是光秃秃的？他求没求过婚啊？"

江偌看了眼干干净净的手，默默收回，不以为意地说："当时糊里糊涂、不情不愿就结了，谁还在乎这些？"

王昭认真想了想，说："确实，你们俩当时的状况，让陆淮深求婚也不太实际。可是你们俩现在连结婚对戒都没有，就有点说不过去了吧？陆淮深也没说将婚礼补上，戒指送上？"

"多事之秋，哪有时间考虑婚礼。"

王昭提起嗓门儿说教："就算这样，你也得让陆淮深的无名指上套枚戒指啊！他这样的男人，财富皮囊样样拔尖儿，多得是女人往上扑。姐妹，你除了一本结婚证，没有优势啊。虽说你年轻貌美，可这世上永远有人年轻貌美，你得让他身上多个象征，让外面的那些女人一瞧见就知道他是个有妇之夫，懂吗？"

"你真的觉得，一枚婚戒就能让心思不纯的女人打消念头吗？"江偌虽然也有些在意这个结婚戒指的问题，毕竟现在陆淮深是那个更想公开关系的人，但她也不完全同意王昭的说法，"我怎么觉得，往他手上套个戒指，显得他更性感呢？我要是别的女人，我也会忍不住想扑。"

王昭怒其不争："你痴傻！简直被男人迷晕了头脑。什么叫'婚姻'？有原则约束的叫作'婚姻'。男人可贵，原则无价。忠诚是底线，求婚戒指、结婚证、婚礼和婚戒，这些是标配，这叫原则。"

江偌说："错，那是规则。再说了，戒指、婚礼都是有价的。连婚姻法都不能约束男人，区区一个婚戒就能？是你的终究是你的。"

"你就说，这些你想不想要？"

"想，但他送了戒指给我。"陆淮深送她的首饰已经不少，什么钻石的宝石的，成套成套的，都在家里保险箱待着呢。

"婚戒？"

"不是……"

王昭一副"这不就结了吗"的表情。

江偌说："如果能过下去，这些东西将来再想，我也不急这一时。而且，男人如果想出轨，就算给他套上金箍都没用。"

王昭沉默了一下，问："你就这么相信他？"

"相信，"江偌看向窗外，夜幕笼罩，华灯初上，整个城市斑斓炫目，她抿了抿唇说，"至少现在是相信的。"

人想得太多，想要更多，就容易徒增烦恼。她觉得已经有很多事情够她烦了，尽管偶尔还是会想要更多，但她不想把自己变得太贪婪。

　　王昭担心以江偌这样的性格，她容易在婚姻里吃亏，她太顺从对方的步伐，并且给予对方太多信任，只要对方愿意给，她就愿意付出。

　　江偌知道自己一开始不是这样的，可斗转星移，人心在变。

第五章

恋爱中的女人逻辑能力媲美侦探，这话是真的

江偌以为，陆缄和陆嘉乐从乡下回来，也该各回各家了，谁知她回到锦上南苑，看到陆家那两个都在这儿待着。

陆嘉乐是情有可原，至于陆缄，她就想不通了。

江偌打开家门，就看见陆缄坐在沙发上吃葡萄，江偌过了会儿才委婉地问：“陆缄，你今晚怎么回去？”

陆缄理直气壮地说：“今晚不回去，我就住这里。”

江偌正要说话，乔惠给她使了个眼色，说：“没关系，随便住多久都没关系。”

江偌没再说什么。只是陆缄和他家里的矛盾那是他们家的事情，江偌怕陆丞云因此而怨上她，再迁怒于陆淮深。

晚上江偌准备就在这里吃饭，没让阿姨过来，乔惠做饭，江偌打下手。

陆淮深打电话过来的时候，听说他没吃饭，江偌犹豫了一下，问他要不要过来一起吃。

以前的事的确是有抹不去的隔阂，自那次乔惠病危，找陆淮深谈了一次，之后乔惠甚少对他发表不满的评价，也不干预他们关系的发展。但这不表示她已经对他没有成见，所以江偌几乎没制造过机会让这两人正儿八经地相处。

其实两方都有些尴尬，江偌夹在中间，以前总是睁一只眼闭一只眼。陆淮

深接送她时，她也从未提出让他上楼，怕小姨还未打消对他的成见。但她不能让这种尴尬永远维持下去。

陆淮深这次很自然地答应下来。

饭快做好了陆淮深才来，江偌去开门，见陆淮深拎了许多东西，除了火腿和酒，另外还有水果和一些别人送他的稀奇特产，占满了两手。

江偌悄声跟他耳语："你拿这么多东西干什么？"

陆淮深清清嗓："这不是第一次正式登门拜访吗？"

"你那么短时间怎么准备这些的？"

"之前准备的。"

之前是什么时候？

江偌一怔，还没反应过来，乔惠已经过来了。她让陆淮深进来，两人都表现得相当自如，没有过多的客套，却也没过多的交流。

虽然一个不是理想的女婿人选，另一个是传统家庭妇女，两人除了江偌再无共同话题，但也在摸索合适的相处方式。

陆淮深对乔惠是尊重的，乔惠说什么，他都会认真聆听，并且不时会简单回应，这使得乔惠对他稍有改观。

江偌在厨房洗碗时，乔惠悄悄过来说，陆淮深不像在医院那次那么尖锐冷漠了，简单讲——放下了架子。

乔惠笑着出去，陆淮深后脚就进来了，撸起袖子说要帮她洗。江偌也不客气，指挥他把洗好的碗放清水里再清洗一遍。

陆淮深照做，问："刚才你小姨跟你说什么了？"

江偌如实说："她夸你了。"

陆淮深一副意料之中的样子，饶有兴趣地问："怎么夸的？"

江偌见他眉梢上扬，略有得意之色，她偏不想遂他的意，故意说："还能怎么夸？其实就是客套一下子而已。"

陆淮深很自信地说："不可能。"

江偌动作娴熟地刷碗，懒懒地哼了一声："你挺自信的。"

"不都说'丈母娘看女婿越看越满意'吗？"陆淮深接过她手里还沾着泡沫的碗碟，扔进清水里，又拧开水龙头加水。他一时没注意轻重，水龙头开到最大，水滴溅得两人身上到处都是。

江偌没好气地看他一眼，用手肘撞开他，嫌弃道："算了，你别添乱了。"

有些人在生意场上意气风发、挥斥方遒，背地里却连洗碗都搞不定。

陆淮深摸摸鼻子，好一会儿都没说话。

江偌穿着围裙，洗碗前将头发挽了起来，露出脖子到耳郭的一片雪白肌肤。陆淮深心念躁动，走到她身后，湿淋淋的双手撑在洗碗池边缘，将她圈在身体和料理台之间。

他一靠近，江偌顿时僵住，陆淮深微躬着背，下巴抵在她耳后。

江偌心跳已乱，气势微弱地警告："你注意点……"

话音刚落，有脚步声传来，江偌立刻手忙脚乱将他推开，装作无事发生，继续刷碗。

"大嫂，你洗碗怎么洗这么久？"陆嘉乐趿着拖鞋过来，扒着厨房的磨砂推拉门，露出个脑袋，看见陆淮深也站在旁边，她贼兮兮地笑，"你们俩在里面做什么呢？"

陆淮深没什么表情，用余光斜了她一眼。

江偌问她："怎么了？"

陆嘉乐抠着门吞吞吐吐地说："那个……我今晚可以再去你们那边住吗？"

季澜芷下午找过江偌，说晚一点和陆清时一起去他们家里接陆嘉乐，江偌本想洗了碗再跟陆嘉乐说这件事的。

江偌还没开口，陆淮深就冷酷无情地说："不行。"

陆嘉乐幽怨地问："为什么呀？"

她垂着眼，脸上表情复杂，惹得江偌心疼。

江偌说："你爸妈待会儿会过来接你回去，你太久没回家了，他们放心不下。"

陆嘉乐顿了一下，问："他们俩一起？"

江偌点头："对。"

"只是做做样子给我看吧。"陆嘉乐现在依然不想见她爸，倒不是因为恨，只是因为厌恶和不理解。

陆清时在她和妈妈面前是好父亲、好丈夫，却在外跟别的女人做……做那种事，他颠覆了她对他的认知，她根本不知道怎么面对他，也不知道以后要怎样跟一个行为出格的父亲交流。

她现在冷静下来了，不想回那个家不再是因为怕他们离婚，而是她不知道跟关系破裂的父母怎么相处，一切都不会再是从前的模样了。

恐惧源于未知，而恐惧使人逃避。

"做样子又如何？要不是为了你，他们连装模作样都不必，你还要求什么？大人的事情有大人处理的方法，无论结果如何，他们都是你的父母，除非你打算一辈子跟他们不相往来。"陆淮深说出这些话，江偌来不及阻止，气氛已然变得紧绷。

但现在江偌那套优柔婉转的沟通方式，的确不如陆淮深的果决有用。

陆嘉乐先是一脸的不可置信，然后渐渐地接受了事实。

陆淮深看向她，语气稍有缓和："你毕竟姓陆，你要是想跟父母断绝关系，我以后也可以供你上学，给你优渥的生活，直到你有工作能力，但你愿意吗？"

陆嘉乐垂着头不吭声，看不清表情。

"就算你埋怨你爸，但你妈没有对不起你，你现在的行为无疑是在她的伤口上又添道疤。你现在年纪说大不大，说小也不小了，别总只想着自己。"不管陆淮深语气再怎么缓和，说出这些话依然自成气势，威仪感太重。

陆嘉乐情绪有些上来，心里难过，不敢抬头，只是弱弱地点头说"知道了"，然后转身出去了。

江偌担心地看着她的背影，问："会不会把话说太重了？"

陆淮深眉峰紧拢："她自己会想通。"

陆嘉乐情绪低落，沉浸在陆淮深的那番话里，坐在沙发上出神，等江偌和陆淮深要离开时，才收拾了东西准备跟他们走。

陆嘉乐跟着陆淮深和江偌回了他们家，去收拾自己留在这里的东西，过了会儿江偌来找她，陆嘉乐正抱着她的狗，盘着腿坐在地毯上发愣。

"收拾好了吗？"江偌在她面前蹲下来。

陆嘉乐说："差一点点了。"

江偌柔声问："你大哥晚上说话重了些，有怨他吗？"

陆嘉乐摇头，却忍不住哽咽"他说得没错，话糙理不糙嘛。"陆嘉乐眼眶发红，江偌抱了抱她，陆嘉乐将头埋在她怀里，"大哥说得对，我妈已经被我爸伤透了心，我不能再让她难过了，不管以后有什么事，我都会和她一起面对。"

楼下有说话声，季澜芷和陆清时到了。

季澜芷上楼来，陆嘉乐已经整理了一下，看不出哭过的痕迹，她像没事人一样往箱子里装她打包好的护肤品。

江偌跟季澜芷聊了两句，然后上前给她拉好箱子拉链，问："东西确定都装进来了吗？"

陆嘉乐说："收拾好了。"

陆清时怕惹女儿不快，一直在外面没进来。

这段时间他沧桑了不少，原本也是丰神俊朗正当风华，现在已经略现老态。

陆淮深给了他一支烟，陆清时顿了顿，接了，又借了火，心情复杂地抽起烟来。

陆清时吐出烟圈，说："这段时间，陆嘉乐给你们两口子添麻烦了。"

"谈不上麻烦，桌上添双碗筷而已。"陆淮深手里转着打火机，没抽烟，他停了会儿，又道，"不过你得花时间好好想想，怎么修复你们的父女关系了。"

陆清时语气怅然："我明白。"

江偌送了母女俩出来，陆清时见状，立刻扔了烟踩灭，上前去接过行李箱。

陆嘉乐看也没看他，刻意避开了眼神上的交流，也没叫他一声。

陆清时心中更是百味杂陈。

送走这一家人，江偌整个人都有点低迷。

"怎么了？"

江偌靠在沙发上，有些恍惚，叹息道："婚姻出现意外，夹在中间的孩子最是可怜。"

陆淮深拉着她的手，闻言拇指一顿，按在她的手背上，眸光深沉地看了眼她的神情，没有接话。

开庭前一天，江偌不知是不是太紧张，工作效率差，做事频频出错重来，天气格外炎热，导致她还有些食欲不振。

Gisele下午要出去应酬，通知让江偌跟着一起去。

江偌没想到，这种天气居然要同客户打户外高尔夫。地点选在了南郊著名的森林公园，比主城区凉快许多，山中许多度假村和民宿，球场所在的度假村在半山，要在山底乘观光车上去。

这次要见的一位老板是从北方来的，下榻在这间度假村，过来跟这边的人开会，住一天就要走。据说他是被热得根本不想出酒店。

江偌和 Gisele 坐在观光车上，越往上，便越凉快。

这群人准备打下午四点场，过一会儿可以看见日落。

江偌在更衣室换好衣服出去，出大厅前，Gisele 问她把这位老板的资料记熟了没。

江偌说："大致记熟了。"

但是 Gisele 自始至终没告诉她，跟这老板要谈的是什么合作。那人资金雄厚，公司在北方有些地位，但是跟酒店业倒是没什么关联，压根儿都没朝这方面发展。

江偌正想着，就听 Gisele 说："陆先生，好巧。"

江偌心里一跳，想着此陆先生会不会是她家里那位陆先生。

一抬头，果然是。

陆淮深一身运动装，他身量高大模样又好，气场在那里，穿什么都撑得出气质，魅力不减丝毫。

陆淮深的目光正落在江偌脸上，他微微挑眉梢，用英文说了句："又见面了。"

回的是 Gisele，看的是她。

江偌同他逢场作戏，用中文说："陆先生也来打球？"

陆淮深一如人前那样神情淡淡："可不是吗，今天怎么是江助理作陪？"

江偌笑得官方："说来更巧，每次我作陪都能遇上你。"

"不乐意？"

"乐意得很。"江偌点到即止，闭了嘴。

Gisele 看着二人一来二去，不能完全听懂，想从江偌的表情弄清楚她的意思。陆淮深在 Gisele 的目光范围之外，他微微垂眸瞄了江偌一眼，嘴角有抹若有若无的笑。

Gisele 面上微笑，心里冷笑。这俩人要是没猫腻她可不信，说中文无非是不想让她知道谈话内容，也不知道在暗中勾兑什么。她笑着说："我差点忘了，你们是认识的。"

陆淮深笑笑没接茬。

人来齐后，一起往外走，江偌才知这位老板以前跟博陆有过合作，跟陆淮深关系不错，这次对方请陆淮深来不是为了谈生意，就是叙叙旧，有没有其他目的就不知道了。

打了会儿球，Gisele说要跟那位老板私谈，所以让江偌回了休息区。

陆淮深支着杆看着那纤细身影离开，不一会儿，他也借口离开，走到休息区，坐在江偌身边。

休息区这边暂时只有他们二人，江偌开了瓶冰水，喝了一口后放在旁边，陆淮深走来坐下，相当自然地拿起她的水拧开瓶盖喝了口。

江偌立马低声阻止："那是我的水！"

江偌装模作样，故意装作与他没有交流的样子，眼神闪烁地看着球场方向，余光见他微仰着头，喝水时喉结上下滚动。

竟然……性感得很。

江偌的余光都忍不住定住。她刚从阳光下离开，帽檐下双颊红扑扑的，看起来像是因为害羞红了脸。

陆淮深喝完水，拧上瓶盖，把水放在她手边，江偌不停地小幅度摆头说："拿走拿走，我不要了！"

陆淮深兴味盎然地瞧着她，悠闲地散开腿，懒洋洋地故意撩拨："我都没嫌你，你还嫌我？"

江偌目不斜视："闭嘴，周围都是人。"

"有人怎样了？你见不得人？"

江偌心里急恼，他明知道她什么意思。她道："Gisele会看见。"

陆淮深嗤道："你真以为她什么都不知道？"

江偌怔了下，看着球场里的Gisele，低喃道："她不可能知道……"

她和陆淮深结婚的事情，除了双方家里人，就是跟陆淮深关系比较好的三两个朋友才知道。朋友义气，这种事如果当事人没公开，自然不会往外乱说。至于家里人，不管是姓陆的还是姓江的，这事牵扯着各自的利益，其间事态复杂，无须当事人告诫，都不会胡乱外传。

即便她和陆淮深在圈内同行众多的场所共同出现过，但江渭铭一家也都在，她毕竟是江家的人，与江家人一同出现也是情理之中。就算不小心叫Gisele的眼线看见她和陆淮深行为亲密，他们也不会往结婚上想。

江偌眉心紧拢，这才正眼看向陆淮深，笃定道："她应该不知道我们结婚了。"

"也许还没猜到这儿，但也起了疑心。"陆淮深淡淡道。

江偌从他的语气就能看出他对此的态度，典型的不当回事。

陆淮深现在的确不惧被外人知道，但考虑到江偌担心自己名声受损，以及现在两家局势都不怎么稳定，等合适的时候再将关系公之于众，会减少对她的影响，以及各自利益的损失。

陆淮深建议："要不然辞职？"

江偌一愣。陆淮深以前就这么劝过她，她一直觉得陆淮深是看不起她这份工作，她还更加对自己能靠能力吃饭这事引以为傲，原来其实是她会错意了。

江偌有些颓，她问："你是不是以前就猜到 Gisele 知道我们关系不一般，也知道她是利用我接近你？"

Gisele 一开始就看她不顺眼，留她在身边的目的，也不过是把她当作一颗随时用得上的棋子。

陆淮深说："接近我又如何？就算她费尽心思算计你，她也算计不着我。"

陆淮深的大掌移过去，握住她白皙纤细的手腕，他五指一拢就能完全裹住，那点骨肉，连他的掌心都填不满。

江偌这次没有躲闪，也没有拒绝。

陆淮深用拇指摩挲着她的手腕，开口的时候不由和缓了嗓音："要是不想待下去就告诉我，工作而已，换个就行。"

江偌摇摇头，她暂时还不会辞职。

来见这位北方老板的并不只有陆淮深和 Gisele，江偌听他们的谈话，似乎涉及商业竞标。一行人中无非是这个"总"那个"总"，互相之间多少打过照面，经其中一人介绍，晚餐去了附近一家餐厅吃。

这店看似平淡无奇，内里装潢却相当别致，氛围极其安静。

郊区这边晚上空气凉爽，入夜的风一吹，身上的困倦浮躁仿佛都一扫而空。也不知道是不是在太阳下晒太久又立刻进了低温空调室的缘故，江偌觉得身体有点不舒服，进了餐厅坐下没多久就觉得身上冷热交替，肚里反胃，尽管肚子饿，却没有丝毫动筷的欲望。喝了点热水，勉强吃了几口，她便停了筷。

之前落座的时候，江偌阴差阳错坐在了 Gisele 和陆淮深的中间。也不知是巧合还是人为，江偌也没心思管那么多了。

一开始她还勉强撑得住，端坐着和别人说话，到后来她身上一阵冷一阵热，难受得直皱眉，化了妆都挡不住那灰白的脸色。

陆淮深跟她挨得近，又时不时会注意她，这会儿发觉她的异常，手在桌下去探了探她腿上的温度，有些灼人。

　　陆淮深抽回手，跟人说自己待会儿有点事，要先离开了。说完又看向江偌，似是刚发现她的不对劲，问她："江助理怎么了，看起来脸色不太好。"

　　江偌强打精神说："可能下午的时候有点中暑，后来又吹了空调，感冒了。"

　　Gisele 关心道："严重吗？"

　　陆淮深说："江助理，需不需要捎你去医院？"

　　Gisele 垂眸挑了挑眉，心想着也不知江偌是真病还是装病，她顺势送个人情给陆淮深好了。她说："我一会儿有司机来接，那麻烦陆先生先带我助理离开，"说完又拍拍江偌的肩，"你看起来很难受，去医院看看，别耽误了你明天的事情。"

　　明天江启应的案子开庭，江偌已提前跟 Gisele 请过假。

　　反正 Gisele 是认定他们有点什么，不过是顺水人情，估计想讨好陆淮深。江偌实在难受，十分干脆地跟着陆淮深走了。

　　出了包厢，江偌紧揪着陆淮深的衣袖，痛苦地捂住了肚子："我反胃。"

　　她在发热，眼眶也在发烫，一双眼睛得在灯光下异常灼亮。陆淮深一把将她抱起，上了车就拿毯子给她盖上。

　　江偌说："不用去医院，回家里就行了，应该是热伤风。"

　　陆淮深还是带她去了医院。值班医生说只是普通暑湿感冒，给她开了盒藿香正气水，并嘱咐她别吹空调，饮食清淡。

　　陆淮深脸色严肃地问："只是感冒吗？她说反胃，都不用做个 B 超？"

　　医生看精神病人一样看他。

　　江偌以前夏天生病也这样，偶尔还会上吐下泻，一般睡一觉就好了。

　　回去的路上，江偌已经好了些，但身上症状还在，她盖着毯子像霜打的茄子。她本来跟高随打过招呼了，她要去法院，即便不旁听，待在那儿等要安心些，这会儿她反而担心明天会去不了。

　　回到家里，陆淮深要将她放在床上，江偌不愿意，没洗澡没换衣服，她不想上床。她爱干净，仍是要撑着洗了澡才睡。

　　洗了澡她身上又发冷，江偌让陆淮深找了床厚被子出来，她一个人蜷在里面瑟瑟发抖。大夏天的，关了空调很难熬，她又盖着厚被子，那种闷热是无法缓解的。她一会儿跟陆淮深说热，一会儿说冷。

陆淮深不知从哪儿拎了只电风扇进来，让她盖着被子吹。

半夜里，江偌睡得不好，陆淮深也热得不安生。不盖被子只穿短裤也难睡着，他多次被热醒，每次醒来都把手伸进她的被窝里探她体温。

他一度怀疑那医生在扯犊子，他怎么没得过这种感冒？

直到后半夜，江偌才开始好转了，开始发汗。陆淮深把被子松开些，又将风扇调到最小挡。

他也实在受不了那热了，天亮前起身去客房开着空调睡了两三小时。

江偌早上被闹钟吵醒，觉得身上黏糊糊的，除了喉咙痒痛、鼻塞之外，没什么其他不舒服了。她还记得要去法院，挺身坐起来。听见浴室传来水声，她进去，看到陆淮深穿着条短裤在那里刮胡楂。

陆淮深停下动作，抹了抹下巴上的泡沫，问她："还有没有哪儿不舒服？"

江偌摇摇头，自然而然地越过他去里面洗澡。

她站在喷头下，隔着水声跟陆淮深说："你待会儿记得送我去法院。"

这两天持续高温，江偌生病中，也不敢穿得太清凉，选了身墨绿色的丝质半袖衬衫、黑色 A 字半裙和同色高跟鞋。

陆淮深将她送到法院便离开了，江偌进去后便坐在一楼大厅等高随。

高随很快便到。

"来多久了？"高随拎着装资料的公文包，一刻没停留，跟她打了招呼就大步流星领着她往内走。

"我也是刚到。"江偌穿着高跟鞋，有些吃力，须走得很快才能跟上他。

江偌等高随的时候看了开庭公告，她爷爷的案子庭审地点在第十法庭，上午十点半开庭，现在距离开庭还有一个多小时。

江偌就像考试时进陌生考场一样紧张，而且法院里庄严肃穆的气氛让人敬畏，她更是紧张得头皮发紧。大夏天的，法院大楼里空调开得低，衬衫的丝质面料很快变得冰凉，随走动贴在皮肤上，她忍不住打了个寒战。

江偌不再说话，和高随往电梯处走去。等电梯时，身后传来交谈声，听脚步声，应该有不少人。江偌和高随同时转头看去，是江渭铭一家和律师一行。

江渭铭除了状告江启应违法操纵股市、危害金融市场，还以股东代表身份起诉江启应挪用公司资金、严重损坏股东权益等，并且聘用了打金融官司的律界翘楚。

江偌看了眼那行人，心里不由得好笑：还真够兴师动众的，一家三口都到齐了，还带了个秘书。

江偌当这一家子是空气，自始至终也没同他们有任何交流，进了电梯，不知是不是江舟蔓故意，和她并肩站在了最里面。江舟蔓一身黑色连衣裙，浅色红底高跟鞋，一如既往的优雅气质。

"工作日也抽时间来？"江舟蔓最先忍不住开口。

江偌用余光瞟了她一眼，没应，根本不给她继续话题的机会。

江偌很少会明显地表现出敌意，除对江渭铭一家这种人。此为宿敌，水火不容。还有就是水火这类对她产生严重威胁的人。

江舟蔓很自信地放话："你来了也不能帮上什么忙，什么也改变不了。"

正逢电梯打开，一行人前后依次往外走。

江偌嘴角牵起一抹假笑，道："那你来又能改变什么？你能左右法官的决策，还是能直接替法官宣判？"江偌上前一步，立在江舟蔓跟前，面无表情地一字一句道，"毕竟，你又算个什么东西？"

江偌说完，头也不回地出了电梯。

刚出去的高随回头时看见了二人对峙那一幕，一直想笑，道："你们女人，现在还兴放狠话这一套？"

江偌昂首挺胸："至少气势上不能输。"

"上庭辩护的又不是你们俩，拼气势没用，这就叫逞一时口舌之快。"

江偌嗤了声："又不是我先惹她的，没看见我并不想跟她说话吗？"

高随感到好奇："你对仇人都是这样的？这么……"他的手抬起来，在她面前上下比画了一下，"这么冷酷暴躁？"

江偌面不改色："那也分人。"

正说着，江舟蔓追上来了。似乎是江偌那话将她惹急了，她拦在江偌面前，压低声音咬牙切齿道："你做不了了什么，不代表我什么也不能做。"

江舟蔓说着，将手指往江偌胸口上戳，一字一顿道："把你卷进这场官司也是轻、而、易、举。"说完她收回手，狰狞面色顿然消失，得意笑道，"也不知道，你陷入金融纠纷官司，到时候火烧到博陆，他还会不会承认你这个妻子。"说完，她大步跟上了江渭铭和江觐。

江偌和高随同时一怔。

高随头疼，捏了捏眉心，道："这就是我之前担心的。"

江偌沉默。

"现在你准备拿回自己江氏的股份，还要分一半给陆淮深，他们质疑江启应利用你在江氏内部做一些危害江渭铭利益的事是合乎情理的，火烧到你身上，要拿你一半股份的陆淮深跑得掉吗？到时候博陆不得不被牵涉进来。就是不知道他们有没有板上钉钉的证据。"高随咬了下唇，眯着眼盯着走廊外面。

江偌不解："他们能有什么证据？我是在合法使用分配给我的股份。"

"伪造证据，不知道吗？"

江偌心里一沉，道："如果他们想把陆淮深也卷进来，那江家这是不顾陆家脸面了？"

"不知道。"高随沉思片刻，又道，"你再把水火跟踪你的事跟我说下。"

高随的决定是，申请不公开庭审过程。虽然开庭当天临时申请不公开庭审成功的概率很小，但也要试试。

江觐他们若想将江偌也卷进这场金融案件中，势必会添油加醋。知道她在，恐怕会传她进庭审。若她遭到对方律师质问，高随怕她容易被人抓住漏洞。

目前她在走股份转让的程序，而股份受赠人是陆淮深，她爷爷目前是犯罪嫌疑人，对方律师有理由怀疑他们别有用心。如果进行深入调查，不仅她受到波及，陆淮深和博陆也可能成为调查对象。

开庭前高随还真申请到了不公开庭审，所有近亲家属都不能进去旁听。江舟蔓和江觐，以及一同来的秘书，都被拒之门外。

江觐沉默着，兄妹二人间气氛僵硬，江偌心里也忐忑。

江觐嘴角勾起冷笑："江启应这辈子唯一做得像样的事，就是有你这么个好孙女，以及找了个本事不错的律师。"

江偌一笑："过奖了。"

江觐脸上的笑骤然消失："他以为你不出现在庭审现场，我就动不了你了？"

江偌淡定笑道："你连水火这种重犯都能收买，我相信你什么都做得出来。"

江觐沉着气没讲话，目光阴狠地攫住她的脸。

"水火原名隋河对吧？你知道他上次找我说什么了吗？不知道的话我可以告诉你。"江偌坐在椅子上，脚上黑色尖头高跟鞋随着她脚尖微微晃动。

"水火说他完全可以在荒无人烟的地方要了我的命。"江偌浅浅笑着说。

那笑容极其刺眼，江觐的拳头忍不住紧紧握起。

江偌坐在那里不动如山，笑容越发明艳，她看着他，说："我行得正、坐得端，你怎样才能动我呢？倒是江先生，见不得光的事好像做得不少。"

江觐气极反笑："江偌，你现在变得这般不怕事，为什么？是因为陆淮深给你撑腰？"

江偌双手环胸，耸耸肩说："你有你老子给你护航，就不准我有个男人撑腰？"江舟蔓嘲讽一笑，江偌无视，"所以说，做坏事还是不要露出太多马脚，更不能让人抓住马脚。"

可她不知，这马脚又不是江觐自己露的，是水火那"猪队友"主动露的。

庭审十点半开始，十一点多结束。

高随出来后，告诉她结果："判决出来了，没收个人财产加刑拘。但你爷爷的情况可以申请保外就医，六个月内可以申请再审。"

江偌松了口气。那就好，说明一切都还有转圜的余地。

高随当庭指控原告江渭铭是江偌爸妈和章志两宗命案的主谋，递交了从云胄市收集到的证据和水火的个人资料，怀疑水火是受江家父子的指示，是命案的策划人。资料中显示原名隋河的水火是几年前在港城受伤跳海而死的重犯，有谋杀和走私等数项犯罪记录。并指出水火在前段时间威胁了他当事人的孙女，他完全有理由怀疑是江渭铭心虚，想要私下迫害江启应的家属，以此威胁江启应认罪。

证据虽不充分，但有迹可循。牵扯的大案太多，该案性质已经改变，最终审判长只就手上证据，判定江启应犯非法操纵股市等经济罪。

江偌父母意外死亡案之后会正式立案，待警方司法调查取证，水火和江觐自然会被纳入重点调查对象。

江启应被送回医院后，江偌和高随过去见了他一面。

自从上次在狱里发病之后，江启应即便一直在医院接受治疗，身体和精神状况仍然一日不如一日。病痛是身体折磨，终日在病床上度日是心理折磨。年迈加重疾，不仅难愈，对身体的耗损程度也变本加厉。

这次见面，江启应话很少，似乎很疲倦，双眼有浊色，人看起来有些浑浑噩噩。

爷孙二人互相安慰了几句，片刻后，江启应缓缓说了句："高律师他可信。"

江偌微愣，随即点点头："我明白。"

"高随说杀了你爸妈的黑手在跟踪你，你怎么从没告诉我？"江启应呼吸很沉，伴有沙声。

江启应住院的时候，江偌偶尔会来探望，顺便续医药费。

江偌说："我也是前几天才知道的，何况青天白日的，他也对我做不了什么。"

"你爸妈出事的时候，不也是青天白日的吗？"

江偌安慰道："我又不会去那种荒凉地方。"

江启应眯眸，似想到什么，说："你的股份不能白给陆淮深，要记得跟他要些东西，知道吗？比如在你人身安全受到威胁的时候，让他保护你。这点要求完全不过分。"

"我没开口他也这么做了。"

那天水火和陆淮深那通电话里，她依稀听见水火说陆淮深撤了跟在她身边的人，回去之后她是准备问陆淮深的，不过后来也没开口。

陆淮深派保镖跟着她，但一直没告诉过她，也许是怕她多想，引起她不必要的恐慌？因为之前陆淮深跟她说过，江觐要是知道他插手，就会改变计划。陆淮深让保镖暗中跟着她，估计也是给江觐提个醒。后来江觐的人撤了，没什么异常，跟着她的保镖也默默撤走了。

所以之后水火才能趁机接近她。

江启应似乎还不太能相信陆淮深会真的对江偌上心，仍怕他别有目的，所以还是不断提醒江偌："你也别对他完全卸下防备。"说着他摇头，自嘲一笑，"我这是一朝被蛇咬，十年怕井绳。"

江启应心里苦笑。江偌或许会觉得他谨慎过头，但要是知道了他曾经对陆淮深做过的事，她也许会明白为什么不能对陆淮深放松警惕。

江启应不相信陆淮深是个以德报怨的人，除非他真的喜欢上江偌，可是再喜欢能有多喜欢呢？陆淮深可不是个看重感情和婚姻的人，以前他对江舟蔓没感情，也一口答应了联姻。

可江启应至今不明白，为什么很早以前提出条件让陆淮深娶江偌，他就是不答应。

江倩出了病房，高随还在外面。江倩是等高随跟江启应说完话才进去的，没想到现在他还在，她有些诧异："你还在？"

高随问："你接下来去哪儿？"

江倩说："我回家。"

"陆淮深不来接你？"

"我没跟他说，懒得让他跑一趟。"

两人一同往电梯走去，等电梯时高随说："我看你脸色不太好，现在太阳那么大，现在这个点怕是不好打车，我送你吧，正好今天下午律所里没什么事。"

江倩想了想，没拒绝。

回去的路上江倩给陆淮深打了电话，说了庭审的结果，然后告诉他，她一会儿直接回家去。

高随开着车，闻言看了她一眼，她正柔声细语地跟电话那头的人说话。高随心想，她和陆淮深的相处模式比一开始温和了许多。

墨绿色丝质衬衫在阳光下显得平滑有光感，衬得她皮肤更加通透白皙。她的脸很小，却并非千篇一律的脸型，下颌有很微妙的棱角，线条流畅。

高随思绪走偏，目光竟不由得在她脸上多停留了一下。

男人都一样，见了好看的女人会多看两眼，高随承认江倩不是那种一眼惊艳到不可方物的女人，但是有种耐人寻味的气韵，让人越看越觉移不开眼。

江倩挂了电话，想到一事，问："你哪里来的水火的资料？"

高随移开了目光，半眯着眼看向一旁的路障，说："有人前两天给我的，说我应该用得上。"

"陆淮深？"她反应很快，并且语气好像很确定。

高随没忍住，再看向她，见她眸里多了抹明亮的色彩，他挑眉笑道："对。"

江倩到家的时候已经过了下午两点，她连续几天没睡好，于是午饭也没吃，卸妆洗澡后直接往床上一躺，戴着眼罩，睡了冗长一觉。

直到一阵手机振动声穿透进梦里，江倩迷糊转醒，摸到手机。

"喂？"她的声音里还带着刚睡醒的沙哑和鼻音。

对方一把不徐不疾的清冷女声："你好江倩，我是杜盛仪。"

江倩回了下神，才说："杜小姐你好。"

杜盛仪要跟她约这周五见面签合同："如果没有问题的话我们周五见，时间和地点我一会儿就让我助理发给你。"

江偌可没忘记她爽约的事情，怕她嘴上说得好好的，到时候又临时借故取消见面。

无奈人家是甲方，江偌沉默了片刻，说："好。"

江偌挂了电话，看了眼时间，已经晚上八点。

裴绍给她发了短信，说车已经提回来，牌照已上好，正停在车库，钥匙就在车库挂钥匙的盒里。下楼吃过饭后，江偌去车库看了眼，坐进车里感受了一下。

陆淮深今晚有应酬，她一个人没什么事做，实在无聊，她盘腿坐在车上，解锁手机给陆淮深发微信消息："你还在吃饭吗？"

等了会儿也没回信。

陆淮深有事一般都会打电话，微信和短信的使用率很低，十分符合一个三十多岁业务繁忙的男人的作风。

江偌想起杜盛仪，她直到现在也没收到对方助理发来的时间和地址。她有杜盛仪助理的微信，便发消息过去问。对方倒是很快就回复了，地点选在市中心江边的饭店。

江偌把地址转发给了王昭。这项目上两人是拍档，到时候也要一起去。王昭在加班，回了个"OK"便再无下文。

江偌又点进和陆淮深的微信聊天框，还是无回应。

盯着"陆淮深"三个字，她开始猜想陆淮深在外过着怎样精彩的夜生活，又回忆起王昭说陆淮深这种类型的男人对女人是如何如何有吸引力。

说实话，陆淮深正当年，各方面条件都不错……不，是相当不错，关键是他这个年纪，性格已成熟，不浮夸够稳重，成熟男性的魅力和荷尔蒙正达巅峰，她能被轻易勾引，其他女人为什么不能？可能吸引的还不止女人……

江偌想到这儿立马打住。人果然不能闲得慌，太闲就容易胡思乱想。

最后她还是没忍住，索性拨了个电话过去。她还在心里安慰自己，反正小姨也说要时常关心对方，以表对他的重视，才算是将他放在心上，她这正是在表达对丈夫的关心和重视。这么一番心里暗示之后，这通电话拨得心安理得多了，一点也没有要查岗的意思。

电话没响两声，通了。

"喂？"

电话那边背景非常安静，他接电话的速度很快，时间不够找个清净地方，说明一起吃饭的人不多。嗓音低沉清明，带着他惯有的不大自然的柔和，应该也没喝多。

恋爱中的女人逻辑能力媲美侦探，这话是真的。

江偌清清嗓子问："你还在吃饭吗？"

"嗯，"他问，"你从下午睡到现在？"

"醒来好一会儿了，给你发了微信消息，你没回。"江偌语气很稀松平常的样子。

他又问："吃过饭没有？"

陆淮深的声音低沉富有磁性，莫名抚平了她满心浮躁。

她轻声回应："刚吃好。"

"我这儿还有一会儿才结束，晚点回来。"

江偌手指搭在方向盘上，忙撇清："我没让你跟我交代，我只是觉得无聊所以给你打个电话。"

陆淮深沉默了一下，嗓音愈发低了些，似还噙着不露痕迹的笑意："让我交代也没任何问题。"

一瞬间，江偌心中袭来一股暖潮，又扩散至四肢百骸，让她头皮发麻，手腕钻心似的酥痒。江偌觉得自己完蛋了，虽然无法将这种感觉具体化，但她知道，这就是坠入爱河的傻女人听见动人情话的反应。

但是她羞于直白地回应，她和陆淮深都不是能腻歪的性格，有些话不必说得太过明朗，但对方能明白就行。尤其是她，太外露的感情会让她尴尬到难以自处，所以她只想自己消化。

她抿着嘴好一会儿，显得非常淡定地说："好的，我挂了。"

江偌挂了电话，将手机扔到一边，趴在方向盘上，脸埋在手臂上露出半张脸，一双眼睛直勾勾盯着前方陆淮深一辆车的车尾，被手挡住的嘴角忍不住翘起。

陆淮深回来的时候，已是深夜。

江偌睡了一下午，晚上根本没有睡意，此时还躺在床上闭目养神酝酿睡意。

迷迷糊糊的时候听到楼下有动静，她又清醒了过来。

她缩在被子里没动，眼皮也没睁开，却一直注意着上楼的脚步声。

二楼楼道的灯一直是打开的，等脚步声越来越靠近的时候，她睁开眼，从门缝里看见有人影晃动。门把手被拧开的时候，她又立刻将眼睛闭上。

陆淮深在门口停了一下，随后才反手关上门。

江偌屏住呼吸，察觉来人在向自己靠近，随后床沿的床垫往下一塌，她身上的被子被掀开一点，一双手摸进来，探上自己腰间。江偌觉得痒，顿时睁开眼，故意凶巴巴地喝道："干什么呢！"

陆淮深一边往下压，一边将她往上捞，说："就你会装，睡了一下午你还睡得着？"

他说话带着淡淡鼻音，江偌知道他喝酒了，不过闻那味道，喝得应该不多。

她从被子下往他腿上踹了一脚，拉上被子捂住自己："又是烟又是酒的，臭死了，去洗洗。"

"你要不再仔细闻闻？"他哑着声，手裹住了她半边臀用力。明明字眼轻佻，他却用那种一本正经的冷调子说出来，一点也不惹人厌。

陆淮深酒没多喝，烟没多抽，一起吃饭的都是熟人，根本不是烟雾缭绕、酒气熏天的气氛，说臭不过是江偌夸大。

陆淮深在她身上摸索一阵，还是放开她去洗澡了。

江偌这下也睡不着了，他洗完出来，掀开被子上床，隔得近一点，她都还能察觉到他身上燥热的感觉。

陆淮深伸手将她扯到身前，道："再闻闻。"

江偌手上软软推拒，道："闻什么闻，我困了……"

陆淮深一直很能意会她的心口不一，干燥而温热的唇落在她的脖颈时，江偌伸手轻轻环绕着他的背……

[第六章]

她认为她能做的，就是去接纳他真实的所有

　　在赴约见杜盛仪的前一晚深夜，江偌的微信上收到了杜盛仪的好友请求。

　　江偌觉得奇怪，工作上的事情，有杜盛仪工作室的人负责跟进，杜盛仪为何还要亲自加她微信？要说杜盛仪对她有什么人际关系上的企图，可她们既不是一个圈子的，以她现在资历，她也帮不了杜盛仪什么。

　　江偌通过了好友申请，出于习惯，顺便看了下她的朋友圈。杜盛仪的朋友圈设置成了三天可见，最近三天没有动态。

　　紧接着杜盛仪发了消息，提醒她不要忘了明晚的见面。

　　江偌回得官方："好的，明晚见。"

　　在江偌以为对话已经结束时，杜盛仪又发来消息："第一次见面就觉得跟你比较谈得来，后来发现江小姐做事让人放心。希望这次的合作，你能全程跟进把关。晚安。"

　　江偌皱眉。第一次见面那寥寥几句的交谈，也称得上谈得来？又平白无故对她的能力这般认可。这件事王昭其实比她更上心，很多流程都是王昭在盯。

　　江偌良久才回："晚安。"

　　江偌已经洗完澡躺到床上，陆淮深还在书房，跟国外的公司有个视频会议。被杜盛仪这么一闹，江偌的睡意去了大半，过了会儿，她下楼热了点牛奶喝。

上楼的时候，书房的门还是紧闭，江偌怕他还在开会，便没有敲门，悄悄拧开门把手凑了个脑袋进去。她正想问他什么时候结束，就见他背对门口站在窗前接电话。

她正准备敲门，倏然听他对电话那边道："不管你有什么目的，适可而止。"

江偌手上动作进行到一半，停住了，因为陆淮深的语气听起来……很复杂。

那语气明明是在发怒边缘，已经有些咬牙切齿的味道，声音却有种压抑着愤怒的冷漠，像是在忍耐。

江偌默默关上了门，心想：什么人惹怒陆淮深还能让他忍得住不发脾气？

翌日下午，江偌和王昭去赴杜盛仪的约。

因那餐厅对着装有要求，两人提前带了风格偏正式的裙子去公司，去餐厅之前换上。两人都开了车，前后到了地方。

东江饭店已有一百多年历史，建筑风格以西式元素为主，内饰装潢无一不奢华考究，大厅中庭垂挂着一庞大的水晶吊灯，悠扬的乐声不断，宾客来往无数。

两人被人领着上十二楼的餐厅。

王昭本就因杜盛仪屡屡毁约而对她有意见，此刻更是不满道："这杜盛仪可真够讲究，谈个合同哪里不是谈，选在这样的地方。到时候是我们公费结账，还是她买单呢？让她买单，显得我们公司小气，但若要我们公司承担，这里的消费有多夸张她知道吗？"

结果服务生领她们进一间包厢，两人都蒙了。在场的可不止杜盛仪，还有一桌男男女女。

王昭"呵呵"一声，用只有江偌能听见的声音说："看来不用我们操心结账的问题了。"

江偌木然地回："是的。"

在场的除了几位传媒圈的大腕，还有个熟人——江觐。

江偌目光复杂地看向杜盛仪，杜盛仪淡淡笑着招呼她和王昭坐到自己身边的空位。

杜盛仪今天来，应该是跟投资人吃饭，顺道把她们叫上谈合同，完全不考虑江偌和王昭同这些人不是一个圈子。

这么一来，王昭更有理由怀疑杜盛仪的诚意和企图。

杜盛仪向二人介绍饭局上的人，江偌和王昭都客客气气地与人打了招呼。

有位投资人不知道江覸和江偌之间的渊源，于是见色起意，妄图劝江偌酒。

江偌婉拒："不好意思，我开了车。"

那投资人死缠烂打，笑得"内涵"又猥琐："没关系，我有司机，可以送你回去，不然给你请代驾也行呀。"

江偌这会儿还能面带从容："我先生不太喜欢我喝酒，所以……"

那人愣了下，下意识朝她手上扫了眼。明明没婚戒，不过就是托词而已，他见得多了去了。

他晃着酒杯，阴阳怪气地说："江小姐这是看不上我们，不肯赏面儿呗。"说着妄图把江覸拉下水，"江兄没想到吃顿饭都能遇到同姓的女士吧？这可真是缘分啊，你们得喝一杯是吧？"

江偌似笑非笑看着江覸："您这么一说，我发现这位江总跟我家里那位没血缘的堂兄，长得还挺像。"

江覸的笑容透着冷意，他阴郁地盯了她几眼。

江偌从他人嘴里知道劝酒的男人姓肖，虽然模样还算周正，但那一副猖狂下流模样，相当令人厌恶。

江偌以前说陆淮深下流，那是情趣，此人的下流是真下流。

她们是杜盛仪请来的，江偌被人刁难，王昭见杜盛仪端坐在那儿，嘴角噙笑，光听不动，迟迟没出面圆场的打算。王昭气不打一处来，立刻拉下脸来，客气疏离地问杜盛仪："杜小姐跟这位投资人相熟吗？江偌酒量不好，待会儿还要开车。"

这是变相让杜盛仪出面解围，杜盛仪傻了才听不懂。

杜盛仪这才放下酒杯，缓缓道："肖总，这位江小姐真的已婚，人家正在备孕呢，您行行好。"

姓肖的当时就在心里骂了声"假清高"。被告知江偌是有夫之妇后，他顿时对她没了兴趣，可他这杯酒已经添好，不喝就是拂他脸面。

正好杜盛仪递了台阶来，他就顺着下："那要不这杯，杜小姐替她喝了？"

杜盛仪一声不吭接过，仰头一饮而尽，还将杯口朝下，杯中一滴未剩。

姓肖的哼笑说："杜小姐是个干脆人。"

旁人附和："几时见她不干脆过？"

杜盛仪只是笑了笑，以作回应。

江偌想了想，说："杜小姐，今天这场合，我们好像也不适合谈合同，要不然改天？"

杜盛仪表情依旧，低声表示歉意："实在不好意思，我最近行程比较忙，今天刚从外地结束宣传回来，接下来行程也很满。我想着这合同积压着有段时间了，刚好今晚跟下部戏的投资人吃饭，所以才叫上你们，顺便签了合同，以免再耽误你们的时间。"

话都说到这份上了，江偌怎好再说什么。

王昭说："那杜小姐要不现在先看看合同？"

"好的。"杜盛仪竟挺好说话的样子。

杜盛仪今晚一身浅色衬衫料深V领连衣裙，长发整齐地束成低马尾，红唇媚眼，有种不露骨的风情，周身偏有种孤傲清冷的气质。

她拿着合同翻了翻，速度之快，压根就没仔细看，只问："内容是之前和工作室谈妥的吗？"

王昭说"是"。

杜盛仪二话不说，直接拿笔签上大名，完了说："接下来该走什么流程，你们跟进就行。"

王昭和江偌不约而同地相视一眼。

江偌不知杜盛仪到底是太信任工作室的员工，还是对这种事本来就不上心，就不怕DS使诈，里面有不平等条约？

杜盛仪将文件递还给王昭，说："合同我签了，麻烦二位赏我个薄面，吃了这顿饭再走。这几位都是决定我下部戏的关键人物。"

她这么说，让江偌又推翻了自己之前的想法。对事业不上心，又怎会出席这样的饭局？

总而言之，杜盛仪是个让人捉摸不透的人。

王昭和江偌答应吃了饭再走。这才刚坐下一会儿就要离开，的确太不给杜盛仪面子。

中途江偌去了趟洗手间，回包厢的路上，江偌发现江觐在外面的走廊里讲电话。靠近时，她听到他说："今晚真的不过来啊，你乖点，早点睡……"

语气相当温柔，却也十分刻意虚假。

江偌一开始以为他是在和明钰通电话，接着却听见他说："你现在搬来，你爸妈估计也不同意，这事等订好婚期再说……嗯，我也爱你，晚安。"

江觐爽朗又宠溺地一笑，片刻才朝电话那头轻吻了一下。

江偌这才反应过来，电话那头应该不是明钰。她几乎都快忘了，江觐还有个未婚妻。

江觐挂了电话，脸上的笑意顿时间无影无踪，转过头看到江偌，一脸要扒了她皮的冷酷。

江偌双手环胸，对上他的眼神，讥笑道："恭喜江总就要抱得美人归了。"

"有屁快放。"

江偌问："你打算怎么处理跟明钰的关系？"

在知道江觐有未婚妻之后，她联系过明钰。她怕明钰不知道江觐未婚妻的事，所以没提起，但是明钰整个人的状态不好，一直很低落。江偌约她出来见面，她也一直拒绝，说江觐不同意她们二人来往。江偌也确定，江觐在有未婚妻的同时，还在外面养着明钰，根据明钰的话来看，江觐强迫她的可能性比较大。

江觐冷笑："跟你有什么关系？"

说完他就要绕开江偌往里面去，江偌一把扯住他的手："她是我朋友，她心理情况很不好，你既然有未婚妻，你就别折腾她了。"

江觐顿了下，忽然大力甩开她的手，指着她的鼻尖咬牙切齿："我警告你，少管她的闲事。"

江偌被他忽然恶劣的情绪吓了一跳，一动不动看他两秒，忽然上前使劲推了他一把。江觐不防，竟被她推得一趔趄，撞在了身后的门框上。

江偌像他方才那样，仰头指着他的鼻尖道："我也警告你，别把她当犯人，切断她和外界的联系，威逼利诱将她困在见不得光的关系里。脚踩两条船，男人不像男人，人渣！"

江觐目光冷冷地擒住她，下颌的轮廓线条紧紧绷起，一脸风雨欲来。

近来发生的许多事都超出了江觐的控制，而大部分都是因江偌而起，他一点也不吝于在江偌面前表现出残暴一面。

他伸手就想去扯江偌，江偌像是提前预知了他的动作，往后猛退一步，灵活闪开。高跟鞋踩在走廊柔软厚实的地毯上，有些不稳，她晃了晃后站稳，抬起手指了指上方的监控。

江觐动作停在半空，拳头握紧，慢慢垂下。

江偌得逞地笑笑："你要是想跟我动手，我也不介意多加一条你公然危害我人身安全的证据。"

江觊嘴角肌肉颤了颤，极力忍了那股怒意，点了点头冲她笑："你行。"

说完，他缓缓转身。走廊十分安静，短时间内连服务生都不曾见一个。一门之隔，里面气氛正热火朝天，无人知道外面这场针尖麦芒的对峙。

江觊面对着包厢门，又突然停下来，转身走到江偌面前。

在仅隔了一步之遥处停下，他微微前倾俯身，在她耳畔咬牙切齿一字一句道："早知道你今天这么横，我当初就该弄死那唯唯诺诺的小村姑，送你去跟你亲爹、亲妈、亲哥哥团聚。"

江偌背脊倏凉，双眸颤了颤，一眨不眨盯着他。

江觊哼了声："你爸生前还挺想要个女儿的，他要是活着，知道有个这么大的女儿，估计要高兴坏了。"

江偌没说话，心里头仿佛有什么波动了一下。

江觊双手抄袋，围着她踱着步子打量："你这眼睛像你妈，眼神像你爸，你每次这么盯着我看的时候，就像是你爸、你妈同时盯着我。"

江偌脸上表情有些僵硬，冷漠道："可能我就是你的报应。"

江觊忽地笑了笑，神情冷漠又嚣张，道："你觉得我会怕？"

说完，他推门进去。

江觊的身影消失在门口，江偌站在走廊上久不能动，望着走廊尽头那副油画，深吸了一口气，一股战栗由心而生。

她进去之后，王昭见她脸色不好，问她有没有事。

江偌摇摇头，顺手就拿起那杯还没动过的红酒。里面酒少，她一口喝了个精光。

她动作太快，王昭没来得及阻止，等她喝完才说："你忘记你开了车了？"

江偌倾斜着高脚杯，看了眼空空的杯子，嘴里还有一股涩甜的酒精余味。她道："我忘了……没事，待会儿叫代驾。"

王昭说："还是我送你回去吧，先把车停这儿，明天或者你上班后再过来开就好了。"

江偌答应了。

她从外面进来之后便心不在焉，出神许久后，听王昭问杜盛仪："不知道

100

上次见面临时取消，是什么人不想让你跟我们公司合作？方便说一下吗？"

杜盛仪沉默了片刻，淡淡道："别有用心的人吧。估计是觉得我跟你们公司合作，损害了他的利益，所以让我们老板给我施压，还另外给了我一个电影项目当作交换。"

王昭觉得，好像不亏啊……现在好多明星都在竞争欧美奢侈品牌的代言，对比而言，DS虽然也是国际高端酒店品牌，但受众不如彩妆和别的时尚高奢品牌广，电影能带来的知名度就更高了，还能提高身价。

江偌也有同样的疑问，她说："可是我们公司也没有收到任何消息，有哪位艺人想要跟我们合作。"

杜盛仪饶有兴致地看向她："我没有说是艺人。"江偌一愣，静待下文，杜盛仪又说，"算了，不提也罢。"

此时，杜盛仪有电话进来，她说了声"抱歉"，接了电话起身往外走，边走边说："喂，干妈……我在外面吃饭，有什么事？"

听杜盛仪一口正宗岭南语，王昭问："杜盛仪是岭南人吗？"

没听见回应，王昭看向江偌，却见她一直盯着杜盛仪走远的背影。

江偌这才淡淡开口："网上应该有她的资料吧，查查不就知道了？"

王昭还当真拿出手机查了，说："S市出生的，生活在哪里没详细说，也许是在岭南那一带生活过。"

江偌又喝下一口酒，问王昭："你有没觉得，杜盛仪好像有点古怪，给人刻意拉近距离的感觉……"

"有吗？"王昭没感觉到。

江偌忘了，她没跟王昭讲杜盛仪昨晚给她发微信的事情。而且之前几次，杜盛仪也是跟她联系居多。

没过一会儿，陆淮深打来电话，问她吃好饭没，什么时候回。

江偌头有些晕，用手撑住额头揉了揉，说话带了点鼻音，慵懒得像是提不起力气："我在东江，估计还得一会儿。"

"你喝酒了？"和江偌了解他一样，陆淮深也知道她喝了酒是什么反应。

"我只喝了一点。"

"你不是开了车吗？"

"王昭会送我回去。"

"我过来接你。"听起来倒不是征得她同意，而是类似"你等着别动"这种不容拒绝的语气。

江偌垂着眸，陷入沉思一般，脑子里清醒了一些，问："你方便吗？"

陆淮深说："我就在那附近。"江偌有一会儿没说话，陆淮深以为她醉得深，声音忍不住严肃几分，叮嘱说，"好好跟王昭待着，我到了给你打电话。"

江偌像是没听见他的话，反而还胶着上一个问题，吐字清晰地问他："你怎么也在附近呢？"

他没片刻思索就回："我有事经过这儿。"

江偌"哦"了一声，又顿了两秒，说："挂了。"

不用开车，没了顾忌，江偌不知不觉中喝了不少。而且红酒的酒精浓度不是特别高，当下也很难感到强烈的醉意。直到酒过三巡，陆淮深到了，打电话来让她去酒店门口。

杜盛仪也说要赶行程，准备一起离开。今天是她电影首映日，三小时前票房已经过亿，电影团队邀主创去庆祝。

江偌站起来，顿感一阵头晕目眩，接着就觉得神思飘忽，身体虚浮。

王昭见她身形微晃，急忙将她扶住，压低声儿惊诧道："你这就醉了？"

王昭虽然是知道江偌酒量一般，但这……根本连一般都不如啊！才几杯红酒就成这个样子。看她一直不徐不疾地喝着，脸不红心不跳，还以为她一点没醉呢。

江偌站定后缓一缓还能保持几分清醒，她摆摆手，悄声在王昭耳边笑嘻嘻道："我没醉，就是有点晕，微醺，微醺……"

王昭二话不说，把江偌的包往她肩上一挂，架着她就走。

三人刚离开包厢，电梯关闭前，又进来一人，是江觐。

江偌面上依然是一副沉着镇定模样，淡淡用余光瞟了他一眼。

江偌刚才听他们谈论这次筹备的新电影，才知道江氏也是投资方之一。

此时，陆淮深又打电话来催："下来了吗？我上来接你。"

江偌看了一圈电梯里的人，忙说："不用了，我在电梯里了，马上就下来，你就在车里等我。"

陆淮深本来担心她喝多了会晕头转向，听她说话还算清明，这才放心。

杜盛仪就站在她旁边，很是随意地开口问了句："有人来接你吗？"

江偌目光匆匆瞧她一眼，淡淡笑着说了个"对"字。

电梯出去便是酒店大堂，宾客来来往往，开始有人注意到了杜盛仪。随着关注的目光越来越多，杜盛仪低着头加快了步伐。

酒店门口依次停着几辆轿车，杜盛仪的商务车停在最后面，因是单行道，要等前面的车走了才能开过来。

江偌一眼认出了陆淮深的车，是司机开的车。

门口阶梯有好几级，王昭不动声色扶着她走下去，然后拉开车门将她往车后座塞。

为了配今晚的裙子，江偌穿了十厘米极细高跟，还是尖头设计。这种鞋极难走路，她清醒的时候倒还能走得稳如泰山，这会儿人微醺，脚下的鞋尖和鞋跟同时不对付，人一晃，整个人就往车里栽去。

王昭刚松开她，来不及去扶，陆淮深眼疾手快，探过身来，半搂半拖地将她拽进了车里。他向王昭道谢："麻烦你了。"

"应该的。"

江偌双眼迷蒙，笑着跟王昭说"拜拜"。王昭挥挥手，将车门关上。

江偌目光还未从车外收回，透过车窗，她看见杜盛仪站在台阶之上，垂眸凝视车内，两道目光隔着一层车窗毫无预料地撞在一起。

江偌觉着眩晕感一阵阵侵袭得更加猛烈，她紧紧闭了闭眼，靠着车座，将脸转向陆淮深那边。鞋子前面尖头部分太窄，挤得脚趾很难受，她将鞋蹬掉，把腿缩在了座椅上。她浑身疲软，什么姿势都坐得不舒服，于是就抱住陆淮深，直往他肩上靠。

陆淮深却忽然擒住了她的下颌，迫使她看向他。

她眼里泛着清澈的光，衬得瞳仁越发黝黑，眼睑懒散地半垂着，眼神因此增添了几分不经意的性感和婉转。

"你干什么？"她被他捏着脸，又迷迷糊糊的，说话舌头都捋不直。

他似笑非笑捏着她的脸晃了晃："真出息，又喝醉，嗯？"

"胡说八道，我没醉！"江偌为了证明自己没醉，扒开他的手，睁大眼睛一动不动，面无表情盯着他，捋直了舌头一字一顿道，"没、醉。"

陆淮深看透了般嗤了声："精神病人会承认自己有病吗？"

"我只是微醺。凭什么你能喝我就不能喝？"江偌不悦地瞪他一眼，拉过他的手放在中间的扶手上，立即将脑袋压上去，"给我趴一会儿。"

陆淮深见她在座椅上缩成一团，背脊曲起，两手抓着他的手臂，瞬间安静下来，像只温顺慵懒的猫。陆淮深反手握住她细细的腕子，问："喝了多少？"

"没多少，就只喝了几杯，都是红酒。"江偌闭着眼囫囵地说着。

知道她酒量浅，陆淮深也没说什么，问她："合同签下了？"

江偌迷蒙地说："嗯。"随后她缓缓睁开眼睛，低声徐徐道，"没想到杜盛仪本人还是挺干脆的，说是之前有人不让她跟我们公司合作，但不是艺人，也不知道是会挡了谁的道……"

陆淮深转开视线："你何必管，你的工作完成就行了，之后的事你们公司自有相应的人会负责。"

江偌"嗯嗯"着点头，又说："可杜盛仪希望我全程跟进，说是信任我。我与她也没什么交集，而且在公司资历算浅，不知有什么值得她信任的。"

她说着伸手降下车窗吹风醒神，听陆淮深说："不想跟的话，交给别人做就行。"

"我又不是老板，某些工作不是我不想就能不做。"她半眯着眼说，"而且合同已经签了，接下来就是拍广告了，我多盯一下就行，也不费事。"

陆淮深随便应了声便没再说话，不大感兴趣似的。

回到家里，江偌一刻也不想多穿那鞋了，才走几步路，脚趾就被挤得通红，她蹬开鞋子，裸脚站在地上，身姿不稳，晃了晃。

身后一只手伸来搂紧了她，他穿的白衬衫，半挽的袖口还沾着她脸上蹭掉的粉底。江偌下意识转头仰着脸看他，玄关的灯光色调旖旎，衬得她的小脸有些许不真切，看向他时她还发出一声带着疑惑和鼻音的"嗯？"

手里的身体柔软得不行，陆淮深凝视着她的脸，心中起意，低头便咬住了她的下唇，齿间轻磨，随后吸果冻似的吮了一口。

江偌呼吸窒住片刻，唇上触感与他浓烈熟悉的气息让她浑身酥软。

陆淮深高挺的鼻梁贴着她的，鼻尖压在她脸颊上，刚含住她的唇，又缓缓松开稍许。

江偌微启着沾了水光的唇，看向他。

陆淮深喉头一动，又要附唇而上，江偌忽然动作急切地钩住他的脖子，整个人往他怀里撞。她一面踮起脚，一面将他的头往下带，急不可耐地主动贴上他的唇，如法炮制地先咬住了他的下唇。

陆淮深没预料到她的热情，被她撞得往后退了一步，踢倒了脚边的高跟鞋。他一手圈紧她的腰往身上按，一手在鞋柜上撑了下。他下一刻便反客为主，掐着她的腰将她往墙上抵去，脊背微倾着去捧着她的脸。

呼吸渐渐失了方寸，陆淮深那股劲一上来，就恨不得将她往骨子里揉似的。江偌胸腔中的空气仿佛被吸干，所有感官都集中在唇上和他手指撩擦过的肌肤上。呼吸战栗，她忍不住想要汲取和被汲取更多。

陆淮深身量足够高大，江偌身材又纤细，紧紧贴在他怀里，那种安全感到达了极致。

他的吻移到她下巴处，江偌半眯的眸水光迷离，她仰着脸捧住他的头说："别在这儿，去楼上……"

江偌怀疑是自己的主动刺激到了陆淮深，最后吃亏的依然是她，毕竟她的体力和精力完全没法和他相提并论。

幸好第二天不是工作日，放纵也就放纵了，两人一觉睡到了自然醒。

江偌趴在他身上躺了会儿，起床洗漱，一看时间都快十一点了。

陆淮深今日无事，也不着急出门。江偌进了卫生间，绾起头发准备刷牙，陆淮深才慢悠悠走进来。

江偌挤牙膏的时候，拿起他的牙刷挤好牙膏递给他。

动作熟稔，已成习惯。

杜盛仪的合作合同签下来后，周一例会一过，Gisele 的人事调动文件就下发了。王昭顺利升职，搬离总经办去了公关部，一人独享一间办公室。

王昭刚做完职位交接，Gisele 便让她先着重处理公关部的事务，把杜盛仪那案子完全放手给江偌，并且给江偌越来越多独当一面的机会。

江偌觉得有趣。Gisele 明明怀疑她跟陆淮深有不清不楚的关系，却从来不点明，江偌便也借坡下驴，继续揣着明白装糊涂。

杜盛仪的推广形象大使合同签订之后，公司请了专门的广告公司设计广告，还聘请了一位知名的文艺爱情片女导演亲自操刀拍摄。多方协调行程之后，初步将广告拍摄时间定在了九月初。

这广告公司挑选了亚太地区三个不同国家、不同风格的 DS 酒店取景拍摄，重点当然还是放在东临市刚开业不久的这家滨海酒店。

公司很是看重这次的广告拍摄，要借此机会在国内扩大品牌知名度，因此拨了巨额预算，砸钱砸得没一点犹豫。

杜盛仪在国内有一定的知名度，为了避免引起现场骚乱，以及保证广告效果，拍摄当天，无边泳池等地点要进行定时清场，江偌要提前去跟酒店的相关部门沟通好。

Gisele 怕出乱子，杜盛仪拍摄的时候要派人去现场盯，去国外也须有个随时能与上级沟通的负责人，这活儿便落在了江偌肩上，Gisele 还特地派给她一个助理。

另两个广告拍摄国家，一个是东南亚发达小国，一个是南太平洋的风景如画的岛国。岛国免签，另一个国家江偌之前签证签了两年，目前还没到期，不用再申请签证。去国外估计要一周时间，江偌权当是去旅行了。

江偌过了几天才将这事告诉陆淮深，他问："什么时候去？"

江偌："一周后，下周拍国内部分。"

陆淮深默不作声地看了她许久，不以为意道："拍个广告还要你去？"

"因为我是负责人，统筹全局。而且相当于公费旅行，何乐而不为？"

陆淮深跟她商量道："换个人去。"

两人正在家里吃饭，江偌筷子一顿，问："为什么？"

"想去哪儿旅行，休假的时候跟我一起去。"

江偌垂眸，扒着碗里的米粒，说："这可不行，这不仅仅是旅行，还是上司安排下来的工作。"她停了一下，问，"你为什么不想让我去？"

陆淮深放下筷子跟她分析："你对广告拍摄懂多少？你又不是行家，没法提出实质性的建议，就过去盯着吗？你离开这段时间反而会错过能给自己增添价值的工作，你所谓的上司是在坑你而已。"

他说得头头是道，神情极具说服力，江偌竟开始认真考虑。毕竟从一开始，Gisele 对她的确是出于利用。可派她跟个项目，能有什么企图？

江偌一时没表态，陆淮深也没逼得太紧，留时间给她自己想想，随后又说："明天跟我回一趟陆家。"

江偌整个人都显得紧绷起来："有什么事吗？"

"陆甚憬回来了，老爷子让我们一起回去吃饭。"陆淮深平淡说完，继续

106

慢条斯理地吃饭。

常宛成日在老爷子面前哭啼卖惨，想让儿子回来，如今终于如愿以偿。

江偌却觉得口中饭菜有些难以下咽，心思全无。

她是知道陆淮深有个同父异母的弟弟，只比他小几个月。他爸妈离婚之后，家世不错的常宛立刻带着儿子进了陆家的门。陆甚憬在他爸死前就出了车祸去了美国，美其名曰治疗，但听说是有内情。

那已经是好几年前的事情了，陆淮深甚少提及，江偌知道这话题敏感，也从未问起，所以她知道得并不多。

陆甚憬这人，她以前见过一两次，印象中是个斯文儒雅看起来就很好说话的人。

犹记得当年陆甚憬出事之后，所有人暗中将矛头指向陆淮深，人云亦云，也不知真假。

陆淮深从未承认但也没辩解过，她觉得陆淮深是根本不在意的。

第二天早上，出门前陆淮深本来想让江偌别开车，下班后他过来接她的，但她在城东，博陆在城中心，而陆家在城南，陆淮深来接她会绕很远，而且晚高峰还堵车，所以两人最终还是决定各自开车直接过去。

江偌下午又接到陆淮深的电话，说吃饭的地点临时改到了东江。

下班高峰期，去往市中心的每条路都很堵，从天将黑未黑到华灯初上，一个小时过去了，江偌还被堵在路上。

陆淮深打了通电话问她在哪儿了，说完又叫她专心开车，之后怕分散她注意力便没再打来。

江偌抵达时快七点半了，她有预感会被陆终南翻白眼。不过她竟然还不是最晚的，陆清时一家四口，还有陆重、陆缄都还没来。

但是陆终南还是给了她一个白眼，这就是纯属看她不顺眼了。

江偌也是有骨气的，与包括陆终南在内的各位长辈打过一圈招呼后，也没跟他多说一句，安静地跟陆淮深坐在一起。

然陆淮深正坐在陆终南旁边，江偌来了之后，他也很少再接老爷子的茬。

陆终南斜眼看着陆淮深对江偌嘘寒问暖，心里头都气死了，只好转头去跟陆甚憬说话。

陆甚憬还未完全康复，坐在轮椅上，一身深蓝色西装，五官清秀，较之出国前清瘦了许多，而且变得更加谦逊沉默。

陆淮深与陆甚憬互相都看不顺眼，这一点倒是多年未变，眼神的交汇都是变相的针锋相对。只不过陆淮深是把不屑写在脸上，锋芒凛然。他瞧不上陆甚憬，跟瞧不上常宛一个道理。陆甚憬则一如既往地喜好旁敲侧击地刺陆淮深。往往说不上两句话，两人便双双不约而同地视对方为空气。

不多时陆清时一家四口姗姗来迟，原是陆嘉乐的狗忽然生病了，送去宠物医院，耽搁了许久。陆重、陆缄跟他们在门口遇上，也一起上来了。

因为陆清时出轨那事，老爷子这段时间对他很不待见，以他为首，把晚来的都训了一通，把江偌也含沙射影了一番。

他训完，这才让开席。

像陆家这样因利益而矛盾丛生的家庭，聚会时难免会出现不太和谐的插曲。

大姑姑陆苇云的女儿有公事在身没到，因此陆苇云独自带了三岁的外孙来。小孩饿得早，陆苇云提前给他喂了饭，大人吃饭的时候，他就自己下桌玩，不知什么时候到了陆甚憬旁边。

小朋友个子矮小，站在椅子后面没人看见他，周围的人只听到一声奶声奶气的童音："二舅舅，你的腿瘸了，是不是很痛呀？"

小孩子小名叫"十七"，刚满三岁，出生起就没见过陆甚憬。稚童单纯，没那么多复杂心思，这实属好奇之下的童言无忌。

陆甚憬回来之后，长期忍受陆淮深打压的常宛终于有了盼头，说话都更昂首挺胸了。而这童言无忌的话如同一把利刃，稳准狠地戳中了常宛的痛处。

她那么优秀的儿子，怎么能被人家说成是瘸子呢？

她当即勃然大怒，拽着十七的胳膊，劈头盖脸地训骂道："你胡说八道什么，什么瘸不瘸的！"说完还迁怒到陆苇云身上，"你们家里怎么教孩子的？这么没教养！"

她情绪失控的原因无非是，她再明白不过，陆终南是不会把家业交到一个不健全的孩子手里的。可陆甚憬的腿是有望治愈的，经过复健，他现在已经能走几步了，恢复到正常健康状态，指日可待。

陆苇云也觉得孩子说得直白，正要打圆场，结果乍一听见常宛凶神恶煞的指责，陆苇云登时脑子一片空白，怒气直冲天灵盖。

十七被常宛这么一吼，再加上常宛吊着眼尾的样子格外凶狠，他被吓得整个人都愣住。他的眼泪包在眼眶里，泫然欲泣，小身子一抽一抽的，无助地看向周围，模样惹人可怜。

陆苇云又坐在同母弟弟陆丞云旁边，隔了一张桌子远，十七那小身板儿被桌椅一档，什么都看不见。

陆苇云发怒之前，先站起来找小外孙："十七？"

"外婆……"十七顿时眼泪哗哗地掉，整个包厢顿时充斥着小孩委屈的号啕。

陆甚憬这个当事人都没把这话放在心上，没想到他母亲反应这样激烈，他皱眉说："他这么小，童言无忌，都是无心的。"

陆终南也呵斥常宛，说她大惊小怪，小气得很。

陆终南这么说她还是轻的，好戏还在后头。

陆苇云此人可不是好惹的，她几步过来抱起外孙，面无表情、居高临下地看向坐着的常宛，字字冰冷严肃："你常宛何止小气。把三岁小孩无恶意的话放在心上，你冲他大呼小叫什么？他话都还说不利索呢。十七开口前还知道叫一声'二舅舅'，论教养，你还不如一个三岁小孩！"

常宛脸色青白交加，站起来就反驳："你可别看他小，他这个年纪，该懂的都懂了！"

一时间，大人的争吵和劝解，小孩的哭喊，充斥整个包厢。

陆终南眼看着好好的家宴变得乌烟瘴气，气得高血压都要犯了："都给我闭嘴！"说着他看向常宛，厉声道，"这顿饭是给你儿子接风洗尘的。一点小事，上纲上线，这饭你还吃不吃了？"

陆淮深就坐在陆终南旁边，自始至终未置一词，只有在这个时候，才不紧不慢地劝老爷子消消气。

陆终南知他虚情假意，常宛吃瘪他肯定比谁都开心，但陆终南也不拆穿，只是斜了他一眼。

常宛黑着脸瞪人。

陆苇云懒得跟她一般见识，道："要不是今天家宴，我非跟你论出个黑白对错。"

有人觉得常宛也是太护犊子，心思敏感了，才一时脑抽。

陆法官是你能惹的吗？一张嘴能把你说到无地自容。

常宛说不过人，开始卖惨，欲哭无泪："是我太冲动了，爱子心切，自然不希望别人说他不好。他这个腿嘛，医生都说是可以好起来的，所以我生怕听见一点别人说他腿如何如何……"

这个时候，多数人至少表面已经开始同情她了，纷纷好言安慰。

陆淮深看了眼把卖惨当饭吃的常宛，不屑地哼了声。要不是她日日到老爷子跟前哭天抢地，陆甚憬也不至于这么快能回来。

陆终南听见陆淮深的冷笑，瞪他："你注意点！"

你看戏就看戏，别不嫌事大得太明显好吧？你爷爷我还坐在你旁边呢，你这个冷漠的浑球！

这段插曲渐渐被掩盖，只有十七还沉浸在惊吓里，歪在陆苇云怀里哼哼唧唧擦眼泪。

陆嘉乐不忍，过去把他抱来，让他坐在自己腿上，拿出手机放动画片给他看。

十七看得入迷，两只搭在陆嘉乐手上的小手无意识地一捏一捏。江偌坐在旁边，见小孩子的手又短又小，肥嘟嘟、白嫩嫩的，忍不住拉住他的手指晃了晃。

十七察觉，歪着头看她一眼，害羞地用另一只手摸摸自己的卷毛，盖住眼睛笑了笑："嘿嘿嘿……"

常宛看见了江偌跟那孩子玩，立刻就问："江偌，你们准备什么时候要孩子呢？"

江偌猝不及防被点名，抬起头愣了下，脸上有点臊。陆淮深竟也看着她，等着她的答案。

江偌淡淡笑了下，随口说："有了就要。"

她这话也就是搪塞的意思，她不可能当着这些人的面说目前不是很想要孩子。陆终南还在，他会怎么想？

结果常宛又揪着这问题继续问："你们结婚时间也不短了，你回国后你们也住一起挺久，怎么还没怀上呢？"

言下之意，不言自明——你不会是哪里有问题，所以怀不上吧？

陆淮深的厉眸瞟向她，道："又不用赶着生，你以为备孕不要时间？"

语气闲散，凉意却四漫。

"赶着生"三个字才是重点。

陆家的人都知陆淮深的父亲陆尤文和前后两任妻子之间的恩怨始末。

常宛在陆尤文妻子薛伽月怀孕不久后也有了孩子，陆淮深出生后两三个月，陆甚憬也出生了。

陆家只有少数人知道，常宛一开始就是有策划地怀了孩子，就是奔着让陆尤文娶她而去。可不就是在赶着时间生吗？

而且在薛伽月怀孕不足月的时候，常宛故意让其发现自己怀孕，薛伽月因而气得早产。陆淮深刚生出来的时候，还在保温箱里住了好些日子。

所以当陆淮深这咬重音的"赶着生"三个字一出口，其中意思，在座的成年人，都再明白不过了。

常宛的表情说不出地精彩，闭着嘴，脸上一抽一抽的，也不知道是笑还是在忍。最后她拨了拨短发，故作不懂陆淮深的话中话，脸上露出一副为人长辈的亲和笑容。

"我这还不是为陆家子孙操心吗！你年纪也不小了，江偌这年龄，身体状态最好，你爸要是在世，肯定是盼着抱孙子的。你是老大，当然首先就把希望寄托在你身上了。可惜你妈也走得早，她要是还在，肯定也是要催的。"

常宛说前大半段话的时候，陆淮深依然面不改色的，满脸不以为意的表情，淡淡看着这个女人是如何装腔作势的。但是常宛一提到他母亲的时候，陆淮深的脸立刻就沉了下来。

江偌坐在他身边，最能感受到他情绪和气场变化，就像春风和煦的天气，忽而温度骤降风雨欲来。

霎时间，所有人都噤若寒蝉。

陆终南肃冷着脸咳了一声。

但常宛就是故意的，不仅没一点悔意，脸色都没变一下，笑呵呵的，好似真的打心眼里为了陆淮深好似的。

陆淮深看她两秒，倏地笑了："你又不是我妈，你凭什么替她操心？我妈在地下，你又是如何笃定她就是这么想的？难不成是她夜里给你托梦……"他似笑非笑的眼神落在常宛身上，拉长了疑惑的尾音，顿了一秒，漠然嗤道，"我看你那梦估计得是噩梦。"

常宛这下子彻底挂不住笑了。

陆甚憬觉得他妈今天是吃错药了，她那些话，让老爷子听了心里起疙瘩，别人听了看笑话。他皱了皱眉，为阻止常宛再就这个问题跟陆淮深暗中对垒，及时地换了话题，问陆淮深："听说国内想掺和进 DS 公司的挺多的，公司现在的打算是什么？"

陆淮深的声音仍是冷硬，不过是平时谈公事的那种严肃口吻："你是指哪方面？"

陆甚憬说："大公子和他继母对峙白热化，事情闹得频频登上报纸的财经和娱乐版面，股票跌了又涨，涨了又跌。我觉得抓住跌势，趁早下手比较好，所以博陆最好尽快决定下来究竟支持哪方。"

这话题江偌是再熟悉不过了。

陆淮深缄默片刻，玩味道："真是辛苦你了，让你在外面静养，你还操心着公司的大小事，可惜了老爷子一番苦心。"陆淮深没正面回应陆甚憬的话，压根就没打算与他深入探讨。

陆终南有一会儿没说话，这会儿打断他们说："好了，兄弟俩一见面谈什么公事，以后有的是机会。"

常宛不愿意了，她说："爸，甚憬刚回来，自然是要多了解一下公司的事情，不然今后怎么管理这样那样的事情呢？"

陆终南的脸色已经不怎么好看了，他不耐烦地拧紧了眉，并没有理会她。

小不忍则乱大谋，常宛这是急功近利了，迫不及待想让陆甚憬在公司取得一席之地，惹得老爷子心烦了。有些事情点到为止即可，多说无益。

过了会儿，陆淮深起身，手在江偌背后椅子上搭了一下："出去接个电话。"

江偌说："好。"

过会儿还没见他人回来，江偌谎称去洗手间，也出去了。

她沿着附近视角隐蔽的地方找了找，最后在安静的吸烟处看见了他。

陆淮深背对着她，垂在身侧的手里夹着一支烟，缭绕烟雾顺着他的手臂攀爬上升，那背影看上去让人觉得有些烦躁。

江偌穿的高跟鞋，踩在地毯上却没有声音，等她走近快要贴在他身上的时候，他才察觉，还是因为闻到了她身上的香味。

有款香水她最近常用，馥郁清新的茉莉香，夹杂着温柔妩媚的脂粉气。

陆淮深转身，江偌便上前抱住他的腰，他身上沾了新鲜烟味，有些浓。她的目光落到旁边的烟灰缸里，知道他抽了不止一两支了。

陆淮深一声不响，一只手搂住她。

"请问陆总为什么要在这里抽闷烟？"江偌有些困了，此刻头枕在他肩上，很舒服，她有些昏昏欲睡，因此声音也是懒洋洋的。

"里面人多。"陆淮深吸了最后一口烟，将剩下的烟按在烟灰缸里捻熄，问，"你出来干什么？"

陆淮深在避实就虚这方面向来是驾轻就熟的，只回答了为什么出来抽烟，很自然地避过了重点。

江偌便更加笃定陆淮深肯定是心情不爽利。至于原因，她也能猜出来。一是因为常宛故意提起他母亲，二来是陆甚憬暗中筹谋着想要重回博陆。这母子二人，对他又是一大威胁。

商界风云诡谲、形势复杂，他再睿智铁腕，终究也是凡人，双拳难敌四手。何况他所面临的阻力，不止那么简单。

她从来没有不理解陆淮深为什么一定要争那位置，不同成长经历环境，造就不同的观念，看重的东西自然不同。而他将他最为人知的价值，体现在他所付诸心血的东西上。博陆不仅是陆终南的心血，更是陆淮深的心血，所以她没有立场质疑他的选择和决定。

江偌相信他能应对，但也怕最终结果事与愿违。登高则跌重，很少有人能承受那落差。陆淮深是个考虑周全的人，他应当也有应对最坏结果的法子。

有人赞他能力出众，也有人责他刚愎自用，她认为她能做的，就是去接纳他真实的所有。

江偌忽觉想远了，收整了困意，松开他。因为刚才那柔情蜜意的拥抱，她有些脸红，用手扇扇发热发红的脸颊说："里面有点闷，我出来透透气。"

陆淮深目光定格在她脸上，江偌看向他，被他盯得赧然，眼神却柔软又宁静，她伸手握住他的手，将手指贴着他的掌心。

掌心里柔软微凉的触感，让陆淮深那点烦躁刹那间烟消云散，心底像被揪了一下，扩散出一阵陌生的酸软，他感觉在浊世中找到了一片属于他的宁静地。

江偌并没有察觉到陆淮深不露声色之下经历着的史无前例的触动，只见他抿着唇凝着眉，一瞬不瞬地望着她。

她目光不自在地回避着他，朝门口歪了下头，拉了拉他："赶紧回去了。"

江偌说完，拖着他的手往吸烟区外面走。陆淮深没动，在她走了两步之后，反手将她拽了回去。

　　江偌那鞋跟高又细,她被不光滑的地毯摩擦得踉跄,陆淮深的手将她的腰箍得紧,稳稳地将她带进怀里,低头便衔住她的唇。

　　江偌下意识地去抓住他的手臂,以此稳住身形,同时又条件反射性地回应他。随着时间推移,这早已经成了一种习惯。

　　陆淮深的大掌按住她的背,往自己身上按,另一只手托着她的脸,攻势猛烈又温柔。江偌有点承受不了,那种热烈的情绪却感染着她,她努力迎合回应,手抚上他的脖子,情到深处时指尖没入他的发楂中。

　　…………

第七章

红尘来呀来去呀去，都是一场空

　　杜盛仪的广告开拍前，江偌周末就开始跟酒店那边的人核对各事项，以保到时候不会出现任何差池。

　　广告周三开拍，江偌却在周一的会上被钟慎安排去解决滨海那家新酒店的采购问题。

　　因为跟酒店在价格上的分歧，之前的食材供应方与酒店终止了合作，因此酒店须要寻找下一个食材供应方，分公司要派一个人同酒店的采购经理去谈。

　　江偌接到这任务，完全摸不着头脑。每间酒店内都设有多个部门，会系统管理地分管酒店各事务，若说要派遣一个有地位的压场子，酒店经理也比她说得上话吧。

　　江偌一时没敢应，看了眼 Gisele，谁知 Gisele 竟直接替她接了这活儿，让她将杜盛仪的事情先搁一搁。

　　既然上司已经发话，她也没敢有异议。

　　江偌把这事转告杜盛仪的助理，说会有更得力的负责人接手接下来的事情，助理回："好的。"

　　谁知杜盛仪却直接致电 Gisele，亲自要求江偌跟进这次大使广告的拍摄。

　　Gisele 很为难："杜小姐，你为什么一定要江偌？接下来就只是拍摄了，会有专业人员负责。合同也签了，出现问题法务部的人会解决。江偌其实没什么可以再做的了，我司会派出最得力的员工管控拍摄现场的流程。"

杜盛仪冷淡地回："不好意思，我只信得过江偌。您不会是觉得让您的助理参与这事，是大材小用吧？"

Gisele无语地磨了磨后槽牙。

就这样，江偌又被安排去管控广告拍摄现场。

广告开拍前一天，江偌去了酒店那边跟副经理见面，和参与策划的员工开了个会，加了会儿班，回去已经快晚上十点。她前脚刚停好车，陆淮深后脚回来，二人在车库遇上。

陆淮深洗好澡上床的时候，她问他："你今天怎么也这么晚？"

"应酬。"

江偌往他怀里一钻，想闻闻有没有烟酒味，才想起他已经洗了澡，睡意昏沉中又想起他是自己开车回来的。她闭着眼迷迷糊糊问："应酬也没喝酒？"

"没人爱喝酒，索性我也不喝。"

"嗯，跟养生的老年人吃饭啊……"江偌已经困极，今天从早到晚，她没一刻歇息过，洗澡时眼睛都快闭上了，这会儿说着话就睡着了。

陆淮深熄了灯，盯着天花板好一会儿，才闭上眼睛。

宁静的深夜中，耳畔只听得见遥遥虫鸣，还有她平稳均匀的呼吸。

第二天一早，江偌直接赶往酒店，准备开始一整天的拍摄。

早上在室内雨林观景层拍摄，江偌到的时候，杜盛仪正在做造型，江偌去打了声招呼。

因为之前那部电影中的角色人设十分受欢迎，电影上映之后杜盛仪的话题度和热度力压女主，人气大涨。近来她的片约和商业邀约不断，电影上映二十天，票房和评价都还在持续上涨。因此公司也越发重视她，为她加配了一名助理，甚至还配了单独的化妆师和造型师。

江偌一到化妆间，就见杜盛仪众星捧月地坐在椅子上，化妆师和造型师各司其职。

杜盛仪还是那个杜盛仪，并没有因为名气上涨而有什么变化。

其实她以前也经历过人气高涨的时候，但很快热度就降下来了。不过她把一切都看得很淡，还想着，不知道这一轮热度又能持续到什么时候。

杜盛仪先从镜子里看到江偌，寒暄两句，从面前的桌子上拿了杯咖啡给江偌："我助理刚买来的，冰美式要吗？"

"不好意思，我不太舒服，喝不了冰的。"

杜盛仪又给她换了杯："拿铁，热的，温度正好。"

江偌正觉得没怎么睡醒，接了咖啡，说："谢谢。"然后喝了一口，说，"我出去看看他们准备得怎么样了。"

杜盛仪点头。

离开前江偌听化妆师说："今天怎么眼袋和红血丝都挺严重的？昨晚不是很早就回去了吗，没好好休息？"

杜盛仪淡淡道："出了点事，气得睡不着。"

"看了网上那些恶评？"

"不是，私事。"

因此化妆师也没再问，江偌也走出了化妆间。

酒店派来一个负责统筹的部门经理，是一位三十岁上下的女性。拍摄时，江偌和那位经理都一直候在现场。

因为场地使用时间是有限制的，杜盛仪很敬业，配合得很完美，上午过去，这一场景的内容就已经拍好了。

趁着中午的一点时间，她又去套房里拍了两个小场景。这两个场景在视频内容里几乎都是一闪而过的画面，所以没有浪费太多时间。经理给大家订了午餐，工作人员基本都在套房里找位置解决。

杜盛仪和她的工作人员占了一张餐桌，江偌和经理也跟他们一起吃。

杜盛仪的助理吃到一半，接到电话，越听脸色越凝重。杜盛仪也恰好接到来自经纪人的电话，听了两句之后走到一边，问："什么绯闻？"

助理这边挂了电话，立刻登了工作室的微博，饭也不吃了，跟另一个助理面色严肃地走到一边讨论起来。

经理不是特别爱上社交网站，但是最近也从同事那儿听说杜盛仪最近新闻不断，她猜测道："是不是网上出现了什么黑料啊？"

按照杜盛仪现在这个热度，若是有什么关于她的爆料，估计很快就会登上热搜了。

江偌拿起手机登上微博，热搜第一后面有个"沸"字，词条是"杜盛仪男友"。

江偌点进去，就是几张典型的模糊偷拍照。江偌兴致勃勃地看完文字，说是一青年男子深夜出入杜盛仪家中，在她家楼下等候多时才上了楼，待了不到半个小时就下来了，根据这位男士的座驾来看，此男是个低调稳重的土豪。

除了拍到的这些照片，还有和杜盛仪同一栋楼的邻居作为爆料人之一，声称亲眼看见这个男的进了电梯后，电梯停在杜盛仪那层楼。杜盛仪所在的公寓楼是电梯入户型，一梯一户，除了是杜盛仪家还能是哪里！而且这个男的有门禁卡，直接刷卡上的电梯。

有杜盛仪的粉丝力证清白："我们杜小姐跟这位男士只是朋友，不到半小时能干什么呢？"

路人不正经地反驳："二十多分钟，对快的来说完全够了，还能再洗个澡了！"

江偌一直没点开大图，看完文字看评论，最后才点了图片。看到第一张时她愣了，看到最后一张后，表情彻底凝固了。

经理也用她的手机一起看，偏头见江偌面无表情，还笑着说："你怎么看花边新闻都这么认真？"

江偌记得，在她的车子刚提回来的那天晚上，她在车库里坐了很久，跟陆淮深打完电话之后，她趴在方向盘上，盯着前方陆淮深的一辆车走神，那辆车的车牌号深深印在她的脑海。

陆淮深昨晚就是开着那辆车回来的。

他昨晚说他应酬去了，但是他的车和人出现在了"杜盛仪男友"热搜新闻里。

见她久久不说话，搁在桌上的一只手握得指节都发了白，经理觉得她有点不对劲。摸了摸她的手，发现她的手握得死紧，还在隐隐发抖，经理惊道："你怎么了？身体不舒服？"

江偌瞬间松开拳头，扯着嘴角一笑："没事，我肚子忽然有点不舒服。"

"是不是要来例假了？"

江偌声音极轻地回答："应该是的。"

她抬起头，见杜盛仪打完了电话，逆着落地窗的阳光，长发蓬松地披在身后，身上穿的酒店提供的浴袍。

二人目光相撞，江偌目光灼灼，一言不发地盯着她。杜盛仪坦然地冲她笑笑，恍若什么都不知道。

118

江偌来不及想太多，但顷刻间，她又似乎什么都明白了。

杜盛仪坐下来，继续若无其事地吃午餐。

经理为表看重，关怀道："杜小姐，是出了什么严重的事吗？"

她其实是挺怕出什么事，影响拍摄进度，因为这会直接影响各娱乐场所的开放时间。她和江偌一直把控着现场，也是为了保证进度。

杜盛仪稀松平常道："没什么，就是些捕风捉影的花边新闻而已，交给经纪人处理就行了。"

化妆师问道："是要发声明吗？"

杜盛仪说："暂时不打算表态。"

化妆师没再多问。现在是有不少艺人对真实或不真实的恋情都表示沉默。如果是假新闻，就是不予理会，清者自清；如若是真新闻，但又不想承认，便是另一种默认的意思。

化妆师认为杜盛仪是后者。也许是她昨晚跟男友吵架了，所以才失眠，这样一来黑眼圈和眼里的红血丝都得到了解释。

江偌餐盒里的食物还剩大半，但她早已胃口尽失。

杜盛仪抬头时见江偌盯着自己看，目光冷冽，淡然中有种利箭出弦般的尖锐，她淡淡抿着唇，默默无声，却是一身的逼人气息。杜盛仪浑然不觉般摸摸自己的脸，皱着眉问她："江小姐，我脸上有什么东西吗？"

江偌靠着椅子，手搭在自己腿上，忽然间莞尔，嘴角勾起一抹淡淡弧度："没。"

她转过脸跟经理说："不好意思，我去下卫生间。"说完就拿着手机起身走了。

江偌去了卫生间，站在盥洗台前，撑着光可鉴人的大理石，用手揉了揉小腹。她肚子不舒服不是借口，算了算例假应该就是这几天，今天腰酸腹坠的感觉一阵一阵的。

她深呼吸了一下，想找个地方坐坐，寻了一圈，觉得马桶盖太脏，便在浴缸边缘坐了会儿。她目光怔怔地盯着盥洗台后的镜子走神，在内心纷乱中，似乎又寻得了片刻的宁静，这种矛盾感让她感到一阵无力。

过了许久，外面有人敲门，问："里面有人吗？我想上洗手间。"

江偌将垂散在脸两侧的长发一股脑往后捋了把，整理了一下，恢复了精神，这才起身出去了。

下午的拍摄，杜盛仪并没有受绯闻影响。

最后一项无边泳池的拍摄，是从傍晚开始。那时正值夕阳西沉，大海华灯下美人更美。

杜盛仪穿比基尼下水，高挑身材、黄金比例一览无遗。

天际渐染浓墨，黑暗终笼罩整个大地，但城市里有华彩流光，而延伸到天尽头的海面，夜幕降临后就彻底陷入无边无际的黑暗。

杜盛仪反复下水，又反复上岸休息，夜里海风卷带着凉意，助理一直拿着吸水浴巾候着，等她上岸后，就不停给她擦头发擦身子。

水下场景不好拍，杜盛仪似乎水性不大好，在水里待不了太长时间，所以总是 NG。

这一次上岸后，她抱着手臂浑身发抖，她的休息处也被搬到了江偌旁边，因为那处能挡风。

江偌靠在躺椅上，夏末夜里的温度很舒服，不燥热，也不过分冷，她的身体像是陷入了似醒非醒的状态，神思却格外清醒，清醒到紧绷，无法松懈。

杜盛仪裹着助理递来的毛巾擦着头发走来，江偌手旁边的椅子周围，全是杜盛仪身上滴下来的水。

杜盛仪坐下后，助理将她的手机递过来，说是经纪人有事情跟她商量，让她休息的时候回个电话。

杜盛仪将手机拿在手里，却没有回电。

助理小声提醒："杜姐……"

杜盛仪将手机搁在手边，不以为意地继续手上的动作，随意道："不是说了吗？不要回应。"

"为什么不回应啊？现在爆料越来越多，姚姐大发雷霆，问你那个男人是不是就是……"

杜盛仪脸上有鲜见的浮躁，不耐烦地打断她："我说了，谁都不是！"

杜盛仪说着，打开微信，点开了姚屏发来的微信语音。

"杜盛仪你要是再这么不配合，我真不会再帮你了，就按照公司的强制要求做！"

杜盛仪点开语音的时候，距离耳边较远，是扬声器播放模式，因此江偌在旁边也听见了。

她在这椅子上已经躺了许久，也没什么事可做，经理知道她不舒服，便同她一起在这儿坐着。杜盛仪过来之前，经理接到了上级的电话，走到一边去接听电话了。

杜盛仪擦头发时，不停有水珠甩在江偌身上，江偌却恍若未觉一般，定定坐在那里，一点反应都没有。

杜盛仪也用语音回姚屏："我早上就说过了，不是什么大事，不必做回应。我现在依然是这个态度，这事过几天就没人会再提起了。再说公司强制要求？是谁强制，你强制还是别人下令强制？"她用一声冷笑结尾，说完也不打算再回复，将手机放在一边。

助理支支吾吾："杜姐，你这样不太好吧……现在正是你赚人气的好时机，不给大众留下好印象的话，红的就会彻底变成黑的了……"

"反正也没多少人真的喜欢我，我这么努力博得他们的好感干什么？"

"话不是这么说呀……"

杜盛仪抬手制止她，是无须再说的意思。

江偌听着听着，嘴角不自觉地微微翘起，半垂着眼盯着杜盛仪的手机屏幕。也不知道是不是出于某种神奇的预感，不一会儿，那手机果真有电话进来，屏幕上是一串没有存名字的十一位数手机号。

杜盛仪看了一眼，过了会儿才接起来，嗓音冷淡："喂。"

杜盛仪起身，低着头讲电话，一边缓缓踱步到了泳池边。她一身红色比基尼，脚下粼粼水光轻晃。

江偌看着那场景，许久许久，才打开手机调出通讯录。

她盯着屏幕里那串手机号，首尾号跟杜盛仪手机来电号码重叠上了。

周围工作人员大多在休息，各种笑闹和来自手机视频里的声音闹闹哄哄成一团，江偌耳边嗡嗡作响，好似被一层膜覆住，各种声音显得异常遥远，与她隔绝了似的。

江偌感觉自己情绪外的那层壳突然开裂，仿佛有人拿东西在裂痕缺口处敲了一下，有什么东西轰然碎裂，又有什么东西跟着溢出，几乎撑破她的胸腔，冲刷了她的理智。

她站起身，缓缓朝杜盛仪走去。

这个时候杜盛仪刚刚挂了电话，转过身，冷不丁看见站在自己身后的江偌，她吓了一跳。

"怎么了？"

杜盛仪有一米七几，但江偌穿着十厘米的高跟鞋，看起来比光脚的杜盛仪还高出一些。

江偌笑着看向杜盛仪，开门见山："电话是陆淮深打来的吧？"

杜盛仪轻拧眉心，道："不好意思，不便告知。"

江偌见她微表情的戏都做得这么足，特别想笑。她的确也笑出声了，眼睛微弯，眼尾有一点往上的弧度，带着若有若无的妩媚，使整张脸都艳丽起来，眸光却噙着逼人的凉意。

"你还想再装？"江偌的神情倏地冷淡下来，说出口的每个字眼都带着不善。

杜盛仪面不改色。

啧啧，那清冷模样，淡然表情，真像一朵浑然天成的莲花。

只不过杜盛仪是白莲花的黑色升级版，她看着江偌，忽然笑了，微眯着眸，打量着江偌的表情，却也不说话。

"杜小姐好演技好心思，一环扣一环的，我差点都信了。"江偌说到最后，声音又低又轻，近乎喃喃，却又似咬牙切齿。

杜盛仪低头看了看自己的手机，脸上表情毫无波动，挑挑眉问："怎么说？"

江偌哂笑："最开始在 DS 新酒店的开业酒会上，你听说我叫江偌，看我的眼神都不一样了。我跟你素不相识，也非公众人物，你除非在哪里听过我的名字，才会另眼看我。之后你不惜违抗公司意愿也要跟 DS 合作，还屡次点名要我继续跟你的案子，连现场把控这种事情也要我亲自到场。说什么信任我……"

杜盛仪从头到尾没打断她，漫不经心似的听她讲，对江偌提到的反常行为也无一句解释。

见她这样的态度，似乎对所有事情默认，江偌已冷半截的心沉沉一坠，彻底跌入冰窖。

"如果我没猜错，你跟陆淮深早就认识，也知道叫江偌的人跟他是什么关系。不让你跟 DS 合作的不是你的大老板，而是陆淮深。"

杜盛仪似笑非笑地看着她，脸上扬起丝丝缕缕难以捕捉的得意："你想从我这儿得到什么答案？"

江偌其实不需要什么答案，从杜盛仪的反应中就能猜到，抑或是她早已经笃定了自己推测。那些被串联起来的细节，强而有力，像被聚光灯和放大镜铺放在她面前，让她无从躲避。

但她不信邪，她还是想亲自确定："你是不是认识陆淮深？"

"认识。"杜盛仪坦白道。

饶是知道答案，江偌心底仍是重重一震。

"你是为了陆淮深故意接近我？"

"是的。"

"你一开始就知道我和他结婚了？"

"是的。"

"你有什么目的呢？"江偌的声音轻飘飘的，几乎被风吹散。

"江小姐，"杜盛仪站直了身体，一字一顿，"你觉得呢？"

她微微扬起了下巴，用别有意味的眼神笑着看江偌，江偌觉得她仿佛在看一个白痴。

江偌胸腔里那团膨胀的怒意几欲撑破，她像被人"咕咚"一声抛进水里按住头，挣扎却不得解放一般憋闷窒息。

而周围的人和景，一切都那么和谐，风吹动她的头发，发丝刮过她的脸，杜盛仪笑容清淡而出尘，在别人眼里都不会显得可恨。有人放音乐，歌里唱："红尘来呀来去呀去，都是一场空。"

杜盛仪的手机又响了，江偌脑子里被"都是一场空"占据，劈手夺了杜盛仪的手机，重重掷进水里，水面只有"咕咚"一声闷响，连水花都不曾溅起。

江偌在夺手机的时候，不小心抓到了杜盛仪的手，牵扯到她的整个身体，她猛地一晃，脚下打滑。她下意识朝江偌伸手，江偌以为她要打自己，一把挥开了她的手。

接着，水花四溅，四周的人大惊失色，一窝蜂往泳池边围过来。

杜盛仪掉进泳池前，抓到了江偌腰间的衬衫，江偌又穿的高跟鞋，整个人都站不稳，眼看着也要往水里倒去。

但是运气这个东西也实在玄乎，江偌身旁正是入水的扶杆，她的腰往杆上撞了一下，她及时抱住扶杆，恰恰稳住了欲倒的身体。

江偌站在岸上，半个身子浮在泳池之上，她的样子模模糊糊地映在水面上，她却一动不动直直地看着水下那不停扑腾的人。

她脑中空白一片，心中只觉痛快，毫无愧疚之感。

现场瞬间乱成一锅粥，有人下去救人，杜盛仪的两个助理和其他不少人都亲眼看见是江偌把杜盛仪推下去的，拽着江偌就怒声质问。

而江偌面无表情，目光发直，跟外界隔离了似的。

助理却只见她这样一副无动于衷的模样，觉得她分明就是故意动的手。

杜盛仪不是水性不好，而是根本不会游泳，而这边又是深水区。其实她站起来水也不会没过她的鼻子，但是杜盛仪掉下去的时候，脚绊到了岸边的机器线路，将远处的打光灯绊倒，打光灯又撞翻了摄像机，这两件都是重量级的东西。

那拇指粗的电线缠在了杜盛仪的脚腕上，她挣脱不了，反而在慌乱中使劲乱蹬，越缠越紧。

下水救人的，一人抬起杜盛仪，让她的头露出水面，另几人围在一起帮她解脚上的绳子。

杜盛仪呛了好几口水，不断地咳嗽，脚上的痛处让她的五官都拧在了一起。

江偌始终置身事外一般，静静凝视着一切。砸起的水溅湿了她黑色的半裙，几乎看不出痕迹，风吹过，冷得她身体都在战栗，鸡皮疙瘩爬满身，消都消不去。

杜盛仪还没被救起来，她那新助理一直揪着江偌质问："你这个人怎么这么恶毒？有什么事是解决不了的，你居然动手？杜姐为了配合你的工作，不让你难做，推了多少的项目和行程你知道吗？你还真是个忘恩负义的东西！"

忘恩负义？

江偌转眼看向抓着她不放的助理，对方生怕她跑掉似的。

那助理瞪着她一声不吭的，表情还有些瘆人，气不打一处来："你还有理了是不是？"说完拿起手机就去报警了。

经理之前走到电梯到达处打电话，结果打着打着听见呼叫声，她立刻挂了电话出来。见现场一片狼藉，杜盛仪被人围在水里，江偌呆站在岸上，经理心里叫苦不迭。

"江助，这是怎么回事？"

旁人冷嘲热讽："你们公司这位员工，把杜小姐推到水里去了，我们还想问你们怎么回事呢。"

经理一开始以为江偌是被这状况吓到了，谁知竟是她一手造成，经理不敢置信地看向江偌，问："真是你啊……"

这两天接触下来，经理觉得江偌性格好相处，她不大相信江偌会做这样的事。

124

江偌并没有为自己辩解，她什么话也没说，神情空洞洞的。

经理觉得她的反应有点不正常，没再多问，伸手带着她离水边远一点，不小心发现她裙子都快湿透了，赶紧拿了旁边的干毛巾给她擦了擦。

江偌这时候神情才有所松动，讷讷道："谢谢。"

杜盛仪救上来了，但还是不停咳嗽直不起身，小腿至脚踝以肉眼可见的速度肿了起来，助理见状立刻打了急救电话。

很快，警察和急救人员差不多同时到。

江偌只听见周围的人七嘴八舌地做证——"江偌恶意将人推入水中，情节恶劣。"

她没解释。这时候说一句"不是我"，没有任何说服力。

江偌被警察带走，一起去的还有多位人证。

停在楼下的警车和救护车引起了围观，杜盛仪被担架抬下来的时候，无数围观者拿起了手机拍照录影。

经理害怕事情闹大，也跟着一起去了，并且把这件事情告诉了酒店上级。

消息一直上传到 Gisele 那里，彼时她刚到家站在玄关处，听到消息的时候，她厉声让对方重复一遍："你说谁把谁推水里了？"

酒店总经理回："您的助理江偌，把杜盛仪推水里的。"

Gisele 听完，沉默了两秒，才道："知道了。"

她挂了电话，"啪"地将拖鞋踢回地上，怒骂了一句。

[**第八章**]
她必须重新审视跟陆淮深的关系，重新思考接下来的路

夜里的派出所内亮如白昼，白炽灯将人脸上的表情照得清清楚楚，江偌惨淡的神色更是被放大，看起来格外憔悴暗沉。她挺直背脊坐在审讯桌前。

做笔录的警察质问："你推的人？"

"不是。"她垂着眸。

"可证人都说看见了。"

"有监控，你们自己调来看。"她的嗓音一直保持着平直，淡淡的，一点起伏都没有。

"嗬，你……"警察晃了下笔，将笔尖指向她，无意间看向她放在桌上的手。

她衬衫袖子半挽，露出一截细白手臂，上面还有几块瘀青和被人抠破皮的指甲痕。

他愣了愣，本想训她两句，改口说："监控我们自然会调，证人提供的证词我们也会采取，现在得先把口供录了。"

江偌抬起眼说："我可以打电话给律师吗？"

"你还有律师？"

"有。"

"丈夫呢？"

江偌的身份证交上去了，派出所这边的系统可以看见她的婚姻状况以及配偶信息。

江偌动了动喉咙，声音有些干哑："律师就够了。"

录口供之前，江偌的手机被收了，上交之前她把手机关了机，这会儿她重新开机打了电话给高随。

高随在饭局上，简单听她说了事情经过，沉了沉声道："我等下就过来。"

刚放下手机，有电话打了进来，江偌看了眼屏幕，视而不见。

民警看向她的手机，问："谁的电话，你接不接？"

江偌摇头。

她周围的光线暗下来，察觉身旁有人，江偌迟钝地缓缓转过头去看。

陆淮深面沉如水，手里还拿着拨号中的手机，声音低冷紧绷："为什么不接？"

江偌的瞳仁在白炽灯光下像两颗色泽饱和的黑曜石，却又空又静，又像两个孤寂无底的山洞，令人看一眼都觉荒凉。

她定然看他数秒，无声转过头，才道："有什么必要？"

那嗓音里一点情绪都没有，让陆淮深听得心里一沉。他说："我叫了律师过来，待会儿……"

江偌看也不看他，打断说："不用了，我已经叫了高律师过来。"

陆淮深看着她，握紧了手机。这是第一次，他想质问她什么，却如鲠在喉，无法问出口。

他没再说话，去向民警了解经过。

民警察觉到二人之间诡异的气氛，问他："你是她谁？"

"我是她丈夫。"

民警心中了然：哦，就是被需要程度还不如律师的那个"丈夫"。

高随吃饭的地方离这里比较远，陆淮深的律师比他更快到，这个时候监控也调取来了。

无边泳池上有两个监控拍到了杜盛仪落水的经过，不可否认的是，江偌的确是过错方。江偌先扔了杜盛仪的手机，也是因为她这一动作，杜盛仪才没站稳，接着江偌又推了杜盛仪的手，直接导致杜盛仪落水。

陆淮深说："她是无意的。"

民警大哥心道：扔别人手机，那可是相当直接粗暴，一点儿没看出哪里是无意的！

江偌始终保持缄默。

陆淮深看完监控，想都没想就说她是无意的，江偌不知道他是真相信她是无意的，还是仅仅为她开脱而已。

不过都已经不重要了。

陆淮深跟律师打了招呼，一定要主张江偌是无意之举，先把她保出去，关于赔偿与和解，以后再说。

江偌这个时候虽不愿与陆淮深沟通，但也不至于跟他对着干，这个当口上，她要是落下什么不良记录，怕会被江觑利用。

陆淮深带来的律师是博陆的高级律师顾问，事情解决得还算顺利。

手续进行到一半的时候，高随来了，还带了一个人来。男人嘴里叼了一支烟，身材高瘦，皮肤黝黑，穿着黑色长裤和素色半袖上衣，模样有种板正的感觉，可又目光桀骜，带着点江湖气。

那人走在高随之前，进来便拿掉嘴里的烟，环视一圈，道："小周？"

问话江偌的那民警抬起头来，看见来人，放下手上工作，调侃道："哟，陈队，东南西北风的哪股风把您给吹来了？"

"你们所长呢？"

"您也不看现在什么点儿了，所长怎么会在。您什么事儿呀？"

陈队笑笑，向人介绍："这是高随，高律师。"陈队说着挠挠头，在办公桌的烟灰缸上捻灭烟，"来帮人处理点事儿。"

小周这才下意识地看了下江偌。

高随道："你好，我是江偌的律师。"

小周又瞟了眼江偌身边的陆淮深，说："又来一律师啊，不是已经在办手续了吗？"

高随笑了笑："谁办都无所谓，关键是要办好。"

高随又跟江偌说："这是我之前跟你提过的我校友陈晋南，现在在省刑警队任职，就是跟过你父母案子的那位。"

而他向陈晋南介绍江偌，就是很简单的一句："这位就是江偌。"

江偌立刻有了印象。之前高随给她看的案件经过，就是靠这位校友帮忙调

128

出来的。她忙说："感谢陈队上次帮忙。"

陈晋南虚虚与她握了下手，道："举手之劳而已。"

陆淮深这个时候很有自知之明，知道江偌不会主动向别人介绍他，他便主动说："我是江偌的丈夫，劳烦你跑一趟了。"

陈晋南同他握手，道："不用客气。"

律师的观察力相当敏锐，交流中，江偌不仅没有介绍陆淮深的意思，也未正眼看向他，高随便猜到江偌出事情跟陆淮深脱不了干系。

陆淮深的律师办完手续，江偌现在就可以离开，她打算把接下来的事情委托给高随处理。

一行人往外走，陈晋南队里有突发案件，接了电话后一个人先离开了。

从江偌站起来开始，陆淮深就一直拉着她的手腕。因为刚才太多人在，江偌没抗拒得太明显，只是手握成拳，与他暗中较劲。出了派出所，陆淮深依然不愿放手，拉着她便要往车里去，江偌反手拉了他一下，陆淮深停住脚步。

江偌跟高随说："你能不能等我一下？"

陆淮深听见这话，眼神顿时沉了下来。

江偌话里的意思再明显不过——她一会儿要跟高随走，但是她还有话要问他。

高随答应了。

陆淮深用目光紧紧攥着她，却不再动了，这下，江偌很容易地挣开了他的手。

"上车吧，我有话跟你说。"说完，她转身将他抛在身后，径直往车那边走。

许久，身后都没动静，直到江偌走到车边，车灯闪了两下，江偌听见了很轻的"咔嗒"声，门锁应声而开。

江偌拉开车门上了车，不多时，驾驶座那边的车门打开，陆淮深也坐进车里，他按了一键启动。

"有什么事回去再说。"他声音如往常一样低冷醇厚，只是带着些疲惫，但依然有种不容拒绝的气势。

江偌说："就在这里，你要是不想我跳车的话。"

江偌说的是气话，陆淮深知道。但是他也知道，就算将她强行带回去，江偌仍然会走。

话虽是气话，决心却是真的。

陆淮深手扶在方向盘上，长指紧紧地握住方向盘，目光凛冽地望着前方，良久，还是熄了火。

夜里将有雨，开始刮起了大风，派出所停车场周围稀疏的树被吹得枝叶乱晃。照明灯的光线极为黯淡，让派出所大厅门口透出来的如昼光线显得突兀，更衬周遭晦暗萧索。

这时江偌才开口，没有一点迂回婉转，直截了当道："我有几个问题。"

"你问。"陆淮深松开方向盘，往后靠在座椅上，眉心紧了紧。

"你认识杜盛仪？"江偌的声音很平静，现在内心也很平静，因为当情绪膨胀饱和到一定程度，终会归于平静。

陆淮深说："认识。"

"在她跟 DS 合作之前，还是之后？"

"之前。"

"所以你之前说不认识杜盛仪是在骗我，之后是瞒着我？"

陆淮深不说话。他的沉默打破了她内心好不容易沉淀下来的平静。

"不说话当你默认了，"江偌每说一个字，每问一句话，都感觉在亲自摔碎自己曾经坚定不移的信任，比难受更多的是难堪。

"那是为什么瞒着我呢？"她顿了一下，偏头看向他，语气依旧还能保持平淡，"你出轨了？跟她睡了？"

"没有。"

江偌一动不动地看着他的侧脸。他的唇在她目光里翕动，没有一点犹豫地说了这个答案。

江偌没有反应。

陆淮深转头看着她，重复道："没有。"

江偌跟他四目相对，那双眼她再熟悉不过，就是那双眼曾或沉着或深情地瞧着她，但无一例外的是，她总被牵动心神越陷越深。

"那是因为什么？"她轻声反问，嗓音有些微的颤抖。

江偌讨厌声嘶力竭，讨厌撕破脸皮将双方搞得没有台阶下。她希望所有的关系都能像天平的两端，保持着和谐的平衡。

她不想让自己疾言厉色咄咄逼人，她希望能理智地解决所有棘手事，不管内心经过多少无力的挣扎。

她但愿所有人对她的评价都是温和聪明，挥挥衣袖就能解决掉别人力所不能及的麻烦。

她想做个这样的人，但她永远都在这条路上，像是没有尽头一样！

因为总有些人和事在不断挑衅她的底线，似乎就等着看笑话一样看她被愤怒吞噬，看她失去理智，他们好乘虚而入，找到她的弱点，对准那处轻轻一戳就让她溃不成军。

陆淮深做到了。

他怎么做不到呢？每夜每夜的耳鬓厮磨，每夜每夜的同床共枕，她把感情交出去，她把心交出去，她把信任交出去，这时他只要动动手指轻轻一捏，都不必费多大力气，就能让她尝尽憎痛的滋味。

而她像个傻子一样，还在打算将所有所有都交付给他。

陆淮深那张棱角分明的脸，悲喜不显，情绪难辨，那双眼深深地凝视着她，让她想到无尽深渊。凝视深渊的时候，深渊也在凝视着你。

陆淮深可不就是彻头彻尾的深渊？她就是疯了才会决定奋不顾身往里跳。

江偌眼前渐渐模糊，胸膛起伏不定，她抄起手边的纸巾盒就往他身上扔去。

"问你为什么，你说啊。"她的声音绷得很紧，像是在极力忍耐情绪。

陆淮深咬紧牙看着她水光满溢的双眼，依然没吭声。

江偌把包也朝他身上扔去，砸到了他的下颚。那包很硬很重，被砸中的痛楚，非常人不能忍，然而他只是偏了下头，眉头都没皱一下。

江偌知道，他不想说的话，问一次没结果，问多少次都是白搭。因此她更加愤怒，没东西可扔，便直接上手，一个巴掌拍过去。到后面她越来越无所顾忌，指甲将他脖子和下颌拉出了好几条红痕。

陆淮深也没松手，见她闷声动手，眼泪无声地顺着脸庞往下掉，他抬手便握住了她的手腕，想去擦她的眼泪。

江偌一偏头躲过了，哑声道："滚。"

她使劲地挣开了陆淮深，转头看向车窗外。车窗上映出她现在披头散发的样子，十分难看。

她无声地止住眼泪，控制着情绪说："你知道我今天看见那则新闻，将前因后果联系起来，恍然大悟后的心情吗？我那时候才惊觉，杜盛仪以往看我都像在看笑话。因此我想，你把我欺瞒得团团转的时候，看我开心地对你投怀送抱的时候，是不是也觉得很得意？看这个女人，给她几颗糖就忘乎所以了。"

"没有。"陆淮深声音低哑。

即便他说得那样笃定，江偌也是不敢信的。她缓缓转头看着她，脸上是在笑，那话却一个字比一个字咬得重："让杜盛仪不要跟 DS 合作的是你，给她大项目的是你，投资她电影的是你……你可真是她的金主啊！显然，你也不打算跟我解释。"她自嘲地笑了下，"什么心甘情愿的婚姻，根本就是你陆淮深给我设的一个骗局，说得那么好听，只是让我更心安理得被骗而已。显然你这次还没想到搪塞我的理由，什么心甘情愿，我还是更喜欢心不甘、情不愿。"

"江偌，别说这种话。"陆淮深喉咙发紧，不想再看见她心灰意冷的表情，哪怕用强也想抱住她。可他刚朝她前倾，她便快速地往后退。

她目光清冷，语声更淡："杜盛仪就是我推下去的，我不仅想把她推下去，我还恨不得让她死在里面，我没感到愧疚，我只感到痛快。"

"江偌！"陆淮深拧紧了眉，喝住她。

江偌笑笑，眉眼舒展开来："怎么，你心疼了？那帮她伸张正义啊！帮她告我，让我把牢底坐穿，赔得倾家荡产。反正这是你最拿手的。"

她抹了把脸，甚至不给他说话的机会，拿起包直接下了车。

高随的车一直停在旁边，江偌拉开副驾驶座车门进去，说："可以开车吗？"

高随看了她一眼，但江偌已经低下头去，头发挡住了她的脸。

他没多问，启动车子离开了派出所。

陆淮深隔着车窗看向外面，后视镜里那辆黑色 SUV 渐行渐远。

体内情绪横冲直撞，难以自消，更无处发泄，他降下一点车窗，打开烟盒捻出支烟来。打火机打了好几次都划不出火，最后一次，火苗升起，窗外一股风吹进来，火苗顿时灭尽，一点温度不剩。

陆淮深顿了一下，从嘴里拿下烟，在手里揉成一团，忽然咬肌一紧，牙槽硬磨，连烟带打火机扔到一旁树根下的石堆里。

车子驶离，派出所大门渐渐被甩远。高随这时才问江偌："你打算去哪里？"

江偌愣了一下。锦上南苑她不想去，乔惠会多想。况且她前不久才表态，打算跟陆淮深好好过，转头就出了这事，她甚至不知该如何解释。自己没能解决的问题，不想多一个人操心。

江偌拿出手机，想看看附近的酒店，这才发现手机里有多个未接电话，除了陆淮深的，还有不久前王昭和周致雅打来的，甚至还有一通来自Gisele。

江偌向高随报了个地名，麻烦他送自己去那里，随后依照事情轻重缓急，先回了Gisele的电话。

她知道她闯祸了。

电话响了几声，Gisele接起来，不等江偌说话，她便冷硬道："经公司高层临时商议决定，予你的处理结果是暂时停职查看。"

"好。"

"你没什么想说的？"

"不好意思，给您添麻烦了。"

Gisele气极反笑："你不是给我添麻烦，是给公司还有你自己添麻烦。你怎么会做出那样不经大脑的事情？你跟杜盛仪有什么恩怨？"

江偌经了大脑，她那时虽然气，但她没想对杜盛仪动手。她知道杜盛仪是公众人物，若是她动手，事情闹大她可能会工作不保。

但生活总是事与愿违不是吗？

江偌看向车来车往的窗外，夜已经有些深了，她平静地对电话那头道："我对处理结果没有异议。"

对于其他，她避而不答。

Gisele沉默数秒，最终冷漠地说："OK，公关部已经在处理此事，但会以公司利益为首。你保持电话通畅，等这事过去，再公布对你的最终处理结果。"

Gisele说完便挂掉电话，江偌的"好"字就在嘴边，还没有说出口。

她给王昭去了个电话，王昭还没来得及问她什么，江偌就率先开口问今晚能否借宿。

王昭愣了片刻，随后斩钉截铁地说："好。"

到了王昭家楼下，江偌下车，跟高随道了谢，并说："这事的后续交给你了，费用我会照给，之后有情况麻烦你通知我。"

高随点点头道："别想太多，晚上好好休息。"他明知是废话，但他无从安慰。

王昭给江偌开门禁，江偌上了楼，王昭就等在电梯外面。她已经大致了解了情况，从电话里听江偌语气失魂落魄的，已经有了心理准备，但是真正见到江偌的时候，她还是有些吃惊。

她从未见江偌这么狼狈过。做好的头发胡乱披散着，衬衫也皱巴巴的，浅色缎面高跟鞋上全是被水打湿后的痕迹。

王昭二话没说，拉着人带进了家里。

杜盛仪拍广告受伤的事在社交网站上已经传开了，酒店路人拍的视频也在传播。视频里，江偌和酒店部门经理上警车的场景清晰可见，网友都在猜测肇事的是江偌和经理其中一个，反正无论如何都是 DS 的员工。

事情在发酵成指控 DS 员工恶意伤人事件之前，公司公关部向一同去了派出所的经理了解了情况，接着就发了声明，说那只是泳池地滑，双方无意间碰撞，造成一方落水受伤，并为保护措施不完善向杜盛仪方表示歉意。

当然，各方都要为了自己的利益而隐瞒其中一部分实情。

杜盛仪的工作室很快就转发了这封道歉声明，表示只是工作意外，并非人为。

但由于最近杜盛仪风头太盛，对家趁机买了水军攻击带节奏，质疑是杜盛仪为博热度自我炒作。

对此，杜盛仪本人没回应，工作室和各方都没发声。

江偌怀疑工作室澄清并非杜盛仪本人意见，她不信话都说到那种地步了，杜盛仪还会就此大事化了。

可她始终不明白杜盛仪到底有什么目的。

江偌感到前所未有地累，不仅是精神，还有身体。

王昭是个很贴心的朋友，进门之后，也没抓着她多问，发现她裙子竟然都是湿的，赶紧推她去洗澡。

江偌什么过夜的东西都没带，王昭让她就去主卧自己的浴室洗，自己的护肤品都在里面，又给她拿了套新的洗漱用品和新浴袍。

洗澡的时候，热水冲刷过身体，江偌觉得手臂上有些疼，她抬起一看，才发现不知道什么时候破了皮，还有瘀青。

她没怎么理会，因为这会儿肚子有点不舒服。她怕例假会晚上来，洗完澡问王昭要来一片卫生棉，提前垫上。

江偌洗好出去，发现王昭的床上躺着一只颜色非常漂亮的英短银渐层猫，这猫是王昭从爸妈家接过来的。

那猫正揣着两只前爪，两只大眼睛一动不动地看着她，江偌冲它学了声猫叫，它歪了歪头，模样相当可爱。

江偌笑了笑，走到床边想去摸它，那猫一下子跳得老远，对这个出现在家里的陌生人充满了好奇和警惕。

王昭进来，见状叫了声："王有钱，过来。"

王有钱看了她们俩一眼，偏开了猫头，迈着矫健的步伐从门缝里溜出去了。

王昭问江偌："饿不饿，要不要吃点什么？"

江偌午饭没吃几口，十个小时就只喝了小半瓶水，早都饿得没有饿感了。

想到这么晚了，王昭明天还要上班，江偌不想耽误她休息，只是摇摇头说："不用，"随后又补充，"对了，我被公司停职了。"

王昭叹了口气，她已经能猜到这结果。停职接受检查，最终处分是什么还不知道。

"事情明面上是解决了，但是主要看之后杜盛仪那边怎么说，只要愿意和解，工作至少保得住，我找机会跟上面聊聊看……"

江偌说："不用了，你刚升职。而且如果上面决定要开除我，你说情也无用，说不定还把你牵扯进去。"

王昭能升职，江偌帮了大忙，她一直记在心里，忘恩负义的事她可从不会干，她安慰说："具体如何我会看着办的，你别担心。"见江偌脸色不太好，王昭没再多说太多，"客房的床我已经铺好了，你先去休息，这么晚了，有什么明天再说。"

江偌进房间前问："我能不能在你这儿多住两天？"

"当然，住多久都成。"

"谢谢。"

王昭给她一个无须言谢的眼神。

江偌在王昭家住了两天，一步都没出过门，不是看书撸猫就是睡觉，睡得人浑浑噩噩。她主动与外界隔离，不上网不看电视。

这天晚上，程啸给江偌打来电话。他不怎么上网看那些没用的花边新闻，所以江偌的事，他是从陆缄那里听来的。陆缄一开始也是在阳凌秋跟陆丞云背后编派陆淮深时听到了这件事，随后才去了解了一下。

程啸怕这件事对江偌的工作有什么影响，所以这才打来电话。但是江偌向他隐瞒了自己被停职的事实，让他不准告诉乔惠，理由是不想乔惠因为这点小事操心。

程啸没起疑心。

江偌觉得自己是工作和情感上紧绷太久，一下子从原来的环境中脱离，整个人松懈懒散下来，因此疲惫感越来越重。第二天她几乎又沉沉睡了一天，要将之前欠的睡眠一次性补回来似的。

王昭昨晚回来，让她出去走走，说一直闷在房子里容易生病。

江偌例假还没来，她觉得是最近的事情导致自己内分泌失调，所以也打算听取王昭的建议。

她下午收拾了一番，去滨海新酒店的停车场把车开走，又回了临海别墅，收拾了一些自己的衣物和日用品，将二十四寸的行李箱装得满满当当。

收拾东西的时候，手机里有微信消息进来，江偌整理得腰酸，正打算休息一下，她划开手机看新消息。

是陆淮深发来的。

从昨天早上到现在，陆淮深发了七条信息。内容分别是——

"江偌。"

"接电话。"

"在干什么？"

"睡了没有？"

"起床了吗？"

"江偌。"

"接下电话，我有事跟你说。"

他打过十几通电话，但是江偌没接。

江偌总结出了一个不算规律的规律：当她不理他的来电时，陆淮深接下来便不会再打来，也没有任何信息；若是她主动挂断了电话，他跟着就会发条微信消息给她，也许是笃定江偌这个时候能看到。

江偌看了眼手机屏幕，将手机扔在床上，接着就拿了收纳袋，将盥洗台上的护肤品一股脑扫在里面，装包带走。

江偌觉得离家出走这种行为并没有什么实质意义，但现在她的确不想看见陆淮深那张脸。她接受不了那些事，更接受不了陆淮深的态度。就算他现在开口跟她解释，她觉得自己也不一定听得进去。她必须重新审视跟陆淮深的关系，重新思考接下来的路。

各自冷静，才是良方。

如果寻不到解决方法，就此挥剑斩情丝，也许会是最好的办法。

江偌质疑过自己遇事只会往坏处想的行为是否太过消极，但如今看来，比起无知乐观，提前做好心理准备更加重要。

回程时，江偌去了超市买些吃的填填王昭的冰箱。她拎着购物袋出了超市，刚坐进车里，手机又来了条微信消息。

"吃晚饭了没？"来自陆淮深。

江偌终于烦了，看见"陆淮深"三个字就来气，回了个斩钉截铁的"滚"字，将车倒出停车位。

陆淮深站在陆家外面的草坪上，看着手机里的那个字，风一吹，叼在嘴里的烟的灰烬飘洒而下，有些落在了手机屏幕上。

他拿下烟，用夹烟那只手的拇指将烟灰撇开，露出完整的"滚"字。他站立片刻，转身进去了。

陆家吃饭比较晚，今天他是被陆终南三催四催没办法才过来的，他是最后到的，因此今天开饭时间又往后推了推。

陆终南神情不悦地坐在饭桌主位上，没好气问："到都到了，怎么还在外面站那么久？"

"工作电话。"陆淮深随便搪塞过去。

"江偌不来？"

"她有事。"

陆终南还没说话，常宛便急不可耐地插话："她一个打工的能比你还忙吗？"

陆淮深斜瞥了她一眼，没搭理她。

常宛没完没了："她是不是介意你跟杜盛仪的事啊？"

陆淮深的脸色已不怎么好，整桌的人也不约而同地沉默。

常宛喋喋不休："既然嫁进陆家来，她怎么还能这么小家子气？这八字没一撇的事，看见网上的桃色绯闻，听风就是雨，度量未免太小。"

季澜芷道"这不叫度量小，这是原则问题，一旦被犯，正常人都会无法忍受。"

常宛靠向椅子，似笑非笑地看着季澜芷，说："我知道你是感同身受才会说出这番话，但你那是板上钉钉的事实，陆淮深和杜盛仪都是捕风捉影的事。江偌就这样闹脾气，家宴都不来，一点小事非要闹得尽人皆知，让人替她觉得委屈才好吗？这不仅肚量小，还任性，不将长辈放在眼里。"

常宛这话，细数一圈下来，可是同时得罪了四人。

陆清时绷着脸，目光不善地斜了她一眼。

季澜芷不以为意地笑笑："你觉得这是一点小事，可不正是因为你不能感同身受吗？因为你才是让人委屈的那一方，所以自然站着说话不腰疼。"

常宛故作不明，抓住季澜芷话里的漏洞冷冷回驳："什么原则？什么感同身受，陆家不需要没有大局观的女人，要是因为她丢了陆家的脸……"

"丢你的脸了？"常宛话没说完就被一道寒声打断，陆淮深盯着她，一字一句说得极是缓慢，"你要是知道脸是什么，当初也不会整日跟有妇之夫厮混，陆家最没资格提'脸面'的人就是你。我跟她的事，轮不到你在这儿指手画脚。江偌不是这个家的附属物，她做什么有我担着，更轮不到你污蔑。听懂了？"

听懂了？

不徐不疾的语气，但每个字的重量都让人难以忽视。

常宛勃然大怒，气得面色涨红。她最讨厌别人说她插足陆尤文跟薛伽月的婚姻，明明是她认识陆尤文在先，论插足也该是姓薛的插足。怎么，以为有一纸结婚证书就能够掩盖住她过去和陆尤文的感情吗？

桌上，没一人吱声，只有气得胸膛剧烈起伏的陆终南马上要发作。没想到在那之前，常宛先忍不住："陆淮深你狂妄！"

陆淮深不置可否，这饭他也不打算吃了，只跟陆终南说："还有点事，先走了。"说完，他起身走人。

常宛霍然站起来，大有想要跟陆淮深吵个你死我活的架势。

陆甚憬二话没说，头疼地拉住常宛，使了大力气将常宛重新按在了位子上。

陆淮深走出大门，听见碗摔在地上的声音，接着是陆终南的吼声："为、什、么？！为什么每次你都非要挑拨事端？早知道这样，当初让你也跟着你儿子一起给我滚到国外去！"

陆淮深脚步停了停，老爷子发颤的声音清晰可闻，他瞬间心有不忍。

离开前，陆淮深跟管家说："今晚让人守着他，免得老毛病犯了。"

陆淮深开车刚离开陆家，就接到裴绍打来的电话。

"我去酒店停车场看了，太太已经把车开走了。"

"知道了。"

经裴绍这么一说，陆淮深想起昨天的事。

昨天他给了裴绍一把备用钥匙，让裴绍把江偌的车开走，开到他没住过的一栋公寓的地下停车场。江偌不知道他那处房产，自然是找不到的。

但后来他又反悔了，让裴绍将车给她开回去。

因为他想通了，就算她找不到车，她也不会来找他。

陆淮深猜测她会去哪里。出了这样的事情，她不会让她小姨知道，所以她不是在酒店就是在她朋友家里。

陆淮深回了家里，楼上没动静，楼下也没点饭菜香味，空荡荡的，总觉得缺少了什么。

他上了楼，准备洗澡，拿换洗衣物的时候，无意间瞧见江偌那排衣橱空了一块。

江偌有点强迫症，当季的衣服必须要放在最显眼的柜子里，并且衬衫、T恤、外套、裙子，都是按类型摆放。所以衣服少了，中间的空缺就很显眼。

他上前翻了翻，又拉开她的鞋柜，发现鞋子也少了两双。他走到卫生间，预料之中，盥洗台上的瓶瓶罐罐也没了，剩下少许，都是她不常用的。

江偌搬进来之后，这个家里不知不觉中多了很多她生活的痕迹，厨房也有了烟火气。

陆淮深才恍然发现，家里骤少的是烟火气，她人不在，衣物孤零，她生活过的痕迹也不过是死物，没了生气。

他进了浴室洗澡，水从头顶冲刷而下，和她有关的念头总是挥之不去。

他原以为，他这一生中，绝不会为了事业以外的东西如此烦恼，他也认为感情这种东西可以有，但一定不要或是本就不必看得太重要。因这世道向来如此，没有谁离了谁过不了，没有谁在他这一生中是必不可少的。

但他屡屡为了她劳神费心，处心积虑想遮掩那些会对她造成伤害的事实，即便要自欺欺人地忽视她本就是其中无法忽视的一环。

他有时候宁愿所有的一切停留在几个月前，起码那时候他没那么心软。

江偌将车开回了王昭家，地下停车场都是私人车位，她只能在露天停车场里找了个空车位。

夜里洗过澡，江偌打开手机，发现有条一分钟前的未读微信消息。

见到消息是陆淮深发来的，江偌的心情顿时呈现断崖式下跌。

本不打算看消息，但是消息内容是一张图片，江偌好奇心作祟，点开了。

照片是空荡的冰箱，里面除了酒就是水，还有几颗蔫掉的番茄和洋葱，以及一堆大葱小葱。

江偌关掉图片，他又发来一条消息："这些东西可以做什么菜？"

江偌盯着那行字读完，沉默一会儿，忍不住想：他没吃晚饭？

这个念头一生出来，江偌就觉得自己犯贱，所以她打算关掉手机当没看到。

正要这么做，陆淮深又发来一条："没吃晚饭。"

江偌回他三个字："点外卖。"

他立刻就回："嗯。"

江偌察觉自己上当了。

他十指不沾阳春水，怎么会亲自下厨，又怎么会想不到点外卖？就算他不想动他那金贵的手指下载外卖软件，一个电话就有人为他穿越整个城市，送来最合他口味的东西，给他把厨子请来都没问题！

她真是一如既往地痴傻。

感觉尊严受到了挑战，一气之下，江偌直接把陆淮深拉黑了。

陆淮深穿着睡衣站在冰箱前，看着刚发出的消息前面出现红色感叹号。冰箱因为超时未关门，开始响提示音，陆淮深"嘭"地将门重重甩回去关上。

没发出的那条消息是："你做的更好吃。"

[第九章]
陆淮深的嘴，骗人的鬼；陆淮深的道，一套又一套

周末两天，王昭带江偌去附近山里的民宿住了两天一夜。

山中岁月容易过，就是信号不好，还没有 Wi-Fi。只能早晨看雾，中午看山，下午放空，晚上泡温泉。

山里入了夜有些冷，温泉又是露天的，江偌贪恋温暖的池水，泡得太久，手指上的皮都泡皱了，一站起来头晕眼花，整个人扑腾一下直直栽进水里。

王昭差点吓死了，赶紧扯着她的手臂将人捞起来。

江偌刚栽进水里的时候就清醒过来了，只是浑身没力气。王昭连拖带拽将她扶起来，执意想带她去医院。江偌说是贫血加低血糖，任谁在热气腾腾的水里泡这么久，都会有这反应。拗不过她，王昭心有余悸地作罢。

周末回去的路上，江偌接到高随的电话，他让她明天去签个字，办和股份有关的手续。

江偌很平静地应"好"，但心中已然不能冷静。明天过后，她的股份就能拿到手了。

次日一早，江偌换好衣服化好妆，王昭上班急着走，出门前让她给猫拆个罐头。

江偌离家前在王有钱的零食柜里找出个罐头拉开，瞬间一股腥味扑鼻，熏

得江偌胃里直翻腾，她干呕了几下，忽然将罐头扔在地上就往卫生间跑去，扶着马桶，喉头一动，将早餐吃的东西接二连三全吐了出来。

江偌吐完站起来，脸色发白，俯身撑住盥洗台，拧开水龙头漱口重新刷牙。刷到一半，她抬起头看向镜子里，惊觉到了什么，她整个人定住，霎时间，脑子里一片空白。回过神来，她匆匆吐了泡沫，抽了两张纸巾擦嘴，手按在脸上，她再次看向镜子里的自己。

家里只有她一人，猫也没动静，卫生间的窄小空间里，寂静中，她感受到心脏正在急速跳动。

江偌忽地将纸揉成一团扔进垃圾桶，转身回房间补妆去了。

她还是不敢相信，或是说不愿意相信某个可能。

一般情况下，她的经期是很准的，顶多偶尔压力大、作息混乱的时候会提早或推迟一周，但这次推迟早就超过一周了。她一直认为是最近发生的事致使内分泌紊乱，独独没想过另一种可能。

江偌仍然坚信是自己胃不好和近期精神压力过重造成的反常，想找个时候去医院做个体检。

她补妆时心不在焉，直到高随打电话过来问她在哪里了，她才匆忙涂口红。涂了一半她动作一滞，心里几经挣扎，最终还是擦掉口红，涂了一款成分天然的润唇膏。

两人约好在律师事务所见面，高随见了她，说："你脸色看起来不太好。"

江偌下意识摸摸脸，小声道："没睡好吧。"

"因为之前那事？"

"嗯？"江偌不怎么在状态，一时没反应过来他指的是什么。

高随说："等你公司跟杜盛仪商议出解决办法了，涉及赔偿问题和刑事责任的，我再去谈。"

江偌这才想起与杜盛仪之间的纠纷，她"哦"了一声，说："好。"

股权变更和股份转让的事，江氏股东和董事会内部已经同意，前后也经过了差不多一个月的时间。江偌签了相关文件，又亲自跑了趟工商部门。到目前，所有股权变更手续完成，江偌正式拥有了江氏百分之十的股份，另外百分之十由陆淮深持有。

这边事情结束后，江偌准备回去。回去时经过购物中心，她犹豫了一下，将车开进商场地下停车场。

一楼基本都是彩妆和护肤品专柜，她逛了一圈，最后在一个专柜前驻足，据说这家的口红孕妇可用。

导购上前接待她："女士是想看下口红吗，是怀孕了吗？我们家的口红孕妇也可以用哦，里面没有添加任何孕期不适用的成分……"

江偌低声打断她的热情推销："没有，我只是看看。"

导购顿了顿，依然笑道："好的，您有需要叫我。"

江偌最后还是买了两支口红，一圈转下来手里又多了些纯补水的护肤品。

她把东西放在了后备厢里，盯着那些购物袋，整个人心绪惝恍。

掐着平日里下班的点，江偌去跟乔惠一起吃了顿晚饭。

吃完饭离开，刚开车出了小区外的路口，江偌便将车停在路旁停车线里，进了电器城旁边那药店。

为确保结果准确，江偌买了好几种不同的验孕棒和早孕试纸。刚结账走出药店，陆淮深便打来电话，她没来由地心里一虚，犹豫了几秒，接了。

这是自在警局分别之后，江偌第一次接他电话，陆淮深本来不抱什么希望，突然接通了，倒让他愣了一愣，随后他问："你在哪儿？"

江偌绷着嗓子冷声冷气回："你少管。"

陆淮深说："你在家？"

"嗯。"江偌看了看周围，她也没说谎，的确在家附近。

"真的假的？"

"真的。"

"那我去找你。"

陆淮深这人说得出做得到，江偌连忙阻止："我没在，早走了。"

"那刚才回去做什么？"

江偌反应过来他在套自己的话，脾气一上来，冷冷地咬牙切齿："关、你、屁、事！"

陆淮深对她游走在愤怒边缘的语气浑不在意，徐徐道："那我去问你小姨。"

江偌明知他是故意，仍怕他去找乔惠，她没好气地回："我跟我妈吃饭，你问那么多干什么？！"

"就问问你而已。"

"闭嘴吧你。"江偌态度恶劣。

陆淮深不为所动，低声问道："还在外面？"

那声音极为低沉醇厚，由听筒传来，犹如他本人就在耳畔。江偌到了街边停车的地方，路上车子飞驰而过，带起猎猎风声。

江偌盯着对面的公交站台，沉默了一会儿，说："挂了。"

上了车，江偌将装着验孕工具的药袋塞进包里，心里难免怨怼，心下暗骂那始作俑者。

江偌开车回了王昭那儿，她回来得晚，露天停车场只有最尽头还有一个空车位。她缓缓将车倒进去，熄了火，拎着包下车去后备厢拿东西。

正要将后备厢盖合上，她用余光瞄见一道颀长身影从对面渐行渐近，她正眼看去，见陆淮深站在昏黄路灯下，脚边的影子被拉得斜斜长长。

江偌下意识握紧了手里的包柄。

陆淮深阔步朝她走来，直到他在她面前站定好几秒，她直接将目光错开，看向另一边，没吱声。

"才几天不见，脸就瘦了一圈。"他盯着她的脸打量许久后，说了这么一句话。

江偌抬头看他，也分明见他下巴颏的轮廓尖了些，她刻意讽刺："几天不见，你应该过得挺滋润，脸都圆润不少。"

陆淮深知她是故意说这些刺他，他也没生气。

"你来跟我叙旧的？"江偌仍是没什么表情的样子，对他的态度冷淡中带着嚣张恶劣。

"来看看你。"陆淮深的眸光附着在她脸上，片刻也不曾离开。

江偌看不得他的眼神，将脸别开，道："现在已经看到了。"

"什么时候回去？"陆淮深靠近她一步，她后退了一步，他轻拧了下眉心。

江偌不答反问："你怎么找到这儿来的？"

"猜的。"

江偌哂道："陆总真是料事如神。"

江偌这种对他拒之千里的态度，让陆淮深已经没耐心就这么胶着下去。他伸出手去贴着她的脸，不由她抗拒，再开口时，声音越发放得低哑："江偌，别总这样说话。"

"你这是命令还是什么？"江偌冷着脸，眼里也只剩漠然。

她言语神情中的针锋相对，让陆淮深仿佛又看到了出车祸那次的江偌，她连曲意迎合都不再愿意。

之后渐渐地，他能在她脸上看见不同于以往的温柔，她笑起来也不再是笑意不达眼底的虚情假意。

可如今，一切似乎重归原点。

不同的是，他让江偌陷入了更深的挣扎，他比当初更不忍心。

见他盯着自己不讲话，江偌一时心灰意懒，瞥他一眼，准备绕开他走，陆淮深却拦住了她的去路。

江偌还来不及多想，就被他搂住腰按在车上。他一手按住她不让她动弹，一手扣着她后脑，没有给她反应的时间，便覆住她的唇直接撬开齿关，毫不含糊。

江偌捶他掐他，甚至想上脚，但膝盖被他紧紧抵住，她拗不过他，衬得她只是虚张声势似的。

这个吻陆淮深并未持续太久，缓过了那劲儿，他便松开了她。江偌不由分说就抬手给了他一巴掌，那巴掌打在他下颌和脖颈的位置。上次江偌在车里，也是将那处挠破了皮。

陆淮深紧紧搂住她，缚住她的手脚，下巴抵着她的发顶。江偌本来想推开他的，但是看见他脖子还有没好全的一个指甲印，她莫名迟疑了，于是就由他这么抱着。

察觉怀里的人没了动静，陆淮深将她抱紧了些，问："跟我回去，嗯？"

江偌眼神闪烁了一下，良久，低声反问："就这么跟你回去？"

他顿了一下。

江偌："你现在依然没什么要跟我讲的？"

"你都可以问。"

"为什么一定要我问？"江偌贪心地悄悄将鼻尖触着他的肩膀，呼吸间盈满了熟悉的味道。

他说："你想知道的，我都会告诉你。"

"杜盛仪跟你什么关系？"她呼吸很慢，不敢太快，怕被他发现似的。

"曾经的女友。"

"认识多久了呢？"

他坦白讲："十几年。"

真长，十几年。从她知道有个人叫陆淮深至今，都不到八年，更别说深入接触的日子，其实也就区区几个月，怎敌他那十几年？

"分手多久了？"

"十几年。"

"你跟我在一起后……"江偌愣愣地盯着单元楼前的门牌号，使劲看使劲看，却越看越看不清楚，她深吸一口气，一鼓作气问，"出过轨吗？精神或肉体都算。"

"没有。"陆淮深仍是跟那晚一样，回答得毫不犹豫。

江偌没再说话，过了良久，她带着些鼻音说："你松开。"

陆淮深闻言手上紧了一下，随后才放开她，问："回去？"

江偌俯身将刚才落在地上的购物袋拾起，站起来时看也不看他，说："不回。"

陆淮深这个时候才发现，自己放下身段先服软，其实没有起到任何作用。他便想着，无论如何先把人带回家再说，随即诱哄道："有什么事回家再说，总住在别人家也不太方便，嗯？"

"我还需要时间静下来思考一下。"江偌拿好东西看他一眼，"思考到底要不要跟你离婚。"

陆淮深的脸色倏地沉了下来。

江偌头也不回地进了单元楼。

王昭趴在阳台上盯着楼下好一会儿了，见这两人黏黏糊糊的，一直没拉扯出结果来，她都快愁死了。这陆淮深到底行不行啊？她正这么想呢，只见江偌突然一个利落转身，走了。王昭好似看见大戏落幕，叹息了一声。

没过一会儿，门口响起动静，江偌开门进来，在门口换鞋。王昭假装一直在客厅一边看电视一边办公，茶几上摊着电脑和一堆文件。

联网电视里放的一部宫斗网剧，江偌瞄了一眼，一个女演员正被穿龙袍的男演员一把扯进怀里。

江偌默默无语。

王昭装作不知她和陆淮深在楼下那番纠纠缠缠，举起手边的可乐问："喝冰可乐吗？"

江偌摇摇头。

王昭看见她手上的购物袋，随口问了句："逛街了？我看买了什么？"

"跟高随办完事后，随便去逛了逛。"江偌在沙发上坐下，刻意把装了验孕棒的包放在另一边。

王昭翻了翻她的购物袋，拿出来看看，又挨个儿放回去，江偌坐了会儿便借口说累了，要去洗澡。

一个小时过去，王昭发现今晚江偌待在浴室的时间过分长了。

她去浴室外，没听见水声，敲了敲门问："江偌，你还没洗好吗？"

"还没有。"江偌声音有些瓮。

王昭一惊，以为她哭了，立马推门进去。江偌正坐在马桶上，被她突然破门而入吓了一跳。

王昭的视线被整齐摆在洗漱台上的那一排验孕棒和试纸吸引，短暂的沉默中，两人面面相觑。

江偌咬了下唇，垂着眸，眉心透着疲倦。

王昭收起那惊诧的眼神，咽了咽口水，说了句："恭喜啊！"

江偌越发沮丧。这本不该是件沮丧的事，本该如王昭所说，是件喜事，可不该发生在她想要重新审视和陆淮深的关系时。

验出结果后的半个小时里，她脑中好似有一团乱麻，心情百般复杂。她无力地垂下头，双手插进发间，所有情绪过去之后，仅剩不知所措。

王昭盯着那排验孕工具，心里有句话不知当讲不当讲：流水的验孕棒，铁打的事实啊！

看江偌的反应王昭也知道，她显然不太能接受这个事实。在这个节骨眼上发现怀孕，的确有些糟心。

"你怎么打算？"王昭见她这么六神无主的，伸手戳戳她的脑门，"你打起精神来，不是说孕妇的心情很重要吗？"

江偌茫然盯着镜子里的憔悴面容，道："我还不知道要不要生下来。"

王昭怔了下，劝道："我觉得这不是小事，你还是先跟陆淮深商量，不要一时意气决定孩子要不要生，双方说清楚，考虑清楚，免得到时后悔。"

江偌答应了。

王昭放不下心，多问了句："那天你跟杜盛仪到底怎么回事？"

她在公司听见有人说江偌跟杜盛仪在池边生了争执，最后江偌把杜盛仪推下了水。但她相信，江偌绝不可能无缘无故跟杜盛仪动手。

江偌仰头看向王昭，冷笑道："杜盛仪不愧是演员，她一直都在耍我，所有的一切，包括和我们公司合作，她都是有目的的。"

第二天，江偌去了趟医院做检查。

接到陆淮深电话的时候，她刚拿到检查结果，单子上两张超声照，底部写着结果：宫内早孕，约六周。

电话一响，她心中一颤，每次陆淮深给她打电话都像是掐点似的。

江偌接了电话没吱声，陆淮深问："现在在哪里？"

"什么事？"江偌穿梭在医院走廊。

他徐徐道："贺宗鸣前几天去你老家那边出差，我让他带了些你们家乡的特产回来，他刚送过来，你来拿些给你妈送过去。"

江偌心情不好，不耐烦地说："特产？我家乡特产都是重口味，我妈要清淡饮食，你自己留着吃吧。"

"也有不重口的。"

江偌烦死他了，抬高嗓门强调："说了不要。"

陆淮深一副好整以暇的口吻："那我只好亲自给丈母娘送过去了，刚好探望一下。"

医生刚刚说江偌有轻微的先兆流产现象，孕激素过低，给她开了叶酸和黄体酮，并让她一定要保持心平气和，要注意休息，补充营养，切忌大悲大喜。一席话让江偌好似瞬间进入战备状态。

江偌回想起医嘱，深呼吸几个来回，道："我马上过来。"

江偌到了博陆高层办公层，陆淮深亲自出来接她进了办公室。

进了办公室里，江偌问他："东西呢？"

话音刚落，身后办公室的门"啪嗒"一声关上，她脚步停下，反悔了，转身就要走。

陆淮深紧紧圈着她的手腕，将她拉回身前，嗓音亲昵柔和："你刚才在哪儿，怎么那么快就到了？"

江偌恍若未闻，道："东西赶紧拿来，我有事急着走。"说话时她下意识地攥紧了包，包里还装着她的检查报告。

她心不在焉地纠结：现在要不要把这事告诉他？

"你不是停职了？股权交接手续也办完了，还能有什么事？"陆淮深松开她的手，站在她面前，人高马大的，让她很有压迫感。

江偌扬起个没有破绽的笑："你的意思是，我就不能有我自己的生活了？"

"我没这意思，你不用过度联想。"他轻微地蹙了蹙眉。

"说我有臆想症？"江偌存心跟他玩刁钻的文字游戏。

陆淮深便不搭茬了。

两人眼神对上，一时都没说话。

江偌伸手要去开门，在手刚伸出去的瞬间，陆淮深拉着她的手将她困在门和胸膛之间。

江偌怒气腾腾："有话说话，松开！"

她今天开始就很自觉地穿了平底鞋，为了方便检查，只穿了吊带裙和薄衫外套。被他拉进怀里后，因为身高差，她的脸被捂在了他的胸膛处。

江偌现在很不喜欢被他的气息包裹的感觉，她挣扎着把脸仰着露出来，一抬头就发现他正垂眸盯着她看。

江偌视线躲闪，看向大班台后的书架。

"一起吃午饭。"陆淮深的手贴着她腰臀那处摸来摸去。反正只要亲或抱的时候，他的手就不会老实。

"手在摸哪里？！"江偌反手过去想要制止他，连手也被他反剪在了背后。

陆淮深低头在她唇上亲了一下，重复了刚才的话："一起吃午饭。"

"我不想跟你一起吃饭。"江偌别开头，补充道，"看着你我会食不下咽。"

陆淮深假装听不懂拒绝，并且已经替她做了决定："我待会儿还有工作，就不出去吃了，我让裴绍点了餐，点了你爱吃的。"

江偌看不清他的神情，但是听出他的语气里透着隐隐的温柔。

江偌心想，不能上当，他不过是因为欺骗，心中有愧，才故作温柔，这不过是稳住她和糊弄过关的手段而已。他这一次休想糊弄过去。

江偌转头正视他，表情相当冷硬，语气更是嘲讽："你知道我爱吃什么？你不是一门心思想着怎么骗我？居然还有精力来关心我喜欢吃什么？"

陆淮深的神情瞬间黯淡下去，他一言不发看了她良久，道："就因为这件事，你要否定我的所有？"

"你的所有？"江偌面不改色地嘲弄道，"我现在甚至不明白你说的话哪句是真哪句是假，你就是见人说人话，见鬼说鬼话，觉得我好骗，说一套做一套。我甚至看不清你这个人的所有，我怎么否定？"

听着她一个字一个字往外蹦，陆淮深的太阳穴突突跳，他越听越气，下颌线绷得紧紧的，脸色也跟着阴沉下来。

"到现在，我到现在都看不透你。"江偌对上他的视线，每个字都极尽冷淡，手上推拒他的力气越来越大，暗中与他较着劲，"相反，我过于天真，过于相信你，给了你拿捏我的本事，你能轻易地看透我、揣测我，而我对你一无所知。你说要跟我试着开始正常的婚姻，我就不遗余力地去靠近你。你说可以要个孩子……哪怕我现在不想要，但我怕你认为我不是真心实意想要跟你过下去，从此以后我便不再提。就算我担心你在外面有女人，我也不会在你晚归的时候打电话催促，怕你觉得烦。我告诉自己，你本有很多选择，但你既然决定跟我在一起，那就是决心安定下来，我应当给予信任和尊重。但你做了什么？"

以上这番话，让陆淮深头一次真切感受到什么叫字字戳心。江偌说着说着，眼神逐渐被隐忍充斥，陆淮深几乎被心底扩张的窒闷感吞噬。

他握住她的肩："江偌……"

江偌停不下来，说得缓慢却清晰："你骗我不认识杜盛仪，你却偷偷去见她，把我的信任和尊重践踏得一文不值，你好意思跟我谈否不否定？你的厉害之处在于，你的所作所为，把我这个人都全部否定了。"

有些话说出来就容易带出情绪，就算极力收敛，仍是徒劳。

她说完后，陆淮深盯住她片刻，解释说："我没让你知道，是因为我跟她早已没有男女感情层面的关系。"

"所以你认为没必要告诉我？"

"嗯。"

"除此之外，还有其他没告诉我的吗？"

江偌知道当然有。他虽然说了和杜盛仪没有情感关系，但他们现在仍有牵扯，甚至一开始他就不想让她知道杜盛仪的存在，这当然是有原因的。

他顿了一下，说："有。"

"但你也不会告诉我。"

这一次，他没接话。

良久的沉默过后，江偌的呼吸平缓下来，情绪也很平和，她喊道："陆淮深。"

"嗯？"

她疲倦地说："我要走了。"

他不松手，不容拒绝地说："吃了午饭再走。"

"不吃，放开。"江偌也很坚决。

说完这话，餐已送到，裴绍敲门。

陆淮深："进。"

江偌看人将饭菜一一摆上沙发区那边的茶几，她看了一眼，的确有她平时爱吃的。她被陆淮深拉去坐下，陆淮深点的东江饭店的中餐，她平时喜欢重盐重辣的菜，现在仅仅闻着那味道就反胃。

她忍过那阵呕吐感后，说："我不想吃。"

陆淮深很有耐心地问："有什么想吃的？"

江偌的肚子很不合时宜地发出咕噜声，说不饿也为时已晚。

她只得说："粥。"

于是陆淮深让人去买粥。

不一会儿，裴绍就将粥就买回来了，江偌看了一眼，又闻了闻，无不适感，这才小口小口吃了起来。

因为要做检查，她没吃早饭，早就饿了。她几下将粥吃完，将碗一放，说："吃完了，我走了。"

他说："吃完就走，不消化一会儿？"

江偌抽纸巾擦着嘴，用"你真的有病"的眼神看着他。

陆淮深说："你现在平静的时间够了吗？之前跟你说的事情想得怎么样了？"

"什么事？"

"回来住。"

江偌没说话，但显然，她并不想搬回去。陆淮深从她的沉默中就能得出答案。

陆淮深说："我在华领府有一套房子，你可以先过去住，等你哪天想回来的时候再回来。"

江偌看向他，没说话。

陆淮深瞧了她一眼。她若是觉得这建议不行，会直接拒绝，不说话代表在考虑，他便接着道："那边到你公司或者到你小姨那儿都不算远，属于两地折中的位置。你不能总住在王昭家里，房租、水电费就算你想给，人家也不想收，买点吃食、日用品你就能心安理得住在那儿了吗？"

不得不说，陆淮深很适合跟人玩心理游戏，因为他总能一语中的。

江偌昨天帮王昭缴了水电气费，但是王昭全部退给她了，以至于江偌都没将房租的事情提出口。但白吃白住的话，实在让她心难安。

王昭那里实在不能久待，锦上南苑不能回，她刚拿到股份，就算现在想置办房产，变现也需要时间。如果选精装房，不一定能找到处处满意的；若买清水房，之后的装修过程更是漫长。而时局未定，江启应也不会同意她轻易动那些资产。

因此，江偌对陆淮深的提议有些心动。但是那毕竟是他的房子，他岂不是想进就进想来就来？那跟住在一起有什么区别？

陆淮深又说："房子去年就已装修好，再打扫一下便能住。你要是不想，我不会去打扰你。"

真正让江偌答应下来的是最后这一句话。

陆淮深让裴绍找家政去将房子打扫好，本来她当晚就可住进去，但江偌觉得累，懒得搬，便推迟到了第二天。

当天江偌把陆淮深给的特产拿给乔惠，乔惠喜形于色，大赞陆淮深有心。江偌一时不知道说什么好，那些和陆淮深的矛盾更加难以说出口。

搬家那天，陆淮深本提出帮她搬，但江偌就一个二十四寸大的箱子，除了上下车时拎一下，根本不费力气。钥匙和门禁卡江偌前一天离开陆淮深公司的时候就拿走了，她便独自过去了。

新家没有生活过的痕迹，同时也缺日常用品。江偌又回临海别墅那边带了些衣服过来，随后便出门去附近买食物和日用品。

华领府是前些年刚兴起的高档住宅，周边设施齐全，小区外最大的超市是进口超市，物价高出平均水平不止一点。江偌买的东西不少，价格更加不低，最后她刷了陆淮深的卡。

买好东西，已经过了午餐时间，江偌在外吃了午饭才回去。

带过来的衣物还没收拾，江偌早上起得早犯困很厉害，她先把一些需冷藏的东西先放冰箱，便去铺床睡觉了。

公寓所在的楼位于中庭，几乎听不见车声，挡光窗帘拉上，房间漆黑一片，江偌睡得极踏实。醒来时，她有种不知今夕何夕的恍惚，她睡得浑身酥软，刚伸了个懒腰，却忽然听到外间有响动，依稀听着像是刀切在菜板上的钝声。

江偌警惕地坐起，掀开被子下床，附耳到门上听了听。这里安保周密，应该不存在小偷潜进的事，而且哪个小偷会在进了门之后去切菜呢？

江偌确定是切菜的声音之后，气得脑子一热，拉开门光着脚就气势汹汹地冲出去。

她走到饭厅，见开放式厨房里，陆淮深挽着衬衫袖子，躬身在厨台前……切莴笋。陆淮深一下又一下地切着，那刀下得很重，似是莴笋跟他有仇。

"陆淮深。"

他切得专心致志，江偌光着脚，走在地上几乎无声，要不是她叫他，他都没发现她。

他闻声抬头看她一眼，接着又低下头去切那莴笋，问："睡醒了？睡多久了？"

江偌咬牙切齿地质问："说好的不打扰呢？"

陆淮深手上动作不停，道："我来给你做饭也算打扰？"

江偌刚醒来，有起床气，说话跟炮仗似的："谁要吃你做的饭，你会做饭吗？切手指头给我吃？"

陆淮深顿了下，没什么情绪的眼神在她气冲冲的脸上盯了两秒。江偌看得出他不爽，但他什么也没说，接着又低下头继续手上的事情了。

新家纤尘不染，唯独厨房一片狼藉。

陆淮深将她买回来的东西拎到厨房里去了，从那东一堆西一堆的摆放痕迹来看，应该是经过了漫长又纠结的食材挑选过程。

陆淮深没接话，偌大的空间里许久没人声，只有那刀一下下切在菜板上的动静。料理台的高度对于陆淮深来说有些刁钻，他必须要低着头、微躬着背脊才能操作好手上的刀具，行动不太自如。

江偌无声站在那里许久，陆淮深忽然抬起头来，目光在她身上落了一眼，说："把衣服换了。"

江偌最近尤爱跟陆淮深唱反调，笃定他理亏，除了纵容，别无他法，于是她的态度总是嚣张。陆淮深话音落下，江偌张口就杠回去："你这房子给我住，你还得管我在房子里怎么穿？"

陆淮深又将切菜的动作停了一停，认真看着她，眸光有种异样，他顿了顿才说："你这么穿着在我面前晃悠，我没法专心做事。"

江偌这才低头审视了一下自己的穿着，顿时无言以对。

她睡觉时只穿了睡裙，又没有穿内衣，睡裙的布料薄且透，该看的都能看到。

江偌双手往胸前一遮，还不忘骂一句："色欲熏心。"然后转身回房间换衣服去了。

江偌的行李还未整理出来，九月初，暑热基本已经降下去，她受不了热，下午回来时还是开了空调。思及现在的身体状况，保暖点总没有坏处，她找出一套长袖长裤的黑色缎面家居服换上。

换衣服时她就在思考怎么让陆淮深离开的问题。

陆淮深之前说的"不打扰"这种话，显然根本不能信。陆淮深的嘴，骗人的鬼；陆淮深的道，一套又一套。

她无法否认自己对他的感情，加上肚子里又多了一位，她怕自己动摇，怕稍不注意便不能保持理智审视问题。

她不能给陆淮深乱她心神的机会。

江偌出去时，陆淮深已经切好了莴笋，但他一直搭着腰站在菜板前，迟迟未开始下一步，对着那堆食材，一副深思熟虑的样子。

江偌凑过去看了看那切成粗条状的莴笋，暂时没发表意见，问他："你想做什么菜？"

陆淮深说："莴笋炒鸡蛋。"

江偌没忍住，"呵"地冷笑了一声，并伴以白眼。

陆淮深翻了江偌买回来的食材，看见莴笋，觉得比较绿色，那么应该也很健康，然后用手机在网上搜了一下。刚打出"莴笋"俩字，第一个出来的就是莴笋炒鸡蛋，于是他当下决定做莴笋炒鸡蛋，反正看起来程序也挺简单。

江偌盯着莴笋说："你准备就这样下锅？怎么炒？这么大一块你确定炒得好？吃了会不会中毒？"

陆淮深尴尬地掩唇清了清嗓，拿起一块莴笋说："我忘了削皮。我看食谱

154

上切好的笋片，好像没外面这层浅色的皮。"

江偌无语。

最终还是江偌将那莴笋重新挨个儿去皮，既然是陆淮深自己要做，她后续便不再管，将去好皮的莴笋放那儿，说："你自个儿弄吧。"

江偌说完，去客厅摆弄电脑了。她最近在准备重新找工作，DS那边，她要做好接受最坏结果的准备。

她想先面试几个公司，看能不能挑选到满意的，最好要在公司对她做出辞退处理之前，她做好准备，主动辞职。

之前联系过她的猎头闻风找到她，说是有公司看中了她，但江偌对那公司不太满意，便就此作罢，猎头说会继续看看。

江偌盯着电脑，闻到厨房里飘来的油烟味，她揉了揉鼻子，皱眉朝那边喊："开抽油烟机！"

不多时，抽油烟机的声音和翻炒的声音一同传来。

江偌能猜得到陆淮深做的东西不能吃，因为在此之前他并没有实践过。不过她过去坐下，发现卖相没那么不堪入目，竟也还能下咽。

但就这么一道菜还是不够，陆淮深另外订了几个菜让人送来，除了一道清淡点的清炒虾仁江偌能吃，其他的菜到了嘴边江偌就没了食欲。反而是陆淮深做的那道口味略怪的菜，她多吃了几口。江偌觉得应该是以毒攻毒的效果。

江偌现在三餐依旧吃得很少，虽然医生让她补充营养，但她能吃得下的很少，若是强迫吃，吃了还是得吐。

之前王昭让自己妈妈煲了鱼汤，特地回去一趟用保温桶给她带来，那汤醇香不油腻，但江偌刚放到嘴边，那一丁点的腥味都被她闻到了，她转身就到厕所吐了一遭。那汤最终还是都下了王昭的肚。

昨天王昭又从家里给她带来一桶蜂蜜，说是乡下亲戚自酿的，能解孕吐；今天又问她要不要鱼肝油，说有朋友在澳大利亚，近期回国，可以帮她带一点。对待怀孕这件事，王昭反而比她自己还要上心，这也间接让江偌感到越发焦虑。

今天去超市，江偌就特地买了许多对孕期有好处的食物，那莴笋据说就能补叶酸，结果被陆淮深糟蹋了。

江偌刻意挑着清炒虾仁吃，陆淮深知道她以前就爱吃，一点也没跟她抢。

江偌吃完饭坐在桌边，等他放下筷的那一刻，她说："饭吃完了。"

他"嗯"了一声，动作优雅斯文地抽纸巾擦了下嘴。

江偌不知他是真不懂，还是揣着明白装糊涂，于是便挑明："饭吃完了，你可以走了，别跟我来饭后休息消化那一套。"

江偌现在是典型的吃了饭不认人，看起来对眼前的人漠不关心。

陆淮深四肢舒展地往椅子上靠着，还真有要在这儿饭后休息一会儿的架势。他懒懒挑眉道："毕竟是来给你做饭的，不用这么着急撵人。"

"你做什么了？你糟蹋了我一颗莴笋，其他的菜都是点的外卖，所以你并没有起什么实质性的作用。"除了在她跟前博了把存在感。

江偌同陆淮深面对面坐着，陆淮深看着她，没立时接话，一只手搭在旁边的椅背上，一手搁在桌边。

因为不常住，房子装修上陆淮深没花心思，一切由裴绍负责，他之前也没怎么来过，但他往那儿一坐，主人气势十足。餐厅光线格外明亮，他那双深眸尤显明澈。

陆淮深过了片刻才说："房子水电之类的，用不用我给你检查一下？之前没人住过，万一有问题，好及时发现。"

她之前那番话，是鸡同鸭讲了？

她说："你又不是水电工，有问题我自己会找人来修。"

房子是裴绍亲自来验收的，若是有问题，当然早就已经解决妥当，这一点陆淮深是心知肚明的。

陆淮深挑了下眉，一时没再搭话。

江偌瞧他那样，担心他又在找借口留下来。她轻拧着眉，口吻郑重严肃："陆淮深，你之前承诺过的，到底还能不能说话算话？你连这自己说过的都做不到，还让我怎么相信你？"

陆淮深轻松的表情渐渐从脸上消失，他凝神看了她一会儿。良久他起身，转身时淡淡说："走了。"

此刻陆淮深才感受到一种史无前例的真实感——江偌的确不想跟他共处一室。并非她矫情，并非她欲擒故纵，她是真的想要认真考虑离婚的事。

他的出现，是她现在唯一的困扰。

陆淮深没有为了一个女人而死缠烂打的经历，这是第一次，就狠狠踢了铁板。哪怕对方是江偌，他也难免感到伤自尊，挫败感十分强烈。一口郁气堵在胸口，不上不下的，心情相当不爽利，于是陆淮深觉得待下去也没意思，便懒于死乞白赖纠缠，干脆如她所愿了。

到了地下停车场，坐进车里时，他又有些许后悔：难道真的就由她这么胡思乱想，到头来走到离婚的地步？

陆淮深扶着方向盘，在车里待了会儿，随后抹了把脸，启动车子离开。

[第十章]
陆淮深……你总是让我在迈出一步后又想退缩

门关上，响起一道沉闷声响。

江偌盯着对面空荡的椅子，心里一瞬间很空，脑中也纷乱如麻。她手肘撑在桌上，手指插进发间，静坐了好一会儿，直到饭菜已冷，这才起身收拾残羹，将厨房收拾好。

她拿起手机一看，还不到八点，也不太想收拾行李，突发奇想地想去买些孕期科普书籍。

现在，除了孕吐带来的身体上的难受，她并没有强烈感知到肚子里有另一个小生命，简单来说，她的母爱还不太浓烈。

当下她很茫然，并不是那么确定一定要把孩子生下来，但在真正做决定之前，责任感驱使她做些事情，保护孩子暂时不受伤害。

可她明白其实这也很残忍，如果到时候真的不要孩子了，那么之前做的这一切，只会让她越发不舍。但她也没有决心现在去打掉，她想象了一下那场景，忽而觉得有些承受不住这种血脉的剥离。

江偌摒去那些纷扰想法，换了衣服去了附近一家商场，胡乱逛逛，希望在里面找到一家书店。结果还真让她给找到了。

书店里气氛浓厚，进来的人自觉降低音量，书店内设有休息区，不少人在

158

那里看书。

书本细分归类，江偌往里走，才在近尽头处看见孕婴类的书架。书架前站着一个挑书的年轻女人，穿着不是很宽松的连衣裙，可见小腹微微隆起。

江偌不知道哪些书推荐度比较高，一路看下来翻了又翻，挑了几本看起来比较科学靠谱的结账离开书店。

刚到家，江偌就接到了王昭的语音电话："今天我跟周致雅在公司里碰了一面，我本想向她打听现在公司跟杜盛仪经纪公司商谈的结果，但那人一点风声也不肯透露。"

江偌一点也不觉得奇怪："周致雅这人职业素养高，口风奇紧，出了名地只对 Gisele 效忠，而且她隐约跟我不太对付你又不是不知道，她不落井下石我就感恩戴德了。"

王昭觉得有些奇怪："不就是商量责任和赔偿的问题吗？至于商量这么久？这都一周过去了，还没一点风声，一直拖着也耽误你找下家啊。"

江偌把自己的决定告诉她："我再观望观望，要是真的无可挽回，我会主动辞职。我最近已经在找工作了，有合适的我会去应聘。"

"有道理，最好未雨绸缪，"王昭刚说完不到两秒就反驳了自己的话，"不对，我觉得你得先决定孩子的去留，再决定养胎还是工作。你现在拿到股份，暂时不用担心钱的问题了。孕早期先兆流产可不是什么好事，你得好好休息，别忘了还得去复查。"

江偌顿了会儿，说："我再想想看。"

正当江偌纠结不出个结果时，第二天一早她接到了 Gisele 的电话。

她那时刚起床，Gisele 听她答电话的声音慵懒，哂道："你这不用工作的日子，倒是过得滋润。"

江偌可不会觉得这是什么好话，只当作没听见，问："是处理结果出来了吗？"

Gisele 稍作沉默，才道："我打给你正是要说此事。杜盛仪希望你能给她道个歉。"

江偌怔了怔，问："是杜盛仪本人要求的，还是她公司要求的？"

Gisele 瞬间不耐烦起来："你管这个做什么？此事因你而起，道个歉不是应该的吗？"

江偌也被 Gisele 的说辞搞得挺火大的，她从床上坐起来，语气很郑重："我不会道歉的，我没有对不起她。"

"你再说一遍？"Gisele 被江偌坚决的态度震惊到。

江偌从容重复："再说多少遍都一样，我不会道歉。"

Gisele 被气笑了一下，加重了语气："江偌，我看你现在还搞不清状况！因为你，杜盛仪伤了脚，没办法去海外拍另一部分的广告，现在整个工期延后，所有参与此项目人员的损失都要公司赔付，买好的机票，订好的日程统统都要推掉。现在没让你为此负责，只让你道个歉，你跟我说'不'？"

江偌沉默。

上周之后，江偌被停职，自然不能出国参与海外部分的广告拍摄。她这几天一直没上网，对杜盛仪受了脚伤一事不太知情，王昭在公司也许听说了，但是估计怕坏她心情，也没告诉她，只说广告拍摄延期了。

Gisele 见她半天不给反应，更是火冒三丈："说点什么啊！"

江偌深吸了一口气，说："我会交辞职报告。"

Gisele 被她这句话搞得一愣，问："什么？"

"我说我会辞职。"

这次换 Gisele 不吭声了，过了片刻，她平静且冷肃地说："来公司一趟，现在收拾好立刻来！"

江偌也没敢怠慢，毕竟只是停职而非已经辞职，她仍是 Gisele 的下属。

江偌起床洗漱，快速化了个淡妆。因为最近睡眠时间太长，她的气色好了不止一点。时间尚早，江偌热了牛奶和面包，吃完才驱车去公司。

江偌出公司电梯时，遇见了刚要下楼的钟慎。

钟慎见了她似是意外，江偌像往昔那样礼貌招呼一声："钟总。"

钟慎笑了笑，问："复职了？"

"不是，来处理点事情。"江偌说得不多，更没详细解释，直接道，"钟总再见。"

电梯门关上之前，钟慎忽然伸手一挡，电梯门打开，他走出去，道："江偌。"

江偌回身看向他："钟总还有事？"

"你这次来是因为杜盛仪那件事？"

"对。"江偌回答得很干脆。

钟慎垂首不知所想，不多时，他问："你有何打算？"

江偌不知他什么意思，反问："什么打算？"

钟慎看着她的眼睛说："去或留，你心中肯定衡量过了。"

"能留则留，不能留就走。"江偌确实也是这么想的，如果真的逼她道歉，她宁愿辞职。

钟慎想了会儿，问她："有没有意向到我这儿来做事？"

如果江偌没理解错，他的意思是，他可以从这次的危机中保她，并且帮她换个职位。

江偌莞尔，直截了当问："钟总这么看重我，是因为陆淮深吗？"

钟慎脸上的笑有些僵住。

钟慎这个反应其实很耐人寻味，但也间接说明了江偌的猜测的真实性。

公司还未到下班时间，大多人都在工作中，电梯间这会儿没什么人。

江偌说："以前我一直在猜测，你当初暗中操作将我招进 DS 到底意欲何为，但是很长时间我都没有得到结果。不知该说我愚钝，还是说钟总心思缜密。直到前几天发生的一件事，于我而言有如醍醐灌顶，我将所有事情都想通了。"

钟慎没反驳她，只是好奇："什么事？"

"在 DS 推广大使广告拍摄前不久，你在公司会议上公然让我放下这项目，去跟进酒店采购部的工作。"

钟慎这时候抿着唇，已经知道她要说什么了。

"真是无巧不成书。"江偌微垂下眼睫，几不可察地叹了一口气，"如果我没猜错，临时给我指派其他工作，是陆淮深跟你商量之后的结果，也许他还跟你做了一些交换。"

钟慎不动声色地看了她一眼，不置可否地沉默着。

每一次沉默，都是对江偌的猜想最有力的证实。

江偌又说："再想想我们第二次见面，在江渭铭的生日宴上，你故意跟我这种公司新人套近乎，并提出要送我回去。在那之前，你应该已经对陆淮深和我的关系有了猜测。那天之后，在心里更加肯定我和他之间的关系非同寻常。你把我留在 DS，是希望我作为拉拢陆淮深的一步棋；把我安排在 Gisele 身边，是为了硌硬她，因为我曾当众顶撞她，让她失了脸面。并且，你希望我能在需要的时候，离间 Gisele 和陆淮深。之前跟沈总去青兰会馆应酬，遇上些麻烦事，刚好陆淮深和他朋友在那里，沈总出去不久，陆淮深的朋友就来替我解围，席间我不停被您的助理劝酒，可能并非形势所迫，而是事先预谋。而且沈总跟您关系好，也不是什么秘密。"

钟慎忽地笑了："江偌，你很聪明，记忆力好，逻辑缜密。但你的猜测并非事实。"

"是吗？您曾说您留我在 DS，是因为惜才，但我不认为我这个中途肄业的硕士，会因为能力出众而受您赏识。毕竟我当初作为一个翻译，在会议上说那一番话，实际上并不严谨。我的职责只是翻译，那场发言实为多此一举，还让我间接与 Gisele 为敌，一个出色的人绝不会如此莽撞。当时年轻，其实让你们看了笑话。"

"我的确赏识在众人皆沉默时勇敢发声的人。"

"不，那叫沉不住气，逞一时之快罢了，如果我当时知道今后要跟 Gisele 成为上下属，那场会议上我绝不会多说一个字。那你应该不会多看我一眼，也没有今天你我面对面的谈话。"江偌从头到尾语气都很平和，她停了一下，笑道，"其实于人而言，有利用价值是好事，是对这人价值的间接肯定。但是，"她直直望向钟慎，"钟总，恕我承受不起您这份赏识。"

有脚步声靠近，江偌轻轻一颔首："钟总，我还有事就先走了。"

钟慎目不转睛盯着江偌的背影，那背影十分笔挺，像是一副不屈傲骨，嘲笑他的算计不过尔尔。

江偌到了办公室，秘书室有两个办公位，一个属于周致雅，一个是她的，她桌上的东西还保持着她离开那天的样子。

周致雅还是一如既往地干练如风，她今天戴了黑框眼镜，依然是性感但有度的衬衫和包臀裙搭配。周致雅见了她，冲她笑了一下："来了？几天不见你瘦了点，还是以前的轮廓好看。"

江偌装作听不懂她的挖苦，回她一句"你还是跟之前一样"，权当客气。

周致雅笑着静看她两秒，低下头核对手上的文件，头也不抬地说："Gisele 等你多时，你可以直接进去。"

"谢了。"

"不用。"

江偌推门进去，Gisele 果然像是已经等候多时的样子——听见动静 Gisele 便从办公桌后抬起头，轮廓冷硬，目光宛如激光，落在她身上，好像在寻思，要怎样才能将她平分成八块，并且保持切面平整。

"总经理，我来了。"

Gisele垂下眼皮继续看她的文件，不咸不淡地说："我没瞎。"

江偌保持着作为下属应有的表情。

来公司前，江偌还是换了正式的OL装，那些半裙都是掐腰设计，将腰身衬得不盈一握。即便她怀孕了，也没到显怀的时候，小腹平坦如初，腰身甚至还瘦了些似的。并且她还穿着高跟鞋。

Gisele忽然极为烦躁地长叹了一下，叫她："江偌。"

"您说。"

Gisele语气有些无奈："就算帮我个忙，去跟杜盛仪道个歉。"

江偌没吭声，Gisele抬头看她，见她眼神坚定，很是不卑不亢的样子。Gisele捶桌，极忍耐地咬着牙一字一顿道："别让我为难好吗？"

"如果我辞职呢？我辞职了，公司可以把过错归咎于我个人，跟公司无关。"

"God（上帝啊）！"Gisele将手上的笔一扔，半讽半怒道，"舍我其谁，哈？这个时候懂得牺牲小我了？你推她下水那一刻你想过结果吗？"

"是我考虑不周，不过我并没有伤害她的意思。"

Gisele翻了个白眼："哦，对，你只是扔了她的手机，并且在她将手伸向你求救的时候挥开了她的手。"

"我有原因。"江偌不卑不亢道。

"什么原因？"

"私人原因。"

"你还不如不说！"

"所以私人原因导致的事情私自解决，不会连累公司，下午我会给您辞呈。"江偌很是有抱歉的态度，模样特别诚恳，Gisele简直拿她没有办法。

Gisele站起来，手撑在办公桌上，目光犀利地攫住她的脸："江偌，只是道个歉而已，让对方满意了，这件事它就会被当作一个意外翻篇。拍摄仍按照原计划进行，我可以让你不用再参与其中，你就不会在面对杜盛仪的时候感到不愉快。该为你着想的我都已经想到了，DS不能再经历任何风雨的摧残了，尤其是在国内这么一个舆论扩散极其快速的环境之下。"

江偌从未见过Gisele如此真实地在她面前表现出无可奈何的情绪，公司的情况江偌自然了解，她也知道 Gisele 别无他法。江偌心中有些松动，但一想到要给杜盛仪道歉，她就会想到，之前自己所受的那些有目的性的蒙骗算什么呢？因此，她无论如何也做不到。

江偌问："难道我辞职解决不了问题吗？"

"你不用辞职，我也不需要你辞职！"Gisele 加重语气。

江偌跟她对视许久，低声反问："为什么？因为陆淮深吗？"

Gisele 的反应跟钟慎刚才的反应真是有种异曲同工之妙。

江偌并不想跟 Gisele 闹这么僵，即使 Gisele 对她有利用成分，但这段时间里，对方还是认真教过她一些东西。所以她没有像在钟慎面前那样将话说死，而是给对方留了面子。

江偌想了想，很诚恳地说："总经理，陆淮深目前并无跟 Spencer（斯宾塞）太太合作的意向，而且我也左右不了他做任何商业决策，所以您不用在我身上下功夫了。我能说的只有这么多。"

Mandy Spencer，人称 Spencer 太太，也就是 DS 前董事长的第二任夫人，DS 大公子的年轻继母，跟 Gisele 也算是半个亲戚。

陆淮深自始至终，都是偏向大公子的。

Gisele 看着她，张了张唇，欲言又止，却始终未说一个字。

江偌抿唇，颔首后转身出去了。

出来后，她整理了办公桌上自己的私人物品，周致雅在旁边看得一愣，问："江偌，你在干什么？"

"收拾东西。"

"为什么？"

"我下午会递辞呈，这不正是你所希望的吗？"江偌一边收拾东西一边说。

周致雅顿觉无语："我什么时候说过我想让你走？"

"行为即言语。"

周致雅叉腰站在一旁，皱着眉不讲话。

江偌的私人物品比较少，很快就整理完了，一个小小的方形折叠纸箱都没装满。

走时她向周致雅道别："再见。"

周致雅回过神来，冲她背影喊了声："嘿！"

164

江倦并未回头。

电梯门开，钟慎和副总沈程锦一同从电梯里出来。江倦对两人都招呼了一声，钟慎点了点头。

等江倦离开，沈程锦问："她这是辞职了？"

钟慎让他进办公室说话。

两人到了办公室，沈程锦说："她要是留在DS，总归对拉拢陆淮深是有好处的。"

钟慎往老板椅上一靠，扯了扯衬领，看起来颇为烦心，他说："她都知道了。"

沈程锦无言。

过了会儿钟慎才说："陆淮深那个同父异母的弟弟陆甚憬回国了，此前我收到消息，陆甚憬还在美国的时候跟 Mandy Spencer 见过面。在陆淮深回陆家之前，陆甚憬是陆终南最中意的继承人人选，也一直被当作继承人培养。陆甚憬的母亲是个厉害角色，陆甚憬就算腿瘸了，脑子还在，加上他母亲，陆淮深也不敢轻敌。所以，拉拢陆淮深对我们来说至关重要。"

"那江家那边呢？"

钟慎摇摇头，道："暂时不考虑了，江家现在不稳定，陆淮深和江倦都有了江氏的股份，江氏父子迟早自身难保。"

也就是说，江氏迟早会有一场腥风血雨，DS 已经是泥菩萨过河，万不能再蹚其他浑水。

相比较而言，博陆比江氏更稳定，陆淮深比江渭铭父子靠谱。

沈程锦坐在钟慎对面，撑着额想了想，说："杜盛仪那事要怎么解决？江倦如果辞职的话，杜盛仪那边要是追究起责任来，其实推到江倦身上是最好的办法。"

钟慎摇头："不能追究江倦的责任。"

沈程锦微微拧眉："杜盛仪是个阴晴不定的主，明显就是冲着江倦来的。就怕她目的不成，找公司的麻烦。"

"要是真让江倦一人揽责，陆淮深会追究谁的责任呢？自然是让江倦名利受损的我们。"钟慎用指节无节奏地叩着桌面，沉思着道，"所以这件事，最明智的方法，是让陆淮深去解决。他到时候维护谁，让谁吃了亏，反正都跟我们没关系。"

从公司出来，坐在车上时，江偌给陆淮深打了个电话。

但博陆这会儿在进行季度总结大会，因为中层失职，报告出现错误，加上常宛屡次挑衅，陆淮深在会上发了大火，裴绍没敢把电话给他。会议刚结束，裴绍附耳道："陆总，刚才太太来过电话。"

陆淮深在会议上指点江山时的锋利眼神还未褪去，此刻松动了几分，他顿了下，问："什么时候？"

"会议结束前不久。"

陆淮深给江偌回电话的时候，江偌正在开车，所以把电话挂断了。她怕有些事情谈不拢她会动气，不能专心开车。最近她的情绪起伏总是很大，也不知是不是怀孕导致的内分泌方面的问题。

陆淮深此刻正心烦，电话被挂断，一股火腾地就起来了。

江偌真是越发嚣张，他一通电话没接她就甩脸色给他看。

他面沉如水盯着手机数秒，又打了过去。

江偌刚好在等红绿灯，接了电话不等他开口便道："我在开车，我回去之后再打给你。"

陆淮深怔了怔，神色一松，下意识就顺着答："好。"

到家后，江偌没忙着换衣服，刚在玄关处换了鞋便从包里找出手机，给陆淮深回电话。这次电话响了一声便被接起，速度快得令江偌有些诧异。

"喂。"陆淮深的声音从听筒里传来。

江偌抬脚往里走，说："我有事情跟你说，现在方便吗？"

陆淮深："你说。"

江偌往房间走，想了下措辞，才说："今天 Gisele 找我去公司，想要处理之前那件事。杜盛仪那边要我道歉，我不知道是杜盛仪的要求，还是她经纪公司的要求。"

陆淮深那边没吭声。

江偌知道他在听，继续道："我听 Gisele 话里的意思是，我如果不道歉，杜盛仪可能会找 DS 的麻烦。我没招惹她，是她一开始就故意来找我麻烦。至于原因，我想应该是你，"江偌顿了顿，语气一直没太大的情绪起伏，显得淡漠，

"所以这个歉我不会道。"

杜盛仪挑衅到她面前，用意不明，将她当猴耍。江偌也是常人，不是什么舍小我成全大我的圣母，就算是为了公司，她也不会放弃个人尊严底线去道这个歉。

她的意思已经很明白，事情皆因陆淮深而起，是他和杜盛仪的历史遗留问题造成的，应由他自己去解决杜盛仪那麻烦。

陆淮深沉默良久，沉默到江偌连他的呼吸声都听不见，气氛一度令人窒闷，他才开口："我知道了。"

江偌点点头，道："好的，那我挂了。"

"还有没有其他要说的？"他的声音极淡。

江偌拐进主卧里的衣帽间，将包放在一边，淡然回："没有了。"然后立刻挂了电话。

下午，江偌拿出电脑写电子辞呈发给 Gisele。写之前，江偌查看了一下自己的邮箱，有几封是收到了她简历的公司的回信。她之前已经收到了面试邀请短信，江偌匆匆扫了一眼，关闭了邮件。

她深思熟虑后采纳了王昭的建议，暂时不忙着找工作。肚子里那位的情况还没稳定，而且她这个年纪，之前就在 DS 拿着丰厚薪水，职位也不错，现在别的公司在她眼里，不是这里不好就是那里不好，比起几个月前刚找工作那段时间，被惯得更加挑剔。

其实一方面也是因为江偌现在暂时没有经济上的后顾之忧，所以能泰然地做打算，如果自身经济吃紧，又跟陆淮深出了感情问题，她可能会更加认真地考虑要不要放弃这个孩子。

江偌写完辞呈便去午睡。孕初期嗜睡状态明显，并且睡再多也感觉睡不够，这一觉睡醒又是天擦黑时。

中途 Gisele 给她打过几通电话，她手机开了静音，没听到，醒来后才给 Gisele 回电。

电话打过去的时候，Gisele 已经离开了公司，还被堵在回家的路上，语气很不好："江偌，你这是自暴自弃吗？给我发了辞呈连电话都不接了。"

江偌解释："不好意思，我身体不舒服，在睡觉，没听见电话。"

Gisele 深吸口气，心道：什么身体不舒服？今天来时还壮得跟头牛似的，气色红润胜过以往任何时候。

"辞呈我当作没看到，好吗？" Gisele 连打商量的语气都透着一股强势。

江偌没犹豫道："我不愿意做违背心理底线的事情，但我也不想给公司添麻烦。"她稍作沉默，又说，"这段时间我很感激您，无论您是否是利用我，总归还是教了我不少东西。您真的不必再因为陆淮深而在我身上浪费时间，他的商业决策如果能轻易因为一个女人而动摇，他就不再是陆淮深。我这么说，您应该明白了吧？"

Gisele 听完，冷笑道："所以你认为我不同意你辞职，只是出于此原因而已？那看来你也并不是真心感激我嘛。那何必说些冠冕堂皇的话搪塞我？真是极其虚伪。"

她这话说得有些狠，江偌一时讲不出话。

Gisele 不等她再说什么，直接挂断电话。

江偌盯着屏幕看了一会儿，因为 Gisele 那几句话，心里不怎么舒服。她一直认为 Gisele 从来没真诚对过自己，不过职场上的真诚很廉价，更没有必要。可说起来，如果 Gisele 单纯只是讨厌她，但又觉得她有利用价值，完全可以不给她任何有价值的工作机会，把她当作摆设更来得简单。

江偌叹口气，穿衣起床，回了趟乔惠那里。

来时的路上江偌思考着如何跟乔惠说自己工作的事情，然后在吃晚饭时先给她打了个预防针，说自己想要换一份工作。

乔惠没多问什么，只说让她自己决定就行，吃了两筷饭后又问："那新工作找到了吗？"

江偌说："在投简历，暂时没有满意的。没找到就再等等，不急。"

今时不同往日，若是几个月前，乔惠肯定会担心。但现在江偌拿回了股份，又有陆淮深这个后盾，自然不用急的。

这次谈话比江偌想象中顺利，乔惠也没有任何怀疑，她心里松了口气。

回去的路上，贺宗鸣给她打电话，江偌开免提接通，隐隐猜到贺宗鸣突然给她打电话是和谁有关。

贺宗鸣一开始跟她客套寒暄了几句，江偌直接打断问："你有什么事吗？"

正值夏日尾声，江偌没开空调，而是放下一半车窗，任舒爽夜风习习灌进车内，同时被带进来的还有喧闹车声。

"你方不方便跟我见个面？"贺宗鸣似乎欲言又止，又补充，"想跟你说说陆淮深的事。"

江偌想了想，问："在电话里说可以吗？"

贺宗鸣很为难的样子，说："嗐，这不是电话里一时说不清楚吗？"

江偌犹豫不决。

贺宗鸣说："我知道你们俩最近出了点问题，他以前的事我不完全了解，但也算一知半解，我大致知道你们闹矛盾是因为什么。他这人心思重，以前有些不愉快的事也不爱提，你有什么想问的，我可以告诉你。"

江偌觉得贺宗鸣对陆淮深的事不是一般上心，她没头没脑地问了句："你是不是暗恋陆淮深？"

贺宗鸣猝不及防，爆了句脏话，他气得结巴："我说你……你……你，且不说我只对女人有兴趣，就算我喜欢男人，也不会喜欢他这种好吗？"

"嗯……"江偌意味深长地拉长尾音。

"'嗯'是什么意思呢？"贺宗鸣笑笑，报上某会馆名称，说，"请你喝点东西，这里很清净，私密性高，不用担心鱼龙混杂。"

江偌抿了抿唇："好。"

"到了报我的名字，会有人带你进来。"

半个多小时后，江偌到了一所园林风格的会馆，报了贺宗鸣名字，工作人员派了辆会馆内的小型观光车载她去见贺宗鸣。

最终江偌到了一栋小楼前，工作人员带她进去了。

事实证明，宁可相信世上有鬼，也不可再相信贺宗鸣那张臭嘴。电话里听他那么真情实感，江偌竟然信了。而现在，她推开门就看见贺宗鸣跟几个男人围在一张桌前，气氛热烈，她一眼就看见了坐在右上方正淡淡勾唇笑着的陆淮深。

江偌当时想转身就走，还没来得及迈出脚，陆淮深抬起头，已经看见了她。他本来正想将手里的烟往嘴里送着，见了她，手上动作停住。目不转睛盯着她的同时，手指指腹搓了下烟头，然后不徐不疾地将只抽了两口的烟往烟灰缸里摁。

"哟，来了，进来坐。"贺宗鸣发现江偌，热情迎人，一点也不觉得心虚，脸皮奇厚。

江佧不动声色地斜了贺宗鸣一眼。

见有女人进来，男人们纷纷绅士地捻灭了烟。

陆淮深起身，过来拉着她坐到自己旁边的位置。面对这么多人，江佧不好让他没面子，甩脸走人这种事做不出来，便跟着他坐下。

在座的都是陆淮深的多年好友，对陆淮深和江佧之间的事都知道得七七八八。但贺宗鸣的表哥华清和另外两位，江佧是第一次见。

陆淮深的手横在她的腰和椅背之间，虚揽着她，向其他人介绍道："江佧，我太太。"

华清朝她点头，江佧多看了他一眼。

陆淮深刚走近她的时候，江佧就察觉他喝了不少，身上烟酒味都有，酒味尤其重，说话时声音竟依然清晰沉着。他见到她时，眼底的诧异转瞬而过，显然，他也并不知道她会来。骗她过来，很有可能是贺宗鸣一个人的主意。

陆淮深问江佧："吃完饭了吗？"

江佧挺直背坐着，闻言偏头朝他那边看了一眼，说："嗯，吃了。"

他不再继续抛话题让她说话，而是沉默着有一杯没一杯地喝酒，跟人搭话的时候也少，寡言得很。

江佧渐渐坐不住了。

一样坐不住的还有贺宗鸣。

他的余光时不时地扫向对面那两人，发现这两人交流量基本为零。

贺宗鸣颇感恨铁不成钢。他一番苦心把江佧诱来，可不是为了让陆淮深跟她比赛谁能更长时间不说话！

陆淮深没见着人的时候喝闷酒、抽闷烟，见了人又沉默复沉默。

若不是见陆淮深状态不对，他也不必做这吃力不讨好的事。

还有另一个原因就是，他实感心虚。毕竟江佧第一次见杜盛仪时，他也在场，那时他就故意装作跟杜盛仪不认识。虽然这只属于男人在某些事情上不约而同的默契。

人总是护短的，他跟陆淮深十几二十年交情，做事自然首先是站在陆淮深的角度考虑。

以往是，现在也是。

江偌坐了会儿，心里总像是被什么抓挠着，使她坐立不安。

这时候王昭发来微信，江偌也正想出去透透气，便跟陆淮深说："我出去一下。"

陆淮深"嗯"了一声，江偌拎着包起身出去。谁知她刚站起来，陆淮深就扯住了她的包，说："放这就行了。"

江偌垂眸看了眼他的侧脸，他垂着眼。她心想，还怕她跑了不成？她只是在外有随身带着包的习惯而已。她迟疑一下，将包放下了，只拿了手机出去。

她去了趟洗手间，出来时一边慢悠悠走着，一边低头回复王昭的微信。没走几步，她被不知从哪儿钻出来的贺宗鸣堵了去路。

江偌抬起头，收起手机。贺宗鸣冲她扬起个笑。江偌也笑，不过只是皮笑肉不笑地敷衍了一下。

她对贺宗鸣的感觉一直很复杂，其实她一眼就能看得出此人并非善茬，别看他平时吆五喝六不大正经的样子，但能跟陆淮深建立起深厚友情的，又怎会是只懂吃喝玩乐的草包？

只是江偌屡次着他的道，心中总是对他不待见的。

"还生气呢？我这不是没招了嘛，别跟我这人计较。"贺宗鸣有点儿赔罪的意思，尽管不大诚恳。

"贺先生……"

"嗐，你这是干什么，什么先生不先生的！"贺宗鸣被她这声客气的称呼吓到，不等她说完便打断。

江偌也就不客气了："贺宗鸣，我知道你什么目的，但你每次都不征求我的意见、考虑我的感受，让我感到很不舒服。"

贺宗鸣双手合十："好的，对不起。这次我承诺过的绝不食言，你随时找我，随时提问，我能说的都会说。"

江偌反应极快："什么是不能说的？谁知道我的每个问题得到的答案会不会都是'这不能说'呢？"

贺宗鸣被她的神速反应整得一愣。

江偌眸光静静，沉默中透着犀利。

贺宗鸣挑了挑眉，道："你这是质疑我的人品。"

"你在我这儿本就没什么人品可言。"

贺宗鸣浮夸地捂了下心口："你这可就真是伤我心了。"

江偌无所谓地扯扯嘴角。

贺宗鸣"啧"了一声，咬了下唇转头看了眼院中夜色，一脸很做作的惆怅："这么说吧，我一开始就不大看好你和陆淮深。这段时间他因为你的事阴晴不定的，我挺长时间没见他这么闷头喝酒了，所以我才找你来。要是我说他在这儿，你肯定怎么都不会来的。感情里的矛盾嘛，不就是那么回事？所以我才出此下策。"

江偌笑说："听起来你好像感情经历挺丰富的样子。"

"那不敢当。其实吧……"他说着说着神情淡了些，但还是在笑，"我是不大看得惯陆淮深因为一个女人情绪波动这么大。你们原本就有无法逾越的隔阂，还能走到一起，的确不容易，他跟你在一起，也跨越了极大的心理障碍，所以有什么事是没办法好好谈的呢？你说对吧？"

语气虽和善，话里的意思却不怎么好听。

江偌直直看着他："听你的意思，你是在埋怨我跟他置气是不识大体？可以直说，不必拐弯抹角。"

贺宗鸣敷衍否认："那倒不是，你可以理解为我劝和不劝分。"

江偌不动声色道："华清是你表哥？"

"是。"

江偌垂眸，道："我记得杜盛仪的经纪公司，好像是你表哥家旗下的。让杜盛仪别跟 DS 合作，是你在陆淮深和华清之间牵线的？"

贺宗鸣暗自心惊，他哪个地方说漏了？

江偌冲他粲然一笑，慢条斯理地讥讽："我也不妨告诉你，我也看不惯你贺宗鸣，觉得你这人不仅自大还自以为是，可我也没私下找你让你改改，免得影响到陆淮深。知道我太爷爷为什么活到了九十九岁吗？"

贺宗鸣被她讽得一愣，突然被她这么一问，更蒙了："为什么？"

江偌面不改色地看了眼手机屏幕上的时间，说："因为他从来不管闲事。"

说完，她从贺宗鸣身边擦过。

回到位子上，江偌并没有什么异样，但她其实被贺宗鸣气得有些胸闷。

其他人都看得出那两口子之间不对劲，有江偌在，也没办法畅聊，所以早早就散了。

院前有灯笼，四周有路灯，光线亮堂，江偌张望了一下，没看见一辆观光车，这里地方大，走出去的话不知走到何年何月。

而陆淮深跟她站在一起，一声不吭的，也没动静。

江偌没好气地偷偷使劲瞪他，这人比她更能憋，她忍不住先开了口："你没叫裴绍或者司机过来？"

"没有。"陆淮深立刻偏头看她，仿佛在一场比赛中赢得胜利，江偌似从他黝黑深眸里看到了一丝得意。

因此江偌感觉从贺宗鸣那里受的气越来越旺，烧成了火。

江偌脸一黑："打电话吧，你在这儿等着。"

说完她也不管离出口有多远，抬脚就走。路上总能遇见一辆车，要么也能遇见一个工作人员，可以让他派车来送她出去。

只是她才刚走出两步，陆淮深手一伸将她给拽回去了。

陆淮深没个轻重，因为料定能接住她，还能把人给扯进怀里。但是江偌没设防，跟跄了一下，担心自己摔倒，吓得不轻。

江偌刚被他拉近身前站定，心有余悸，抬手就推了他一把，说："使那么大劲干什么？"

陆淮深以为她只是闹脾气，轻拧着眉心说："对不起。"

江偌以为自己听岔了，愣了一下，不由自主地抬头看向他。

陆淮深微微躬身，捧起她的脸，额头抵住她的额头，动作温柔，用鼻尖去摩挲她的鼻尖，像是在用行动重复刚才的那三个字一般。

两人之间的距离近得江偌看不清他，她只知道他已经醉得不轻。

江偌偏头要躲，他抓着她不放，手上微微用力一紧，将她的脸挤得微微变形。

江偌恼怒地抓着他的手腕，道："松开！"

陆淮深竟然笑了下，随后在她水润的唇上亲了下。

江偌怔住，心跳如擂鼓。

周遭无人经过，夜里的微风拂过，枝叶簌簌的声响将他二人围裹，江偌的几缕发丝缠在一起擦过脸庞，酥痒难耐。

看见他盯着她撩唇笑的样子，她气恼骂道："你这痴人！"

她硬着心肠想：少来这套，我再也不会上钩。

江偌偏开头，面无表情地推开他，伸手在他裤袋里摸索，摸到了车钥匙。

她踩着坚毅的脚步朝车那边走去："我送你回去。"

她打算把陆淮深的车开去停车场，然后换开她自己的车，这样她还能开自己的车回住处。

她不打算给他丝毫找上门的机会。

走了几步她转身，见陆淮深动作慢吞吞，她气不打一处来，上前扯着他，拉开车门将人塞进车里。

这里面路其实不难找，一条主干线直接开出去，就是比较远。

到了外面她停车的地方，她偏头看了眼陆淮深，他已经撑着头闭眼睡过去了。

江偌推他一把，说："起来，换我的车。"

陆淮深缓缓睁开眼，眼瞳更黑，更深，也更亮。他看她一眼，仿佛在回忆她刚才说了什么，半天才说："就开我的车。"

"那我送你回去后要将车开走。"

"可以。"

"让裴绍或者司机来取，总之你不要来。"

他迟疑了一下，最终还是说："可以。"

江偌心中微哼：倒是好商量。

路上陆淮深时睡时醒，醒着时会侧过头一直盯着她看，江偌的余光有所察觉，但是一直没理他。

到了家门口，陆淮深睁开眼，江偌赶人："到了，下去吧，我回去了。"

陆淮深坐在那儿一言不发，江偌又重复了一遍刚才的话，他这才转过头。车厢里光线昏昧，衬得他的眼神更加深不可测。

江偌忽然怀疑他到底有没有醉。从他迟钝的反应和眼底的亮色来看，他的确是醉了，但沉着看人的样子又和平常无异。

江偌心乱如麻，不想再跟他耗，冷酷道："下车。"

"我下车之后你去哪儿？"

"回我住的地方。"江偌一直用冷漠的侧脸对着他。

"这里不是你住的地方？"

江偌握着方向盘没说话。

不一会儿，一只大掌抚上她的手背，她一颤，他已经将她的手握紧，牢牢攥住，不容她挣脱。

"这么晚了，别走了。"他的嗓音带着酒后的醇厚，比寻常时候更加低沉。

那语气里流露出的挽留，令江偌有些扛不住，她闻言一顿，转头看向他。

两人的目光于昏黑中相遇。一个敛去温柔故作疏离，一个酒后柔情不复锋芒。

男人身上的体温似乎总是高一些，他手心里的燥热渡进她的手背。他掌心有薄薄的茧，触感微粝，这与抚过她后背时的感觉又完全不一样。

他的指甲修剪得很整齐，就在前不久，她睡前剪指甲时帮他也修剪过。那时，她将他的大掌放在腿上，抬起一根根修长的手指，羡慕地说他手指真好看，骨节分明的，不像她的，虽然骨细，但总有些肉感，随后她又自我安慰说，她这是抓钱手。

回忆如潮水，一下一下，总会更有力地拍打在心上，江偌恍然如梦般。区区几月，她和陆淮深之间，随便一眼都是回忆，在不经意间丝丝入扣，根植于心。

"下车吧，我要走了。"江偌不去看他，将手从他手中抽出来。

陆淮深一开始握得紧，她挣扎了一下，他的手才渐渐松开了。

江偌目光坚定不移地看着挡风玻璃外，夜色朦胧，身旁响起开关车门的声音，接着陆淮深的身影缓缓融入眼前的夜色里。

他直直走向家门，细看之下，脚步有些虚浮。

江偌握着方向盘的手紧了紧，不知怎的，迟迟没发动车子。

陆淮深一路没回头，江偌看着他进了家门，正要发动车子准备离开，忽然听见重物倒地的声音，噼里啪啦一阵响。

江偌怔住，立马朝家门口的方向看去。一片寂静，什么声响都没了。门廊下的灯还亮着，门也没关。

江偌心底不安，立即推开车门下去。

走到门口，见到里面的场景，她的脚步慢下来。玄关处一套高尔夫球杆倒在地上，原本放在鞋柜上的钥匙盘此刻躺在地上，陆淮深正俯身捡四散在地上的各种钥匙。

看样子是他没注意，被放在门口的高尔夫球杆绊倒，手去撑鞋柜，又将钥匙盘扫到了地上。

听到脚步声，陆淮深站起身回过头。

江偌避开他的目光，走过去先将球杆扶起来。一整套球杆加上外壳，并不轻，江偌刚拎起来，就被陆淮深接过抬起来靠在一边。

江偌问："球杆怎么放在门口？"

他说："刚买的，放这儿忘了收拾。"

江偌又去捡脚边的钥匙，问："吴婶呢？"

以前都是吴婶负责将东西归类放置。

他看着她说："这两天有事请假，没过来。"

江偌看了眼客厅里。茶几上用过的东西随便放着，杂志报纸摊开扔在一边，除了水杯还有凌乱摆置的烟和空酒瓶。可见他这两天过得还挺放纵的，抽烟喝酒一样没落下。

以前都是吴婶每天在家盯着钟点工前来打扫，吴婶不在，家里没人，也没让人来打扫。

江偌将最后一串钥匙放在钥匙盘里，抬头要说话，却见他正一动不动盯着自己，似乎已经盯了好一会儿。见她看过来，他依然没将目光收回。

陆淮深的眉眼生得很英气，剑眉星目，有风流潇洒之气，而今经岁月着色，透着上位者的精明和凌厉。现下，醉意柔和了他的眼神，于隐隐中溢出一股说不清道不明的情绪，看着她时，让她越来越觉得那种情绪和"深情"二字挂钩。

江偌被他看得忘了自己要说什么。她心下烦躁，不知道是讨厌陆淮深一言不发地用这样的眼神看她，还是讨厌为这样的眼神所动的自己。

她倏地别开头，说："我走了，你自己早点休息。"

还不等她迈开脚步转身，陆淮深探手将她压进了怀里。

贴上他的那一刻，江偌的呼吸也随之紧室。

陆淮深身量高大，微躬着身将她紧紧笼着，脸贴在她的头侧。江偌心下一跳，随后一声不吭去推他。她越是想推开他，他反而将她抱得越紧，如铜墙铁壁，将她重重困住，没有一丝缝隙。

江偌渐渐从一开始简单的推拒，变成抡起拳头使劲砸他："放开！"

他纹丝不动，江偌气馁又无力，张口在他肩膀上咬了一口。他肉糙又硬，咬也无用，江偌气得语塞："陆淮深，没人像你这样的！"

"什么样的？"他抱紧她不撒手。

江偌喘着气，挣扎中憋红了脸："你不要脸，你就会逼我，以前是，现在也是。"

"我不逼你。"陆淮深低声说着，"我没有逼你。"

176

江皙想着他反正也喝醉了，便也把心里的苦楚一股脑倒出来："你让我一无所有，又逼我爱上你；是你骗了我，现在又逼我原谅你。是你太有本事，是我总无能，你嘴上不说任何威逼的话，做的全是步步紧逼的事。陆淮深，我受够你了！"

人喝醉了，是梦是醒难分清，江皙不知道他有没有将她说的话听进去，只发现他箍着自己的双臂紧了紧。他又去亲她的耳郭，亲她的下颌，动作一下比一下轻柔。

无声挽留最致命。

江皙心底触动，又不想理智被感情战胜。

"贺宗鸣为你抱不平，说你跟我在一起跨越了极大的心理障碍，我不该这么跟你置气。那我呢？"江皙没再推他，安静待在他怀里说，她停了停，平静反问，"我抛弃的原则底线就不值一提吗？每次爷爷提起你，我都不敢直视他。"

因为我爱上了置他于此地的人。她在心里补充。

"当初我在他面前信心满满，现在我甚至不敢在他面前挺直腰杆说'我做的选择没有错'。"江皙又顿了下，带着淡淡讽意笑道，"你有什么资格买醉装失意？一句话不说就想让我围着你鞍前马后吗？"

江皙感觉他的身体有些紧绷，她说完便不再吱声，等陆淮深放开自己。他却按着她的后脑勺，让她往自己颈间贴去，哑声喃喃道："不知道该拿你怎样。"

这话几乎是贴着她耳畔说的，他的气息蹿进她的耳中，潮暖酥痒。

江皙僵硬回道："我也是。"

"你随便拿我怎样。"

江皙权当他是在说醉话，故意道："我要你放开我。"

陆淮深仍把她抱得紧紧的，没反应。

她冷嘲："不是说随便拿你怎样？"

他没了声响。

江皙觉得这样子很傻，两个人站在门口一言不发地抱着，不知道的还以为难舍难分，其实只是陆淮深在发酒疯。

江皙像个布偶一样被他揉在怀里，过了良久，他还是不撒手。一开始那点触动和温情过了，江皙就有些烦了。她不耐烦道："上次我就说过，你再喝成这样我不会管你。"

江偌没听见回应，抱住她的手也有松动的迹象。她一挣扎，他的手顺着她的腰滑落，随后，她肩头一重，他整个人的重量几乎要全落在她身上。

江偌蒙了。

陆淮深块头大，江偌是不可能把没什么意识的他弄上楼的。她只好把他扶到沙发上躺下，然后自己气喘吁吁地直接坐在了身后的茶几上。

她缓了一口气，见他一条腿还吊在沙发外面，又弯下身将腿推上沙发。陆淮深动了动，光太亮，他皱着眉将手臂搭在了眼睛上挡光。

江偌发了会儿呆。也不知明早醒来，今天的话他能想起来多少。

盯着他紧抿的唇，江偌鬼使神差地伸手摸向他长出胡楂的下颌，指腹摩挲，传来痒痛感，她自言自语般低喃："陆淮深……你总是让我在迈出一步后又想退缩。"

江偌看着他，心情复杂，还是缓缓靠近他。她蹲在沙发旁，抱着有今天没明天的心态，拇指擦过他的唇瓣，像他往常抚摸她的唇那样，然后低下头，亲了下他的唇，停留两秒后离开。

目光稍往上移，她忽然发现他不知道什么时候睁开了眼睛，手背搭在额头上，望着她的目光深邃漆黑，让她辨不出他清醒与否。

江偌一怔，陆淮深突然扣着她的后脑勺往下轻轻一压，两唇再次相碰。

陆淮深不像她刚才那样无欲无求，蜻蜓点水般浅尝辄止，他动作急切又不紊地撬开她的唇齿，情欲的气息扑面而来。

这姿势别扭，江偌一手撑着他的胸膛一手撑着沙发才能稳住身形，看上去整个人像是覆在他身上一般。

她一开始受不了他的节奏，呼吸艰难粗重，难受得直皱眉，适应之后，嘴里发出模糊的轻哼，情难自禁地闭上眼。

等两人都有些精力耗尽时，他微微松开她，各自情绪都难以平复，鼻尖依旧抵在对方脸上，呼吸交缠着。

江偌睁开眼，人还愣愣的，她直觉想要逃，条件反射性地直起身来。陆淮深手疾眼快将她捉住，困了她半个身子，坐起身来就要将人往自己身上抱。

江偌刚被他亲得反应迟钝了不少，坐在他腿上时，从他带笑的眼里看见了自己那无措的神情。

陆淮深懒懒地轻轻摩挲她的脸，用微醺的语气低声道："还要走吗？"

仿佛被他看穿了自己的口是心非，江偌心脏狂跳，过后恼羞成怒，一把推开他，从他身上站起来。

陆淮深半醉半醒，眼里只有一个落荒而逃的背影。

回去的路上，江偌感觉注意力不太能集中，一路上都将车速放得很慢，到家已经是深夜。

刚到家，觉得肚子隐隐有些不舒服，江偌赶紧到沙发那坐下。

这种不适感好些日子没再出现，过几天她还要去复查，回想这几天，她也没真正做到卧床休息。

那股不适过了许久才消失，江偌有些心慌，吃了叶酸便赶紧洗漱睡觉。

江偌睡前定了早上八点的闹钟，强迫自己起来吃早餐。她之前用了各种法子缓解孕吐，颇有成效。她吃了早饭又爬进被窝里睡回笼觉，到了饭点又起来，一整天如此循环而过。

因昨晚那阵不适，江偌忐忑得晚上做噩梦，下定决心这几天要卧床静养，三餐也用心做了吃，希望复查时不要有坏结果。

傍晚，江偌在做晚餐的时候，突然听到门口有响动。江偌切牛肉的手一顿，接着有人推门而入。

陆淮深走过玄关，一转头就看见厨房里举着菜刀的江偌。她正皱眉盯着他，随后将刀往菜板上一剁，刀刃陷进牛肉里。

陆淮深看了眼她面前的砧板，说："我过来取车。"

江佸放下菜刀，手撑着料理台，说："我不是说了让你叫裴绍来取吗？"

陆淮深将门禁卡放在旁边柜子上，说："裴绍在楼下，我上来拿钥匙。"

江佸低头，拧开水龙头洗了手，去房间里拿车钥匙，昨天钥匙放在背包里忘了拿出来。

陆淮深的手机响了，他便拿着手机去阳台那边接电话了。

九月的傍晚，天色半黑，抬眼可望见远方一团掩在云层后淡了颜色的火烧云。

江佸拿了钥匙出来，陆淮深还在打电话，她朝阳台看了一眼，那人撑着阳台的窗台，说话内容她听得不真切。

江佸把钥匙放在茶几上，忽然看见放在水杯旁边的叶酸，她心中跳了跳，下意识想藏起来，同时又纠结了，要不现在告诉他？

陆淮深讲电话的声音大了些，他似乎在朝这边走来，江佸看过去，果然看见靠近点的身影。她来不及多想，脑子一热，把药不着痕迹地收进手里，然后和一些桌面杂物一起放进了茶几下的抽屉里。

陆淮深走过来说："裴绍有任务先走了。"江佸"嗯"了一声，他问，"要不要我带你去会馆取你的车？"

江佸："不急，我过两天再去。"

"要取的时候我过来接你？"陆淮深从果盘里捻了个葡萄剥开。

江佸拒绝："不用，我自己会过去。"

"那地方离这儿挺远。"

江佸想了想，说："那到时候再说。"她反正打定主意，这几天哪儿也不去。

陆淮深吃了那葡萄，抽了张纸巾擦手，江佸指了指茶几一角说："钥匙放那儿了。"

"嗯。"陆淮深看了一眼，却不拿起来，问她，"你晚上吃什么？"

江佸说："红烧牛肉炖萝卜。"说完深深看他一眼，提醒他该走了。

陆淮深假装不明白那是什么意思，问："要不要帮你切？"

江佸看他不想走的样子，心想，是不是自己昨晚的举动，让他产生了什么误会？比如误会她既往不咎，打算与他重归于好。

见她盯着自己不吱声，陆淮深自作主张走去厨房，挽起衬衫袖子，还真拿起菜刀。他看了看她之前切的牛肉的大小，依葫芦画瓢将剩下的大半切了。

江佸也没阻止，站在一旁看着。

他切菜的姿势怎么看怎么别扭，加上穿着正儿八经的衬衫西裤，跟厨房一点也不搭调，她脑中莫名出现一句话——君子远庖厨。

可他算哪门子君子？顶多算一骗子，骗人、骗心、骗感情的骗子。

"还有什么要切的？"陆淮深切完牛肉后放下刀，还不知江偌就看了他那么一会儿，情绪七上八下了一轮。

江偌抄着手在旁边说："西兰花和胡萝卜切块。"

有苦力，不用白不用。

陆淮深照做，切得倒是有模有样。

江偌去焖米饭，陆淮深把其他食材准备好，菜也是他做的，只是有江偌在旁边指挥。

两人又顺理成章地一起吃晚饭。

饭吃到一半，Gisele打来电话，江偌拿了手机起身到阳台去接电话。

"江偌，你可以跟杜盛仪见一面吗？"Gisele开口便直奔主题，怕江偌拒绝，又补充，"不一定道歉，先跟她见一面。"

江偌想，这"不一定道歉"几个字显然内有乾坤，说不定是先将她哄住，到时候又想办法让她开口道歉。

"是她想见面？"

"对。"

江偌想了想，说："我跟她实在没有见面的必要。"

Gisele沉默数秒，似乎在深呼吸，不久后冷酷道："江偌，你现在是想跟DS撕破脸吗？让公司冒着风险给你擦屁股你心里很爽？"

"我没让公司为我担责，我自己做的事情自己负责，所以我辞职了不是吗？杜盛仪要是有什么想法可以让她联系我，那是我跟她之间的矛盾，可以单独找我处理，不必再经过公司这一环。"

"异想天开！"Gisele气不打一处来，"你还不明白吗？杜盛仪她就是想整你，就是要逼你道歉。不管你有没有辞职，她都要先找公司的麻烦，给DS施压逼你现身！"

江偌不语。

Gisele选择以退为进："你想怎么办，你先跟我说说？万一杜盛仪揪着你不放，做出危害你个人利益的事情，你要怎么应对？"

杜盛仪是公众人物，有很大可能会利用身份之便，把她推进舆论的旋涡中心。这点江偌不是没想过。但同样也因为杜盛仪是公众人物，她要顾忌的也有很多，稍不注意便会给自己抹黑。比如杜盛仪为何跟人起争执？深夜会见的男人如果被人发现是有家室的会怎样？

如今的网络环境对"出轨"和"小三"的包容度很低，即便杜盛仪跟陆淮深没有发生实质性的关系，跟"小三"两个字扯上一点点关系，她的事业都会受到冲击。

当然，如果杜盛仪真的一丁点都不在乎她的事业，那就另当别论了。

江偌未正面回答，也退一步说："我会找时间跟她谈。"

Gisele也松口，不再紧逼。

江偌挂了电话，若无其事地回到位子上吃饭。

这房子是大平层，空间很宽敞，饭厅到阳台隔了一个客厅，江偌刻意将声音放低，打开了窗户，陆淮深很难听见她跟谁说了什么。

陆淮深看了她一眼，没问她是谁来电。吃完饭江偌赶人离开，陆淮深也没强留。

陆淮深走到门口的时候，江偌悠悠提醒他："看看车钥匙和其他东西都带齐没有，别漏下了。"

言外之意是：别再找借口回来了。

陆淮深转头看她，江偌靠着椅、抱着手冲他淡淡一笑。他定定地看她两眼，舌尖抵了抵牙关，有意无意地冷哼一声，走了。

陆淮深走后，江偌将餐桌和厨房收拾好。时间也不算晚，她洗了个澡，心平气和之后，给杜盛仪打了个电话过去。

接电话的不是杜盛仪本人，而是她的助理："您稍等一下，我把手机给杜姐。"

不一会儿，接电话的人换了。

"江小姐？"杜盛仪的声音听起来一如既往地淡，连疑问句中也听不出任何诧异，如一汪如何也掀不起波澜的死水。

江偌本以为自己会听见她得意的炫耀，但是没有。仿佛别有用心的不是她，在泳池边忽然笑得张扬的不是她，屡次要求道歉的也不是她。所以江偌觉得还挺魔幻的。

"听说杜小姐腿受伤了，康复得如何了？"江偌淡然问候。

杜盛仪淡淡回应："好多了，不是什么大伤，江小姐为何给我打电话？"

江偌说："难道不是你要求的吗？"

杜盛仪想也没想，回道："不好意思没表达清楚，我想问的是，你为什么肯给我打电话了？"

这个"肯"字咬了重音。

"杜小姐不断给我高层施压，我只得来履行以下义务，问问您到底有何诉求。"江偌说得慢条斯理的，只是态度很是冷淡。

杜盛仪淡声道："诉求倒是谈不上，自始至终只有那么一个合理要求。之所以给你的高层施压，是因为我觉得江小姐可能认为有个男人为自己遮风挡雨，就忘了自己的错误要自己承担。而且，你先生派个秘书来替你谈判，也太看不起我了。那谈判内容还是带有威胁性的，不道歉就算了，还威胁人，谁会心甘情愿接受呢？"

秘书？是裴绍吗？

江偌想：是不是自己昨天在电话里跟陆淮深说了这件事后，他让裴绍去跟杜盛仪谈了？

江偌还挺好奇陆淮深怎么威胁她的。

依照杜盛仪的性格，面对威胁她估计也是无动于衷的表情，至于心里是不是无动于衷，也就不得而知了。

在江偌的印象里，这估计是杜盛仪话说得最多的一次了，竟然还是从不同方面突出同一个重点——总之你必须要道歉，跟陆淮深告状也没用，我不会怕他。

"要道歉是吗？"江偌被杜盛仪的无耻气笑，"那你要不要先解释一下，为什么会大晚上在家里会见我丈夫？"

"我凭什么给你解释？你算什么东西？"杜盛仪有点动怒的意思，但江偌没理解杜盛仪生气的点是什么。

她冷笑道："那我凭什么给你道歉？你又算个什么玩意儿？"

硝烟在最后一刻燃起，又在顷刻后熄灭。

两人分别毫不留情挂了电话，因意见无法达成一致，此次谈话不欢而散。

江偌把通话内容录了下来，发给了高随，让他备份存档，要是事情闹大还能用得上。

高随听见两人最后吵起来，冷静中透着一股剑拔弩张的气氛，隔着设备都让他头皮发麻。

为了晚上能睡好，江偌手机静音开到早上九点，一醒来，手机里多了数条未读消息和未接电话。

王昭在微信里大致告诉了她，事情的起源是杜盛仪半夜发了一条微博："我需要一个道歉。"

杜盛仪是凌晨两点多发布的微博，许多粉丝都是熬夜党，舆论迅速扩散。公司发现时，"杜盛仪需要DS一个道歉"的话题已经刷上了热搜第一，给DS的名誉已经造成一定影响，公司迅速把热度压下去了。

然而，天明之际，杜盛仪又发了一条："压热搜有用吗？"

此后，形势更如脱缰之马难以控制。

江偌脑海里只冒出一个念头：这人是不是有病？

她昨晚已经用夜会陆淮深这事委婉威胁了对方一下，显然杜盛仪并不在乎。

还真敢拿事业冒险来逼她一个道歉？

江偌心里忽然冒出个念头：也许杜盛仪在乎的不是事业也不是那句道歉，她就是单纯地想将事情搅得天翻地覆而已。至于有什么好处，为什么要这么做，那可能得追溯到陆淮深和杜盛仪的那些过去了。

这世界上总不会有平白无故的敌意和仇恨吧？

当然，除去那些心理阴暗的人。他们会把自身的负面情绪转移给他人或他处，从而获得心理上的快感和慰藉。

可杜盛仪看起来不像是有病的样子。

江偌给王昭回电话时，王昭都要气疯了，大骂杜盛仪是个脑残害人精，又蠢又坏到了极点。

今天本是周末，王昭去公关部后工作量增加，好不容易有个完全闲下来的周末，结果公司半夜来电话召开紧急会议，启动危机公关预案。

公司需要江偌提供更多内情，方便公关部更准确地做出应对策略。王昭心想，她出面可能会少些迂回，也少些公事公办的磨合，而且她会过滤掉江偌的隐私。她便主动揽下与江偌沟通的工作。

王昭没忘记自己是带着工作任务的，公司须出具公开声明，把控之后的舆论方向，声明中得明晰整个事情经过，所以王昭照例问了江偌几个问题。

"当晚，杜盛仪到底是怎么掉下水里的？"

江偌正打算给自己做早饭，她捣鼓着烤面包机，漫不经心回答："我把她手机扔水里了，她没站稳，伸手来拉我，我以为她要推我下水，我就把她的手挥开，她就掉水里喽。"

王昭："你知道她当时其实是在向你求救吗？"

江偌："不知道。她掉下去我才反应过来，不过就算知道我也不会拉她一把的。"

王昭无话可说。这她怎么敢写？

公关部想要在声明中还原事情经过，但江偌陈述的这些，任别人怎么看，都是江偌有错在先啊！

王昭舔了舔干燥的唇："那……那你为什么要扔掉她的手机。"

江偌正把剩下的吐司放进冰箱，闻言，她手撑着冰箱门，回答得轻描淡写："因为……我看到了她手机上陆淮深的电话号码，而且，之前我问她是不是因为陆淮深接近我，她的话模棱两可，但表情显然是默认了。"

有些表面事实，她在派出所、在高随那儿，已经陈述过了，唯有她扔杜盛仪手机的原因，这是她第一次正面回答。

还能因为什么呢？自然是因为气到失去理智。

王昭默默地叹气："所以这就是他们想要的真相，但这能写吗？只会越扯越乱！"

她顿了顿，灵机一动："如果把重点放在杜盛仪先跟你老公暧昧不明，那公司和你都算是受害者。"王昭声情并茂，"在声明里隐晦地提杜小姐跟我司合作，目的不纯。声明一发再买个热搜'杜盛仪夜会有妇之夫'和'杜盛仪做小三被当众暴打'，真的太精彩了！看还整不死那女人！让她装，道您爷爷的歉！"

江偌幽幽地回："那不是全天下都知道陆淮深出轨，我被戴绿帽子了？"

王昭打趣："那你也给他戴回去，互不相欠。"

江偌没当真，思考着说："杜盛仪不是什么无名小卒，不能用危害陆淮深名声的办法转移问题重心。他的名誉受影响，会直接影响到博陆，到时候他在公司肯定会成为众矢之的的。"

江偌可没有因为这件事，就想要毁了他苦心经营的事业。

王昭说："放心，DS 宁愿得罪杜盛仪也不会愿意得罪陆淮深的，毕竟现在公司可是急着想拉拢博陆的资金。DS 这么大的公司，虽然业绩是遭重击了，但一时半会儿是倒不了的，只要能拉拢博陆注资，内部形势一稳定，就能起死回生。孰轻孰重，领导心里都有一杆秤。"

听王昭这么一说，江偌脑海中有东西一闪而过，终于明白为什么 Gisele 不愿将责任推到她身上了。

都说了，博陆的融资对 DS 来讲至关重要，而 Gisele 和钟慎即便不知她和陆淮深已经结婚，心里也都明白她和陆淮深有那么一层非同寻常的关系，要是真的让她一人"背锅"，恐会惹毛陆淮深。

本来融资入股的事就还没谈妥，要是陆淮深彻底放弃注资 DS，无论大公子还是继母都要着急起来。两派之争都是次要，保住公司才是重中之重。

挂了电话不久，王昭又打给江偌反馈最新消息："杜盛仪的经纪人一直说'抱歉'来着，也想着大事化了、息事宁人，但是杜盛仪始终不肯，经纪人还在给她做思想工作。"王昭冷笑，"从开始到现在，这杜盛仪就不是个省心东西。"

谁都没想到杜盛仪会硬碰硬。

事发后杜盛仪的经纪人姚屏气得要死，冲到杜盛仪家里，把她的手机没收，并尝试登录微博账号删掉那条微博，然后以杜盛仪喝多了，想起以前失败的感情为由，把整件事粉饰成一场乌龙。

杜盛仪的微博有时会由工作室代发，姚屏和几个工作人员也知道密码。

但是杜盛仪私自修改了密码，在姚屏来之前，还把电话卡取出来安在另一部私人手机上藏了起来。

说起来杜盛仪也是点儿背，当天摔下泳池，致使小腿骨折，摔进水里又被设备线缠紧，造成软组织损伤。两天前她才出院回家里养伤，腿上一直打着石膏，一个小助理跟着住在这儿照顾她的起居。

华清数次向姚屏施压，让她叫杜盛仪出面解释，平息舆论。姚屏今天一早就到了她家里盯着她，给她做思想工作，骂也骂过了，利弊也分析过了，用她的事业威胁，没一样管用。

杜盛仪自始至终坚持同一个论调："我不会删微博的，除非江偌给我道歉，我就会另行解释那条微博的缘由，不会跟 DS 还有江偌扯上任何关系。"

姚屏简直难以理解，语气相当刻薄地质问："杜盛仪，你是不是真有病啊？你先去招人家的，现在反过来硬要人家道歉，你到底什么意思啊？硬要别人忍无可忍爆出来是你先勾搭有妇之夫，你才甘心是吗？"

　　杜盛仪淡淡垂眸："我没勾搭他。"

　　姚屏不想听："我不管你有没有勾搭他，我现在收到指示，停止你的一切工作。知道什么意思吗？就是断了你的收入来源。要是今天删掉微博，按要求澄清，一切当作没发生过；若你执意如此，你挂在公司名下的工作室也只能关闭了。"

　　杜盛仪缓缓笑起来，手撑着颌，淡然道："这威胁我都听腻了。华清下令，其实是陆淮深请他帮忙。我知道，我对华清和他公司而言，不过是可有可无。我火了，公司受益，我倒了，损失不大。"

　　"都知道这些，你还这么犟？"

　　杜盛仪掀眸看向她："我只是在赌而已。"

　　姚屏真是听她这些神神道道的话就烦，皱着眉问："你在赌什么？"

　　杜盛仪在赌陆淮深会不会亲自打来电话，只可惜，整个上午，她除了等来华清的封杀威胁，什么都没等到。

　　因为劝说无用，最终华清亲自联系社交软件公司高层，强制删除了杜盛仪的微博，并将她的账号屏蔽，让她暂时无法发新动态。

　　杜盛仪得知后，一把从姚屏手中夺回手机，主动拨通了陆淮深的电话："陆淮深，不愧是你啊。"

　　"我给过你机会。"听来陆淮深的心情也不见得多好。

　　"我只要道歉！"

　　陆淮深不耐烦道："是你先招惹她的，她没义务忍受你的欺弄。你可以冲我报复泄愤，谁让你牵连她？"

　　杜盛仪怒极反笑："你以前做事想过会牵连我全家吗？我家破人亡你难辞其咎，你跟我谈牵连？别以为你几笔资源、几个买卖就能抹平过往你造的孽。江偌她亲爹也不无辜，我的腿因她而伤，让你老婆江偌亲口跟我说句'对不起'，我可太当得起了！"

　　临近中午时分，王昭致电江偌，说事情已解决。

　　杜盛仪的那条微博已经删除，工作室发声明澄清："那条微博并无针对他人之意，事关杜盛仪家庭的私事。苦闷积压多年，昨夜喝多了，一时伤感而已。"

随后 DS 的官博转发："向杜小姐致以真诚慰问。"都没提起那场拍摄事故。

江偌正觉吊诡，杜盛仪这么处心积虑的，怎么突然就罢休了？

接着杜盛仪一个怒意冲天的电话打来："我告诉你，删我微博，我还可以发第二条、第三条，就算让人封我账号，我还可以开小号。"

江偌忍无可忍，挺认真地骂她："杜小姐，请问你到底什么毛病？有病治病。你跟陆淮深什么怨什么仇，你有冤申冤找他去，跟我在这儿较什么劲呢？"

杜盛仪纠缠不休："我跟他的仇怨是一回事，跟你又是另一回事。道歉吗？当面那种。不然我只能在微博上点名你公司了，相信他们会不厌其烦地来求你道歉，以维护他们的名声。"

江偌木着脸，用疑问的语气道："你拼个鱼死网破，就想要我一句当面道歉？"

杜盛仪此刻没再掩饰："其实我就想跟你见个面谈一谈。"

"事到如今，我跟你没什么可谈。"在江偌眼里，杜盛仪现在说什么都是信口雌黄。

杜盛仪缓缓道："谈一谈，陆淮深。"

江偌干脆道："我没空。"

杜盛仪："没关系，我等你有空。反正现在脚上打着石膏，挺闲的。"

江偌觉得杜盛仪是在装傻，说："我的意思是，你跟我说什么我也不会信。"

杜盛仪全然不在意般淡淡说："不管我说的是真是假，你总能过滤出一部分你愿意相信的。"

江偌半会儿没讲话，随后问她："我要是一天不答应，你是不是就跟我耗一天？"

杜盛仪没接话，态度却显然。

江偌约了下周三上午去医院复查，最终跟杜盛仪约了下周三下午见面。之后她在家按医嘱安安分分躺了两天，身体倒是没再感觉出什么异常。

但是每天吃得太过清淡营养，江偌只觉嘴里没味得很，于是跟小姨说，下班之后过去吃晚饭，想吃她做的酸菜鱼和可乐排骨。

乔惠当晚亲自下厨，把两个菜做了出来。

江偌打开门就顺着味儿往厨房里钻，见饭厅桌上除了她点的两个菜，还有两个小菜，厨房里乔惠还在煲汤。江偌说："哪里吃得了这么多？"

"小陆一会儿还要过来，嫌少不嫌多。"

江偌一愣，问："你怎么把他叫来了？"

乔惠奇怪地看了她一眼："怎么不能叫他了？"她看回冒烟的锅，"吵架了？"

江偌若无其事说："没有啊。"

乔惠忙着料理食物，也没多问。

不久，陆淮深也到了。

江偌去开门，陆淮深站在门口，两人四眼相望。

江偌问他："要来怎么也没提前说？"稀松平常的语气，听不出别的味道来。

陆淮深的目光在她脸上审视一番，便知这人实则压抑着真实情绪。他一手掌着门，一手撑着门框："工作忙，后来忘记了，反正也会见着，提不提前有那个必要吗？"

江偌冲他笑嘻嘻道："那吃饭也不一定有必要是吧？"

陆淮深的目光附着在她脸上，默不作声，似乎觉得她说那话有意思，但又挺气人的。

江偌不好在门口跟他杠起来，转身带他进房间，不放心地叮嘱道："你待会儿在我小姨面前不要胡说。"她顿了顿，垂了垂眸又说，"就是我住外面的事，尤其不要提起。"

"既然不想让她多想，那就不要留下马脚。"陆淮深逼近她。

江偌稳住没动，额头差点抵在他下巴上。心里突突了几下，她故作镇定地伸手推了他一把，说："吃饭了。"

江偌本来想推开他，结果他纹丝不动，他伸手抓住她的手腕，另一只手自然而然就往她腰上去了。

江偌身体一僵。

陆淮深沿着她的背沟上下刮了两下，似乎想让她放松下来。

那地方敏感，酥痒顿时爬满背脊，她缩着脖子脸一红就要将他推开。

他忽然低下头堵住她的唇。

江偌算算，有些日子没跟他这么亲密无间了，那晚在客厅不由自主地亲他那一下，也没像这样贴得毫无缝隙，如耳鬓厮磨般。

她咽了咽喉咙，有种紧张抗拒的感觉，又有种久别重逢的熟悉。

"家里最近没点人气，住着怪不舒服的。"

江偌手贴在他胸前，隔在两人之间，她把头偏在一边没看他，只感到他淡淡的温热呼吸喷洒在她脸上，痒酥酥的。

“以前你一直一个人住，怎么没有不舒服？”

陆淮深见她没抗拒他，便将下巴贴着她的脸：“习惯了房子里多个人，突然少了就不习惯了。”

江偌声音微颤了一下，后又坚定起来：“习惯都是可以改掉的。”

“我不想就改不掉。”

江偌的理智告诉自己，不应该把这种文字游戏放在心上，一边却又感性地想：不知道吴婶休假结束没，家里是否有人打扫，他的日常有无人料理，晚上工作太晚时有没有人送吃递喝？

江偌转念又想，自己这分明就是管家婆思维。

她硬声道：“你不是不习惯没有我，你只是不习惯没人照顾你的起居。”

“我以前也不喜欢别人干涉我的起居。”

江偌假装不明白他的意思，退开一点，看着他不再回应。

陆淮深江偌夫妻俩离开时，乔惠送到了门口。

出了门，江偌就换了脸色，扔给他一个余光，便不管不顾往前走了，还故意走得飞快。

陆淮深看了眼那轻盈背影，步履从容地跟在后面。

江偌到了楼下，发现陆淮深的车停在自己后边。旧小区单元楼前的通行道比较窄，江偌前后都有车，并且车距太近。当时停车的时候她并不知陆淮深会来，而且她怀疑陆淮深是故意的，车头都快抵到她的车尾，她出不去，只能等他先走。

偏生陆淮深步履悠闲，她都坐进车里了，才见他从单元楼里出来。

江偌按了下喇叭催促。

陆淮深经过她车边，问她：“怎么不走了？”嗓音听起来低沉愉悦。

这话说得就很挑衅了，那意思差不多就是：你倒是继续走啊，谅你脚底抹油也溜不了。

江偌心底暗骂小人得志。

她坐在车里，握着方向盘，一双黑亮的眼睛盯着他，说：“你堵着我了，”末了还不忘讽刺一句，“会不会开车啊，停得这么嚣张。”

他冲她一扯嘴角："不好意思，嚣张惯了。"

江偌不敢置信，扒着车门探出脑袋，瞪了一眼那背影。

开车上路，出了锦上南苑这条支路，外面便是车水马龙的城市大道。

两人一人一辆车，在红绿灯路口，并行停着等红灯。

手机显示有消息进来，江偌拿起手机看消息。

忽然旁边的车按了两声喇叭，江偌瞥他一眼，将副驾驶座那边的车窗升起来。

接着陆淮深发来语音："好好开车。"

江偌望向右边。隔着车窗，里面能看清外面，外面的人却看不清里面，陆淮深却直直望向车里，仿佛能洞穿她的心思，接住她转过来的目光。

江偌心里微微一跳，下一秒已经将手机放了回去。

刚好这时候红灯变绿，她踩了油门往前。

到了下一个岔路口，陆淮深应该直走，而她往右。

但过了不久，她看向反光镜，陆淮深的车仍跟在后面，她不自觉放慢了车速，他也慢了下来，她快他也快，总之保持着适当但紧跟的距离。

江偌便有意无意地注意着，直到快到华领府。她以为他会跟她到家里，陆淮深却在进入住宅区的前一个路口调转了方向。

随后陆淮深发来微信消息："明天来看你。"

第二天，江偌有些不在状态，临近傍晚的时候，她去做饭，比平日里多做了一个菜。

饭后，陆淮深并没有来。

江偌后知后觉悟出，昨天他故意说那么一句话的用意所在，可能只是为了撩拨自己，好让她悬着一颗心。

试探也好，撩拨也罢，江偌生气了。

指针快走到夜里，江偌闷声不响地去洗澡准备睡觉了。刚走到床边，一转身就见房间门框边靠着一人，她吓得跌坐在床上。

她不知道陆淮深什么时候打开房门站在那儿的，她又惊又怒，一个枕头扔过去："你不出声吓谁啊？"

陆淮深伸手接过她的枕头，盯着她不说话。

江偌身上只穿了吊带睡裙，起身去衣帽间取睡袍的工夫，陆淮深就躺到她床上去了。

江偌过来了踢了下陆淮深吊在床边的腿，陆淮深转过头睁开眼看了看她，这一看，江偌愣住了。

她没有多想，随即便俯下身往他身上一闻，顿时拉下脸来，沉着声音说："一身烟酒味，从我床上起来。"

陆淮深仰面盯着她不作声，脚往她小腿一钩，江偌膝盖一弯，整个人往前扑下去。她吓得不轻，伸手撑住床沿稳住身体，减缓往陆淮深身上跌下的力道。陆淮深伸手圈住她的腰，稳住她的上身。

江偌惊魂甫定，劈手就往他胸膛上打了一巴掌，心有余悸地白了脸色，道："喝了酒就跑这儿发酒疯吗？"

陆淮深没想到她会生这么大气，将她放在床上，问："弄疼你了？"

江偌翻身坐起，说："没有。"她往下拉了拉蹭上来的睡裙裙摆，"你这么晚来做什么？"

陆淮深四平八稳躺着，目光看进她眼底，挑挑眉说："我昨晚说过来看你。"

"谁要你看，我又没缺胳膊少腿。"江偌每句话都在顶他，他也没生气，格外地顺着她。

江偌见他又闭上眼，赶紧推他："你不要穿着脏衣服待在我床上。"

他睁开眼说："这床是我买的。"

江偌跪坐在他身边，抿着唇不说话，与他干瞪眼。

陆淮深坐起来说："我去洗澡。"

江偌反应过来的时候，陆淮深已经起身往浴室里走了。

夜里，背后那人呼吸绵长沉稳，江偌总觉得不甘心，不甘心这场冷战以此种方式迎来尾声。然而任何一场拉锯战，时间一长，都会趋于疲软。那些一开始的怒火和坚持，也早在日复一日中变了味儿。

江偌最近习惯了晚起，陆淮深早上起床的时候吵醒了她，她惺忪睁开眼，没好气地瞪了瞪他。

后来一直到他走的时候，她都半睡半醒、迷迷糊糊的，中途裴绍给他送了干净衣物来，离开前他说给她留了早餐，还说今晚再过来。

江偌一律"嗯"声敷衍过去。

陆淮深刚出门，家里一下子静下来，她反而突然清醒了，才想起今天要去复查。昨晚被陆淮深那么一闹，她忘记定闹钟了。她赶紧起床收拾好出门。

复查结果出来，HCG（人绒毛膜促性腺激素）值正常了，但是黄体酮还是有些偏低，医生让她继续补充，平时要尽量多平躺静养。

得知问题不算太大，江偌略微安心，记下各项须知，随后回家去了。

江偌回家吃了午饭，午休之后化了个淡妆才准备出门。

她故意穿了能掐出纤腰的修身连衣裙，显瘦的藏青色，还想穿双高跟鞋去赴约，后来穿上鞋站在门口试了试，还是脱了下来，换了双跟衣服颜色差不多的小羊皮平底单鞋。

杜盛仪在家养伤，所以请江偌到家里去。而且杜盛仪现在声名正旺，若是要她去公众场合，也不太可取。

杜盛仪的家跟华领府是反方向，江偌开车开了近一个小时，到的时候是下午四点左右。

江偌把车停在公寓楼外，杜盛仪的助理给她开的门禁。

上了楼，进门之后便是客厅，杜盛仪正坐在靠阳台的单人沙发上，素颜，长发松散地扎在脑后，一身素色宽松家居套装，打了石膏的伤腿平放在沙发前面的脚凳上。

杜盛仪看向门口，对助理说："小蒋，问问江小姐要喝点什么。"

"不用了，"江偌看向杜盛仪，神色淡了些，"你说完我就走。"

杜盛仪也没强求，让小蒋先出去溜达一圈，等她电话通知了再回来。

小蒋看了眼二人，出去了。

江偌坐在了杜盛仪对面。

杜盛仪手边有个小茶几，她端起杯子喝了口水，动作不紧不慢，挺有长聊的架势，却又迟迟不开口。

江偌打破沉默："杜小姐，有什么想说的请直接开门见山，不用弯弯绕绕浪费时间。"

"你急着走吗？"杜盛仪挑起半垂的眸看向她，不等江偌回答，她又说，"能不能帮我把茶几上的烟和打火机递给我？"

茶几上有包女士烟和一只金属打火机，就放在江偌面前触手可及的位置。

江偌道："我不喜欢烟味，能不能忍忍？"

杜盛仪伸向半空准备接东西的手顿了顿，收了回去，轻点下头说："行。"却又无下文。

江偌实在没耐心陪她磨，正色道："你千般百计让我来见你，却又总是这样无话可说的态度，到底是为什么？"

杜盛仪撩了下唇角，笑意不达眼底："好啊，既然你不想迂回，那我们首先还是谈一下道歉的事情。"

江偌皮笑肉不笑，一脸"你在说什么废话"的表情，忍着怒说："如果你从一开始的目的就是让我来见你，那现在人你见过了，如果没其他可说的，我就先走了，我还有事要忙。"江偌说着就要拎起放在手边的包。

"急什么呢？"杜盛仪神色微冷，淡声阻止了她。

硝烟无形，杜盛仪终于不再说废话："既然我说过要谈陆淮深的事情，自然不会让你毫无所得就离开。"她又慢吞吞喝了口水，眼神一直落在江偌身上，"我一向很守信用。"

江偌背靠沙发，洗耳恭听的姿势。

杜盛仪看了眼窗外，窗外阴沉沉的，依然没有阳光。她问江偌："你跟陆淮深什么时候认识的？"

江偌反问："这跟你想说的有什么关系？"

杜盛仪挑眉："不是说谈谈跟他有关的事吗？"

"我觉得你可能没搞清楚，答应跟你见面并非我情愿，再者，我也没有在外人面前曝光我和陆淮深私事的爱好，所以就不要再耽误时间，问类似我和他是怎么从认识到恋爱结婚这种私人问题了。"江偌竹筒倒豆似的说完，平静得气都没多喘一口。

杜盛仪微眯着眼，道："你口风很紧，好像对我防备心很重。"

江偌莞尔："没有人能和居心不良甚至想要毁掉自己事业的人坐在一起侃侃而谈。"

杜盛仪若有所思："以前我认为你是性格温和的人，看来是我看走眼了。"

江偌："可能你认为的温和，是任人打上脸来还忍气吞声，可惜那类人叫受气包。"

"你说得倒不是全对。性格温和又没人撑腰的人，最终只会变成受气包，若是有人撑腰……"杜盛仪停下，看向江偌，"就像你这样的，也不过就是仗着有人撑腰而已。"

江偌："有人撑腰也是本事，你说呢？"

杜盛仪垂眸道："也许吧。但你真的了解替你撑腰的人吗？"

江偌不答，一动不动盯着她，等她继续说下去。

杜盛仪声音低下来，仿佛一字一句都在蛊惑诱导："你了解他的过去，知道他以前是什么样的人吗？你知道认识他之前，他做过什么事吗？"

"这不正想听你说吗？"江偌手搭在沙发扶手上，就那么要笑不笑地看着杜盛仪，等着看她能耍出什么花样来。

江偌的反应不如预期，让杜盛仪有种一拳打空的无力感。

不过她似乎也不大在乎，她看向窗外深远的天际，回忆似的说了句："我认识他的时候才不到二十岁。"

江偌"嗯"了声，说："他说过。"

杜盛仪似是震惊，忽然冷笑了一下，随后语气又恢复了惯常的淡然："你不是一直想知道我为什么接近你吗？其实，在见到你之前，我也没想过故意跟你有点什么交集。"

江偌抬手打断她："你的意思我可否理解为，你见到我之后一时兴起才想来整我？"

杜盛仪看了她一眼，说："话不用说得那么严重，我也不是为了整你，我只是单纯不想让陆淮深在我经历了那些事之后还能好过。家庭美满的样子……"她顿了下，一字一句道，"我挺不喜欢的。"

哦，果然。杜盛仪针对的是陆淮深，她江偌不过就是杜盛仪让陆淮深不好过的工具而已。江偌对杜盛仪的反感又到历史新高。

杜盛仪依旧面不改色，道："你现在是不是觉得我很恶毒，像个揪着前男友不放的牛皮糖？"

"恶毒倒称不上，比较败人胃口就是了。"江偌的厌恶未加掩饰，"所以呢，为了让陆淮深不好过，你还想做什么？"

"这不是正在做吗？"杜盛仪看向她，示意道，"他不想让我跟你接触。他越不想我做的，我越要做。"

江偌回应着杜盛仪的凝视。

杜盛仪笑道："你难道一点都不好奇，陆淮深为什么不想让我跟你接触？

196

毕竟从我接 DS 的广告开始，他就一直大费周折地从中作梗。"

江偌一言难尽地笑了笑："你现在是不是想让我问你，他为什么不想让你跟我接触？可就算我问了，你也不会给我任何答案，对不对？然后再看我从好奇到得不到答案的激愤，以满足你内心畸形变态的快感？"

杜盛仪听到"畸形变态"的时候，牙关难以察觉地紧咬起来。

江偌说："那我更加不会问。我想知道他的过去，可以通过他、通过任何人、任何方式知道，但就是不想通过你。现任的前任，前任的现任，这两种关系有多敏感，每个女人都心如明镜。何况你自己都说了，你不想让陆淮深好过，目的无非就是挑拨我和他嘛。我得蠢到什么地步，才会想要从你口中得知陆淮深的过去，你不妨先算算这个概率。"

杜盛仪没什么情绪地勾了勾唇："的确，我并不想告诉你，但是你敢说你对我说的这些没有丝毫兴趣吗？我和他有什么仇什么怨，以及，你知道他当初为什么那么容易就答应和江家联姻吗？"她顿了下，觉得没说清楚，又补充点明，"对了，我不是指他和你，而是他和江舟蔓。"

江偌怔住，直直地盯着杜盛仪。

"你现在是不是很奇怪，我居然什么都知道？"杜盛仪整个人神态很沉静，既无得意之色，也无挑衅之意。

江偌已经觉得脸有点僵，思绪也不在线了，但依旧强撑着维持脸上若无其事的神情，语气也稀松平常："没什么好奇怪，毕竟是前女友。"

杜盛仪点点头，独自喃喃一句："话是这么说。"

"你跟我见面想要说的就是这些吗？还有其他的吗？"江偌的心思已经不在杜盛仪身上，这段谈话，每分每秒都如度日般漫长。

"还有件事我想问你，"杜盛仪忽然变得欲言又止，"你知道隋河吗？"

江偌如鲠在喉。杜盛仪说的是隋河，不是水火，隋河是水火多年前的名字。

她瞬间感觉胸口犹如被闷锤砸下，思维突然受限，难以运转。她强作不以为意地说："知道，还面对面喝过咖啡呢。"

杜盛仪几不可察地皱了下眉，好似无话可说了，眼神有些放空，似乎陷入沉思。江偌看她那样子，觉得她好像是真的想知道水火的消息，而不是为了给自己添堵。

"想说的说完了吗，我可以走了吧？"

杜盛仪没有阻止她。

江偌站起来，平静地俯视着杜盛仪，说："离开前，我有几句话送给你。我这人性格弹性大，你从我这儿得不到什么复仇的快感。再说了，对我而言，他的财产所占的分量比他的过去重得多，就算我真觉得硌硬要和他离婚，根据婚前协议，我还能分走他半数家产，我亏不了。"江偌把杜盛仪的烟和打火机放在了她旁边的小矮几上，"换作是陆淮深，也是一样的道理。没了我，他还有千千万万个选择。你要是真想让陆淮深不好过，你有本事搞他的公司去，那才是他最在乎的。跟我较劲就没意思了，反正你给我惹的麻烦，陆淮深会给我擦屁股。你除了有舆论优势，论财力、论手段，都不是他的对手，何况舆论是可以操控的，甚至连你拍的电影，都是他投资的。只希望您别一边嘴上喊着仇啊怨的，一边还要靠他在这行生存，多少还是给自己留点尊严。"

杜盛仪的脸色一点点黑下去，眼神寸寸冰寒，连声音都因恼羞成怒而冷了几个度："我劝你不知道实情别乱开口。"

江偌觉得有趣，上次听她这么怒形于色地说话，还是在前几天的一通电话里。

"那我也劝你不要为了一己痛快，没事找事做。"江偌漠然看她一眼，"话已至此，没必要的话，希望我们不用再见面。"江偌说完，转身离去。

杜盛仪的手紧紧抓着沙发扶手，看着玄关处那抹纤瘦背影，她端起水杯，发现自己的手居然在抖。克制却无果，门合上的同时，她一把将水杯摔在地上。

江偌离开后，助理小蒋上了楼，杜盛仪正在讲电话，语气听起来很不好。

"江小姐，我删不删微博跟你有什么关系？"

助理疑惑：江小姐不是刚刚才走吗？

杜盛仪不耐烦："你真的找错人了，我跟你不是一路人。"

小蒋忽然想起来，这个应该是前两天打来电话的另一位"江小姐"，叫什么江什么蔓的。

杜盛仪冷言冷语说："你别管我和陆淮深什么关系，也别管我跟江偌什么恩怨，总之都跟你没关系，你这橄榄枝抛错地方了。"说完也不管对方再说什么，杜盛仪直接挂了电话。

[第十二章]
恭喜你愿望成真

江偌回到住处，车刚停好，近处传来一声鸣笛声，声音回荡在空旷的地下停车场，格外刺耳。

江偌抬起头，才看到陆淮深的车横在过道上，正要往停车位里倒车。

江偌隔着车窗盯着他，等他停好车，她才下车，扶着车门单手叉着腰问他："你怎么又来了？"

陆淮深下车将车门甩上，动作潇洒得很，问："不让来？"

两人往电梯走，江偌目不斜视地说："我不一开始就不让你来吗？"说完又低声自言自语，"你反正也没把我的话放在心上过。"

陆淮深扳过她的肩膀，蹙眉问："你又怎么回事？昨天不是还好好的？"

江偌斜他一眼："谁跟你好好的？"

电梯刚好停在负一楼，两人刚走进去，陆淮深说："让我留下来过夜，不是同意跟我好的意思？"

江偌笑："那是你多次死皮赖脸，我知道赶不走所以懒得赶。"

他装不懂，问她："今天去哪儿了？"

江偌看着轿厢镜面里的自己，淡淡回："有点事，出了趟门。"

陆淮深看了眼她掐腰的西装裙，没再说什么。

江偌到家先去换了衣服，然后去卫生间卸妆，洗完脸无意间瞄见盥洗台边的脏衣篓，她拉开盖子，发现里面是陆淮深昨天换下的衣服。

陆淮深来之前就打好了算盘，今天留下来做饭，做好饭自然就能与她共进晚餐，饭后时间不早了，留宿似乎就更能顺理成章。

截至目前，前面两个环节，进行得都很顺利，江偌对他的排斥感日渐减弱。

吃饭时，江偌问起他："最近水火有露面吗？"

"怎么了，最近有人跟着你？"陆淮深定下手里的动作看向她，表面不动声色，但已心生警惕。

江偌"哦"了声，随便诌了个借口："那倒没有。高随要找章遥母女取证，我怕江觐收到风声，让水火出来作梗。"章志的死跟水火和江觐脱不了干系，而且以前水火的老巢似乎就在东南省那边，这理由应当不蹩脚。

陆淮深说："你爸妈的案子跟你爷爷的官司有联系，如果江觐和水火在这风口浪尖上贸然对谁动手，都是不打自招，还容易留下隐患，他们不会那么蠢。水火这段时间杳无踪迹，也是在避风头。"

江偌应了一声，又很自然地问起："你知道水火和江觐是什么时候勾结在一起的吗？"

"勾结"这词她直觉用得不太准确，但又找不到其他更加适合的词。

"不知道，"陆淮深摇头，语气很平淡，"我也是前段时间才知道水火没死。"

江偌又问："那他以前是做什么营生的？"

陆淮深看她一眼，想也没想，说："旁门左道。"

他没点明，江偌心里有数，但无法具体到某方面，大致明白都是非法勾当。江偌忽而停下筷子，撑着脸，饶有兴致地看着他："那你呢？"

陆淮深抬头瞧着她，一时没作声，那双眸平淡一如平常，江偌丁点线索也看不出来，她偏着头试探性地打趣："难道也是旁门左道？"

陆淮深凝视着她白皙的脸，半认真半玩笑的口吻："我如果说'是'，你怎么想？"

江偌未经思索便说："仅仅一个'是'字，我做不出什么实际联想。"

陆淮深勾了下唇："事情挺长也挺复杂，得空了一起告诉你。"

江偌心想：得，还得挑个得空的日子。

她也没反对。

晚饭后，陆淮深的第三步留宿计划落空，陆终南来电，让他过去一趟。那边离江偌这儿远，他晚上估计就不会再过来。

但离开时，陆淮深再次提了一嘴让她回去住，江偌沉默了一会儿，说："过几天，等我在 DS 那边的事情落实了再说，我的辞职报告 Gisele 一直没批。"

陆淮深觉得她已经有了松口的意思，说："你要是真不想干了，我去打个招呼，让她放人。"

"不用，我再跟她沟通一下。"江偌随口说，又回到刚才住哪儿的话题上，"这几天你要是应酬晚了可以过来住。"但她暂时不会回去。

陆淮深心情不错，愉悦写在脸上，语气也明朗不少，叮嘱她晚上早睡。

江偌送人到门口，他抬眼对上她的视线，她漆黑的眼底坦然干净得一点不舍都没有，陆淮深将人抵在墙上亲了一会儿。

别看陆淮深平常看起来衣冠楚楚，但在那方面，他其实流气挺重，亲吻时一点也不掩饰那渐渐膨胀的欲望。

过后陆淮深放过她，额头抵着她的，说了句莫名的话："不管你在考虑什么，我先等你些时日。"

陆淮深说完便走了，留得江偌靠在墙边久久没回过神，一直想着他那句话。

这些时日的限期是多久？限期之后呢？这是间接给她施压？她要是不回去他还能用非常手段不成？

江偌自嘲地笑了笑，那笑蓦地浮现在脸上，因此显得有些缥缈虚无。

陆淮深坐进车里就跟裴绍打电话："向杜盛仪那经纪人问个话，问杜盛仪今天是不是见了江偌。"

第二天，裴绍往江偌这儿送了个行李箱来，说是陆淮深的东西。

江偌知道他什么意思，一声不吭收下，还给人收拾得妥妥当当放在衣帽间里。

随后几天，陆淮深事情多，披星戴月地来，晨光熹微时走。

这日中午，江偌刚吃过饭，就接到 DS 总经理办公室的电话。电话是周致雅打来的，通知她下周一回来上班的事情。言辞间还毫不掩饰地提到，Gisele 选择无视她之前那封辞职信，尽管杜盛仪那事尘埃落定了，但依然给公司造成了一定影响，Gisele 可是顶着众多压力亲自为她开脱云云。每字每句，都表达着对最终处理结果的不满。

周致雅这人也挺有本事，尖酸刻薄的话偏偏能用义正词严的语气说出来，充满了道德卫士的正义感。

江偌未加考虑便说："那麻烦你转告总经理，我那封辞职信仍然作数。"

既然都说 Gisele 已经顶着压力留下她了，如果她后续的利用价值跟不上，岂不是要让对方失望？与其被动等着被一脚踢开，不如早早点脱离 DS 这摊越搅越浑的水。

周致雅难以置信："江偌，你是认真的吗？"这话分明是在拐着弯儿骂她不识相。

"麻烦了。"江偌挂了电话。

这晚，陆淮深仍是近夜深才来，江偌靠在床头看孕期相关书籍，看得昏昏欲睡，卧室门"咔嗒"一声，江偌猛地惊醒，反手就拉开床头柜的抽屉将书塞进去。

陆淮深先往床上看了一眼，见她眼睛不眨地盯着他，他挑眉："在等我？"

"没有，睡不着在玩手机。"江偌面不改色。

陆淮深睨她一眼，走去换衣服，声音从衣帽间里传出来："你明晚有没有安排？"

江偌犹疑一下，还是老实回："没有，怎么了？"

"明天贺宗鸣父亲生日，跟我一起去？"

江偌心里一咯噔，没正面回答，反倒问："人应该挺多吧？"

陆淮深说："没什么人，听说就是关系好的聚一聚，比较私密。"

江偌迟迟没给回应。到时候总有不知道他们关系的人，带她去的话，他会怎么介绍她？

陆淮深没听到回答，也没再问，脱下衣服就去洗澡了。

第二天下午，陆淮深让人送来了一条裙子和一双鞋，还有一套珠宝，意思不言自明。

陆淮深快下班时，江偌刚好到他公司楼下，她穿着礼服裙不方便，索性就在车里等着。

不多时，陆淮深下了班，坐进车中。

他进来时眼睛在她身上来回扫过，淡笑着发表评论："不错。"

江偌假装不懂："什么不错？"

"我选裙子的眼光不错。"

"只是裙子不错？"

"我选人的眼光更不错。"

贺宗鸣父亲的生日宴选在一山庄，说是要低调过生，场面虽不算奢侈无度，但也绝不是陆淮深所说的"没什么人"。

晚宴厅里设了三列西餐长桌，请了家人和朋友，以及少数来往密切的合作伙伴。

贺宗鸣亲自出来接的人，见陆淮深真把江偌给带来了，扬长嗓音"哟"的一声上前去："小江妹妹，稀客啊！"

那声"小江妹妹"喊得是真的骚。

在场的多是些生面孔，江偌第一次和陆淮深携手参加这种宴会。进门刹那，心里顿时打了退堂鼓。这一步跨出去，总有些东西会因此而变化。

察觉到她脚步一顿，陆淮深几乎是不给她犹豫的时间，握住她的手，直接将人拉着前行。

他目含兴味地看了她一眼，似在笑她的临阵退缩。

晚餐还没开始，大家都还在娱乐区域活动，贺宗鸣带着陆淮深和江偌去见他父亲。

江偌默默地松开放在陆淮深臂弯里的手。

陆淮深祝贺道："贺叔叔，生日快乐。"

"你有心了。"贺父笑容深切，说话间，目光不着痕迹地扫过江偌。

陆淮深的手往江偌腰间带了带，介绍道："这是江偌，我太太。"

江偌心里多少有些紧张，表面不得不大方跟人打招呼："贺叔叔，祝您生日快乐。"

"好、好，谢谢。"贺父说完哈哈一笑，指了指陆淮深，"你可藏得够久啊，我可是没从贺宗鸣那儿听见过一点风声。"

说完他又开玩笑，连名带姓地质问自己儿子："贺宗鸣你怎么办事的？"

贺宗鸣故作为难："我是签了保密协议的。"

贺母站在一旁打量江偌，心里略感惋惜。

她娘家有个侄女，在贺宗鸣生日时见过陆淮深，就看上了他。她原本想要撮合二人，但当时贺宗鸣说陆淮深对那孩子没想法，觉得年龄小太多了。可她瞧着现在这个，年纪看起来也不大……

她笑盈盈地问江偌："江偌是吧，今年多大了呀？"

贺父睨她一眼，觉得她不合时宜乱问。

江偌倒没觉得有什么，如实回答："二十三，翻过年就二十四了。"

二十三？！

贺母的震惊顿时写在脸上，瞪大眼看了看自己丈夫。这个陆淮深真是有趣哦，当初嫌比他小六岁的太小，结果找了个差了快十岁的！

贺父推了推她，贺母回神，不尴不尬地哈哈两声："二十三好啊，二十三，"她满脸羡慕地看着江偌，"年轻真好，我要是有个这么年轻的儿媳妇就好了。"

贺夫人心里很惆怅，早些年看见年轻漂亮姑娘，希望自己也能重返二十岁，现在看了二十来岁的女孩子，她觉得自己儿子都配不上人家了。

贺宗鸣在旁插科打诨："那还不简单，明天给您带一个回来过过眼。"

贺夫人顿时收了笑容，给了他一个白眼。

晚餐时，江偌坐在陆淮深左边，她右边是一位很有气势的中年女性。

就餐前，陆淮深跟认识的人用"太太"的称呼介绍了江偌。

江偌那时紧张得魂不着地，有点飘，也没记得住都有哪些人。所以那位中年女性忽然跟她搭话，并且叫她"陆太太"的时候，江偌没认出来，尴尬了一下，笑着回："您好。"

邻座女人用餐巾揿了揿嘴角说："这牛排味道还不错，你吃不惯吗？"

江偌盘子里是服务生刚递来的切好的龙虾，刚才的牛排她切开发现里面还有血丝，顿时引发生理不适，本想忍一忍，可一小块下肚，总觉得舌尖上有腥味挥之不去，这么一想，胃里翻滚得更厉害，赶紧让人撤走，重新换了份龙虾。

江偌自然不会告知实情，只说："我不太喜欢吃牛肉。"

陆淮深跟贺宗鸣的谈话刚好告一段落，静下来时听见江偌的话，转头看了她一眼，目光又扫过她身旁的女人。

"龙虾配香槟不错。"女人拿起手前方的香槟杯，想要和她干杯。

江偌端起自己的果汁，跟她轻轻一碰。面对那人的不解，她胡乱扯谎解释："不好意思，我最近胃炎复发，医生说暂时要戒酒，我就以果汁代酒了。"

那人笑容不真切，神情总给江偌一种她在琢磨什么的感觉。

今晚山庄的房间大半都被贺家包了下来，以供宾客留宿，晚餐后还有温泉、棋牌等娱乐活动。

江偌是想着，她不喝酒，如果陆淮深有什么要事，他们也可以及时离开。

晚餐过后，江偌拿着包起身去了洗手间。正对着镜子补口红时，洗手间门被推开，一个年轻女人踩着高跟鞋走进来。江偌有点印象，对方好像是贺宗鸣的表妹。

她站在江偌旁边，从手包里掏出口红，神情倨傲冷淡。江偌收了东西准备走，哪知她突然出声："江小姐，你什么时候和淮深哥结的婚啊，怎么连我都没听到点风声的？"

江偌觉得这表妹有些词用得真是相当精辟，比如"淮深哥"，又比如"连我"，区区俩词五字，就将她和陆淮深的关系塑造得相当朦胧又紧密，让人不想脑补都不行。

江偌抬起脸朝她笑："有挺长日子了，除了家人和亲近的朋友，其他人都没说。"

表妹被"亲近"二字击得溃不成军，心里一堵，很是不甘心。

"那……"表妹歪着头瞧她，笑起来有两个酒窝，加上娇小身形，模样很是娇俏甜美，但是话就没那么甜了，"差点跟淮深哥谈婚论嫁的关系，算不算亲近啊？"

"是吗？"江偌做作地学她歪了歪脑袋，用嗲腻的声音叹叹气说，"差点跟你淮深哥谈婚论嫁的女人，怎么跟韭菜似的，多得割不完呢？"

表妹脸上的笑顿时一收，大眼瞪起来像铜铃，她冷笑："你也不过是众多韭菜中的一茬，被摘了炒进碗里的难道就不是韭菜了吗？指不定哪天淮深哥就想换换口味呢。"

江偌拿着包不以为意地"哦"了声："那你也只能等到他想换口味的时候。就是可怜那韭菜，别等着等着枯萎了，到时候不仅颜色黄了，嚼起来都没味儿了。"

表妹被气得脸色怒红，口不择言地人身攻击："你也不过是仗着你年轻。想上他床的年轻小姑娘多了去了，都是些不知廉耻想走捷径的！"

江偌觉得，非要这样就很恶心了。她转过身，挺好奇地问："当初你差点跟他谈婚论嫁的时候几岁？"

"二十二。"

对方张嘴乱开炮，江偌也就不打算嘴下留情："可不嘛，你年轻的时候他都看不上你，何况是现在呢？我瞧着你也有二十七八了吧。"说完也不等她回答，也不给她机会再发言，江偌转身就出去了。

她觉得自己特潇洒，正宫范儿特别足，然后呢，还是觉得有点糟心。如果让她给自己和陆淮深的婚姻写一本书，那它可能叫《总有刁民想抢我老公》。

江偌刚走出洗手间，便见陆淮深朝她走来。

"怎么这么久？"陆淮深是来问她去不去温泉的，他本想打她电话，结果她的手机放在座位上。

江偌："没什么，跟人说了几句话。"

话音刚落，贺宗鸣的表妹气冲冲推门而出，看见陆淮深，她跟变脸似的立刻笑容明媚："淮深哥，好久不见。"

陆淮深的眼神落在她身上，回忆一秒，问："我们见过？"

表妹愣住，好像听见自己的心碎裂的声音，说："我是宗鸣哥的表妹，我叫宋颜……"

"嗯，你好。"陆淮深权当给个面子招呼了一声，然后带着江偌走了。

"……阳。"表妹喃喃，"我话还没说完……"两人身影消失在眼前，她使劲一跺脚，气红了眼，"我叫宋颜阳！"

走开后，江偌问陆淮深："你真不认识她？"

"没印象。"陆淮深真没撒谎。

江偌停住，扯了扯陆淮深的手："可她说差点跟你谈婚论嫁。"

"谁知道差点是差多少，"陆淮深抵了下唇，似笑非笑看着她说，"我十八岁时就有人想给我介绍对象，这算不算'差点谈婚论嫁'？"

"那你行情还挺好呢。"江偌酸不溜秋地说。

陆淮深挑眉道："还行吧，但她们都不是……"

耳畔"砰"的一声，巨响平地而起，盖过他的声音。外头烟火升空，斑斓的色彩照亮他的轮廓，江偌看见他嘴唇翕动，最后三个字是——陆太太。

还行吧，但她们都不是陆太太。

江偌心尖上那团最软的肉仿佛被什么撞了又挠，弄得她又疼又痒。止不了疼，解不了痒，她只能另想办法抒发那股甜蜜的折磨。

有人聚在空地上看烟火，唯独这条走廊上只有他们二人。陆淮深看了看她，又看了看烟火，双眸有浅淡的笑意。

江偌咽了咽喉咙，拉起他的手朝他走近一步。

陆淮深指尖上传来柔柔触感，他低头看向她，见她澈亮的双眸有些闪烁，他反手握住她的手："怎么了？"

江偌鼓起勇气，耳膜被震动着，让她暂时听不见自己心跳的声音。她的手绕过陆淮深的腰，拉着他腰间的衣服，她扬起脸在他耳边轻轻说："恭喜你愿望成真。"

不知是不是烟花声太大，他表情有些疑惑，像是没听出她在说什么。

江偌泄气，忍不住抬高了声音说："我说恭喜你啊，我怀……"

"等一下，我接个电话。"陆淮深用手心贴了贴她的脖颈，拿着手机往里走了几步，接电话去了。

江偌看着他讲电话的背影，那话堵在嗓子眼，她很难受。

陆淮深朝里走了几步，转身见江偌站在远处目光怨怨地盯着他，纤薄身形后是漫天缭乱的璀璨烟火，他为之一震，电话里的内容却又让他沉下眉目。

他朝她打了个手势，示意她站那儿别动，等他一下。

待陆淮深讲完电话，一转身，烟火方歇，走廊空荡荡。

陆淮深沿着走廊出去，离开大厅。夜里光线昏昧，偌大草坪靠地灯和灯柱照明，鹅卵石路四通八达，四处散落几个小亭子。

江偌坐在就近的一个空旷亭子里，正在低头玩消除小游戏打发时间。

亭子里的光线较周围更明亮，灯光倾泻包裹着她。初秋夜里本就微凉，现在还起了风，她光着两条手臂坐在那里，看着就冷。

陆淮深走过去，江偌注意到面前一道阴影挡住光线，她抬起头，轻轻吸了下鼻子："等我打完这关。"

陆淮深沉默了一下，道："玩的什么东西？"

"益智小游戏。"江偌专注地盯着手机屏幕。

陆淮深脱下西装外套让她穿上，江偌说再等等。陆淮深直接把衣服搭在她背上，戏谑道："别人都玩对战游戏，你玩消除游戏。"

"我这么温和的人，不适合玩暴力游戏。"江偌自然不会承认是因为自己操作不来。

衣服上有余温,手臂和肩背瞬间被暖意包裹,江偌舒服地缩了缩脖子。

陆淮深说:"今晚就住这儿了,贺宗鸣安排了一间温泉房。"

"温泉房?"江偌莫名地挑了挑嘴角。这房名听起来挺有内涵的。

"想什么呢?"陆淮深在她腰上揉了把,似笑非笑的语气暗藏暧昧。

江偌闷笑。

游戏通关失败,江偌一气之下直接将游戏卸载。

陆淮深取笑她:"看来你这么温和的人,根本就不适合玩游戏。"

江偌恼羞成怒地瞪他。

山庄占地面积辽阔,内有几条溪流,沿着溪旁建了数座独栋温泉屋,只是温泉并非天然,纯靠人工加热。

山庄内安排了车送江偌和陆淮深去住处。

温泉屋为石屋草房顶设计,前后有小院,廊檐前还置了两张躺椅,后院毗邻着小溪,温泉池就在半开放的后院。一边是起居室,另一边是溪水,静夜里能听见溪水淌过的声音。

江偌推门开灯,温泉和起居室隔着一扇推拉门,汤池由石头砌成,水面缭绕着轻薄水雾。

江偌走到汤池旁伸手试了试水温,刚刚好,她有点心动。但上次在不知怀孕的情况下跟王昭去山里泡了温泉,她险些晕过去。

她心想:若只是泡泡腿,消除疲劳,应当是无妨的,不然真是浪费了这宁静气氛和清雅环境。

江偌问起居室里的陆淮深:"今晚真不走了?"

陆淮深的声音传来:"不走,明天周末也没什么事。"

江偌甩甩手里的水珠,说:"那我泡会儿。"

陆淮深走出来,看着她蹲在旁边饶有兴致的样子,他靠在一旁笑问:"带泳衣了没?"

江偌嗔他一眼说:"我又不下去。"

江偌先淋浴,随后围了条浴巾出来。

陆淮深坐在沙发上,见她提着浴巾踮着脚尖从面前经过,小腿因用力而收紧,呈现出很好看的弧度。浴巾堪堪遮过大腿根，露出纤细四肢，她的头发全挽在脑后，露出修长脖颈，与背脊形成柔和的线条。

陆淮深的目光随她移动，江偌全然不知。

到了温泉池旁，有个原木柜子，里面放着崭新的叠好的和式浴袍，她怕一会儿冷，拿了件浴袍出来放在旁边，点燃香氛蜡烛，顺着台阶走到池畔坐下，将小腿没进水里。

屋内的音响设备放着轻音乐，江偌转身让陆淮深把她的手机拿来，陆淮深刚接了个电话，用眼神示意，他等会儿帮她拿，随后他便往外走了。说话声渐小，江偌细听，耳边只有细细的水流声，衬得屋里更静了。她不禁用脚尖撩了撩水面，制造出一点声响打破这满屋寂静。

过了会儿，陆淮深回来，把手机递给江偌，又说："我有点事要出去一趟。"

江偌以为他要离开，愣了一下，问："不住这儿吗？"她作势要起来，"那我跟你一起走，我也回去好了。"

这儿没点人声，一个人待着她其实有点怵。

陆淮深单手按住她的肩："就在山庄里，跟人谈事情，我一会儿就回来。"

江偌想起今晚那两通背着她接的电话，心里头沉了沉，很稀松平常地应了声："好。"

被温暖氤氲的水汽包围，江偌白皙皮肤上泛起一层淡淡的粉红色，陆淮深不碰也就罢了，一碰就是一手的软滑，松开手，手心里她肩头的余温和触感仍在。

陆淮深深深地凝视她一会儿，撑在汤池边，伸手便扣住她脖颈，倾身吻了上去。

江偌愣了下，缓缓闭眼，仰着头被他吻得脖子发酸，推了推他，他才松开。

分开时两人都喘着气，陆淮深又贴脸吻了她一下，叮嘱她："别泡太久了，小心头晕。"

陆淮深要见的人在茶室喝茶，贺宗鸣和华清先过去，陆淮深紧随便到。

茶室里清香四溢，茶烟袅袅，陆淮深刚掀开帘子，里面一个女人的眼光便落了过来。对方不语，敛眸端起茶杯喝了口茶。

贺宗鸣旁边有个空位，陆淮深坐下，刚好在她对面。

陆淮深同她打了声招呼，笑问："范太太，听说您公司准备上市？"

那人叫方也，四十出头，是一家公关公司的创始人，就是晚餐时候坐在江偌旁边，跟她聊了几句的女人。

方也回："对，在最后阶段了。"态度有些不冷不热。

陆淮深说："您手下得力干将众多，短短时间成绩斐然，实在业内少见。"

"得力干将再多，也比不上贵公司人才济济，尤其是公关部，危机公关的能力连我们专业公司也自愧不如。"方也话里有话。

陆淮深从容不迫："也就寻常事件能够应对自如，要是遇见您公司的案子，应付起来还是吃力。"

在座的都能察觉两人的谈话有些变味，方也的丈夫范东溱见自己太太表情不大自然，一时猜不着，也没说话。

陆淮深用手拎着茶盏的杯盖，他不喜欢喝茶，觉得大晚上来喝茶更是有毛病。没两下，他将杯盖放回去，"叮"的一声，不轻不重，却让人心跳没来由漏了一拍。

陆淮深转头问范东溱："听说范先生最近跟江家有生意往来？"

范东溱呵呵笑道："八字没一撇的事，还没定下来。"

"是新能源项目吗？"

都是一个圈子，太阳底下无新事，范东溱点头承认。

"我记得之前好像听常总提到过。"

听到这儿，方也的脸色顿时不大好。

范东溱做生意，太太开公关公司，人脉上替他打点周到，唯独之前在常宛那儿踢了铁板。常宛那人很是高高在上，连项目都没了解过，便说什么现在博陆不打算再投资新能源项目。因此方也看着陆家人都觉得碍眼得很。

陆淮深说："其实在新能源这方面，博陆有很丰富的经验，江氏以前根本没接触过新能源项目，范总何不再考虑一下？"

方也冷笑了一下："我找贵公司常总谈过，常总义正词严地拒绝了呢，说是你们公司要节流转型，并不打算在新能源这一块儿投资费力了。"

陆淮深蹙眉道："还有这回事？"

范东溱心急道："难道你不知道？"

"常总跟我说的是你们改变意向了，"陆淮深用指尖在桌上叩了叩，思忖片刻后说，"不如这样，找个时间，我和范总再详谈这事。"

那再好不过了！

范东溱其实也不放心江氏，他不是很信任江渭铭。对方抛来橄榄枝，条件开得很好，但他实在也不敢接，可碍于没找到合适的合作方，那江渭铭的女儿江舟蔓出于想促成合作的心理，跟方也又走得近，所以他也没急着拒绝江氏。

如果真的要选择，那博陆肯定是首选。

方也半信半疑地看着陆淮深。谁知道是常宛没如实上报，还是他陆淮深临时变了口径？

贺宗鸣掐准时机，开玩笑道："方姨，下次您要找，可得找准了那个能做主的人，博陆既然有陆总，您何必找什么常总？"

方也朗声一笑："说得有道理。"

人家给了台阶，方也哪可能再拂人面子，哪个蠢人会把进了口袋的生意再搅黄了。

陆淮深有意做这桩生意，很明显是为了卖方也一个人情。而人情这东西，有来就有往，方也也得把诚意先拿出来。

陆淮深看向方也，道："范太太，听说贵公司接了个跟我太太有关的案子？"

"有这事？"方也先装了回傻，随后又说，"我让人看看。既然跟您太太有关，那势必要严谨把关。"

陆淮深说："多谢了。"

"应该的。"方也笑笑。她本人是行动派，说完就出去打电话了。

今天下午，有人在网上恶意抹黑江偌，一系列操作复杂又聪明：先是给杜盛仪受伤的话题买热搜，等吸引了足够的流量，再抛出大料——杜盛仪受伤是DS员工江某故意而为，而江某之所以这么做，是因为此前杜盛仪密会对象是她老公，她因为老公出轨心生嫉妒。但其实江某也不是什么好东西，当年插足堂姐和堂姐的男朋友，才能顺利和现在的老公结婚。

整整三张文字长图，添油加醋描写了一出囊括四角恋、婚外情、商业斗争的豪门大戏，矛头直指江偌，把江偌黑得体无完肤，有人甚至故意开小号在评论里公布了江偌以前在DS的职工信息。

而这一切，正是出自方也公司团队之手。

方也没了解过其中细节，江舟蔓拜托她的时候，她想着就当卖个人情给江氏好了，就算到时候他们不愿意和江氏合作，大家也算好聚好散。刚好她被常宛恶心到了，想给陆家点颜色看看。

方也当然不会当着陆淮深的面承认是自己做的，但是怎么也得做好善后工作。陆淮深之前接了电话后，已经让博陆公关部着手处理，现下再加上方也团队的配合，不过多时，网上抹黑江偌的引导性言论迅速沉底。

当江舟蔓发现网上出现了不利于自己的舆论时，她便给方也和公关团队负责人打去电话，无一例外，不是关机就是正在通话中。

陆淮深回去的时候，江偌早已窝在床上睡着了，头发散在枕头和被子之间，露出半张脸。

屋里开着灯和电视，她一直没睡沉，听见声音就醒来了。

见她迷迷糊糊睁开眼，他关了电视，问："吵醒你了？"

"还没睡着。"她瓮声瓮气地说，动了动被子下松软的手脚，"你跟人谈完事了？"

陆淮深："嗯，谈完了。"

他脱去衬衫和西裤进了浴室，江偌过了会儿从床上坐起来。

偌大的空间里，除了浴室里的水声，再无一点别的声响。不知怎么，她想起今晚在烟花下的那一幕。

江偌起身往浴室走去，听得见心跳越来越快的声音。

她靠在浴室外，深呼吸一口，朝里面喊了声："陆淮深？"

"嗯？"

她面向门框，手指抠着门，说："我怀孕了。"说出来，心里头骤然松了一口气似的，仿佛卸下什么重担。

江偌屏住声，里面的人却半天没反应。

江偌以为是她说得太小声，又有水声相扰，他没听见，于是又很快地重复了一遍："陆淮深我怀孕了……"

尾音未落完，门"唰"地被拉开。

陆淮深淌着水的胸膛就在她面前，江偌腾地红了脸。

他立在她面前，身上满是湿暖的水汽，眼里明明白白噙着笑，他说："我听到了。"

江偌此刻看见他，刚落下的心顿时又飘起来。被他眼底的笑意感染了似的，她也跟着笑了笑，有点局促。

有时候推动自己下决心的点很奇怪。

也许是烟花绽放那一刻，她在那双对视过无数次的深邃眼睛里看到了自己，映着烟火余辉，他的眼神格外清明，眼里她的身影也跟着被点亮，让她心生冲动。

也许是，刚好方才她接到了王昭的一个电话，得知江舟蔓选在今晚在背后搞小动作，而当她听说时，这件事已被平息得连火苗都不剩了。她最终唯一的感想是，大事当前，陆淮深还是可靠的。

江偌自认是敏感多虑的性格，但她忽然觉得，该当机立断的时候，还是得遵从心意。

而且只有一方付出的关系，就如同没有根基的建筑，坍塌只是时间问题。她也不想欠谁，陆淮深给她什么，她就愿意回馈给他同等的东西。

江偌一直都能意识到跟他之间还有许多不确定因素，但她当下唯一能确定的是，孩子她是想要的，所以她告诉了他。

那句"我怀孕了"，是深思熟虑过后，遇上刚刚好的时机。

江偌抿着唇、眼底里也有笑意的时候，连轮廓都跟着温柔起来。

陆淮深将发梢滴水的短发往后捋了把，轮廓五官无任何遮挡，棱角分明，平日里显得凌厉的眉目也因笑意而显得明朗。

江偌脸热，陆淮深低头含住了她的唇，力度不小，有种刻意隐忍的温柔情动。

尽管他未多言语，江偌也看得出他是高兴的。她仰着头，主动含住他的下唇，轻柔地吮了一口。

陆淮深不顾身上水渍，将人压进怀里，这次加深的吻便不再像先前那般浅尝辄止。

他身量高大，江偌被他压得腰往后折，全靠他的手臂承受自身重量，直到她舌头发麻，她才喘着气推开他，触手都是附着在他身上半干的水汽。

她擦了擦被他蹭在脸上的水珠，又用脚尖踩了踩他还沾着泡沫的脚背，说："你先去冲干净。"

陆淮深冲完澡出来，见江偌又窝回了床上，人陷进床被里，看起来瘦瘦的一团。

江偌手里捧着手机，目光看过去，见陆淮深站在冰箱旁开了瓶冰水，一边喝一边看她。

江偌不大好意思地摸摸自己的脸："看我干什么？"

陆淮深嘴角扬了扬，没说话。

刚才他在想，她今晚是怎么如此淡定地攒着这事。于是也想起了饭后在走廊时，烟花爆开的时候，她说的那句："恭喜你愿望成真。"

陆淮深一想到，就不由自主地弯了弯嘴角。

见陆淮深现在好像已经冷静下来了，江偌拍拍床，朝陆淮深勾勾手，道："有东西给你看。"

陆淮深放下东西过来，直接从她这边掀开被子坐到床上，江偌坐直了往里挪了挪。他靠着床头，手搭在被子上，江偌盘腿靠在他身边，整个人也是被他纳在怀里的。

她从手机相册里找出照片。她第一次去医院检查时，把检查单上的照片拍了下来。

江偌把照片给他看："这是六周多的时候，现在已经快八周了。"

陆淮深盯着手机，可以看见照片里有一团明显的黑色小阴影。

江偌没有解释为什么那时没告诉他，陆淮深也没问，心有灵犀似的。

陆淮深看了两眼，笑着"嗯"了一声，把手机还给她。

江偌觉得他反应仍是很平淡，心有不满，道："'嗯'是什么意思？"然后抬头看向他，"你不是想要孩子吗？"

陆淮深看着她，手伸向她的脸，指腹擦过她的下巴，纠正道："是想让你给我生个孩子。"

有了她，所以觉得有个和她的孩子也不错。

江偌一动不动地看着他，后知后觉才明白他的意思。

她说："那我现在有了。"就想他有点不一样的反应。

陆淮深专注地看她一会儿，将她抱进怀里，说："嗯，我很高兴。"说完咬咬她的耳朵，低声说，"要不要我用行动表示？"

热气钻进耳中，江偌迅速推开他的头，她伸出手比了个"三"，说："前几个月，不能做那种事。"

"哪种事？"他垂眸似笑非笑睨着她。

江偌紧紧闭着嘴，忍笑瞪他。

他的头越来越低："鱼水之欢？"随后鼻尖抵住了她的鼻尖，额头相贴。

江偌捶他："胎教你我有责，谢谢。"

陆淮深眉梢微扬："等它有鼻子有耳了再说。"说完顺势在她唇上亲了一下，稍稍拉开距离，"胃口是不是不太好？"

确定缘由后，她的某些反常行为也就有迹可循。江偌挺喜欢吃牛肉，但今晚那牛排她吃了一口就换了龙虾。

江偌说："刚发现那几天反应比较大，什么都吃不下。王昭妈妈给了我一些偏方，这几天好些了，只要不是味道特别重的，都能忍住。"

他的手在她腰上捐了把，说："难怪前几天见你像是瘦了些。得养点肉才行，不然以后肚子大起来，像竹竿儿上挂了个气球，走路都得摇摇欲坠。"

江偌好笑道："哪有那么夸张。胖不一定好，孕期增重控制在合理范围内才是健康的。"

陆淮深："我不懂，下次检查我陪你去，看看医生具体怎么说。"

江偌心里莫名被触动，点头说："好。"

陆淮深又问："可以回来住了吗？"

江偌紧紧看着他，说："好。"

第十三章

陆淮深，你要当爸爸了

第二天上午两人回去收拾东西，当天下午回了二人的家。

除了不工作，江偌的生活轨迹和之前差别不大。跟阿姨商量之后，江偌涨了她的薪水，让她长期住在家里，以照顾江偌的一日三餐。

没过多久就是中秋，江偌一天跑了三个不同地方，中午陪江启应吃饭，晚上去了陆家，离开陆家又去跟乔惠和程啸吃夜宵。

江偌就是那天告诉了乔惠自己怀孕的事情，乔惠自是喜不胜收，程啸惊得手里的排骨都掉了，这种话题他又不好意思参与，只默默地吃他的饭。

自那之后，乔惠就常常打电话叫江偌过去吃饭，总是给她做些补身体的东西。江偌不忍拒绝她的好心，把"科学怀孕，控制体重"的话咽回肚子里，但也是吃得差不多就放下筷子。

陆淮深最近很忙，应酬多，江偌吃完晚饭独自开车到家，陆淮深还没回来。

洗完澡依然不见动静，江偌已经有了睡意，便打了个电话去问他几时能回。

陆淮深似乎笑了一声，极轻，道："不放心我？"

江偌嗔他："不打电话说我不关心你，打了电话又觉得我不信任你，现在做人老婆真难。"

也不知道哪句话愉悦了他，他的语气多了不一样的爽朗柔和："还有一个小时左右到家，要是困了就先睡。"

"好，那我不等你了。"

陆淮深挑眉道："你也不象征性地坚持一下？"

江偌歪着头夹着电话，搓开护手霜，说："但我是真的困。"

他"嗯"了一声，说："那就早点睡。"

江偌将手机拿在手里，又多叮嘱了一句："多吃东西少喝酒。"

"嗯。"他回应了，但没挂断。

江偌躺进被子里，说："我要睡觉了。"

他笑了笑："睡吧。"

酒过三巡散场，司机开着车候在饭店门口，裴绍同陆淮深一起出去。他们正要出饭店大厅，一道人影从旁侧急匆匆蹿出来，踩着高跟鞋小跑到陆淮深身后才喊了声："陆淮深！"

被喊的人刚听见声音，江舟蔓已经站在他面前拦住了去路。

裴绍及时上前，隔挡在了她与陆淮深中间，陆淮深面不改色地抄手看着她。

刚夜深，饭店里各色人士来来往往，江舟蔓看着退后一步与她拉开距离的陆淮深，刚才无意识地伸出来要触碰到他的手就这么僵在了半空中。

裴绍挡住了江舟蔓大半目光，客气问："江小姐，您有事吗？"

江舟蔓缓缓落下手，看了眼裴绍。裴绍后方的陆淮深看她的眼神真是异常扎心，她自嘲冷笑："没必要视我如瘟疫。"

陆淮深神情淡漠，问："有事？"

"我想跟你谈谈。"江舟蔓的目光往裴绍脸上掠过，又补了句，"单独。"

陆淮深："不可能。"

江舟蔓心口一窒，绷着脸咬牙妥协道："那三个人也行。"

"我的意思是——不谈。"陆淮深盯住江舟蔓的脸，语气平静无波，但又一字一顿的力道。

说完，他径直从她身边擦肩而过。

江舟蔓邀谈不成，心一下子乱腾起来，冲动占据头脑，她倏地转身跟了上去，也不再绕圈子，只想着要把话说了，目的要达到。

"陆淮深，就算你跟江家不再合作，也不用撕破脸，人前留一线日后好相见，人脉生意都在一个圈子，将来总有碰面的时候，你现在……"

陆淮深忽然停下脚步，厉眸扫向她，江舟蔓被他的眼神惊得下意识闭了嘴。陆淮深盯着她，有种居高临下的睥睨感，江舟蔓一时竟也开不了口，忘记了自己要讲什么。

片刻后，陆淮深说："这道理你既然都能说出来，怎么自己却理解不了？"

江舟蔓哽住。

他面沉如水，冷声道："这段时间私下里屡屡抢博陆资源的是你们江氏，在背后利用舆论损害江偌名誉的是你。要说撕破脸皮的话，是你们先动的手。怎么，我不过以其人之道还治其人之身，你们就跳脚了？"

陆淮深冷冷转开视线，眼神犹如刀子，能剜她骨肤。

"不过跳脚也没什么用。"陆淮深说完抬脚便走，不打算再理会。

江舟蔓快步紧跟，狡辩道："这是商业竞争，江氏没针对博陆……"

陆淮深冷笑着睨她一眼："的确是没针对博陆，而是针对我，刚好江覬插手的项目都归我管。"

江舟蔓还想说什么，陆淮深面容冷峻地打断她："够了。"随后阔步上了停在门口的车。

刚好，江舟蔓也迈不出脚下的步子了。

她盯着那尾车灯远去，包里手机不停振动，她憋着一口怒气接了电话，接通后她还没来得及发话，对面先焦急发问了："怎么样了？"

"还能怎么样？"江舟蔓忍不住语气中的冲意。

江渭铭沉默几秒，忽然爆发："谁让你不经商量在网上造江偌的谣？"

江舟蔓心寒又心酸。出了事就把责任全部归咎在她身上，她已经见怪不怪了，说出来的话也很平静："又是谁故意在生意上给陆淮深使绊子？"

"不是都没成功吗？是因为你！在出了你联合公关公司泼江偌脏水这件事之后，陆淮深才计较的！"

江舟蔓扬起嘴角，周围人声充斥耳边，她却只听到自己轻飘飘的嘲讽声音："你幼不幼稚啊？是你和哥哥怕事情败露，才狗急跳墙，才不择手段！"她越说越快，到最后几近咬牙切齿的程度，"我这么做也是想看看在大把年纪的你进监狱之前，能不能扭转局势。而你呢？就知道让别人为你犯的错买单，自己拉不下脸皮，还让我来求人，我可没那么大本事为你擦屁股！我完全可以在你拉我下水之前一走了之，这烂摊子谁爱要谁拿去！"

江渭铭接手江氏之后，公司盈利直线下滑，资金链又出了问题，却还在不停地招标立项，心大肚皮小，竟还异想天开地想打压陆淮深。陆家有人在证监会，公司现在有几个重点项目全卡在了审查阶段，甚至被证监会点名调查，董事会那边对此很不满。

内忧外患夹攻，现在的江氏就是风雨里的扁舟，一个浪打过来就能倾覆。

江渭铭被她这番话气得血压直线上升，缓了好久，才软下语气示弱，说是示弱也是威胁："蔓蔓，咱们一家三口可是在一条船上，应该齐心协力。"

江舟蔓坐进车里，握紧方向盘，说："只能走一步看一步了。"

江渭铭动了动喉咙，好言相劝道："那你去找江偌，劝劝她，让她跟陆淮深吹吹耳边风。她和江启应不是想要江氏吗？要是江氏垮了，他们一样什么都拿不到！"

江舟蔓不可思议道："劝？你是想让我去求她吧！你想都不要想。"

"那你威胁她。要是她不出面，就等着江氏资不抵债破产吧！"

江舟蔓从牙缝里挤出一句话："你想都不要想，我是不会见她的。"

这月进了尾声，陆淮深一天比一天忙，但这时江偌和他早晚还能见上面。刚进十月，举国欢庆国庆假日的时候，陆淮深却要连着到三个城市出差。

有两个城市的行程是提前一天临时决定的，陆淮深临行前才告诉了江偌。

刚知道时，江偌的心情莫名跌入低谷。她倒不是因为他没时间陪她而低落，她并非依赖型性格，但似乎是因为这段时间被他早出晚归影响，她的内心也时不时地感到一种焦虑，并且这种焦虑逐日递加。

江偌觉得是孕期激素变化的影响，情绪比较反复，时而低落时而亢奋。

她上一秒还在焦虑来着，下一秒就在衣帽间心情极其平和地帮他收拾行李。

陆淮深离开的这天早上，他正在卫生间刮胡楂，卫生间的门忽然被打开，江偌光着脚就冲进来，扒着马桶吐得昏天黑地。

江偌目前每天早上都会有早孕反应，但都不轻不重可以忍，即使偶尔有忍不住的感觉，也好过刚发现怀孕那几天。除那些日子之外，就属今早情况最严重。

陆淮深当下就不放心，想带她去医院，江偌用过来人的眼神看了他一眼，说他小题大做。

陆淮深还是不大放心，硬要送她去看医生。

跟他解释了几遍他不信，江偌顿时就感觉有点恼火："以前怎么没见你对我这么紧张？有了孩子就是不一样哈。"

陆淮深这段时间忙得不可开交，心里装着工作上的无数事情，体谅她孕期情绪反复，但这话听着还是很难觉得舒服。加上他多日来连轴转，精神上绷着一根弦，此刻这根弦"砰"地断了。

江偌因为吐到乏力，软坐在马桶前的地板上。

他立在她跟前看了她两秒，随后用毛巾擦了把下巴上剩余的泡沫，毛巾扔在盥洗台上，说："有了孩子的确不一样。"然后他转身，走到门口的时候停下，又转身看向她，"关不关心你你都有意见，我也不知道你究竟想怎样。"

江偌坐在那里一动不动，仰着苍白脸颊，眼睛直直看着他，默默掐紧了发抖的指尖。

陆淮深出去，到衣帽间换了衣服，提起拉杆箱。

江偌听见轮子碾在地板上发出的"咕噜咕噜"的声响，这声音在安静的早上显得异常突兀，每一下都像轧在心上似的。

由于要搭早班机，裴绍和司机已经候在家外，以往出差惯例是裴绍或者司机上来帮忙拿行李。后来怕打扰江偌，箱子都是陆淮深自己拿下去。

裴绍把箱子放进后备厢，见陆淮深迟迟没上车，瞧着脸色也不大好，他小心提醒："陆总，该走了。"

陆淮深抹了把下巴，忽然又转身往家里走去，扔下一句："五分钟。"

入秋后走廊和楼梯铺了地毯，他踩在上面脚步无声。

房间门还没关，他刚走到门口，发现江偌正光着脚往床边走。她似是没料到他会返回，一时没来得及擦脸上泪痕，也没掩饰掉狼狈。她一急之下掀开被子钻进了床上，弓着背对着门口方向，脸也盖住大半。

陆淮深心里猛地一揪，酸疼得厉害。

他走到床边，俯身连人带被抱进怀里。

江偌挣扎了两下，但其实软绵绵的，用不上什么力气，他又抱得紧，所以根本没用。

等被子里的人不再挣扎，陆淮深才将手伸进被子里把人抱出来。他单膝跪在床沿，半俯着将她整个人紧拢在怀里，江偌被迫抬起了半个身子。

陆淮深的手臂托着她的后颈，从她的耳畔亲到唇上，一下比一下重。

江偌吃痛，"嗯"了一声，陆淮深咬着她的下唇，用齿轻磨，随后才放开。

"对不起，是我说话太重。"他的下巴紧紧贴着她的鬓角，轻声说，"你好好的，等我回来，嗯？"

江偌哽咽了一声，下巴抵在他的肩膀，手绕在他背后，颔了下首。

陆淮深走后那几天，江偌孕吐反应加重，心情也不佳，几乎没怎么出过门，就在家里养胎。陆淮深很忙，两人基本就是微信联系，连视频电话都没打过。

国庆结束后两天，陆淮深搭傍晚的航班回来，江偌兴起去接机，刚上车，就接到江舟蔓打来的电话。

几天前江舟蔓曾打过电话，说有事要找她，在电话里又不肯说，只说想找她见面谈，江偌直接挂了电话。之后她又打来两次，江偌一律无视，但江偌大致猜得到她所为何事。

江舟蔓在她面前有格外强烈的自尊，江偌觉得对方应该不会再打来。

看见手机屏幕上的来电显示，江偌犹豫了一下，看在江舟蔓抛弃尊严的分上，接了。

电话通了之后，那边沉默数秒。

"我有话跟你说。"江舟蔓似乎做了很久的心理建设才开这个口。

江偌淡声应道："有话直说。"

至此为止，江舟蔓用自尊换来的耐心已经耗尽，为了尽快结束令她浑身难受的谈话，她咬咬牙，开门见山地说："江偌，江氏出了问题。"

江偌面无波动，顿了顿，道："我知道。"

"公司资金流出了很大问题，这段时间好几个项目还被压着没进展，全卡在了审核批准的阶段，最近证监局还派人来公司组织搜查……"江舟蔓这话似是咬着牙说出来的，她停下缓了缓，"你知道吗？这一切都是因为陆淮深，你能不能……"

不等她话说完，江偌便打断她："江氏资金周转出问题，我记得是从你爸上任董事长之后就有的。没那个金刚钻非揽瓷器活，从不看看自己是不是那块料。你跟陆淮深好歹交往一场，当初你爸上任后，他能帮衬的也都帮衬了，现在不分青红皂白，什么黑锅都一股脑往他身上扣，有些不道义了吧？"

"道义？"江舟蔓冷笑，她不知道道义，只知道立场，就如同她现在只会站在己方立场反驳江偌，"陆淮深做的那些事，你爷爷做的那些事，哪件道义了？"

听着江舟蔓隐怒挑衅的声音，江偌不以为意地撇了撇嘴角："那又是另外一个道理了，叫作'人不犯我，我不犯人'。你先弄清楚一点，为了替自己开脱，把你们一家塑造成受害者，最好是在别人对你们作奸犯科的历史毫不知情的情况下。在我这儿颠倒黑白，只会起到恶心人的效果。"

江渭铭抢财夺权，名声本来就不好听，上任之后不得人心。碍于他手握重股，又有个得力的儿子，用尽手段收买人心，有些人心有怨而不敢言。事实证明江渭铭急功近利，江觐手腕硬、心太黑，脚跟都还来不及站稳，公司就被折腾得问题百出。这和别人没有关系，全是他们自己一手酿成。

"真是高高在上啊。"江舟蔓咬牙切齿。

江偌凉凉一笑："彼此彼此。"

江舟蔓压着一口怒气。她还记得当初下着大雨，江偌在她家门外苦等，为了生计，为了钱。但她又想到，江偌从未开口求过她。江偌求的是陆淮深，她义无反顾地用离婚当作交换，全然不知道江启应为了让她顺利嫁给陆淮深，费了多大心思，甚至不惜做出了伤敌一千、自损八百的事。老话讲，'三十年河东，三十年河西'，可这一年都还没过去呢，风水竟流转了一轮。

陆淮深是块肥肉，有点利欲心的都不想让到嘴的肥肉飞走。为了死死咬住这块肥肉，江渭铭做了不少上不得台面的事情，既然挽留不成，那就反咬一口。

当然，江舟蔓不会承认自家手段肮脏，反正他们最终也没从中讨得好处，明明就是陆淮深欺人太甚。

江舟蔓压抑住和江偌争出谁对谁错的欲望，她的目的是希望江偌能起到作用，说服陆淮深，帮忙停止这一切。

"江偌你得明白，江氏这么下去亏损太大，你不仅拿不到分红，江氏还面临破产危机。"江舟蔓语气郑重，透着威胁，"就算你和你爷爷到时候拿回江氏，到手的也只是个负债累累的空壳子，背在身上也能压得你们直不起腰！"

江偌好笑道："真到这种地步，你们一家三口不也是一无所有了吗？我将手里的股份卖了便是。如果江氏不能完璧归赵，不要也罢。爷爷到了这把年纪，已经没多少力气操心公司了，公司拿不拿得回来已经是其次，他最主要的目的，还是想亲眼看到你们的报应。"

江偌这人，在讨厌的人面前软硬不吃。

如果陆淮深这段时间真的忙着针对江觐，她还让他住手，那不就是给了江觐喘息休整的时间？她难道疯了吗？让江觐喘口气，有力气继续来整她？

江偌越发觉得江舟蔓可笑，没商量地直接挂了电话。

江偌开车去机场，接到陆淮深。回去时，他说他来开车，江偌见他一脸倦容，没同意，陆淮深也就不与她争。

路上等红灯时，江偌偏头打量他的侧脸，问："这几天累不累？"

"有点。"陆淮深揉揉眉心，又问她，"你一切还好吗？"

"都好，"江偌想起一事，说，"下周要去做产检，在周五。"

因为陆淮深上次说，下次检查他陪她一起去，所以江偌才跟他提起。

刚说完，她又多说了一句："你近段时间事情似乎比较多，要是太忙的话我可以自己去。"

天已经黑了，江偌看着他，街灯灯光刺透夜色渗过车窗照进来，随着车子前行，光线交替，将他深邃的轮廓映得时明时暗。

"我把时间空出来。"

江偌说"好"。

车子又往前开了一阵，陆淮深连着接了两个电话。

他好像还是很忙，但是在忙什么呢？

他的工作江偌一向不爱过问，可一想起今晚江舟蔓说的那些她一无所知的事，喉头就像有一根绳子，吊着她压在心里的话，不停往外拉扯。

她的余光便因此总在他脸上一次次漫无目的似的扫过。她也不难发现他脸有倦色，陆淮深连日辗转三个城市，刚落地又参与应酬，铁打的身子也不经熬。

等红绿灯时，江偌见他电话终于消停，说："你先靠着休息一会儿吧，"她把他的工作手机拿开放在中间的扶手箱上，调了静音，"有电话打来我再叫你。"

陆淮深说"好"。他确实疲惫，不过多时，江偌就见他陷入了睡眠状态。

回到家，江偌就赶他去洗个澡开始补觉，等他洗好，她才进浴室。

她吹完头发从盥洗台前经过，忽然顿住脚步，将身上的吊带睡裙裙摆往上撩起。她先正面打量了一圈自己的腰身，从这个角度看，腰身并没有什么变化。她侧身看了看，仍然觉得小腹那轻微圆润的弧度是因为自己晚上吃得有点多。

陆淮深见里面动静停了许久人仍没出来，便走过来看了看，推开门正好看见她对镜自赏。

江偌打量自己的肚子正入迷，没注意到浴室门口情况。

陆淮深靠在门口，看着她紧蹙着眉，一只手在肚子上比来画去，裙摆下是依然纤细的腰肢和双腿，但某些部位以肉眼可观的程度变得圆润饱满了些。

近半个月来不是开会就是签订合同和参加饭局，这样安静的相处让他觉得暌违已久。

陆淮深站了片刻，江偌才从镜子里看见他的身影。她脸一热，忙把裙摆放下去，道："你怎么不出声的？"

陆淮深朝她走来，问："好像还没什么变化，你在打量什么？"

江偌把睡裙抚平，布料贴紧肚子，她吸了吸气，说："我也觉得没变化，像是晚上吃得有点多，早上起来好像又会小一点。"

江偌以前从来不会对自己的肚子产生如此浓厚的兴趣，而现在她每天都试图发现一些肚子里那个小东西正在发育的蛛丝马迹。

陆淮深的手放在她腰后，将人往身前带。江偌回想起陆淮深离开前的那个拥抱，那个吻，踮起脚来一手抱住他的脖子，一手攀着他的肩膀，脸贴在他肩胛的位置拱了拱，低声说："陆淮深，你要当爸爸了。"

抱住他的那一刻，所有不真实感都烟消云散。

陆淮深搂住她的腰，将她更紧地抱在怀里，嘴角漾出笑意："嗯，你也要当妈妈了。"

怀孕前两人都没有刻意备孕，那时候江偌的身体情况也不算好，尽管没什么大问题，但是胃上有些小毛病。那段时间她的工作强度也大，尽管怀上了，一开始也不算顺利，在养胎上耗费了不少心力。目前虽然稳定下来，但还没过排畸那一关，她就没法彻底安心。

女人怀孕，受体内激素影响，情绪本来就不稳定，常常因为想到一些坏的结果，情绪就忽然低落下来。

睡前说起这个事，陆淮深安慰她："你还年轻，也没什么不良嗜好，不会有问题。"

直到产检当日陆淮深陪她做完检查，得到一切良好的结果，江偌悬着的心才落了大半。

医生提醒江偌，她骨盆比较窄，胎儿体重最好控制在三千克左右，不然到时候不好顺产。身体允许的情况下第一建议是顺产，但具体还得看到时候的情况。

一说起分娩，江偌心里就紧张，一来她怕痛，二来怕未知的万一。

但看到超声图像，江偌的紧张褪去大半。之前看还是模糊的一团，现在已经能辨出是个小人儿。

今晚正好是陆家那边聚餐的日子，离开医院后，二人直接去陆终南那儿。

路上，江偌爱不释手地拿着那张照片看了好一阵，对孩子的期待好像又多了一点。

她问陆淮深："你希望是男孩还是女孩？"

"男女都行。"这并非敷衍，他的确觉得都行。

江偌又问："你想知道孩子的性别吗？"

陆淮深转头看见她切切的目光，他笑："想知道的是你吧。"

江偌觉得她忍不到生的时候，说："提前知道的话，可以按照性别给孩子准备衣服玩具，万一买了很多裙子，结果是个男孩子怎么办？"

陆淮深："那就留给下一个。"

江偌舔了舔唇，打开保温杯喝了口水，说："我还是想知道。"

"为什么这么想知道？"

江偌撑着腮说："如果是女儿，就给她买很多小裙子。预产期是春暖花开的日子，再过一两个月就是夏天，刚好。"

她描述得很美好，陆淮深眼前似乎都出现了一个粉雕玉琢的小丫头。她遗传了江偌白皙的皮肤，穿着粉嫩的裙子，咧着嘴露出牙床朝他笑。

他问："如果是儿子呢？"

江偌眼里都是笑意："那就买很多男孩子的。"

陆淮深说："好，都随你。"

这一幕太过美好，以至于每一帧都如刀刻般印在了陆淮深脑海里。

在医院花了半个下午，路上又耽搁了一会儿，加上深秋里白昼时长渐短，到陆家时，已经天光尽落。

陆淮深和江偌是最先到的，这倒让陆终南挺意外。

接着是从学校接了儿女过来的陆清时和季澜芷。

两人表面上看起来相处得十分和谐，陆清时出轨一事已经尘埃落定，季澜芷没有同他离婚。

能有这个结果，全靠陆清时拉下老脸，死乞白赖求着人，不同方式的苦肉计挨个儿试了个遍。

一开始陆清时在家装病，而且是打的持久战，季澜芷在毫不知情的情况下，眼看着他日渐憔悴，体重嗖嗖往下降，心里越发不安，让他上医院检查一下。

陆清时装作不在意，说自己在减肥，因为季澜芷嫌弃他中年发福。

结果又过了几日，季澜芷出门办事忘了带证件，回去发现他在偷偷吃药，一看，抗癌的。

她问他什么癌。

他说肺癌中期。

季澜芷慌了神，嘴上冷静说："抽烟吧，继续，抽死你。"

这事陆清时说不能让家里人知道，要是让老爷子知道了，肯定逼他去养病，他在公司的话语权恐怕就要让常宛母子给劫了，他就是死，也要给季澜芷母子三人留下点东西。

季澜芷说："行，那你耗着吧，我等着你死。"丝毫不为所动的样子。

陆清时心都凉了大半截。

然而，季澜芷暗地里仍然是联系了专家。陆清时不知道这事，等有天季澜芷回来忽然告诉他帮他联系好了医生，让他去做个全面检查，再看看癌变情况时，陆清时蒙了。

这谎圆不下去了，总不能等检查结果出来被当面拆穿吧？而且他还打听到那个专家是她初恋，比他年轻比他瘦。陆清时当时心里真是狂躁极了。

他一五一十交代，说其实是拿错了病历，他将计就计用苦肉计，狂瘦是因为他节食减肥，有点营养不良才显得脸色憔悴。

季澜芷让他把病历拿出来看看。

陆清时怅然，说当时觉得生无可恋，用碎纸机把病历碎了。

季澜芷面无波动看他几秒，淡淡说："再信你的鬼话我就跟你姓。"

陆清时跟她嬉皮笑脸："改姓那多麻烦，那是叫'陆澜芷'还是'陆季澜芷'？"

季澜芷铁了心要跟他离婚，可这装癌症一事刚被她识破，陆清时胃穿孔了。

江偌怀孕后跟季澜芷联络很频繁，找季澜芷时，她说在医院，了解情况后，江偌都忍不住感慨：真是天助渣男。

季澜芷平时看着挺平易近人的，其实本质上还是个狠人。她一边不动声色跟陆清时耗着，一边还将那吴丽丽收拾了。

自从吴丽丽惊动老爷子后，她被断了生计，躲了一段日子，等肚子大了点，季澜芷却一直晾着她。吴丽丽自己慌了，她所有的门路全被陆家打点过，事业也毁于一旦，知道孩子生下来陆家不会认，对自己而言也是拖累，她便主动出面找季澜芷要钱，还声称自降条件，只要两千万，孩子她立刻打掉。

然而，季澜芷只愿出两百万。

两百万？！

吴丽丽恼羞成怒，这点钱还不够她一年的零花钱！再说她坐小月子调养不用花钱吗？精神损失费呢？这么大月份的孩子打掉，对她的身体会造成多大伤害，同为女人，姓季的你的良心不会痛吗？

季澜芷减数，一百万。

吴丽丽二话不说走人，直接跑到一中门口想去拦住刚放学的陆嘉乐，结果刚到校门口附近，还没近陆嘉乐的身，就被陆嘉乐的保镖发现。保镖快速朝她冲过来，她情急之下往马路对面跑，结果被横向而来的车撞倒。

孩子没了，肋骨骨折。

季澜芷直接将她做小三的事传到她老家，那是个民风比较淳朴的小镇子，邻居们议论纷纷，母亲扬言要跟她断绝关系，整个公关界也再无她的立足之处。

季澜芷像打发叫花子一样给了她两万块钱，纯属羞辱。

吴丽丽在病房里崩溃号啕。

季澜芷居高临下怜悯地看着她，眼底却遍布冷酷："你脚下跨出的每一步，都是你自己选的。"

吴丽丽愣怔看着她，半晌，她一把抓住季澜芷的衣袖呆呆质问："那辆车是你……"她话没说完，倏地睁大眼睛，醍醐灌顶般看着季澜芷。

季澜芷抓住她的手，冷冷道："你不要血口喷人。你要是不去乐乐的学校，又怎么会被保镖发现呢？"

保镖一追，她下意识跑，路上等着她的是什么？没人知道。路上车来车往，粗心大意，谁都有可能命丧车轮之下。

季澜芷微微倾身，一点点将她的手扯开，温声提醒："过马路，可得小心。"

司机正常行驶，吴丽丽闯红灯，司机只赔了医药费，车险一走，损失的钱算下来统共没多少。

吴丽丽没当成陆太太，错过了最佳谈判时间，到最后筹码也没了，拿得两万块钱，一半还交给了房东。

人生如戏。

到吃饭的时间，人都到齐，唯独缺了陆缄。

陆终南问陆重："小的那个人呢？"

陆重他妈阳凌秋脸一拉，说："他不想过来，由他去吧，就当陆家没他那个人。"

陆终南看她那脸色，就知道是跟那孩子闹矛盾了，说："你一个大人跟他计较什么？"

阳凌秋生起气来，眼尾都是往上吊着的，她笑了声："爸，您这话说得不妥当了，什么叫我计较啊？有妈生没妈教，我总得适当地教育他几句吧，不然出去丢的还是陆家的脸。"

常宛盛了汤优哉游哉地喝着，听完徐徐道："照我说，当初就不该把那孩子接回陆家，无论是生在外面的还是长在外面的，骨子里都叛逆，很不好管教。"她的目光似是无意扫过陆淮深的方向，借机讽刺，"照我说，这种事上，还是澜芷做得稳妥。"

这话得罪的人可多了去了。

不巧，这长在外面的就有一个陆淮深。

可陆淮深手掌公司大权，咽不下这口气的是常宛，她拿他在外那些年的经历说事也不是一回两回，陆淮深全当她放屁。

可常宛那话里波及的另一些人，就不如陆淮深这样不把她当回事了。

一片诡异的寂静之中，"当"的一声，陆嘉乐放下汤匙，说："我吃好了，大家慢慢吃。我先去客厅看电视了。"

陆逢瑞察觉到什么，也放下筷子，跟在她屁股后面，说："姐姐我跟你一起。"

陆终南不说话，已经在攒脾气了。

陆淮深掐着时机对老爷子说："回回都这样，不如以后就不要折腾了。江偌现在怀孕了，有些人又实在败胃口，来回跑一趟却吃不了一顿饱饭，我在想以后就不带她过来了，有时间跟您吃顿饭就行了，您说呢？"

这一记惊雷，震住众人。

陆终南听到江偌怀孕，心里喜不自胜。一把年纪终于可以抱重孙了，即便他对江偌不是那么喜欢，但重孙是真让人喜欢啊！他大半个身子都踏进棺材的人，除了挂念公司，就是挂念后代。可陆淮深后面的话，直接让他心情冰火两重天。

自从陆甚憬回来之后，常宛次次挑事，他已经忍了很久。上回她气走陆淮深，陆终南气得大骂，恨不得当初常宛一起滚出国。常宛也是怕了，忍气吞声了一段时间。然而常宛年纪越大，脾气越沉不住，忍不住总是想通过拉踩别人，凸显自己和儿子有多好，殊不知老爷子最烦有人在家人之间挑拨离间。

陆终南面无表情地看向常宛，要怒不怒的眼神看得常宛心里发怵。

他用毛巾擦手，不轻不重地说："可不是嘛，一把年纪了，说话还不如小你半辈子的儿子。老二这两年修身养性，越发冷静了，你也多跟你儿子学学。你以前不是哭着喊着跟孩子太久没团聚了吗，以后你多陪老二复健训练。淮深你那边看着给她减少点工作量。"

他慢条斯理放下毛巾，继续拿起筷子，也不知是对谁说："这人有时候脑子里想得太多，就容易浮躁。"

常宛霎时脸都白了。什么"减少点工作量"，这不是就是把她从公司踢走的第一步吗？

她却不敢再说任何一句补救的话，只怕更加弄巧成拙，还得笑着装作不懂一样迎合："您说得是，爸您考虑得真周到。"

表面笑嘻嘻，常宛实际气得饭都吃不进。

陆淮深和江偌临走时，陆终南说："怀孕了就不要工作了，一切以孩子为重，安心养胎，有空多过来坐坐。"

江偌嘴上说着"好"，心里却是极不舒服的。

最后陆终南又说了句："知道是男孩儿女孩儿了吗？"

江偌说不知道。

回去的路上，陆淮深察觉她不爱说话，不爽都写在脸上。

最后是江偌先忍不住，她坐直了身子吐槽："我觉得你爷爷特搞笑你知道吗，什么叫'一切以孩子为重'？以前看我不顺眼，现在知道我怀孕了，立马和颜悦色了，让我常去坐坐是想请他曾孙去坐坐吧？"

　　主要是陆终南那话的意思，让江偌感觉她今后就只能围着这个孩子转，她之所以能入他老人家的眼，只是因为有了这个孩子，她的价值也只有怀孕生子，他把她当什么啊？陆终南这人还有很严重的重男轻女思想，明摆着希望曾孙辈的第一个孩子是男孩。

　　江偌气不过，闷闷道："我宁愿他跟从前一样对待我。"

　　路遇红灯，陆淮深停下车，伸出手用指腹摸摸她的脸，说："他是他，我是我。于我而言你最重要，你不必考虑他的想法，也不用把他的话放在心上，日子是我跟你过，不是他。你若是真这么在意，以后我们可以不过去。"

　　陆淮深跟陆终南也没多少爷孙情谊，当初他父母离婚，也是因为陆终南从中怂恿，陆淮深自然不希望江偌也受到影响。

　　江偌见他并不像说假，顿时泄气。

　　"该去的还是要去的。"气归气，发泄过就算了，那边毕竟是长辈，江偌不能因为这点事情，让陆淮深跟他亲爷爷断绝往来，"以后我尽量不将他的话放在心上。"

第十四章

在这种场合理直气壮、大大方方说出自己和他的关系，
也是有史以来头一回

第二天，江偌和陆淮深很突然地收到了江氏召开股东大会的通知。

前些日子，江氏内部就有所持股份合计超过百分之二十的股东请求召开临时股东大会。想召开临时股东大会的大股东，无一例外都是董事会成员，由这几人煽动，再拉拢一些其他股东，最终申请通过。

如今江氏内部问题百出，资金周转不动，江渭铭迫不得已，只能拆东墙补西墙。据说之前是为了拉拢投资跟问题公司合作，合作方被调查，江氏才会被证监会盯上。

事出有因，风过留痕，如果江渭铭清清白白，也就不会留下把柄。

主要还是由于江氏两个季度连续亏损，江渭铭一直拿内部变革来说事，可在位期间既无法带领公司往前发展，也无法挽回亏损趋势。

种种原因累积，股东和董事会不满激增。

其实仅仅江偌和陆淮深二人就持股百分之二十，但他们俩从头到尾没主动掺和。因江偌与江渭铭一家的恩怨，江偌和陆淮深如果主动带头挑起事端，势必会被人认为居心不良，他们便只是静观其变。果然，不满的声音越来越多，问责江渭铭已是势在必行，江觐作为执行总裁也逃不了。

江偌觉得，借刀杀人这招用起来，真的挺爽快。

股东大会召开时间跟陆淮深的日程有冲突，当天博陆有一场重要会议，陆淮深便让裴绍代为出席。

陆淮深送江偌去的江氏，裴绍已经先一步到了，正在一楼电梯间等着她，两人一同上楼。

到阶梯会议室的时候，已经有股东在陆续入场。

江偌的风衣里面穿的黑色丝质衬衣和高腰皮裙，不明显的肚子被深色裙子一遮根本看不出来，她脚上是十厘米的金属跟高跟鞋。上台阶的时候，裴绍捏着她的手扶了她一把，让她借着自己的力上台阶。

江偌笑了笑，说："谢谢。"

等会议室坐满了人，江觐和江舟蔓才进场，一个比一个面色凝重。

江偌坐的第一排，裴绍坐在她左边，她右边就是一身白色套裙的江舟蔓。

江渭铭最后入场，低眉跟身旁的秘书说着什么。

会议开始，江渭铭登上台道过开场白后，便没再按照发言稿上的流程走，直接提出辞去董事长职务。

其实这本来就是这次股东大会的主题。公司连续三个季度亏损，资金缩水，项目停滞，总要有人为此担责，这下倒省得投票让他下台了。

此话一出，台下出现了短暂的沸腾，随后又渐渐安静下来，等他继续。

江渭铭把责任全往自己身上揽，发言可谓痛心疾首："是我有愧于诸位股东和员工的信任，忽视公司现状，忽略本职，做法激进，导致错误决策无法挽回。如今我主动辞去董事长之位，希望公司能在新任董事长的带领下，发展得更好。"说完，他深深鞠了一躬。

江偌面无表情地看着他那张戏多的老脸，随后瞥了眼江觐，对方不知垂眸在想什么。

接下来的新任董事长的推举，作为副董事长的江觐便是头号待选人。江渭铭虽然不再任职，但是手里有股份，江渭铭和江觐加上江舟蔓共持有百分之四十多的股份。再加上一些拥趸，按比例算，最终投了赞成票的股东们持股超过了百分之五十。

江觐顺利接任。

而江觐刚上任，屁股没坐热，就提出要罢免一名董事，原因是受贿。

该董事当初带头要罢免江渭铭，也曾与江启应交好。江觐此举针对性很明显，可无奈证据确凿。

江觐站在发言台上，面对众人，眼神往台下一扫而过："前董事长的确有不足之处，林董一边对董事长的能力不满，带头声讨，自己私底下却行为不端。我父亲自知能力不足自动请辞，林董你还要隐瞒到什么时候？"说完留白片刻，又说，"有句老话'撑死胆大的，饿死胆小的'，公司的发展与诸位股东息息相关，公司风雨飘摇的关键时候，有些人不仅不团结，带头引战不说，私下还利用项目谋私获利，等他撑饱那天，肚子里装的油脂可全是从诸位身上搜刮而来。"

即便受贿证据是伪造的，但林董毫无准备，一时难以找出纰漏去反驳。林董百口莫辩，直言是江觐为了维护江家名声，刻意污蔑，以此转移视线。

一董事质问他："那关于受贿事件，你有什么话要说？"

"我没做！"林董六十来岁的年纪，硬是被气得面红脖子粗。

有人嗤道："你见过哪个精神病人会承认自己有病的？"

旁人跟林董耳语："别辩解了，他们有备而来，来日方长，先想对策。"

会议忽然多了这么个插曲，林董要是被罢免，就会空出一董事位，就要再选出一名新董事。

江觐宣布中场休息二十分钟再继续。

林董气不过，解开西装扣子，大骂"姓江的王八蛋"。

江偌就坐在林董前面，听到这句，她默默扭头看去。

林董一愣，憋红的脸颊了颤，跟她大眼对小眼，道："骂的不是你。"

江偌出去给江启应打电话，跟他转述了股东大会上几个比较重要的决议。

她说起林董受贿被罢免的事时，江启应那边沉默了许久。

林董几人占着不少股份，也是靠着江启应有了今天。江启应出事时，这几位自知无能为力，纷纷选择自保，江启应也没怨怪。

但这几人也并非无情无义，一看江启应的官司有了转机，江偌也拿回了股份，也都在想办法帮忙。如今其中占股最多的林董被罢免，也就意味着董事会里拥护江启应的力量越来越单薄。

结束通话没多久，休息时间结束前，江启应又打来电话，说要让她进董事会。

江偌当即拒绝："我资历不行，而且江渭铭那边的人不可能同意。"

"别慌，林伯伯他们会帮你。"

江偌忡忡挂了电话。

下半场会议开始，说起董事空缺一事，有人便提议投票让江偌进董事会。果不其然，多位股东及董事群起反对。

"什么身份心里没数吗？一没经验、二没资历，乳臭未干的小孩，知道董事会干什么的吗？"

"江启应的孙女，要是真让她进了董事会，谁知道她会不会利用职务之便利做些作奸犯科的事呢？"

"这么年轻一女的，懂什么，就会搅浑水而已。"

一时之间，难听话层出不穷。

会议室里有些热，江偌早脱了外套，此刻仍被这些话气得浑身蒸出一身汗。

争议声越来越多，其间夹杂着各种轻蔑的嘲笑。

江偌气极反笑，打开面前的话筒，面无表情一拍桌子，道："说够没有？"

没人听她的，仍是各说各话，张张面孔流露出对她的轻视。

江偌一把掀了面前的杯子，一张文件纸落在地上，地上的水渍慢慢在纸上洇开，杯子碎片弹得到处都是。

会议厅顿时鸦雀无声。

以前股东大会上大家多少都会因为利益和观念的冲突而产生争执，骂人动手的纷乱场面也不是没有过，众人却没见过这么年轻一女的当场摔杯子。

"我问，放屁一样的话说够没有？"江偌仍然坐着，手肘搭在桌上，转头目光犀利地一一扫过众人。冷漠的神情，出现在那张年轻的脸上，却有着不违和的震慑力。

"你什么态度啊你？你算老几，有你这么跟长辈说话的吗？"有人反应过来，不屑地冲她皱眉。

此人就是刚才说她乳臭未干那人，不是董事会的，梳着油头，大腹便便，模样比谁都嚣张。

江偌厉声回："你什么态度我就什么态度。"这地儿有时候就是得比谁的声音更大，江偌提起声量，抑扬顿挫，样子里有狠劲儿，"我不算老几，不过就是个手里有百分之十股权的小股东而已。敢问您又算老几，占股多少，为公司做过什么贡献？活了几十年，在公众场合公然说出无知冒犯的话，您这半辈子吃的饭、读的书，都被消化完排出体外了吗？"

江偌捏着话筒往面前拉了拉，又看向一女人，说："还有你。年轻女人怎么了？年轻女人刨您祖坟了吗？你难道就不是从年轻女人走过来的？别以为比别人多吃了几碗饭，眼角多了几条鱼尾纹就比别人厉害到哪儿去，封建原始思想跟不上时代进化是不是？

"我寻思着各位能坐进这里的，也都是些接受过高等思想教育的人，怎么说出的话就这么难听呢？还有因为我是江启应的孙女怀疑我会作奸犯科的，你敢保证你祖宗十八代里个个身家清白吗？再说，我爷爷落得今天这下场，不瞎的都看得出来是因为谁。

"反对我进董事会的，要是正经提意见，不管是主观的还是客观的，我就算不接受，也会听着。但要是不尊重人，在那儿胡言乱语，阴阳怪气，尖酸刻薄，素质低下的，那就恕我不客气了。"

江偌说话时，气氛渐渐骚乱，但她捏着话筒，声音大，每字每句都一清二楚地回荡在会议室。

油头男被气得咬牙切齿，疯了似的眦目怒吼："闭麦！来人啊，把这臭娘们儿的麦给老子闭了！！！"

会议室里七嘴八舌已经炸开锅了，江偌被那油头男气得心口阻滞，气极反笑说："这位叔叔，您要是精神上有点儿毛病，我托人给你介绍一精神科医生，或者您也可以试试少说话、多放屁，这有益于身心健康。"

江舟蔓被周围话筒的杂音吵得头疼，跟江偌说："你少说两句。"

那油头男在之前的例行股东大会上差点跟林董打起来，也是个烦死人的主。

江偌也是被气得不行了，垂着眸、忍着脾气闷声道："凭什么？他先嘴臭的！"

等江偌发泄过了，裴绍出来打圆场，意思是让两边都消消气，最后还是让那位油头男说话要注意。

油头男正在气头上："你又是谁啊？！"

裴绍斯文儒雅、气质不俗，客客气气回："我是陆淮深先生的发言代表。"

"陆淮深的股份不就是那小娘们儿给他的嘛。年纪轻轻的就学会抱人大腿，就知道走后门。"

江偌叠着腿，饶有兴致地看着他："我们夫妻之间股份转赠怎么着你了？

你怨气这么重，是不是想抱他大腿没成功？要不我回去跟他商量一下，把大腿给你抱抱？"

陆淮深的名字在业内还是有些分量的，除了油头男被江偌一番话激得大发雷霆，其他人的注意力全集中在了江偌话中的"夫妻"二字，七嘴八舌议论开来。

油头男眼睛横瞪，正要说什么，江觐不耐烦地控场："肃静！这会是开来给你们吵架的？各位注意一下自己的言辞和形象。"

骚乱渐渐被平息，裴绍安抚江偌，特殊时期，让她别动气。

江偌深呼吸好几次才冷静下来。

江偌以为自己无法进董事会，反对票肯定占多数，没想到最后居然以半数以上赞成票通过。

林董也觉得诧异，他本来只是想试试而已，并没有抱太大希望。

江偌更没有想到，在投票中起关键作用的，竟然是江觐。

不仅是江偌奇怪，连江舟蔓和江渭铭好像也不知情，一个不敢置信，一个忍怒不语。

散会之后，江觐叫住江偌。

会议室人走得差不多了，裴绍一直待在江偌身边，江觐说有话跟江偌单独说，裴绍没动，等江偌的意思。

江偌不愿意单独跟江觐待在一处，偌大的会议室空荡荡，静得有些瘆人。她提出到外面说，江觐没拒绝，跟她到了外面一处安静角落。

两人站定，江觐也没拐弯抹角，直言道："今天投你赞成票，是想让你卖我个人情。"

江偌冷笑：信你个鬼。

看着她明显不信的神色，江觐犹豫再三，才表明目的："你能不能去看看明钰？"

江偌顿住。明钰曾说过，江觐不让她跟自己接触，现在江觐居然会主动让她去看明钰。

江偌警觉，怕是陷阱，又怕是明钰出了什么事，她问："她怎么了？"

"她差点把自己溺死在浴室里，现在在医院，人……"江觐停了停，神情出现江偌不曾见过的焦躁，"人有点不正常，医生说是抑郁症。"

江偌看着他，咬牙道："我就知道你是个人渣！你已经有未婚妻了，你就不能放过她，非得把她逼死才甘心？"

江觐无头苍蝇似的来回走动，烦躁道："我怎么知道许斯茬会去找她？"

他一直以为许斯茬不知道明钰的存在，不知道她怎么发现的。

许斯茬找过明钰之后，明钰就开始有点不正常，有时候跟她说话，也不知她听没听，眼神都是恍惚的。

"你们一家都是渣滓。你找我有什么用？你才是最大的问题！你别再纠缠她，胜过一切良药。"

江觐面无表情地说："想都不要想。"

江偌木着脸狠心道："那你就只有等她死。"

很早之前明钰找她，谈话间她就觉得明钰有些不太对劲，尤其是说到江觐时。

江偌本以为明钰事事听江觐的，是她自愿，但原来当时她已经意识到了两人的关系不是正常关系。

江觐切断明钰与外界的联系，迟早会逼疯她。

江觐忽然笑了："你怎么就知道，她离了我能过得好？"

江偌看着他，认真道："江觐，说实话我觉得应该看病的是你。"

江觐不理会，抓着她的肩膀，低声隐忍道："你听着，她现在不接受治疗，状态很糟糕，她没有朋友，我找不到别人……"

被他抓住的时候江偌吓了一大跳，却因为他话里那丝祈求怔住。

裴绍在远处看见，忽然冲过来将江觐隔开。

江觐说："看在她是你朋友的分上。"

江偌被裴绍挡在身后，她看了江觐许久，毅然转身。

下了电梯，江偌收到了江觐发来的短信，内容是一家私人医院的地址，包括了楼层和病房号。

江偌看了眼，收了手机，满脑子充斥着她和明钰中学时代的记忆。

上了车，裴绍问她去哪里。

江偌捏着安全带，最终还是说："去医院。"

到了医院，江偌让裴绍先走，然后去路边花店买了一束百合。

在病房门口遇见一名护士出来，江偌拉住她，问："请问明钰是在这间病房吗？"

护士说："是，你来得正好，她午睡刚醒。"

"谢谢。"

江偌推开病房门，见明钰正坐在病床上。她偏头看着窗外，江偌看不见她的正脸，只觉得她整个人瘦得只剩骨架，病服里空空荡荡。

听见脚步声明钰也没回头，以为是医护人员，直到江偌喊了一声："明钰。"

江偌见她身形好像顿了一下，至少有了反应，最后才慢半拍地转过头来。

江偌顿时心中一揪。

明钰原本身材高挑，骨架也不算小，脸部轮廓立体，然而一瘦下来，面颊凹陷，眼窝也因为睡眠不足而发青，白皙的脸上透着一种不健康的苍白，眼神空洞，反应也略有迟钝。

看见江偌，她有些诧异，之后脸上才多了一丝麻木之外的神采。

江偌立刻敛去意外的神色，朝她笑笑，就像是朋友之间普通开场的寒暄："我进来前碰见护士，她说你午睡刚醒，"她扬了扬手里的花，抖落一股芳香，"果然来得早不如来得巧。"

明钰笑了笑，因为脸上瘦得没二两肉，笑起来也显得牵强。

"你怎么来了？"她撑着床，将身子坐直了些，为了显得自己更有精神。

江偌正在想理由，明钰已经猜到："江觐告诉你的？"

江偌没否认："对。今天开江氏股东大会，他想着我跟你是朋友，所以让我来看看你。"

明钰扯了扯嘴角，牵出一抹自嘲的笑。

江偌看着，心里很不是滋味。

自离开家乡回到江家之后，她跟明钰这么些年来见面的次数屈指可数，虽然明钰始终在她心里占有特殊的位置，但她其实对现在的明钰已经不大了解了，也一时难找到能聊的话题。

江偌抿了下唇，说："我先帮你把花插起来。"

明钰笑了笑："好香。"

江偌去卫生间给花瓶灌了水，然后把花插进去，趁着气氛还好，才跟她说起病情："我看你瘦了好多，听江觐说你不愿意吃药治疗，身体是自己的，你得重视。"

"药吃了也没什么用，这种病还得靠自己养。"明钰像是不怎么在乎，语气寡淡。

江偌不知她哪里听来的理儿，但是听她这么说，能知道她至少是能直面自己的病情的。

　　"确实还要靠自己。但药物是辅助，适当用药能帮你快点康复。"

　　明钰没说话，低头看着自己交叠错握着的手，江偌看去，见她动了动指尖，手指都是骨头，手背上都能看见清晰的筋骨。

　　江偌算是明白了，她清楚地知道自己的病情，但就是不以为意，拒绝治疗，一副放之任之的态度。

　　很多人不认为抑郁症是种病，观念老旧的人甚至认为是患者自身矫情所致，谁也无法触及患者内心，无法感知患者的痛苦。众例中，有的治好了，有的以死结，有的即便积极接受治疗，结果仍然不尽如人意。

　　既然江觐都亲自出面找她劝明钰，可知病情已经严重到了一定程度。

　　江偌一直不太了解明钰跟江觐在一起到底是心甘情愿还是被迫，既然都被他逼出病来，为什么不干脆一走了之？江觐难道还能剥夺她的人身自由不成？

　　"你这样子下去，你妈妈怎么办呢？"江偌坐下来，劝说无用，只能搬出明钰的至亲，"她年纪越来越大，还生过一场大病，身体一直不好……"

　　江偌话声倏地止住，怔怔地盯着明钰手背上的液体。

　　明钰抬起头，眼泪止不住地流，脸上却没有什么情绪，她抹了把脸，语声清晰："江觐那个未婚妻去找过我妈，我妈被气住院了，见都不愿意见我，说我把她的脸都丢光了，她辛辛苦苦养我这么大，做什么不好，给人当情妇，不知廉耻……"

　　许斯茬见了明钰没过两天，就去了明钰家乡。明钰妈妈是中学教师，道德感本来就很强，目前刚刚退休，正是该享受生活的时候，平静日子却被打破。

　　许斯茬找上门的时候，明钰妈妈正在跟同批退休的同事在小区楼下聊天，许斯茬直接当着众人的面，让她管管自己的女儿，别再让女儿成天跟别人的未婚夫厮混，还说当初她治病的那笔钱，也是靠男人得来的。

　　明钰妈妈坚信自己女儿清清白白，顾不得周围人的眼光，与来人理论。结果许斯茬一手监控照片，一手明钰的录音，证据确凿。明钰妈妈当场气得脑出血，许斯茬没想到这人身体这样不经扛，趁乱溜了，装作什么也没发生。

　　最终还是明钰妈妈的老同事打了120，然后通知了明钰，明钰妈妈因抢救及时捡回一条命。

　　明钰去医院看望，她母亲不愿见她，明钰哭着在病床前跪了两小时，她母亲以拔管威胁，让她滚。

"我宁愿当初病死，也不愿让你拿那种脏钱给我治病！"

明钰回忆着当时她母亲说的话，那些话记忆深刻到她可以一字不漏复述出来，她心里空得没边，不敢去多想，一往深处想就恨不得立刻去死。

其实她想过，如果自己没心没肺一点，不把那话放在心上，今后日子想怎么过怎么过。如果母亲不想见她，她可以不出现在母亲面前，每月给些钱养老，也算尽孝了。

但没心没肺的明钰，与真正的明钰隔着山山水水的距离。

江偌最终还是没问她为什么不离开江觐，在这种情况下，这种问题除了惹明钰陷入更加消极的情绪之中，没有其他作用。

她陪明钰聊了半个下午，明钰的心情看起来好了些。快到饭点时，陆淮深打来电话说接江偌一起去吃饭。

江偌一直待到陆淮深快到的时候，护士拿了点滴进来给明钰输上，她起身离开，嘱咐明钰要好好休息，说："有空我再来看你。"

明钰笑着说"好"。

江偌走出病房，就看到江觐靠在病房外的走廊墙边，也不知道他站在外面多久了。

她冷冷看他一眼，追上前脚刚出去的护士，小声问："请问刚刚给明钰输的是什么？"

"营养液，"护士无奈道，"她吃不进东西。"

江偌站在原地，难受得不行。

江觐从后面走来，说："谢谢你。"

江偌冷冷横他一眼，不跟他搭话。

"果然有用的，至少她刚才笑了。"江觐说着，兀自笑了下，像是真心感到欣慰。

江偌将他的笑看在眼里，却感到阴森得很，越发觉得江觐这人可能有很严重的心理疾病。

他又说："以后你常来看看她，常跟她联系，她应该就能好起来。"

"好起来之后呢？你结你的婚，继续让她做你见不得光的情人？就算这次治好了，也会有下次。这病不是突然就有的，许斯荏的行为不过是加重她的病情，她早就有抑郁症了，"江偌看着他，一字一句丝毫不留情面，"是因为你啊，你这人渣。"

直到出了医院，消毒水的味道终于散去，然而江偌心里的压抑感经久不散。

江偌站在医院大门口等陆淮深，不到一分钟他就到了。

陆淮深坐在车里，远远就看见她背着包，两手揣在风衣衣兜里，眼睛盯着远处，明显是在走神。

傍晚开始降温起风，医院外的大街种满了银杏树，满耳飒飒声，泛黄的叶子被风拽起，从她的鞋跟处刮过。陆淮深的目光扫过她裸露在裙摆下的纤细小腿，看着都冷。

车开到她面前，陆淮深按了两下喇叭，江偌这才回过神来看见面前的车，拉开车门上去。

"想什么这么入神？"陆淮深摸了下她的手试试温度，暖的。

江偌神情恍恍道："想事情。"

陆淮深又问："你朋友情况如何？"

江偌摇摇头："不太好，都没了人形。"

见她心情低落，陆淮深转移了话题："听裴绍说，你今天还挺威风的。"

江偌想起股东大会上七嘴八舌的场面，整个会议室激荡着自己铿锵的声音，那经历，有史以来第一回，她回想起来还蛮热血沸腾的，虽然当时更多的是被气得浑身发热。

江偌说："你是不知道那些人说的话多难听。"

这种会议的参加者大多都是些老油条，而且某些股东并不只在江氏有股份，身家不菲，心里边多少有些自视甚高。加上一些江渭铭方的拥趸煽风点火，大家伙儿又见她是个年轻不经世事的女人，偏见一时半会儿没法扭转，那话就变得更难听了。

江偌手撑在中间扶手箱，笑眯眯地看着他："我最后懒得应付，把你拖出来'挡枪'了。"

在这种场合理直气壮、大大方方说出自己和他的关系，也是有史以来头一回。

陆淮深朝她伸手："报酬呢？不能白白帮你挡。"

江偌将下巴放在他手心，朝他眨两下眼睛，语带讨好："以咱俩的关系，还用说这些？"

"什么关系？"陆淮深一边看着前路，一边合上手捏住她下巴晃了晃。

江偌的嘴唇被他捏得嘟起，她两手托住他的手背，将下巴与他手心贴得更紧些，不大好意思地含糊说："我孩子叫你爸的关系。"

市区中心几百米一红灯，陆淮深踩了刹车，车子徐徐停下。他侧过脸来看着她，目光深邃专注，不过两秒，江偌便被他看得窘迫了。

陆淮深托着她的下巴把人带到面前，带着狂劲儿亲上她。不多时，他松开她，没头没尾说了句："有出息了。"指她任江氏董事这事。

江偌挣开他的手，挠挠下巴，有那么点小得意。

说起江氏，她心里总是莫名有些慌，说："原先毫无准备，突然成了董事，鸭子上架似的。"

陆淮深说："也不需要你去坐班，开会时露个面，有文件时签个字，你就当挂个职拿薪水。走一步看一步，没什么可慌。"

江偌心里想着明天还是要去趟爷爷那里，具体商量一下。

江氏股票起起伏伏好几个月，最近跌势明显，江渭铭辞职估计对股票也有影响。即便如此，以她现在手上那点股份，她想要对江氏父子做点什么，如同蚂蚁撼大树，她不得不一步步往下走着瞧。

吃完晚饭，回去的路上，江偌想喝可乐，陆淮深说那玩意儿不能喝。

江偌非说可以，偶尔喝一点没影响。

陆淮深说："你喝点其他的。"

"我现在只想喝可乐。"江偌还是想尽量说服他。

其实她平时也不是多喜欢喝可乐，但就是突然想起那个味道，馋得慌。

陆淮深开着车不接茬了，江偌脸一拉，也不吭声了。

前面不远有家便利店，陆淮深最终还是下车去买了。

江偌喝了两口可乐，尝到了那个味儿就舒服了。陆淮深拿走喝了一口后放在一边，江偌也没再动。

到了家里，陆淮深接了个电话直接进了书房，江偌见状，转身就往楼下走去，嘴里念叨说把那双放在他车上的平底鞋拿出来，她明天要穿。

江偌到了车库，从后备厢把鞋拿出来，又跑去前排把剩了大半的可乐拿出来，喝了两口后放在冰箱里，用其他更高的饮料盒子挡住。陆淮深除了喝水一般不怎么开冰箱。

楼上突然有动静，江偌立刻关掉冰箱门，然后蹑去玄关处，把鞋子放进鞋柜里。

陆淮深从楼上下来，说："我出去找贺宗鸣拿点东西。困了就先睡，别熬着等我。"

江偌点头："去吧去吧。"

陆淮深往车库去了，江偌上了楼进房间换衣服。

洗完澡，她裹着睡袍下楼，心里发誓只喝一口。拉开冰箱拿起她的可乐，她顿时觉得手感不对。

空了。

因为大半罐可乐凭空消失，江偌专门等着陆淮深回家。

等陆淮深进门，她的第一句话就是："我的可乐呢？"

"下水道里。"陆淮深反手关上卧室门，答得很是直接，"谁说只喝一点的？你要是没去找，怎么知道可乐没了？还做贼似的藏起来。"

他上车看见可乐没了，霎时就把她那点小心思捉摸透了。

他也觉得意外，怀孕的江偌竟会因为一罐可乐跟他置气。最近她的脾气也是说来就来没个定准，一直到他上床熄了灯，她也没跟他说一句话。

陆淮深权当是情趣了，从背后摸过去。她往前缩，不让他碰。

陆淮深使点力气将她圈在胸前，说："一罐可乐而已，你自己难道不清楚那东西喝多了不行吗？"

江偌哼了声，往前蹭蹭，离他远点，把背后的被子压起来。

过了会儿，陆淮深叹了口气，连人带被抱住她轻哄："等我忙完这段时间，你身体也稳定下来了，带你出去玩几天散散心？"

江偌仍是没理他，他的身体就像舒适的热源，烘得她昏昏欲睡，她良久才回他："去哪里？"

"想去哪里都行。"

"就快要到冬天了，去海岛吧。"她已经想去很久了。

"好。"

"最好是一个安静的小岛，泳池面向大海，每天只用躺着晒太阳，傍晚了就在沙滩边看日落，晚上在餐厅可以听民谣，周围是露天的篝火，走出房间就能听见簌簌的棕榈树被风吹动的声音，像下雨一样……小时候爸妈带我和弟弟去过海岛，但我现在只记得泳池和棕榈树，还有差点被浪卷进海里的惊惶。"江偌说着笑起来，语气慵懒已经有了睡意，"上大学后，假期里我去过不少地方旅行，由于各种各样的原因，我一直没能去成海岛，所以对海岛的印象一直停留在十来岁记忆中的样子。"

陆淮深的手有一下没一下地摩挲着她的发顶。

江偌高中时他们就认识了，但她的整个大学时期，他们共同的记忆几乎空白。

说不上遗憾，毕竟当时不知今日事，他就是忽然好奇她大学是怎么过的。

那四年，她回家的次数都屈指可数。

但他每次都能从江启应那儿得知，江偌回来了，没几天后，江偌又走了。一开始他还不知道江启应是故意说给他听的，只记得老头儿常抱怨她回家跟住旅馆似的，没几天就走了，不是去这里玩就是去那里玩，再这么常年不着家，外面人都要忘了江家还有她这么一个人。

当时他还想，这姑娘还真够没心没肺的。

后来结了婚，她还是这样玩，丝毫不将他放在眼里，回家还先回江家。被江启应赶到婚房，她在客房住一两个晚上意思意思又走了。

陆淮深想起这些，总有恍如隔世的错觉。事实上去年他们还形同陌路，各自生活。

而现在江偌在他身旁安然入睡，他的手往下撩开她的衣摆，覆住她软软的肚子，那微微的凸形，他一只手便能盖住。

陆淮深低头含住她的唇，没有更深的动作，她迷糊中回应，搭在他胸膛上的手摸到他下颌，闭着眼在他腮部胡楂上摩挲了两下，低哝道："睡了。"

江偌第二天早上起床收拾停当了就去看江启应。

老人知道她怀孕后，抱怨陆淮深也不给她派个司机用，说一个孕妇开着车跑来跑去出事怎么办。

江偌说自己没那么娇气。

反正江启应左右都觉得陆淮深这里不对，那里不对。

江偌本来觉得爷爷对陆淮深有意见是情理之中，她也不准备为他说话，听

244

着就是，反正老年人也就是念叨念叨。但江启应越说越严重，说起陆淮深这个人的行为作风问题，从工作到生活，把以前的不满全都说出来了。

江偌便忍不住道："爷爷，江氏和官司您都还指望着他能帮上忙呢，私底下这么说不太好吧？"

江启应吹胡子瞪眼，越说越来劲："这都因为谁？他做这些都是理所应当！"

江偌干脆闭嘴，转移话题问起昨天股东大会时他突然想让她进董事会是临时起意还是早有准备。

江启应说："怎么可能早有准备？你林伯伯被罢免也是意料之外的事情，只能临时想对策。你进董事会，也比江渭铭推个自己人进去好。"

江偌也不再说难以应付之类的话。

江启应忽然问她："听说江氏最近丢的项目都和陆淮深有关？你知不知道这事？"

江偌顿了下，说"知道"。

江启应："你怎么想的？他有没有提前跟你通过气？"

江偌没立刻答话，想了想说："是江渭铭和江觐先在背后搞小动作，他总不能任由别人骑到头上来还不作为。再说，没有他在背后推一把，江渭铭哪会这么快被迫辞职？"

她这番话有避重就轻的嫌疑，江启应怎么可能听不出，说那么多，她一个字都没往他问的那个方向提。另外一层意思，她也侧面承认了陆淮深所做种种都没提前知会她。

江启应哼了哼声。

江偌离开前，江启应叮嘱她多盯着点公司，今后在董事会里行事多谨慎，有什么相关事宜，可以找董事会里某位伯父。

上一次去看了明钰之后，隔了两日，江偌再次去探望，恰巧碰见江觐也在。见江偌来了，他主动回避，让江偌跟明钰单独相处。

过后她回家，江觐打电话给她，让她有空多来看看明钰，每次见过她之后，明钰的状态都会好很多。

这通电话被陆淮深听到，他问是谁打的，江偌据实告知，陆淮深皱了皱眉，让她少去医院，病毒多。

然而江偌不忍心。明钰这些年跟着江觐，身边没有朋友，跟她母亲又闹成那样子。长期与人隔绝，缺少社交，恐怕就是病因之一。江偌向来心软，何况明钰于她而言又是极为特殊的存在，如果能帮到明钰，她自当尽力而为。只是病好后是否还要跟江觐在一起，那又是明钰自己的选择了。

江偌频繁往返医院几次后，明钰于十一月的第一天出院。

出院后，江觐竟主动松口，让江偌有时间的话带明钰出去散散心，见见新朋友，江偌都懒得说那句"早知如此，何必当初"。

江觐以前的所作所为堪比囚困，断了明钰与外界的交流，把明钰当作自己的所有物，让她无论从精神层面还是生活上都离不开他，建立这种关系的心理简直病态得令人发指。

江偌明确告诉他："我所做的一切都是为了明钰，跟你没任何关系，明钰病好之后，希望你重新审视和明钰的关系。如果以后你仍要和曾经一样，一边搂着未婚妻，一边绑着明钰，明钰再出问题，我也不会再帮忙了。依我所见，明钰可不享受这种关系。"

但是江觐听了，只是眼神森森地盯着她，没有做任何保证，还反问道："你的意思是，哪天她要寻死你也袖手旁观？"

"那她为什么要寻死呢？"江偌不可思议地看着他，"要不是因为你，她会被你那未婚妻羞辱，甚至差点失去至亲？据我所知，许斯苒闹那一遭，江家跟许家的关系依旧如初。别以为我不知道，你还想着今后去平衡这两人的关系。但我告诉你，无论是看你那未婚妻还是看明钰的性子，她们都不可能共存。"

他要么舍弃一个，要么等着明钰以悲剧收场。

明钰没有能和许斯苒相提并论的家世，也不似对方那般心狠跋扈，唯一能依靠的就是江觐对她的感情。然而江觐这浑蛋心肝脾肺肾都是黑的，他的感情能靠得住就有鬼。要是江觐又想要许家的后台，又想要明钰，那许斯苒注定会获得压倒性胜利。

然而江觐没表态，只是冷冷看她一眼。

江偌气得心口闷，跟陆淮深反馈江觐的态度，陆淮深见怪不怪似的："他心理有问题，你少跟他本人接触。"

江偌不知道江觐是真的心理有问题，还是陆淮深只是在损他。

陆淮深警惕性高，说要给她配保镖，江偌觉得有点小题大做了，而且她去见明钰，江觐都不会跟她待在同一空间内。

江偌身边仅有王昭这位关系亲密的朋友，于是带明钰出来散心的时候将王昭也带上了。

明钰出院后的周末，江偌带王昭和明钰去了上次贺宗鸣爸爸过生日的莞山山庄住了两天一晚。

明钰性子腼腆话又少，而王昭则正好相反，性格外向，人情练达，既不会让明钰有任何被孤立感，也不会让她觉得自己是被特殊照顾的。明钰在王昭的面前，也慢慢褪去了拘谨。

江偌住在山庄那晚接到陆淮深的电话，他明天一早要出差，估计过几天才会回来。

"去哪儿出差？"

"洛杉矶。"

"分公司的事吗？"

陆淮深说："嗯，自己照顾好自己。"

挂断前，江偌柔声说："注意休息，起降平安。"

江偌打完电话，王昭和明钰已经下了汤池在泡温泉。江偌现在肚子大了些已经不太适合泡温泉，就在温泉旁的躺椅上坐着陪聊天。

山中岁月悠闲，翌日三人睡到日上三竿，吃完午饭然后返程。

路上，江偌接到高随的电话，说陈晋南找她。

江偌疑惑："他为什么要见我？"

"你要是有时间可以现在过来我事务所，电话里一时说不清楚。"

江偌看了下所在位置准备调头，说："我没什么事，我现在过来吧。"

江偌和王昭各自开了自己的车，明钰在江偌车上。她在前面路口变了方向，给王昭打了电话，托王昭把明钰送回去。

江偌半个多小时后到了高随的事务所，陈晋南也刚到。他一身牛仔裤和黑夹克，头发很短，跷着腿坐在高随办公室的沙发上，听见开门声，他放下腿朝江偌点了点头。

陈晋南想找江偌，但是没她的联系方式，而且恰巧高随又一直是她的律师，他便约在高随事务所，刚好也方便高随了解情况。

陈晋南行事作风不善迂回，很快说明来意："事情是这样的，我们队一直在追查水火的下落。这案子十分重要，省里很重视，如果确定水火和你生父母车祸案有关，到时候很可能会两案合并，成立重案组。"

之所以还不能确定，是因为水火自江启应官司二审之后就不见了踪迹，江觐和江渭铭父子两次接受调查，都拒不承认自己认识水火，更不承认江偌生父母的车祸和自己有关。而警方这边也还未找到确切证据，毕竟此案已经事隔多年，嫌疑人章志已经去世，章志妻女能提供的线索不多。虽然迟迟找不到水火和江觐串通的证据，但是水火自江偌父母去世后，便多次出现在云胄市，也变相说明了他极可能和江偌父母的车祸有关系。

江偌了解完情况后，问："那你是希望我能提供什么信息吗？"

陈晋南上身前倾，手搭在腿上，问："听说你曾见过水火本人？"

"对，见过三次，都是他跟踪我，"江偌想起那三次相处，仍有战栗感，"他每次出现都是不一样的形象，感觉很会改变外形隐藏在人群里。"

陈晋南皱眉："这对他而言的确轻而易举。"他说着，拿出几张截取的监控照片放在她面前，"两天前，有一处高档住宅区被入室抢劫，调取来的监控中无意拍到了水火。"

照片里是一个穿着帽衫的男人，打扮得很像外出运动的住户。

"后来我们调取各个监控发现，他是尾随一个户主进了小区和住宅楼，在大厅里还能看见他的背影。后来他又尾随一个电梯维修工下了负二层，走到监控死角便没了踪迹。他再出现时已经是二十分钟以后，其间他把维修工敲晕拖到了楼道里，跟维修工互换了衣服，导致我们一开始被混淆，一直不知道他中途去了哪儿，我们后来猜测他可能是装成维修工上了电梯。"陈晋南说着，看了眼江偌，"后来发现，他所到楼层是一个女明星的家。"

江偌呼吸一紧，想到什么，重新看了一张监控照片，照片背景是住宅楼的大厅。

是杜盛仪所在的小区。

陈晋南看着她的反应，若有所思道："后来我们去问过这个叫杜盛仪的女明星，她说家门口的监控坏了好几天，自己整天都在家，那天除了电梯工来修电梯，没有别人来过。但是水火确实到了她家那层，过了十来分钟才下来。而且，报修电梯的人就是她。我们问过真正的电梯工，他在水火走后不久发现自己晕倒在电梯口旁边，根本不知道自己被人拖去过安全通道，以为自己是被人恶作剧敲晕。无凭无据的，他醒来后也没敢声张，还照原计划去了杜盛仪家检查过电梯，结果那电梯并没有什么问题。

"后来警方在查案过程中得知你跟杜盛仪有点渊源，也去过她家，所以我想问你跟她关系如何，她有没有跟你提过水火？当然，我主要也是想让你再谈一下水火跟你说过什么。"

陈晋南话里的信息量太大，江偌陷入被冲击的混乱中迟迟回不过神，连呼吸都快忘了。

江偌回忆了下那次在杜盛仪家中的会面，据实陈述："我跟杜盛仪接触得不算多，只有一次听她提起过水火，她问我知不知道水火这个人。对了，当时她说的是隋河，是水火的真名。"

这样的话，基本能确定水火和杜盛仪是旧相识。

好像有什么真相要呼之欲出，就差一点点，就能将事情环环衔接起来。

很明显水火是奔着杜盛仪去的，而杜盛仪坚称自己没见过水火，只有两个可能：真的没见过，或是有苦衷。

但其中又有最诡异的巧合——门口监控在那两天坏掉。这就让人不得不往提前预谋的方向去想。会否是水火提前跟杜盛仪通过气，杜盛仪向物业报修电梯就是为了让水火有掩饰身份的机会？电梯里监控范围太小，修理工戴了顶鸭舌帽，根本无法看清脸，她家门口监控又坏掉，那样便没证据证明她和水火真的见过面。

陈晋南手里把玩着一支烟，皱眉沉思道："尽管如此，她要是咬定没见过水火，也没办法。这厮太过狡猾，来之前把小区周边的监控死角都了解透了，走进一个死角便找不到踪影了。"

江偌想到另一种可能，道："她会不会是被水火威胁？"

"有待考证，但可能性很小。若是真的受到威胁，她更不可能帮他制造机会让他到自己家门口。如果不是她在帮忙，水火须得提前预知她报修了电梯，才能借电梯工的身份上楼。如果是恰巧遇见电梯维修和监控坏了，那就巧合得过分了。"陈晋南眯着眼冷笑了一声，"更有意思的是，电梯里看到水火在她家楼层出了电梯，电梯入户，除了她家还能去哪儿？"

高随点出重点："可她要是也不知道水火具体去向，在她身上下功夫，也是耽误时间。"

陈晋南靠在沙发上，手臂舒展地搭在沙发扶手上，说"江渭铭和江觐不肯说，是因为和水火生死利益相关，没证据，我们又不能拿他们怎样，现在那女明星就是唯一线索，不过……"

他忽然停下，看向江偌："你说说当初水火他为什么跟踪你。"

陈晋南有一双很精锐的眼，仿佛具有洞察人心的力量，给人一种高压感。

江偌跟他对视两秒后，别开了眼，说："可能是因为江甄的指示。那时候我爷爷要二审，他们怕结果对他们不利，所以让水火跟踪我，但最终没做什么实际危害到我的事情。"

陈晋南笑："没机会罢了。"

江偌诧然。

他说："江甄不敢动你，是忌惮陆淮深。"他淡淡看着她，又问，"水火还跟你说其他的了吗？"

陈晋南对水火，以及和水火有关人士的了解，超乎江偌的想象，他甚至连这些人之间的利益矛盾都明了于心。

江偌不敢直对他眼神，垂眸装作思考的样子，手指不经意蜷起。

陈晋南往她手上扫了一眼，仿佛知道她在顾忌什么，说："听说陆淮深跟杜盛仪是前男女朋友，两人曾经在港城待过几年，正好那几年水火也在港城。"

他是在提醒，他们已经怀疑甚至确定水火曾跟陆淮深有不一般的交集，她无须再做没必要的隐瞒。

江偌默默吸了一口气，抬眼对上陈晋南的目光，坚定道："他来见我怎么会告诉我意图？我怀疑这人有心理疾病，他说了很多恐吓我的话。"

高随看向江偌，没作声。

陈晋南挑了下眼："比如？"

江偌放松，靠在沙发上，低头稍做回想，说："毕竟过了那么久，具体的我不可能一字一句都复述得出来，大概意思就是他想对我动手很简单之类的。"

陈晋南点点头，看起来不疑有他的样子，又说："我们跟港城警署那边调过水火的档案，他杀过人、洗过钱，非法生意该沾的他都沾，以前警方以为他死了，他现在是全球通缉的重犯。本来还以为他跟你先生有什么交集，可以提供一些有用信息。"

她说："既然你们拿到了水火的档案，自然也能从那边得知曾经跟他有交集的人都有哪些，这样不是更方便调查吗？"

"陆淮深在港城那几年的档案简单到只有在哪个地方上学和居住，没有其他任何和水火搭得上边的经历。"陈晋南一边说，一边观察江偌的表情。

然而江偌看起来也一副茫然样："他在港城的时候，我都还不认识他，对他以前的生活也不太了解。"

陈晋南捋了把发楂，仿佛因为这事已经糟心透了，说："所以，到时候如果你们有什么消息，麻烦跟我联系，毕竟也涉及你父母的案子，希望能多多配合。"

他跟江偌交换了电话号码，江偌说："一定。"

陈晋南起身说："队里还有事情，我就先走了，"说完看向高随，"有空再聊。"

江偌也要离开，跟高随告别，与陈晋南一同下去。

第十五章

一切的一切，就是一个骗局

　　江偌直到上了车也未敢松懈，踩油门的脚因为之前紧绷太久有些轻微发抖。一路开车上高架又下高架，暮色渐浓，海滨大道的路上车流开始拥堵。

　　有高随的电话进来，江偌接通按了免提，他那边静了两秒，似乎在想要怎么开口。

　　"你放心，我不会告诉陈晋南。"说完这句他便挂了电话。

　　没头没尾的一句，但是江偌知道他在说什么。当时爷爷官司二审，她跟他说过和水火见面的具体谈话内容。

　　挡风玻璃上有细密的水珠凝聚，江偌打开雨刮器，在前方靠右停在临时停车位上。她的脸仿佛跟车玻璃一样，沾满水汽，呼吸都是潮湿的。

　　江偌熄了火陷进车座里，捂住脸深深吸了一口气，手却没拿开，久久过后，手底下传来一声隐忍的哽咽。

　　在正确的事和陆淮深之间，天平早就已经完全倾斜，而她无能为力。

　　陈晋南话里有话，明摆着不相信陆淮深会像档案里那么简单清白，她听懂了。

　　她第一时间下意识替他规避麻烦，怕他扯上祸事，就算陆淮深从未与她开诚布公地谈过他和水火到底有过什么恩怨。

　　每次在她以为又多了解了他一些的时候，现实总会重重给她一巴掌：你分明对他一无所知。

这场雨停停下下持续了两天，雨下了多久，她就在家待了多久。

这天半夜，江偌迷迷糊糊中接到明钰的电话，电话那头明钰啜泣着说救救她，她要受不了了。江偌顿时清醒，心惊地坐起来，不停安慰，问她发生什么事她也不说，电话那头还有江觐急声敲门让明钰开门的声音。

江偌情急之下打了江觐的电话，江觐说许斯茌白天来见了明钰，走后明钰像疯了一样将家里倒腾得一片狼藉，最后搜出了好几个监听器。

许斯茌偷偷安的。

晚上睡到半夜，江觐摸到身旁没人，房间门大开，出去才发现她爬到了客厅阳台，坐在了护栏上。

江偌听得心惊肉跳，没工夫去责备江觐，第二天就去了明钰那里。

明钰不肯再吃药，也不肯再去医院。

江偌到的时候，客厅房间窗帘紧闭，没灯也没光，像活人坟墓。

明钰从昨晚到现在一直没睡，吃过午饭在江偌的安抚下才勉强睡着。

连续两天，晚上江觐看着她，白天江偌来陪她。这晚王昭下了班也过来了，陪她说话，她也没什么精神回应，整个人憔悴得皮肤蜡黄。

翌日，明钰睡午觉前死死拉着江偌，双眼空洞地看着她，说："阿偌，你帮帮我。"

江偌心下一颤。

明钰忽然从床上起身，在衣柜深处翻翻找找，最后将一张卡塞她手里。

明钰的双眸出奇地亮，让江偌想到一个词——回光返照。明钰的神情让江偌不安，手中东西好像烫手山芋，她不愿接。明钰紧紧将银行卡按在江偌手心，干哑着嗓子说："我……算我麻烦你。"

明钰恳切的目光让江偌感到不忍，她一时没有说出拒绝的话，但也没立刻答应下来："你先说想让我做什么。"

"这是我这些年存下来的钱，"明钰用手指摩挲着银行卡上那串数字，艰涩地扯了下嘴角，"江觐很阔绰，时不时会给我一些钱。但我吃穿用住他全都安排妥当，这些钱我基本也没用。我将钱存在自己的卡里，刚开始太意气，想着如果将来我有了自己的生活，可以完全摆脱他，一定会将这张卡甩在他脸上。

可我现在才明白，'自己的生活'是一种多么奢侈的幻想，我已经……太久没有独立生活过了，我渐渐地想象不出来，离开了他，我自己能做什么，也意识到人不能跟钱过不去。"

她睁着茫然的眼看向江偌，第一次将自己心底的想法说与江偌听，神色卑微又夹杂着释然："这些话说出来，我知道你会看不起我。但是江偌，人是不一样的，从小到大你都比我有想法，连我妈都说我脑子笨还懦弱。我常常觉得我这辈子活得没有意思，想死又怕死，终于鼓起勇气想做个了结，又被人从鬼门关前拉回来，我真的……"她说不下去，一声苦笑。

江偌看着她，肯定道："明钰，我从没看不起你，我也有过难处，有过落魄无力时候，没有谁有资格傲视他人。"

明钰不知听没听进去，她不敢看江偌的眼睛，指了指那张卡说："可能这些钱对他来说并不算什么，但对我而言，是曾经想也不敢想的数字。你能不能帮我交给我妈？"

江偌听她就跟交代遗言一样，心猛地沉了下去，说："明钰，我不能代表你，你得亲自交到你妈手里。"

"我不能这样见她……"明钰压抑着波动的情绪，闭着眼不停摇头，"她也不会接受。"

"明钰，我不能帮你。"江偌心中惴惴。如果这就是明钰唯一放不下的心愿，要是自己替她完成了，她了无遗憾了会是什么结果，江偌根本不敢想。反之，这个心愿可能也会成为支撑她活下去的动力。

明钰双眼通红，似乎是憋着眼泪，又像已经没有眼泪可流，她说："你不要多想，我只是不敢见她而已。她患的是癌，不是其他病，当下是控制住病情了，可指不定哪天就复发，癌细胞扩散。她这个脾气……虽然上次她住院，我离开前偷偷给她交了一笔住院费，但我知道她要是再有什么事，肯定不会告诉我。她自己几乎没有积蓄，我怕……"

她怕她母亲熬不到愿意见她的那一天，同样也怕自己熬不过去。

"江偌，"她嘶哑着嗓音哽咽道，"我没有什么可留恋的，我只有我妈了。"

江偌想了很久，最终拿过卡，郑重道："我帮你。"

明钰舒了一口气："谢谢你。"

江偌担忧地看着她眼睑下大片的青黑，让她再睡会儿。

得到江偌的应允，明钰很小心翼翼，江偌让她睡觉，她就立刻躺回床上。

江偌给她盖被子的时候，看见她脚背的骨头宛若皮包骨，动作不由得顿住片刻，随后不着痕迹转开眼。

江偌把卡收好，明钰又拉住她，眼神切切，道："之前我给我们家邻居留了电话，请她照顾我妈，出院或者有变故也通知我，但是这么久了，我妈一直没出院，我担心……"

江偌知道她什么意思，安慰道："我过两天就替你回去看她，安心好吗？"

明钰点头，放低了声音谨慎叮嘱："还有，一定不要让江觐知道我让你拿了钱给我妈。"

她提起江觐时那瑟缩的神情，狠狠刺了江偌一下。她一边畏惧，一边却又无法逃离，何况明钰是对江觐有感情的。这该是一种怎样的煎熬？

江偌问她："为什么不能让他知道？"

明钰说："安顿好了我妈，我才能没有后顾之忧，将来就算我要离开，他也没办法强迫我。"

江偌捏了捏她瘦骨嶙峋的手，说："好。"

"一定记住了！"明钰不放心地又强调，"不如，你就装作是回老家探亲顺便帮我看我妈，我怕他会让人跟踪你。"

江偌被她如临大敌的样子搞得莫名心慌，只能不停安抚让她心安："你放心，他不会知道的。"明钰点头，江偌关了灯，"你好好睡觉，等阿姨来了我就离开，决定了时间我会告诉你。"

明钰闭上眼睛准备入睡，江偌离开房间，关上了门。

关门声刚落，明钰缓缓睁开眼睛，一动不动盯着门口好一会儿，然后转了个身面向窗户，将半张脸盖在被子下，睁眼无眠。

过了会儿，照顾她的阿姨采购东西回来，江偌跟阿姨说了几句话后离开了。

明钰闭紧眼睛，咬住牙关，脸上两行水线滑进发际，抽泣时带动着肩膀跟着颤抖。

东临市离江偌老家不远，最终江偌买了次日的高铁票，当天来回。晚饭前，江偌猜测这个点明钰应该也醒了，告诉她明天就去看她母亲。

陆淮深人在大洋彼岸，十六小时的时差。她现在睡得早、起得晚，陆淮深发给她的消息，她常常要第二天才看见。

江偌睡前发微信消息跟陆淮深说了要回老家的事，没过一会儿，一通越洋电话就打来了。她这几天往外跑得勤，精力不够用，早早就困了，这会儿正要睡着，电话响起，她稀里糊涂地接起电话。

"睡了？"他的声音自电话那头传来，两边都分外安静，呼吸仿若近在耳畔。

江偌看了眼时间，刚过十一点，她重新闭上眼，问："你起了？"

陆淮深说："我十一点半的飞机，明天下午五点到。"

"不是说后天回来？"

满屋子漆黑静谧，江偌翻了个身，陆淮深那边听得见被子窸窸窣窣的声响。

"事情提前处理完了。"

江偌"嗯"了一声，没反应了，陆淮深怕她睡着，趁她清醒时问她回老家的事："你明天一个人回去？"

"嗯。"江偌心里吐槽，不然还要前呼后拥吗？

他又问："老家那边有人接吗？亲戚或者以前的同学什么的。"

江偌清醒了些，说："没必要麻烦别人，我去趟医院就离开。"

陆淮深沉默片刻后说："我找个人陪你去。"

"谁？"

"明早让人来接你，你是几点的票？"是不容拒绝的语气。

江偌为让他放心，答应了下来："九点半。"

"嗯，我让裴绍挑个周到点的人。"

说完他没挂电话，江偌睁开眼，看到外面的照明灯从窗帘底缝透进来一缕暗光，她细声说："陆淮深，等你回来，我有点事想问你。"

陆淮深没有迟疑，答应道："好，明天下午时间要是来得及，我到高铁站接你。"

"嗯，我睡了。"

"睡吧，挂了。"

第二天，陆淮深让裴绍挑的人早早就过来等着了，是个叫程舒的短发女人，她一身风衣短靴，相当干练的样子。

江偌买的商务座，程舒买票的时候已经没有江偌附近的座位，上车后她跟江偌后面那人换了位子。

256

江偌惑然看着她，程舒解释："陆总说要寸步不离跟着你。"

江偌："行……吧。"

两小时后到站，下高铁时，程舒紧跟在江偌身侧，目光时刻尖锐地打量江偌周围。

江偌原本没觉得有什么，结果被搞得紧张兮兮。

她和程舒解决了午餐，又去买了些伴手礼，才赶去医院看望明钰母亲。

江偌已经许多年没回过老家，她被江启应接走之后不久，程家也举家迁往东临市。

一去多年，江偌望向车窗外，打量路边飞驰而过的景况。以前发展滞后的城市郊区，新竖起了栋栋高楼，道路越发平整宽敞，医院也迁了新址，到处都是全新景象。

江偌见医院外有水果店，又去买了一个果篮，循着明钰提前告诉她的楼层上去。

明钰母亲住在三人间的普通病房，明钰曾想给她转到单人间，离开时钱都交了，她却不愿住。

到了病房，江偌独自进去，程舒在外等候。

江偌进去时，一张床位是空着的，另一张床的病人去做检查了。

江偌温声问好："肖阿姨。"

肖麓见到她，难掩诧异，撑床坐起，问："江偌啊，你怎么有空过来了？"

江偌把带来的东西放在床头柜上，坐在病床边的椅子上，同肖麓叙了会儿旧，从肖麓的病情说到自己以前上学时候的事，都各自避开明钰未提。

不久，肖麓往江偌脸上多看了两眼，问："偌偌，你来找我，是不是有什么话想要说？"

自江偌出现在病房的那一刻起，肖麓其实就已经猜到了她的目的。断联多年的邻居，又不在一个地方，何苦这么折腾地跑来？她这次住院的事情，如果不是通过明钰，江偌不可能知道。

江偌用湿巾擦了擦手，思忖着如何开口，随后一边从包里拿出卡包一边开口说："阿姨，其实这次来，我是想替明钰交给你一样东西。"

江偌递出那张卡。

肖麓见着那张银行卡，脸倏地冷了下来，像是心里有气又不好当场发作，便偏头看向一边。东西没人接，江偌的手僵在半空。这是意料之中的结果，她收回手。

"阿姨，这里面有一笔钱，是明钰这些年存下的，她……"

江偌话说一半，肖麓郑重坚决地打断她："我以为明钰最多是拜托你来看我，没想过是她让你跑腿送钱。这钱她亲自给，我不会收，你转交给我，我一样不会收。想必你也知道我为什么不愿意见她，偌偌，你应该明白阿姨的想法。"

江偌知道肖麓并非不近人情的人，何况那是她女儿，可颠覆她一生坚持的道德观念的，也是她女儿。

肖麓自嘲一笑："老话说'树活一层皮，人活一张脸'。就因为她！我的脸皮和尊严当着那么多老同事和邻里的面，就这么一层层被剥了下来。"她戳着自己的心窝子，一脸痛色，"她爸爸当年一声不吭丢下我们母女俩，我一边替丈夫还债，一边辛辛苦苦养她长大，送她去大学。她选了个前途堪忧的冷门语言专业，我都依着她，我只希望她能一生活得自由光彩。可她做了什么？不自爱、不自重，出了家门就不知道姓什么了！"

江偌说："肖阿姨，您可能是被许斯茌误导了，"她一字一句耐心解释，"当年明钰和江觏在一起的时候，男未婚、女未嫁，许斯茌她还不知道在什么地方。问题顶多出在江觏和明钰在经济能力上无法对等，导致感情中的地位不平等。明钰是用江觏给的钱替您治病，但当时江觏作为男友帮助困境中的女友，有何不妥？那时明钰也不知道自己所托非人，会造成今天这个局面。"

肖麓抿紧了唇没接话，转开脸使劲眨了几下润湿的眼睛。

江偌垂眸道："您只知道明钰让您在人前蒙羞，却不知她牺牲了多少。"她盯着手里的卡，随后将它放在了肖麓的枕边，"这些钱，本来是她给自己留的后路，但又怕您这边有急用，所以才托我交给您。"

肖麓没看她，脸侧在一边，其实每句话都听进去了。

"阿姨，时间不早了，明钰拜托我的事我已办到，就先回去了，"江偌拎起包起身，临行前怕肖麓仍不把明钰给她的钱当回事，想了想道，"明钰她最近不太好，您是她唯一的念想了。"

肖麓倏地看向江偌，脸上没忍住流露出一丝焦急，问："她怎么了？"

江偌："等您愿意联系她了，亲自问她不是很好吗？"

258

走出病房，江偌心里不是滋味，加上在里面待太久，空气里消毒水的味道和病人体味糅杂在一起，使她胸口发闷。

江偌一偏头，见程舒坐在那里。她一直坐在这儿，除了上洗手间就没离开过，江偌跟她说了声"辛苦了"。

江偌买的下午五点的高铁票，因为回程始发站和到达站不同，这次总共只用了一个半小时。江偌在中途接到陆淮深的电话，他刚下飞机，说一会儿直接来高铁站接她。

过了大概半小时，陆淮深的电话又进来，说他临时有事去趟南城，不能过来了。

江偌愣了片刻，立刻说："没事，我自己可以回去，你忙你的。"

"如果事情进展顺利，明晚可以回来。"电话那头是机场广播播报航班延误的声音，陆淮深低沉清朗的声音夹杂了一些疲惫。

江偌知道他对睡眠环境要求很高，在飞机上尤其睡不着，他宁愿工作或是做其他事打发时间也不愿睡觉。

她看向动车窗外快速掠过的一帧帧景象，不知自己到了哪个地方。总之不在城市，天际如墨，地上隐隐有灯火人家。

她鬼使神差问了句："要是进展不顺利呢？"

陆淮深轻笑，自信满满："不会。最多后天。"

他出去这几天，大部分紧急工作让其他高管分担了，但是最近积压了一些重要文件必须要他签字，他不能耽误太久，顶多再过两天必须回来。

江偌低声说："嗯。"

听她的声音有些闷闷不乐，陆淮深顿了一下，问："你那边进展不顺利？"

他是指去帮明钰探望她妈妈的事情。

江偌握着手机，不知怎样开口。她靠着车座望向车外，动车内的灯光映在窗户玻璃上，模糊看去，就像铺散在漆黑天幕上的星星。

良久，她才用没什么劲儿的语气回他："都还顺利。"

挂了电话，江偌放低了座椅椅背，靠在上面，突然觉得困顿，渐渐合上眼皮。刚眯着一会儿，已经开始进入梦境。短短时间，梦里仿佛过去大半天，她忽然感觉有人在推自己。

"太太，醒醒，到站了。"

江偌听见"太太"俩字，一时没回过神来。头顶有灯，照得她睁不开眼，她神思涣散地想着：什么太太？

她以为自己还在梦里。

梦里她还在高中，根据校服样式来看，应该是回到江家转学之后，东临一中的校服比她以前学校的校服颜色稍深。

那会儿是高二的第一个学期，学校规定每周日傍晚到学校上晚自习。夏末初秋的傍晚，从窗户看去，能看到远处天边一抹灼灼的火烧云。

她刚在座位上坐下准备趴一会儿，肩膀被拍了拍，一张模糊的少年脸庞在眼前浮动，少年问她："江偌，我还给你的笔记，你看过了吗？"

她一脸茫然："什么笔记？"

"就是你借我抄的文综笔记啊，我那天本来到你家想亲自还给你，没能进门，就交给你叔叔了。"

"我叔叔？"她更蒙了，难道说的是江渭铭？她只有这一个叔叔。

"对啊，周五那天从你家开车出来的，被我遇见了，他让我把笔记本给他，他转交给你。不过你居然有个那么年轻的叔叔。"

年轻，那肯定就不是江渭铭了，江渭铭分明是个轻微发福的中年男人。

她苦思冥想，到底这个叔叔是谁，怎么没把笔记本还给她？

晃她的人加重力道，喊道："太太，到站了！"

江偌骤然回神，睁开眼目光聚焦在跟前，是程舒。

江偌撑起身子，道："不好意思，我太困了，睡得有点沉。"

甫一走出车厢，初冬的寒意扑面而来，江偌瞬间打了个哆嗦。她将包挎在臂弯上，两只手叠抱在胸前，紧紧裹住了大衣。

江偌被冷风冻得缩了缩肩膀，埋着头往外走，程舒一路护着她。

司机已等候多时，江偌上了车便给明钰发消息："妥了，我已回东临市。"

收起手机，江偌回想起那个梦。

部分梦境是现实的映射，她心里默默喃喃两个字：叔叔？

梦只做了一半，事实上当年那本笔记还回来的时候，里面应该夹着一封情书，但不知为何不翼而飞了。

她弯了弯嘴角。

江偌到了家也没收到明钰的回信，想起最后一次见面时说的那些话，她放不下心，便打了电话过去。

电话接通，那头却是江觐。

江偌听见声音，愣了一下，强作镇定问："明钰怎么样了？"

江觐语气平常："午饭后吃了一粒药睡着了，现在还没醒。"

"你看着她吃的？"江偌生怕明钰服药过量，话刚问出口才反应过来自己有点傻气。要是有异常，江觐在她身边肯定能发现。

她立刻又说："睡着就好，她许久没睡过这么长时间了，就这样吧，我明天再来看她。"

江偌说完要挂电话，江觐说："你这两天不用过来，我周末要带她去散散心，顺便看看周边环境比较安静的房子。"

江偌有些来气，"金屋"被发现了，就重新挪个窝继续藏娇？不过这话她没说出口，江觐不知悔改，她说了没用。她默默听完，不置一词，直接挂了电话。

陆淮深第二天晚上仍无法赶回，跟她打电话的时候像是喝了酒，语调微醺慵懒。

江偌泼他冷水："你当时不是挺自信，说今天就能回来吗？"

陆淮深醉意之下懒散回道："不是说最晚明天吗？"

江偌哼笑了一下："看来是事情进展不顺利。"

"虽然费了点周折，但是没什么大问题。"陆淮深稳稳接住这茬。

江偌正站在盥洗台前往肚子和腰上擦护肤油，手机开着免提放在一边，敷衍回他："陆总真棒。"

她看了眼镜子里，十五周的肚子正面已经可见凸起的痕迹，身体变化日渐明显。

她擦完洗手，陆淮深问她在干什么。

江偌说刚擦完护肤油。肚子最近长得有点快，她担心会长纹，便着手开始预防。

江偌穿好衣服回床上，说："明天跟小婶约了去看电影，晚上去私房菜馆吃晚餐。"

陆淮深短暂沉默了片刻，问："你那个朋友呢？"

"明钰？"

"嗯。"

"江觐这两天带她出去散心了，想在安静点的地段重新给她找个房子。"

他嗤了声："折腾。"

江偌心里也是这俩字，真的折腾。

江偌竟没想到，睡前明钰给她发来消息，问她明天有没有什么安排，说想找她一起吃饭。她问："江觐不是说带你出去散心吗？"

明钰回："是他提出的，说让我请你吃顿饭感谢你这段时间对我的照顾，刚好我们在森林公园这边发现了一家不错的民宿，你也可以来玩一玩。"

江偌觉得有些奇怪，但说不上哪里怪。怎么感觉明钰好像现在对江觐不太排斥了？

且不说江偌明天有约，就算有时间她也不想跟江觐同桌吃饭。他们再加上明钰，这组合很奇怪。江偌便婉拒了，说明天晚餐跟人有约，等回来再同她吃饭。

明钰又问："你们打算去哪里吃？"

江偌把季澜芷提起的那家私房菜馆名告诉了她。

明钰说："好吃的话。下次我们一起去。"

江偌察觉明钰状态不错，笑了笑，回她："好。"

翌日下午，江偌和季澜芷看完电影就去了私房菜馆，季澜芷是常客，老板给她们准备了包间，亲自接待，坐下后季澜芷跟老板说："先做两个对孕妇比较好的菜。"

老板看了眼江偌，比了个 OK 的手势。

江偌穿的长靴和大衣，大衣里是遮过大腿的毛衣裙，其实不怎么显肚子，江偌自我怀疑地低头看了一眼。

不一会儿先上了开胃汤，江偌喝了一口。此时，包间的门帘掀开，进来一男一女，径直走到她面前，为首的男人问："你是江偌？"

江偌不清楚什么状况："你们是谁？"

对方问："你认识明钰吗？什么关系？"

江偌愣住，答道："认识，她是我朋友。"

男人说："那就对了。"

这话没头没尾，江偌皱眉。

他亮出证件，说："我们是东临市公安局经侦队，有人举报你涉嫌巨额商业受贿，麻烦跟我们走一趟接受调查。"

江偌脑中彻底空白。

季澜芷更大的场面都见过，反应很快，立刻站起来说："什么商业受贿？如果是匿名举报，你们核实过证据吗？"

另一名女警说："既然能合法出警逮捕，自然有经过核实的证据。案子还在调查中，请配合我们的工作。"

从初始的茫然不知所措，到短短几句话的时间，一切都了然于心，江偌就像被人迎头打了一拳，剧烈闷痛后，一股无法驱散的酸意并着愤怒将胸腔都填满。

江偌也挺佩服自己这个时候还有理智在脑中梳理清楚事情始末，事情就算与她的猜想有差距，但也八九不离十。

她看着桌上还冒着热气的汤品，震怒之下，神色反而异常平静："我跟你们去。"

一切发生得突然，因老板知道季澜芷和江偌的身份，在警察进门出示证件要抓人的时候，老板已经着人清场。季澜芷向警察求了情，希望能等清完场再走，这案子毕竟还没盖棺定论，事关陆家，要是传出去，会对社会产生负面影响。

警察酌情考虑后允许了，等了几分钟，老板敲了敲门，示意可以了。

季澜芷拿好衣服和包，见江偌转身就要跟人走，立刻拉住她，把外套往她身上套，整理衣领时轻声安慰："不要怕，我跟你一起去，等下就通知淮深。"

江偌动了动喉咙，低声说："他今晚回来，现在可能在飞机上。他回来之前，这事先不要告诉爷爷，还有其他几个叔伯。"

季澜芷点点头，道："我明白。"心里感慨，她这么年轻，在这种情况下，还会考虑大局利弊，一般人恐怕早就慌了手脚。

"我有个律师叫高随，麻烦您帮我联系他，这人可以放心。"请律师是被允许的权利，警察也没阻止，江偌把电话号码给了季澜芷。

警察催促："好了，别耽误时间了，走吧。"

私房菜馆位置比较隐秘，清场之后周围基本没什么人。江偌上了警车，季澜芷开车跟在后面一同去了公安局。路上她先打电话给高随，紧跟着又联系陆淮深。果不其然，他人在飞机上，电话关了机，季澜芷给他留了语音信息，又在微信上重新发了一遍语音，确保他开机后能立刻看到。江偌进了审问室，季澜芷等在外面。

江偌坐了不一会儿，刚才那两名警察进来，手里拿着资料，警方觉得女性之间谈话比较容易，便让女警审问。

女警翻开资料，问："江偌，你认识高翔吗？"

江偌直视对方眼睛："不认识。"

女警看她两秒，接着又问："认识明钰吗？"

"认识。"

女警觉得有趣，嘲讽地笑了下，又立刻收敛，用笔尖敲敲桌子："认识明钰却不认识高翔？"

江偌看了眼她胸前夹着的证件，面不改色地说："刘警官，对于你们所说的商业受贿，我不知道来龙去脉，到现在还一头雾水。"

江偌这种表现，在警方眼里就是死鸭子嘴硬而已。刘警官笑了，翻了翻手中的记录，说："还装傻？"

随后江偌仿佛听了一个强安在自己身上的笑话。

高翔是华安基金的总经理，涉嫌挪用公款和非法竞争被逮捕。高翔挪用的部分公款走向不明，经此人招供，其中五百六十万给了她，而她则答应高翔，当上江氏董事后利用职务便利，促成江氏和华安的合作。最为戏剧性的是，因为怕事情败露，她还让高翔把银行卡给明钰，将那钱以明钰的名义放在明钰母亲那里，谎称是明钰给她母亲的赡养金，等风头过去，再把那笔钱取回。

江偌听完都笑了。

为了五百六十万，冒着犯罪风险，如此周折。她真不理解设这个局的人，为什么把别人的智商按在地上摩擦？是陆淮深穷到破产没钱给她用了，还是她视财如命，在不缺钱的情况下，冒着违法风险，连五百六十万都不放过？

她现在有江氏股份，如果她真的缺钱，可以卖股变现，而且还得是在陆淮深不愿给她钱的情况下，可陆淮深几张卡的副卡又分明在她包里揣着。她是有多想不通才能误入歧途？

"明钰呢？"江偌笑完敛了神情，抬眸看向对面，"她怎么说？"

刘警官说："我们已经通知她了，她一会儿来配合调查。"

江偌淡淡问："如果犯罪事实成立的话，她作为知情者，甚至是包庇者，会受到处罚吗？"

"那得看检方怎么判，你现在就别操心了，"刘警官不耐烦地看了她一眼，"到底是你审我还是我审你？"

江偌扯了下唇没说话。

"以上所述，是事实吗？"

江偌一字一顿回："不是。"

刘警官有些烦躁，舔了下唇。旁边那个警察按捺不住，厉声说："我们已经调过你周五乘坐高铁的记录，医院护士做证你到医院去看过明钰母亲，并且，"他说着，扔来一张装在证物袋里的银行卡，"这卡眼熟吗？是你亲手交到明钰母亲手上的吧？开户人是高翔的太太，上面有你的指纹。还有什么话要说吗？"

对方一句一顿言辞肯定，任谁看来这都是一起证据充足、无异于板上钉钉的案件。

警察一身正气，面色严厉，江偌顶着高压强作从容："这卡的确是我亲手交到明钰母亲手上的，但是是明钰让我给的，她说卡里是她这几年存下来的钱。她有抑郁症，病情时轻时重，跟母亲之间关系有裂痕，她母亲有癌症史，最近又住了院，不愿意见她。明钰怕她母亲有万一，手上又没钱治疗，所以才托我去转交这笔钱。我自始至终不知道这卡的开户人是谁，也不知道卡里的数额。"

刘警官从实习到从业这几年，见过太多罪犯，最不乏的就是那种心理素质极高的撒谎精，为证清白，撒谎撒得面不改色。所以在案子没结果之前，对于嫌疑人的供词，她既不会完全相信，但也不会全盘否定。她说："高翔是否做了假供，等我们审过明钰便知。如果真照你这么说，卡是明钰交给你的，可你又跟明钰是朋友，那你的意思是明钰联合高翔陷害你喽？"

"目前看来是这样。"

情感背叛这一遭，江偌只能打落牙齿和血吞。刚开始想通的时候，那种愤恨的情感极为强烈，后来心中还犹存一丝希望，觉得也许明钰也是不知情的局中人。但当证据完完整整摆在她面前，事情始末再清晰不过时，她反而平静了不少。

她知道，明钰最终的供词不会对自己有好处，一切的一切，就是一个骗局，明钰是能让她毫无防备的完美诱饵。对方将细枝末节都精心策划过，才能让她今天的辩解毫无立足之处。

刘警官一副公事公办的冷漠口吻："你认为她有什么理由构陷你？"

"也许是受江觐唆使或利诱。江觐是目前江氏集团的董事长，涉嫌故意策

265

划车祸导致我父母和哥哥死亡，江觐和他父亲江渭铭在今年二月以多重罪名控告我爷爷，后被发现有伪造证据的嫌疑。官司还未了结，我父母的死亡案也在调查中，这一切都记录在档，可以查证。"

刘警官陷入深思，用笔戳了戳下巴，问："明钰和江觐是什么关系？"

江偌："明钰是江觐的情妇。"

江偌本还想说是江觐的未婚妻导致明钰抑郁症发作，明钰想离开江觐，也许会因此而受制于江觐。可话到喉咙，她开始怀疑连病情也是他们计划中的一部分了。

审讯结束后，刘警官和同事出去，门打开的瞬间，江偌从门缝里看见路过的明钰。

她朝里面看了一眼，眼神闪躲着，快速经过。

门关上，江偌坐在四面都是墙壁的审讯室，头顶天花板上两盏白炽灯过于明亮，照得她眼睛酸涩，时间久了之后，有些刺疼。

[**第十六章**]
我是什么样的人你都接受？

刘警官和同事从审讯室出来，遇见直面而来的经侦队队长。

"杨队。"

杨队问："你们俩审出什么来没有？"

刘警官将大致情况说了，杨队冷笑："证据摆在面前，她还能编出这种毫无说服力的谎来？"

刘警官皱了下眉："不一定是说谎。我觉得这事疑点挺多，涉及的人物关系复杂，我建议审完明钰再看。"

杨队没吱声，过了会儿才说："审，先审。"

刚说着，后面传来脚步声，季澜芷和高随一起过来了。

沟通过后，高随去了审问室，季澜芷留在外面联系人。手机刚拿起来，她见江觐和一名西装革履的男人过来，她放下手，看向来人。

江觐旁边那人应该是个律师。准备得还挺充分，人才刚到，律师后脚就来了。

"季女士，许久不见。"江觐笑得和气，朝她伸出手。

以前陆江两家有往来的时候，在某些场合，两人见过几次面。

季澜芷淡淡勾了下唇，看似毫无嫌隙一般与他握手，道："好久不见。"

等人往等候区走去，季澜芷立马变了脸色，蹙眉看了眼江觐的背影。

陆淮深的手机现在还是打不通，她不知道他什么时候上的飞机，什么时候能到。她觉得这事有诈，不敢贸然联系陆家亲戚，先找了季家那边一位信得过的长辈，想让他疏通一下，至少能了解情况。结果警方那边什么也不愿透露。

刘警官进隔壁审讯室时，明钰已经等了一会儿，见人进来她便低下了头，模样瑟瑟不安。

审讯中主要还是由刘警官提问，几个流程化的提问之后，刘警官问："你跟江偌是朋友？"

明钰点头，低声怯懦道："是的。"

"认识高翔吗？"

她摇头。

刘警官"啪"地拍了下桌子，明钰吓得一抖，立刻点头。

"我再问一遍，认识高翔吗？"

明钰不敢直视对方眼睛，僵着没有反应。

刘警官和同伴相视一眼，对方发话："如果我们发现你有包庇和窝藏嫌疑，会依法追责。"

明钰"唰"地抬起头，眼睛都急红了，说："我只见过这个人的名字。"

"从何处？"

明钰咬了下唇，低声说："通过江偌。"

刘警官觉得她是个软柿子，稍加大声逼问，再用包庇嫌疑人的后果威胁，她竟然什么都招了。

"卡是江偌让高翔以快递方式寄给我的，"明钰掐紧了藏在桌下的手，"她……她跟她丈夫关系不好，几个月前就闹到要离婚，以前她爷爷住院的时候，还找我借过钱。虽然现在她跟她丈夫的关系缓和了，但她说要防患于未然，她说她有一笔钱，让我帮她把这笔钱放在我妈那儿，为了避免被人发现，她说那卡要……要以我的名义给我妈。"

刘警官莫名觉得她在撒谎，问："难道你就没想过，这钱有问题？"

明钰说："当然想过。我也问过她钱是哪儿来的，但是她不告诉我，只让我帮忙。当时我生病了，她常常来照顾我，要是不帮，我心里也过意不去。我只在快递的寄件人信息上看见过高翔的名字，我连他人都没见过。"

刘警官用笔挠了挠头，一动不动盯着明钰两秒，明钰直接又把头低了下去。

刘警官又问："听说你母亲病了，江偌说那张卡是你的储蓄，你让她交给你的母亲治病。"

明钰辩驳："怎么可能？就算再信任的人，除了自己的家人，我也不可能把自己的银行卡交出去。何况我上次去医院见我母亲，在医院那边缴了足够的费用，还告诉护士，要是钱不够了联系我，我再缴。"

刘警官拉长尾音"嗯"了一声，点了点旁边的人，说："刚子，你来问。"

刚子开口问她："听说你跟江觐有男女关系，那你知道江觐和江偌关系不和吗？"

明钰说话缓慢含蓄，声音也很小："知道，但是江觐不太跟我讲这些事，我只知道江偌在跟他打官司，其他的就不太了解了。"

刚子又问："你有抑郁症是吗？"

明钰点头。

审问结束后，刘警官和刚子离开审问室，刚子问："你觉得谁在说谎？"

刘警官加班两天，头都没时间洗，她捋了捋乱糟糟的刘海，说："谁都有可能在说谎，因为中间还涉及一个关键人物江觐。江偌和江觐是对立关系，要么是江偌诬陷江觐，要么是江觐联合高翔和明钰让江偌背黑锅，涉及商业斗争什么的。等等，江偌是什么时候当选的江氏董事？"

刚子一边翻看案件记录，一边说："上个月吧……"

刘警官想到什么，喃喃道："不对啊，江氏不是跟华安基金早在之前就存在合作关系吗？"

随后江觐录了口供，内容与明钰所说无异，但是由于江觐和明钰关系特殊，刘警官和刚子认为证据有疑点仍待考证。杨队却让他们将人收押，准备以商业受贿罪将人移交检方。

刘警官不敢置信地看向领导："杨队，这不合适吧？两方供词完全不一样，其中是有漏洞和疑点的，不能这么草率。再说江偌是孕妇，不能收押，她可以取保候审。"

杨队坚持，正要呵斥下属，身后一道男声传来："杨队。"

杨队转身，看见陈晋南带着一个同事过来，他立马转笑，虚情假意再明显不过："陈队怎么过来了？"

陈晋南双手插袋，昂着下巴看了眼对方，还算客气："听说你们这儿有件案子，跟我手上正在调查的案子有关联，我过来看看。"

杨队愣了下，顿时"呵"了声："您这是从哪儿听来的？你是省刑侦队的，咱们这儿是经侦的案子，能跟你的案子扯上什么关系？"

"关系多了去了，千丝万缕我跟您捋，您都不一定听得过来。"陈晋南皮笑肉不笑，拍了拍旁边那人的肩，"大鹏认识吧，你们市刑侦队的，手里一个陈年旧案的受害人的女儿就是江偌。"

大鹏眼明手快指了指刘警官和刚子，先斩后奏说："案子是你们俩负责是吧？走，我先了解一下情况。"

刘警官看了眼杨队，转身就带大鹏走了，刚子后知后觉道："那啥，杨队我去忙了哈。"

这会儿高随正好从江偌所在的审问室出来，陈晋南抬手跟他招呼了一下，二人一起走了，杨队被晾在一边，脸色极难看。

高随问陈晋南："警方这边会定案吗？"

"现在定不了。再说，就算定了，江偌不是孕妇吗？"陈晋南玩着手里的打火机，淡淡道，"你可以走流程把她保出去，准备帮她上诉就行了。"

高随刚才在外面跟人谈事，来得匆匆，他松了松领带，笑了下："你又不是不知道她老公是什么人，真闹成那局面，影响的可不是她一人。"

"那就只能等无罪结果呗。"陈晋南从夹克外套里掏出烟盒，一边点烟一边说，"说起来，上次江偌撒谎，我从她那儿啥都没捞着，还得为她跑上跑下，我还没计较这事呢。"他说着斜了眼高随，哼声道，"别以为我不知道你们俩那些歪七八糟的默契。"

高随没打算辩驳，手虚握着往嘴边遮掩了一下，道："有些隐情而已。"

"我就奇了怪了，水火的案子要是水落石出了，对她有利无害不是吗？"

"高律师？"高随和陈晋南站在走廊尽头，季澜芷在找他，远远叫了他一声。

高随看向陈晋南，留下一句："我会劝劝她。"

"'劝劝她'是什么意思？"陈晋南眼睛一瞪，"敢情警方办案她还敢不配合？"

高随脚的方向已经挪向季澜芷那边，他又看陈晋南一眼，仍是笑笑："那你要是像今晚这样，强制将人带去审问也可以，但我觉得江偌这人有点吃软不吃硬。"

陈晋南想骂人。

季澜芷走来说："陆淮深下飞机了，联系上了，但是我没跟江偌谈过，也不知道具体经过，还得你们俩亲自谈一下。"

高随说："行，我给他打过去。"

高随把江偌涉嫌的罪名和向江偌了解到的案件情况转述给陆淮深，并且做了预估："整件事情表面上看起来滴水不漏，但只要不是事实，就肯定有漏洞。时间短暂，我还要花时间整理，案子也不可能这么快终结侦查。恐怕警方那边最终要拘留，得先走流程把人保出去。"

陆淮深摸了把下巴，沉声问："最坏结果是什么？"

高随："警方调查后确定犯罪事实，决定起诉，移交检察院。"

陆淮深有两秒没说话，随后冷下调子直截了当道："不行。"

高随说："只要找到江觐和明钰口供的不实之处，让警方无法确定证据真实性，证据不充分，自然不能起诉。"

"知道了，我一会儿就到，有劳了。"

陆淮深挂了电话，立刻又拨出另外一个号码。

江觐录完口供刚出来，明钰跟在他后面，亦步亦趋的，他嘱咐明钰跟律师在休息室待会儿，随后往杨队的方向走去。话没说上两句，有电话进来，他看了眼来电显示，走到一边去接电话。

办公室灯光如白昼，但不用加班的员工已经下班，此刻只剩寥寥几人。

"这个时候给我打电话合适吗？"江觐站在办公区的窗户前，戏谑道，"今天这么重要的场合，陆总怎么来晚了？"

"为了拖延时间绊住我，你应该花了不少心思。"陆淮深冷笑，"我主要是有件事跟你确认一下。你知道马六这人吗？他居然告诉我水火在帮你做事。我觉得奇怪，你怎么可能真的跟水火有勾结，江总这么衣冠楚楚的青年才俊，一看就是知法守法的好公民，你说呢，江总？"

江觐的笑容逐渐消弭，捏着遮光帘的手不由得握紧，嘴上淡淡回："那当然了。"

陆淮深冷哼："挂了。"

江觐立刻致电水火，电话一接通，他咬牙压低声："你那个手下马六去哪儿了？"

"他回老家了。"

"什么时候？"

"两天前。"

"他联系过你没有？"

"他手头又没重要事，为什么联系我？"说着，水火察觉不对，警觉道："怎么了？"

江觐额头青筋暴起："怎么了？他妈的人在陆淮深手上！"

水火沉默了一会儿，问："陆淮深这两天不是去南城了？"

江觐一把挂了电话，撑着窗，背脊绷得紧紧的。

杨队环视了一下周围，走过来问他："有情况？"

江偌最终以证据不足为由被释放，一行好几人，浩浩荡荡往外走。

陈晋南把人送出来，还要回去跟大鹏沟通案子的事情，正往回走着，见江觐带着几人出来。

江偌听见谈话声，转身往后看去。

明钰跟在江觐后头，露出半个身子，似乎察觉到江偌的目光，她迟钝地看来，倏地又低下头，往江觐身后挪了半分，利用男人彻底挡住自己。

江偌目光如炬，一动不动盯着江觐身后。公安局大门前的灯光照得她瞳孔澈亮，明眼人都看得出来平静底下暗藏的旋涡。

高随最先发现她这眼神，低声提醒："冷静一点。"

陈晋南还没走，闻言看了眼江偌，挑眉戏言道："这还在公安局，别寻衅滋事啊，免得再给抓进去。"

江偌抬眸，挺平静地淡笑着问："你的意思是，出了这个门就行了？"

陈晋南挑挑眉说："我可没说。"

江偌瞥了一眼那几人，直接转身率先下了台阶，刚好一辆车开进来，车灯光线强烈，她看清了驾驶室里那张熟悉面孔。

陆淮深车都没锁，下了车朝她走来，伸手揽住她。

所有情况，之前高随都告诉过他，也没什么可再说的。

江偌现在仍是嫌疑人身份，这事警方已经立案调查，高随说："我这边会着手去取证，随时保持联系。"

陆淮深说："有劳了，我这边随时提供需要的资源。"

高随点点头。

陆淮深又向季澜芷道了谢，等人走了，他垂眸打量了江偌一眼，将她按进怀里，温声道："航班延误了一会儿，回来晚了。受委屈了？"

江偌手捏着他大衣的衣摆，摇了摇头："是我自己大意，错信了人。"

她真没觉得委屈，就是觉得心里有股气，不发出来她难受。

陆淮深探了探她湿冷的手心，说："先回去再说。"

江偌想了想，从他怀里挣开往驾驶室那边走去："我来开车。"

坐上驾驶座，江偌也没启动，等一辆银色轿车开出停车区后，她才启动车子跟着出去，一路尾随。

陆淮深猜到她要做什么，也没阻止，只在适当的时候提醒她加减速。

刚下高架之后，江偌见后向没有来车，一个提速超车，将前面那辆银色奔驰别停在了路边。

江偌推门下车，银色轿车车门紧闭，她走到车头往里看了下，是司机开的车，她径直往右后座走去。

陆淮深从副驾驶出来，靠着车身，看她面无表情拉对方车门。车门上了锁，她便敲对方车窗。

"明钰，这笔账今天我不跟你算，也总有一天要跟你算的。"

车窗玻璃一片漆黑，江偌紧紧盯着里面，随后她听见车门解锁声，她伸手一把拉开车门，一手撑着车顶往里看。

明钰被她吓到，眼神惊恐地看她一眼，然后别开脸去。

以前江偌或许会觉得她这副样子楚楚可怜让人心疼，但如今只觉得倒胃口。

江偌一把将她拽出来，明钰还没来得及站稳，一个响亮的巴掌就落在脸上。左颊火辣辣地疼，她顿时眼泪盈眶。

江偌不发话，死盯着她。那一巴掌她用了大力，过后手心都在发麻发热，冷风一吹，掌心逐渐冰凉，只剩麻木。

明钰根本不敢用正眼看她，只偏开头，垂着眼睫包住一汪眼泪，不让它掉下来。

初冬的夜风已经有了几分刺骨，江偌穿得不算厚实，风争相从毛衣衣摆钻进去，愤怒加寒冷，让她几乎想要发抖。

时间一点一滴溜走，明钰始终没有回应，江偌盯着她的脸："没有一句话想说的吗？"

明钰给她带来的事端，她不可能一笔勾销，但是在这之前，她竟然连一句最没用的"对不起"都听不到。

不过江偌大概能猜到缘由。明钰若认了错，就是间接承认了这是她与人做的局。所以明钰并不蠢，更不单纯，该考虑到的细节，她从不落下，她不是被人豢养的金丝雀，而是江觐亲喂的虎狼，最擅长的是伪装。

江偌目沉如水，将手揣进大衣衣兜里，视线缓缓掠过车里的江觐，最后落在明钰脸上，冷声道："那就祝你跟他天长地久。"

明钰显然一僵，江偌已经转身走开。

风吹起的长发凌乱地贴在她脸上，挡住大半被泪水糊满的脸。

后来是陆淮深开车，江偌一路无话，走着神。

下车前，陆淮深拉住江偌一路上都在不停擦拭的手。

可能这动作她也是无意识做出来的，她有些不明所以地看着陆淮深，问："怎么了？"

江偌有时候的忍耐力强得惊人，看她现在的反应，好像无事发生一样，其实情绪都往心深处压。但对她来说，有些情绪她可以自己消化，不想影响她周围的人。她不需要安慰，因为安慰也无用，她始终要过自己这一关。

陆淮深两只大掌合上，裹住她的手搓了搓，说："天气冷了，以后多穿点衣服再出去。"

江偌的手往上抬了抬，指腹碰到他长出胡楂的下颌，问："这胡子多久没刮了？"

"早上才刮的。"陆淮深笑了下。

他勾起的嘴角就在她手边，江偌胡乱摸了一把，笑笑说："长得够快。下车吧，我想吃点东西。"

说完她打开车门下了车，笑容一下就没力气强撑了。

吃过饭陆淮深便去书房了，江偌喝了牛奶上楼，顺便给他带了一杯水。她有意让他晚上戒咖啡，所以用白水代替。

她打开书房门，见他站在窗前打电话，听到内容，她顿了一下，轻轻关上门退出去了。

陆淮深回房间时已是深夜，江偌闭着眼睛却毫无睡意。

陆淮深熄了灯上了床，从身后靠过来，问："怎么不睡？"

江偌在黑暗里睁开眼，问："这次是不是会给你添很多麻烦？"

事情来得蹊跷，也不好解决，她不想看陆淮深为了她拉下面子四处找人疏通关系。这一遭，不知道会让他欠下多少人情，这些以后都是要还回去的。

"能解决的都不叫麻烦，"陆淮深在黑暗里搭上她的腰，手掌握着她的小臂轻柔摩挲，"不要多想。"

江偌知道他向来都是泰山崩于前而色不变，所以无法辨别这番话是否只是他的安慰，她无法平抑心中的烦闷和不安，无法轻易控制自己不去想。她攥着枕头没出声，思绪繁杂之中，她跟明钰说的最后一句话没有由来地变得十分清晰。

"祝你跟他天长地久。"

如果明钰的病是真的，想要离开江觐为自己而活也是真的，那她说的那句话对明钰来说，无疑是最狠毒的诅咒。

陆淮深久不见她应声，又问："之前你不是在电话里说，回来之后有话跟我说？"

江偌想起之前自己说过的话，沉默了一下，打了腹稿才道："几天之前陈晋南找过我，就是高律师的校友，今晚和上一次在警局都帮了忙的那位。"

陆淮深微拧眉，道："我知道。他找你什么事？"

"他们发现了水火的行踪，在杜盛仪的住宅。"江偌说到这儿，不由自主地稍做停顿。

陆淮深蹙眉道："水火不是失踪许久了吗，怎么在这时候出现？他们查出什么了？"

江偌心下讶然，问："你也不知道水火的去向？"

"本来一直盯着他的动向，想看他和江觐是否有联系，但是后来有几天没动静。他平常就在住宅周围活动，之后一段时间一直看不到人影，随后彻底失了踪迹。"

江偌了然。毕竟陆淮深雇佣的侦探等特殊人员怎么也不如警方光明正大,行事也没那么方便。

她继续将陈晋南告知她的进展讲完,但陆淮深的关注点在于:"你什么时候见过杜盛仪?"他声线平稳,听不出其他情绪。

"有些日子了……"江偌摸摸耳垂,不留间隙接着又说,"我算是间接向陈晋南提供了杜盛仪和水火认识的证据。"

他"嗯"了一声,鼻息低沉,说:"应该的。"

江偌之前忽略了陆淮深并不知道她后来又去见过杜盛仪的事,话说出口来不及编缘由,只好和盘托出。

陆淮深趁她发怔的片刻,又追问:"你到底什么时候去见她的?"

江偌见逃不过这个问题,支支吾吾说:"挺久前,好像还住在华领府的时候吧……"

陆淮深发出质疑的声音:"好像?吧?有那么见不得人?她跟你说什么了?"

黑暗中江偌背对着他,只能通过对方的语气感知对方情绪,她有片刻没吱声,再开口就有些冷淡了:"你拷问我?"

陆淮深:"你不要自己随意曲解我的意思。"

"那你什么意思?怕她背后说你坏话?你觉得如果她说什么我就信什么,现在我跟你还会躺在一张床上?"江偌连连抛出几个反问。

陆淮深应对不及,竟然被她问得一怔。

她这话里的意思肯定是她信了杜盛仪话里的一部分,但她藏了这么久什么都不提,现在她更不会提。有一部分没信,说明她是有选择地相信他。

他还有什么可说?怎么说她都能挑出刺来。

陆淮深被气笑:"我就是想知道你们聊了什么。"

江偌没好气地用手肘往后顶他一下,说:"男人这么八婆做什么?女人之间的谈话能让你知道?"

她想起困扰自己这么多天的根源,说:"陈晋南想从我嘴里知道你认不认识水火,但是我替你撒谎了。"不说这个还好,一说就来气,江偌笑得那叫一个心平气和,"你却从没……"她才说了几个字,心情实在无奈,顿了顿,又一字一停地说,"你从没诉过我你和他究竟因为什么而结怨,这有什么说不出口的吗？"

　　江偌这么几天已经想明白了，最严重不过是他曾在港城跟水火做的是同一类事。

　　她将自己的所有展现在他面前，而他却将所有隐瞒。她最在意的是这个。

　　思及此，江偌的胸腔随情绪起伏，陆淮深将她往胸前紧紧环住，唇贴在她的耳畔："你是干干净净的，我希望你看到的一切也都是干干净净的。你以前经历过的，只是人世间的不如意，可还有更多的黑暗是你不曾触及，也超出你接受范围的。"

　　江偌怔住，她几乎能感受到他胸腔震动的频率。宛如一片羽毛轻飘飘落下，瞬间将她的焦躁抚平。

　　但他的话，让她不由得往更坏处想。

　　她鼓足信心说："只要你告诉我，我就可以接受。"

　　陆淮深轻笑："我是什么样的人你都接受？"

　　江偌咽了咽唾沫："能……能啊。"

　　在她看不到的背后，陆淮深看她的眼神更深。长时间的出差加飞行使他有些疲惫，嗓音因此更加低沉富有磁性："那些不太好的事，我不想你接触太深，也不想你卷入其中。"

　　这话让江偌喜忧参半，一面心中涨满温柔，一面觉得她并没有得到想要的答案。

　　他很快又说："不过可以告诉你的是，杜盛仪曾经长时间遭受水火的骚扰。"

　　江偌愣了愣，心中困惑不已，她问："可既然如此，杜盛仪为什么要隐瞒水火行踪？"

　　陆淮深声线低沉："有时候眼睛看到的事实，也许不一定是事实。时过境迁，谁也不知道现况是否有了改变。"

　　江偌不置可否。

　　陆淮深让她睡觉，劝慰道："不要积虑过重，一切有我。"

　　多让人有安全感的一句话，可江偌却感到一种陷入死局无法转圜的压力。她对一切似知未知，麻烦却如雪球一般越滚越大，以她当前的能力根本无法解决。最近陆淮深频繁出差，就算他不说，她也知道公司那边出了点问题，她担心陆淮深顾了这头会顾不了那头。

她不接触博陆那边的事，仅知的消息，还是最近季澜芷透露给她的。

季澜芷说，自从那次家宴常宛惹得老爷子不高兴后，陆淮深大刀阔斧地抽常宛在公司的势力，裁换其亲信拥趸，而老爷子不知道为什么，对此也睁一只眼闭一只眼。但常宛和陆甚憬也非任人宰割之辈，私下似乎暗中谋划酝酿什么。更深层事态不甚明了，季澜芷也只是一知半解。

江偌就怕她这边的事情让陆淮深分心，让常宛和陆甚憬有机会乘虚而入。

这一觉睡了没多久江偌便醒来了，陆淮深早已去了公司。拉开窗帘，外面下过小雨，雨虽然停了，但湿意未散，地面上有积水，天也昏暗阴沉。

早饭过后高随打来电话，说今天准备去一趟她老家，从明钰母亲那儿取证，问她当天和肖麓的谈话内容。

高随电话刚挂，王昭又打来。

周末的时候她开车去了趟外地出差，公司今天放她假，昨晚回来她直接去爸妈家里住了一晚上，她妈煲了汤让她带走，她想起明钰有些厌食，所以多带了一份送去给明钰。

她这会儿从明钰家里离开，刚进电梯，忧心忡忡给江偌打电话："你知道明钰怎么了吗？我刚才给她送汤，看见她脸上好像有没有消的巴掌印，说话也躲躲闪闪的，是不是江觐家暴她？"

要是真这样，无论如何都得报警。

王昭觉得江偌那边出奇地沉默，片刻后听江偌淡淡说："我打的。"

电梯门开了，王昭愣住，没走出去，惊得抬高音量："你打的？"

眼见电梯门要关上，王昭连忙伸手挡了一下，快步出去。

"到底怎么回事？"

江偌将来龙去脉大致说了下，听到前半段王昭便定住了脚步，站在负一层的电梯间里一动不动听着电话。

等江偌讲完，王昭咬牙切齿："这臭娘们儿……"她停了一下，说，"我突然想起我的保温桶忘了拿，我妈花了好几百大洋买的，可不能便宜了她。"

不等江偌说话，她便挂了电话，将手机往包里一扔，乘了电梯原路上去。

门铃再响的时候，是阿姨来开的门，王昭笑嘻嘻的："我忘记拿保温桶了，能不能把汤倒出来把保温桶给我？"

阿姨答应了，出于礼貌让王昭进来坐会儿。

王昭进去，环视了一圈问："明钰呢？"

"喝了点汤就回房间了，可能是睡了。"

正说着，明钰从主卧出来，阿姨说："王小姐回来拿保温桶。"

明钰心里打鼓，讪讪"哦"了一声。

王昭笑着朝她走过去，明钰目光闪烁不定，问她："要不要再坐会儿呀？"

王昭站在她面前，一个巴掌扇在了她脸上，跟江偌昨晚留下的掌印重合。

阿姨惊慌失措，叫了一声，保温桶摔在了地上，她立时上前阻止："干吗呀，这是干吗呀！"

王昭板着脸冷冷问明钰："江偌怀着孩子才刚过危险期，为了帮你操了多少心，你就是这么跟你姘头联手陷害她，你是人吗你？！"见明钰眼睛一眨不眨地盯着她，泫然欲泣，委屈极了，她更加来气，怒极反笑道，"你还装，是不是连病都是装的？我看你就算真有病，这病根也是因为良心不安夜里睡不着觉吧？"

明钰没回嘴，家里阿姨不明缘由，可发工资的是江觐，她自然站在明钰那方，对其多加维护："王小姐你这是怎么回事啊，怎么不由分说就上手了？有什么话不能心平气和说呢？你要是再这样我就报警了！"

明钰低声阻止："我没事。"

王昭实在不理解，这人挨了打既不反驳也不反抗，这是什么毛病？显得自己好像多欺负她似的，导致更伤人的话都不好说出口。

本来她都想好在明钰报警的情况下她要怎么应对了，可这一拳打在棉花上似的，太令人郁闷。

王昭想：她是不是有什么苦衷？于是试探地问了句："你就没什么要解释的？是不是江觐威胁你了？"

明钰顿了一下，摇摇头。

王昭冷冷看她半晌，无话可说，转身就出去了。

门关上，阿姨说："那桶……"

王昭的来意根本不是为了那桶，明钰低声道："收起来放在一边吧。"

回到房间，明钰靠着床坐在地毯上，窗帘紧闭，光线黯淡，她将下巴使劲往高领毛衣的衣领里缩，手指甲紧紧掐住膝盖，双眼空洞地看着床头桌上那张卡。

真正属于她的那张卡，之前被江觐发现，猜到了用途后强行拿走，昨晚他还给她了，里面还多了一倍的金额。

江偌在高随晚上回家之后接到了他的电话，高随说，肖麓的证词没什么作用。

虽然在意料之中，江偌仍是止不住地心里一沉。到了书房，她关上门，问："她具体怎么说？看样子是提前跟明钰串通过的吗？"

高随说："她说你那天来看她，是代替明钰给她银行卡，明钰怕她医疗费用不够，生活没有保障。虽然这部分能跟你的口供对上，但是明钰和高翔的指控中说，为了帮你隐藏这所谓的赃款，你们俩联合对肖麓撒了谎。意思就是，肖麓对这一切都不知情，她是从你嘴里得知这卡的由来，而你……"

江偌平静打断："我明白。"

高随无言，沉默良久又说："这还是要看警方怎么定夺。"

"现在是不是只能等着警方决定是否起诉了？"

"就算如此，公诉和审判阶段还可以想办法，"高随顿了下，"其实我有个建议。"

"你说。"

"江觐和明钰这么做肯定是有目的，你可以问问江觐他想要什么。"

"这不是正中他下怀吗？难道给了他想要的，他就能左右警方的决定吗？"江偌字句铿然，"我知道他想要什么，他想要股份，他还想让我坐牢，让我最好这辈子都不能再对他产生什么威胁。"

江偌撑着额头，手指埋入发间，她明知别无他法，但仍然觉得不甘心："一次示弱，就会永远丧失主动权。"

高随安慰道："你别急，毕竟江觐被怀疑跟你父母的死亡案有关，警方或许会考虑到你这案子的特殊性再做考虑。"

江偌愣了愣，问："如果我能确定害死我生父母的背后主谋是江觐和江渭铭，是不是就可以改变局面？"

"可以，可现在警方查案遇见瓶颈，水火在逃，你能想到其他办法吗？"

江偌喃喃："让我想想……"

第二天下午，江偌驱车外出，半路买了果篮和一束鲜花去了某高档住宅区。

杜盛仪家中，杜盛仪慵懒靠着沙发靠背，淡淡睨了江偌一眼："无事不登三宝殿，江小姐这次主动找我是因为什么？"

见杜盛仪这样直白，江偌也单刀直入说："我想问关于水火的事。"

杜盛仪顿了一下，半垂下眼睑的双眸忽然看向江偌，片刻，她倏然笑了下："水火？"

江偌更正："隋河。"

杜盛仪处变不惊，面色自若道："我不了解他，不熟，关于这人，我知道的不一定比你多。"

语气挺敷衍，江偌听得出来。

"警察找过我，"江偌意有所指，"说水火来找过你，问我知不知道你和他什么关系。当时你跟我提起过他，我如实告诉警方了。"

杜盛仪也没因此气恼，语调寡淡而缓慢："我知道，警方后来又找过我一次。"

"你真的见过隋河？"

杜盛仪挑眉看着她，避实就虚地反问："你这是在套我话吗？"

江偌双眼一动不动瞧着她，嘴角漾着轻松笑意："我以为你这么直白，是不想跟我绕弯子。"

杜盛仪态度坚决："很可惜，我说没见过就是没见过，你现在硬要从我这儿得到些他的消息，是在为难我。"

气氛有些紧张凝滞。

两人都是面色和善，但话题抛接之间，都没输下阵来。

江偌本来就是抱着试一试的心态，没想过能成功，如果要杜盛仪改口，也就是在让她间接承认欺骗警方，这一点，她确实为难。

江偌静了片刻，从容不迫问："或许咱们也可以公平点，你告诉我隋河的去向，我给你你想要的。我只要知道他的消息，我不会告诉警方，这样可以吗？"

"不可以。"杜盛仪拒绝得相当彻底，嗓音淡然，却带着无法撼动的坚决，随后又冷笑道，"我想要的，你可给不起，你也不会给。"

江偌不用想也知道和陆淮深有关，她发觉杜盛仪如此坚定为水火隐瞒去向的态度，并不像是对待一个曾经骚扰过自己的男人。

江偌像走进了死胡同似的无可奈何，也不能告诉杜盛仪水火关乎着多少宗案件的走向，要是水火被证实跟江觐之间有牵扯不断的关联，许多问题都能迎刃而解。当初杜盛仪为了想让陆淮深不好过就专程来给她使绊子，要是知道真相，杜盛仪岂不是会乐见其成？又怎会出手相助。

江偌仍是不厌其烦地将话题往水火身上扯："听说你和隋河很多年前在港城就认识了。"

杜盛仪面色倏地往下一沉，压着眉头语气不顺问："陆淮深告诉你的？"

江偌对答如流："警方调查出来的。"

杜盛仪不信："警方会告诉你这个？"

"一切为了查案，没什么不可能。"

杜盛仪态度尤为强硬："我保持我的话语权，你要是有任何疑问，告诉警方，让警方调查，就算有证据摆在我面前，我还是那句话，我不知道那人去了哪儿。"

江偌盯着她良久，背着包，手揣进兜里站起来，自上而下看了她一眼："那打扰了。"

由于当初杜盛仪一上来就跟她过不去，她迫不得已辞了工作，这事跟杜盛仪脱不了关系，这梁子早已结下，两人心平气和坐下来谈的可能性几乎为零。江偌也没打算低声下气求她，所以事先打算以物换物，但杜盛仪铁了心金口不开，江偌也就不浪费时间了。

江偌往外走时，有电话进来，手机在兜里振动，电话是陆淮深打来的。

江偌站在杜盛仪家楼下，对着这通打来的电话，莫名地迟疑了一下。

她接通，陆淮深问她："刚才怎么一直没接电话？"

"刚才跟人打电话。"江偌拉开出入口的玻璃门。

他问："这会儿去哪里了？"

"在外面有点事。"江偌想了想还是一语带过，快速转了话题问他，"打电话给我什么事？"

陆淮深饶有兴致："没事就不给能给你打电话？"

"现在半下午的，你不忙？"要是没事，他不会现在这个点给她打电话。

江偌走到车边，忽然顿足，然后转头往高处望了一眼。她像是想到了什么，语气淡了许多："你是不是知道我在哪儿？"

对面静下来，片刻都没回应。

江偌了然，她拉开车门上了车，才问："你是怎么知道的？"

陆淮深不答反问："你去找她做什么？"

"当然是为了询问水火的消息。"

陆淮深的呼吸明显一重，连带着语气也比刚才重了些："警察都撬不开她的口，你去找她有什么用？"

江偌一股火腾地蹿上头，她使劲将车门关上，很大一声闷响，对面似乎也听见了，便不再作声。

过了会儿见她始终不再开口，陆淮深稍微缓了缓语气说："你跟她有过节，你就这么单枪匹马去见她？"

江偌深呼吸，尽量使自己冷静下来："我怎么觉得你对我单独见杜盛仪这件事特别介意？我不明白，杜盛仪一伤患她能对我做什么？你到底是担心她会对我做什么，还是怕她跟我说起什么？"

江偌的语气一开始还能保持平静，后来质问的语气便再也隐藏不住。

陆淮深的语气凉下来，反问："你什么意思？"一股逼迫感也随之而来。

"字面意思。"江偌语气干瘪，"我不知道你到底有多少事情没有跟我讲清楚，我尊重你的隐私，也选择相信你，但是你得知道疑惑和信任是成反比的，疑惑累积越深，信任也会随之崩塌。"

陆淮深那边没有作声。

"我不想总是从别人口里了解你，"江偌脑中凌乱，语无伦次，嗓音微哽，"但……但你好像……总是给不了我像样的解释。"

江偌不想说下去，挂了电话。

陆淮深没有再打过来，她平复了一下，开车离开。

中途等红绿灯时，她想了想，变道去了华领府。

夜深结束了应酬，陆淮深上了车，对司机说："去华领府。"

车停进车位，陆淮深却没下车。

司机等了会儿，车厢里安静到了极致，他不敢看后视镜，只疑问道："陆总，不下车吗？"

陆淮深当时买这房时，买了三个停车位。

此刻他右手边，停着江偌的车。

江偌不想见他，躲到这里来，估计是没想到他也会来这儿。

陆淮深没吭声，闭眼靠在车座上，司机不敢再打扰。

过了好一会儿，陆淮深捋了把发楂，吩咐司机："你先走。"

已经快凌晨一点，江偌睡不着，黑暗静谧中隐约听见大门打开的声音，关上的声音更加明显。她一下子撑坐起来，光着脚走到门口，看见客厅里灯开了，有光线从门缝底下透进来。

江偌一开始就没考虑是小偷，小偷没那么光明正大，还闹出动静。

家里的拖鞋是软底，走路几乎没声，看到门缝下有人影晃动，江偌眼疾手快立刻将房间门反锁。

外面的人刚好要开门，手刚搭上门把，听见里面"咔嗒"一声，他动作停下，似乎不敢相信，尝试着转动门把手，里面是锁死的。

江偌站在门后，听见外面那人又徒劳地用力转了两下门把。

她淡淡哼了声，光着脚来，光着脚回到床上。她还没盖上被子，陆淮深敲门："我要洗澡。"

江偌不咸不淡回："外面有浴室。"

陆淮深又说："换洗衣物在里面。"

"等着。"

江偌下床，到衣帽间去给他找了衣物，连第二天要穿的整套西装、衬衫和领带包括袜子都齐活了，以防他找其他借口想进来。她又去主卫里翻出一套全新的日用品，拉开一道门缝给他塞了出去，关门上锁一气呵成。

陆淮深抱了满怀，来不及腾出手，门已经紧紧闭上。

一瓶沐浴露滚落，一路骨碌碌滚到客房门口。

陆淮深舌尖抵着牙龈，手往门框上拍了一把，转身去了浴室。

洗完澡，陆淮深去了客房。

之前长期没人住，床上用品都是拆放在衣柜里的，陆淮深看了眼光秃秃的床和床垫，直接从衣柜里翻出一条毯子去客厅睡沙发。

夜里有些失眠，第二天江偌起得晚，她醒了醒神，拿起手机看时间，发现有一个高随的未接电话。她洗漱完给高随回了电话过去，一边等电话接通，一边出了房间往客厅走。

经过客房，门是开着的，两个客房都没人睡过的痕迹。

284

电话通了，高随"喂"了一声，江偌也看到了客厅沙发上那条毯子。

没听到应答，高随："江偌？"

江偌回过神来："高律师，你打过电话给我，有什么事吗？"

高随几不可察地顿了一下，然后笑了笑说："看来陆淮深还没跟你说。"

江偌心里顿时发凉，问："说什么？"

高随说："你受贿被立案调查的事在业界已经传开了，昨天网上有个财经博主提到了这件事，虽然没有指名道姓，但是指出受贿人是江氏集团董事会青年女董事，业内知晓内情的一眼就知道说的是你。"

之前江氏的股东大会闹得动静不小，在场的股东、董事、资产、股权等涉及多家公司，人脉网更是错综复杂，江偌当选董事会成员一事一来二去在就在业内传开了。加上她是前董事长的亲孙女，现如今又是陆淮深的太太，这样的身份，更容易引起关注。

"那个博主还把江氏半年来的形势分析了一通，说之前江氏被证监会调查，就是因为你从中拉拢江氏和华安基金合作。华安现在出了问题，江氏跟他们的合作涉及金额巨大，所以才会被证监会盯上。"

江偌满肚子的火，一听就知道是江觐手笔。

"这博主得了江觐的烂钱吧？先不说证监会调查江氏是因为什么，华安和江氏开始有合作的时候我根本还没任董事，睁着眼睛说瞎话还真有人信？"

"这不是显然的吗？说得头头是道，唬那些门外汉，偏偏有些内行人看热闹不嫌事大，外行人也愿意信。后来这篇微博被资深财经博主转了，引起了一点小轰动，江氏股价也自昨天就受到影响，今天开盘大跌。还好在关注的人还不算太多的时候，陆淮深让人压下来了。"

当天江偌在大会上公然承认与陆淮深是夫妻，她要是被卷进舆论里，陆淮深肯定被牵连。

江偌愣了一下，问："你怎么知道？"

"他找过我，说有需要法务的地方，让我提前准备一下。"高随说完停了下，好奇地问她，"你竟然一点都不知道吗？"

"现在知道了。"江偌走进餐厅，走到餐桌旁坐下，才发现餐桌上有早餐。

高随笑笑，随后又说："你爷爷在江氏的眼线收到消息，江氏准备召开临时高层会议，可能是要追责你。"

江偌一边听着一边细数早餐样式，有牛奶有粥，还有鼎泰丰的小笼包。

她冷哂："江觐够恶心人的，宁愿豁出公司利益都要整惨我，我怎么不记得我挖过他家祖坟？"说完摇了摇头，忍住了骂人的冲动，"不对，他应该都不知道自家祖坟在哪里，他爹是我爷爷领养的。"

"沉着点，越到紧要关头，越要表现得若无其事。"

"我明白。"高随要挂电话时，江偌问他，"你觉得，博陆会因此受负面影响吗？"

"看事态怎么发展了。因为你跟陆淮深的关系如此，处理不好影响是会有的，不过博陆危机公关能力不错。"

危机公关，不就是建立在企业名誉受损的前提下吗？

江偌听见高随那边有人跟他说话，于是她说了两句后便结束了通话。

她看着桌上的小笼包，突然想到，她前两天晚上饿了，忽然想起它的味道，跟陆淮深说想吃鼎泰丰的小笼包。

当时陆淮深问她："自己做的行不行？"

她说："就要鼎泰丰的小笼汤包。咬一口满嘴香汁，你做得出来吗？"

陆淮深沉默着想了会儿，说："睡吧，睡着就不饿了。"

前两天早上没见着包子的影子，偏偏在今天送来，目的也太过明显。

[**第十七章**]
因为你是孩子妈

　　午休时间刚结束，裴绍进来汇报新的预约行程，陆淮深挑了几个重要的必须亲自出面的，把其他的推掉。

　　裴绍记好，出门时见陆淮深揉了下脖子，早上开会就见他好像脖子不舒服，于是关门前关心道："陆总，您那脖子什么问题，用不用买点药？"

　　陆淮深说："没事，有点落枕。"

　　裴绍觉得这真新奇，好好的床睡着怎么会落枕，以前可从来没见他出过这样的问题。

　　莫非，堂堂上市公司 CEO，在家连床都没得睡吗？

　　裴绍这么一想，忍俊不禁，手机振动，他赶忙出去办公室准备接，看了眼来电显示。

　　是江偌。

　　下午刚到博陆的工作时间，总裁办出现一陌生女人，裴绍还跟在身侧有说有笑地接待。

　　裴绍接了来人手里的咖啡放在办公桌上，跟总裁办的主任交代了几句，主任笑得殷勤圆滑。

那人停留一会儿后出去了，员工看她的方向，是去陆总办公室的。

主任说："来啊，一人一杯，陆总夫人请客。"

楼下财务部一员工来总裁办里送资料，惊道："那是陆总老婆？"

主任说："对啊，陆总都结婚好久了，不知道吧？"

"什么时候的事儿啊？"办公室里几人凑到一堆交头接耳。

身后的议论声被渐渐抛远，江偌问裴绍："我是不是来得太突然了？"

裴绍笑说："不叫'突然'，叫'惊喜'。"想起什么，他又道，"您可以自己进办公室，陆总说他有点落枕，我去看看有没什么膏药之类的可以缓解。"

落枕？

江偌想起了沙发上那床毯子。

沙发上的抱枕哪能有床上的枕头舒服？

裴绍见江偌好像对这事不知情，他问："陆总落枕，您不知道吗？"

江偌回过神来，下意识点头，心不在焉但神情绝对诚恳："知道啊，我只是不知道这么严重。"

进办公室前，正好有秘书要进去送咖啡，江偌从她手上接过咖啡，说："我来吧。"

对方笑着交给她："您小心烫。"

办公室里，陆淮深正站在落地窗边打电话，不知跟对面哪个"总"谈笑风生，说起面谈的事。

江偌小声说了声："陆总，咖啡。"

陆淮深对周围事物的注意力大大降低，没听出她的声音，头也没回，一点反应也不给。

江偌把咖啡放在办公桌上，然后坐在他的大班椅上，转了转轮子，伸手拿了后面书柜里的一本旅行杂志安静翻看。

陆淮深一直觉得身后有动静，又没有开关门的动静，意味着人肯定没出去，结束通话，他正要问还有什么事。一转身，见大班台后的椅子背对着他，桌上放了一只黑色的女士背包。

椅背较高，完全挡过那人头顶。

他盯着椅背许久，那人也有耐心地绷着，听她翻书的速度也知她只是走马观花胡乱看看，并不专注。

过了良久，陆淮深走过去，扶着椅背和扶手将椅子转来面向自己："我办公室的书比家里的好看？"

江偌从书上抬起眼来，缓缓道："书好不好看不知道，办公室倒是比家里书房大得多。"

陆淮深眼里划过一抹笑意，转瞬又恢复寻常。他靠在桌子边沿，抽出江偌手里的书看了眼。

江偌坐着没动静。

昨天的争执，两人都没忘记，气氛还有些微妙。

陆淮深合上杂志放在一边，问她怎么突然来了。

江偌想了一会儿，没回答，似笑非笑问他："你昨晚没回家，直接去的公寓？"

她今早忽然想起这茬，打电话给吴婶。吴婶说陆淮深昨晚根本没回过家里，但陆淮深昨天也没打过电话给她，应该不知道她去了公寓住。

这就有趣了，不约而同不想见到对方，却偏偏在同一个地方遇上。

陆淮深被她问得打了下顿，没否认，平静道："对。"

他的回答印证了她的想法，江偌突然不知道该说什么，两人都沉默，气氛变得愈加奇诡。

她明明已经知道答案，明明可以互让一步，也明明知道昨天那种情况下，双方都需要自己冷静，可她一时脑热将话问出口，得到的回答将她置于现在难以自处的境地。

明明今天来已经决定好先妥协，她不想在陆淮深给她解决难题的时候还给他气受，设身处地想想，这难免会让他感到心寒。可江偌这时理智不受控制似的，破罐破摔地问："为什么？你躲着我？"

"那你又怎么会在那儿？"他沉着声，虽没正面回答，却从侧面承认。

她见陆淮深动了动喉结，又皱了下眉头，心想：是不耐烦吗？

江偌偏过头，语气生硬："因为不想看见你。"

椅子又被拉近了一点，陆淮深俯下身来，长指扣着她下巴将她的脸转过来，低声道："我昨晚在楼下看见你的车了。"

江偌将他这话解读出了两个意思：一个是，我知道你在这儿，到都到了不得不上来，不然良心上过不去；另一个是，我明知道你在这儿，但我没选择离开。

什么意思，全看她自己怎么理解。

人家都把台阶递到面前了，江偌自然顺势而下了。

她不情愿地将脸靠近，别扭地在他唇上啄了一下，亲完又不再看他。

陆淮深看着她似赌气又似不好意思的侧脸，掌住她的后脖颈，对准压上去，撬开她的唇齿。

江偌的手搭上他遒劲结实的小臂，男性力量隔着衣料从手心传来，她呼吸渐乱。

陆淮深亲她的力度缓和下来，随后松开她，微喘着。

江偌与他鼻尖碰着鼻尖，他忽然说："脖子疼。"

江偌低低地说："活该。"

话是这么说，她还是口不对心地伸手给他揉了揉。

江偌边揉边说："今早我接到江氏董秘通知，明天要开临时高层会议。"

陆淮深直起身，说："难怪江觐昨天突然来这么一出。先放大舆论，引起众怒，让你在董事会无法立足，他们才有充分借口开了你。"

"恐怕还不止解除我职位这么简单。"江偌忧虑道。

陆淮深将她拉起来，自己坐下去，将人按坐在到自己腿上坐下，说："别露怯，江觐有把柄在我手上。"

江偌顿住，问："什么把柄？"

陆淮深："能证明他和水火有非法交易的证据。"

翌日，陆淮深亲自送江偌去江氏出席高层会议，叮嘱几句后，江偌下了车。

高层会议不准他人参与，江偌只能只身赴战。下车那一刻，风一吹，凉意从小腿蔓延而上，那种壮烈感特强烈。

江觐和江舟蔓兄妹也刚到，江舟蔓注意到她，目光看向她身后缓缓开出的轿车。

江偌今日着装偏正式，西装里面是衬衫和高腰直筒裙，正面看不出肚子，侧面又有西装遮挡。但这反而起到欲盖弥彰的效果，别人很容易感知到她在藏着掖着什么，毕竟直筒裙包裹之下稍显圆润的肚子出现在纤瘦身形上，突兀感会比较强。

江舟蔓看了眼她的肚子，目光粘在上面数秒，然后撤开了眼。

会议早已准备充分，高层陆续入场，江偌环视了一圈，她的确是年龄最小的。

林董最后到，江偌坐得偏后，她旁边有几个空座，但林董看也没看她，坐向了对面唯一一个空位上。

江偌不解。

林董曾是爷爷的亲信，现在公司的很多事情也靠他转达，上次他也极力推举她为董事，现在他却好像故意跟她撇清关系似的。

会议室的门关上，董秘宣布会议开始，宣读此次会议主题。跟江偌想的没差，这次会议就是针对她，直直地朝她而来。

董秘宣读会议主题之后，江觐皱着眉一副为难但不得不大义灭亲的模样，说："以防有不明情况的人，我先将问题跟大家陈述一下。"他说着，将目光指向后排的江偌。

江偌正在百无聊赖地转着椅子，发现他的停顿，抬眸淡淡看过去一眼。

江觐继续道："众所周知，前段时间公司刚被证监会勒令调查，主要原因是公司之前跟华安基金有过项目往来。华安基金后来被查出账目问题，以及诸多打法律擦边球的严重问题，跟华安基金有合作的公司都被纳入了调查范围。之后，在警方的调查过程中，前华安基金总经理高翔供出，曾向我司股东兼董事江偌行贿。此事一出，给公司带来不可挽回的损失，市值蒸发上亿，多方合作面临终止，于公司目前资金紧缺的情况而言，无异于雪上加霜。"

他适时停顿沉默，会议室里如烫水下油锅，顿时沸腾起来，目光和言语指责全涌向了江偌。

有人怒不可遏："江偌，你还有什么话说？"

"当然有。"江偌不卑不亢，从容应对，"首先受贿一案我不认，案件还在调查阶段，还没有盖棺定论，凭什么你就要定我受贿？"

她看向江觐，勾唇一笑："我都还没说你联合你情人一起陷害我呢，你就率先带节奏把话说这么死。首先，华安基金和江氏合作之时，我还不是公司董事，在公司无职权，怎么帮人做事？其次，和华安的合作并非江氏被证监会调查的主要原因，被调查是因为江渭铭出任董事长这半年多以来，公司有多次不正当竞争行为，扰乱市场经济，还有高层不顾公司资金问题，承揽太多无力跟进的项目。"

江舟蔓冷笑着反驳她："江偌，你还嘴硬。公司连续两天股价大跌，损失都是由你造成的，这一点你还狡辩吗？"

此时江偌若是直说对江氏的不良舆论是由江觐或江舟蔓主导传播的，他人定然不会信。最在乎公司利益的，除了江谓铭这一家三口还会有谁呢？

江偌十指交叉搁在桌面，也故作疑惑道："我也很好奇，当时警局在场的只有你哥和你哥的情人，除此之外就是双方的律师。为了不损害公司利益，大家自然都会控制事情不要外传。然而短短一天之内，事情传遍业内，造成如此大的损失。"

江舟蔓想说什么，江偌没给她机会，快速说道："你爸做董事长时，出现这样那样的问题也没闹这么大，怎么你哥当了董事长，连公关都不会了？还是说……"她似笑非笑地看向江觐，"更加会利用公关，以退为进，达成自身的目的啊？"

江觐稳如泰山，闻言也不急着反驳，他徐徐道："你没有职权又如何？林董有。"

江偌心中一窒，不好的预感油然而生，她看了眼林董又看了眼江觐。

江觐说："之前华安和江氏的合作，就是林董签成的，是不是？"他目视众人，沉声强调，"当初力推江偌出任董事的，也是林董。"

江偌一时慌神，掷地有声地斥他："江觐你这是胡搅蛮缠。"

江觐不予理会，继续说："高翔说过，当时林董和江偌曾向他保证，只要江偌当上江氏董事，今后肯定会促进双方深入合作。"

江偌死死看向林董，对方却垂着眸不看她，空前沉默。

江舟蔓得逞地笑："这是还没坐上董事的位置，就开始提前预支滥用职权的权力了，有的人野心还挺大的。"

江偌没工夫搭理江舟蔓，她在想，林董到底是临时被收买，还是一早就是为了今天而假装支持爷爷。

江觐问林董："林董，你有什么要解释的吗？"

林董推了推眼镜，看向江觐，眨了下眼，缓了缓，艰难道："我没什么话可说。"

这出乎江偌意料之外，林董现在的倒戈，让江偌在这场高层会议上再也说不出什么有说服力的话。

"大家都听见了？"江觐严肃宣布，"虽然警方那边还未下结论结案，但因此事给公司带来的损失是既定事实，因此我决定，开除江偌在董事会的职位，并弥补给公司带来的经济损失，由财务部审计累积损失金额。"

这一决定，最终几乎以全票通过。

江觐最后又看向江偌："如果你不执行，那公司将会申请司法介入，走法律程序强制执行。"

　　散会后，江偌拦住林董去路，对方闪避着她的目光。

　　"林叔叔，没得谈了吗？"

　　林董将头转向一边，说："江偌，对不起，别逼我了。"

　　江偌觉得好笑："原来你做假证污蔑我，反而是我为难你了吗？你有什么苦衷不妨告诉我，你要是现在被江觐压制，还妄想将来有翻身之日吗？"

　　林董笑了笑，低声说："我顶多就是一董事。这把年纪了，我再怎么翻身还能做董事长不成？"

　　江偌紧紧盯着他闪烁的目光，冷肃中尽量保持友善："我听你的意思是，反正都是屈居人下，是江觐或是江启应都无所谓了是吗？林叔叔你想好了，你曾是我爷爷的拥趸，这段时间，我们能知道公司任何风吹草动，都全靠你，你觉得江觐真的会留你？现在是我，下一个说不准就是你。"

　　"那你要我怎样！"林董气急，快被她搞崩溃，咬牙低声说，"我去死好不好！一个两个都……"

　　眼看他呼吸上不来的样子，江偌吓了一大跳，她松口："不为难你了。"

　　林董深深看她一眼，立刻走了。

　　江偌呆呆地站在会议室外的走廊里，大厦里的灯太亮，晃得她眼睛疼，她张了张唇，强迫自己冷静下来。

　　她转身见江觐抱着手站在几步开外看着她，眼里带着与会上截然不同的笑意，满眼都是奸计得逞的狂傲。她不动声色剜他一眼，直直就要走。

　　江觐一把扯住她，说："走慢点，穿那么高的跟，也不注意一下。"

　　这种关心的话，在江偌听来，简直是变态，她抽手："少假惺惺。"

　　江觐笑容冷下来，说："我就是让你回去转告陆淮深一句话。"他说着，靠近江偌耳畔，"到底是让你被起诉，还是让你赔钱，他只能选一样。别以为拿捏着我的把柄就能换我彻底妥协，大家大不了鱼死网破。"

　　他说完恢复要笑不笑模样："记得考虑清楚，要是你也被官司缠身，江启应的官司将会受到的影响，博陆和陆淮深将要面临的社会舆论危机，你能不能承受得来。"

江偌死死看着他，说："总有一天，总有一天……"她点着头笑了笑，"你且等着。"

江觐靠近她，一个字一个字说："先别说我了，反正你已经别无选择。"他说完，低沉地笑了笑，转身走了。

江偌被情绪左右，握着包柄的手指扣得死紧，目光紧攥着江觐的背影，立在原地许久。她出门前卷了头发，从头发丝到高跟鞋尖都打理得无可挑剔，一身自信却在此前自内而外不见一丝端倪地渐渐崩坏。

江偌吸了一口气，又颤颤地吐出，她动了动唇，抬脚大步往电梯间走去。

她没叫司机来接，在楼下用软件打了车，随后打电话给高随。

电话一通，高随问："开完会了？结果如何？"

"我来找你。"

高随听她语气不妙，顿了下，说："我在事务所，你来吧。"

车等了许久才到，江偌上车后向司机报了高随的事务所地址，随后又给陆淮深打去电话。

陆淮深那边很快接通，江偌将会上经过和董事会做出的决议跟他大致讲了一下。

陆淮深长期聘用的律师顾问主打金融方向的案件，属业内顶尖，他打算让这律师着手解决此事。

江偌愣了下，道："我已经告诉高随了，我现在正去他事务所的路上。"

陆淮深沉默了一会儿，说："让他们二人合作，稳妥一些。"

江偌说："我问问高随，他如果一个人能行，找他就可。"说完又急忙道，"我要到了，等下给你回电。"

江偌到了高随的事务所，将情况说给高随，商量对策。

高随思忖道："最终实际的赔偿金额不会小，他料到你不可能拿出那么多现金，只能用股权套现。江觐想要你的股权，现在能预测到的是，你到时候急需套现，他可能会从中作梗威逼利诱，低价购入你的股份。"

"股份不能落在他手里，"江偌很坚决，"我不只这个选择。"

高随坐在江偌对面，问："你的意思是，先让陆淮深拿出这笔钱？"

"也不是。江氏丢掉的项目，每个动辄上亿，再加上股市亏损，这笔钱是大数目。陆淮深的资产除了不动产，都是股份、基金、期权等，怎么可能有那么大数额的流动现金？那也得套现。我也不会从他那儿拿走那么多钱，让他给我填窟窿算什么？而且除了江氏的股份，陆淮深所有的财产，都属于婚前财产。"

高随懂她的意思了："你给他股份，他帮你还债？"他顿了下，笑了，"这种情况下，你还分这么清楚？你问过陆淮深怎么想了吗？"

江偌低下头沉默，片刻后笑了下："你们律师不都提倡婚姻财产应该清清楚楚吗？"

高随轻松笑笑："不，我刚才是站在你的角度考虑。"江偌不知他是认真还是开玩笑，接着他又严肃起来，"其实你的想法的确可取，到时候陆淮深手握百分之二十的江氏股份，江觐恐怕会更加忌惮他，对你而言，也算会带来间接好处。而且这股份，算你们的婚后共同财产。"

高随说："江觐都说了，让你们二选一。除了赔偿，现在其他方法都是铤而走险。我觉得我们有必要跟你爷爷征求一下意见，你觉得呢？如果现在卖掉股份，江氏暂时就和你不再相关了。"

江偌嗓子发干，说："先去见我爷爷吧。"

高随征求她的意见："刚好等下有空，先一起过去？"

两人去到医院，柳明也在。

得知林董临时倒戈，江启应沉默不语。柳明说："昨天他还跟你爷爷联系，问过我们什么打算。当时和华安基金签下合同，可能就是江觐设的一个局，故意引林董往里跳，捏住他的软肋，才能逼他今天反咬你一口。当时华安的合同，本来是江觐在谈，但是林董按捺不住，怕项目被江觐签走，他沉不住气，先一步跟人签了合同，因为急躁，也没做细致的风险预估，才着了道。"他叹叹气，"他也是好心办了坏事，也没能力逆转结果。"

江启应淡淡道："现在说这么多也于事无补。"

江偌不语。

最终江启应跟高随意见达成一致，按照高层的决定赔偿，只要人先保住。江觐丧心病狂厉害，跟他硬拼，保不准两败俱伤，目前各退一步是最好选择，留得青山在。

江启应精神不济，快速说完这事，又要跟高随说其他事。

两人这一谈就是许久，也不知道在说什么，等谈完，天已经开始暗下来，江偌没开车，只能让高随送她一程。

　　江偌想去锦上南苑看小姨和弟弟，经过超市的时候让高随在附近放下她，她去买点东西。

　　高随在找周围哪里有比较好停车的地方，过后说："我陪你去买吧，车停到地下停车场，待会儿直接送你过去。"

　　江偌说："不用了，一条街的距离而已。"

　　高随不容分说，到了商场停车场入口，他已直接将车开了进去，说："正好我也买点东西。"

　　进了超市，江偌取了购物车，高随从她手里抢走购物车推着，自然地往前走，江偌跟上。

　　"你打算买点什么？"

　　"不知道，逛逛看，先去买条鱼。"

　　两人到了生鲜区，江偌微微矮身盯着鱼池挑鱼，里面一条鱼突然要往池外蹦，江偌吓了一跳，猛地往后退了一步，高随本想伸手扶她，见她自己站得稳稳的，伸到她腰后的手又收了回去。

　　江偌无察觉，低头看了眼身上被溅到的水渍，选定那条准备往外挺的鱼，让人给剐了。

　　高随笑说："你这人报复心还挺重。"

　　江偌一笑，没否认，想起还有人也这么说过她。

　　中途陆淮深给江偌打来电话，问她在哪里。

　　江偌当时在挑虾，说："我等下去我妈那儿，在超市买东西。"末了又关心一句他的晚餐是否有着落。

　　陆淮深听见电话那边的杂声，问："我等会儿过来接你？"

　　江偌说"可以"，挂了电话。

　　逛完一圈，又买了些东西，江偌说："我买完了，你要买的东西呢？"

　　高随在临近出口的货架上拿了啤酒和矿泉水，还选了两瓶红酒。

　　高随一直给她做苦力，江偌怪不好意思的，她本想帮高随一起结账，高随没让，江偌买的东西没他一瓶红酒贵，他觉得不太好，最后反而帮她把钱付了。

　　江偌拗不过，只好道谢。

　　到了小区下面，东西较多，高随将车开到了她家单元楼下，随口一问楼层，觉得楼层太高，她一孕妇拎上去肯定艰难，便又说帮忙拎上去。

从下午到现在，高随都在为她的事奔波，江偌觉得出于礼貌理应留人家吃饭。

高随婉拒无果，想了下，答应了。

东西都放在后备厢，高随拿起刚买的红酒，说："突然上门蹭饭，没准备什么礼物，这个当作伴手礼好了。"不等江偌回答，他已经将东西拿在手里，"走吧。"

江偌只能缄口，将话吞回了肚里。

二人刚要往楼上走，一道车灯打过来，随后伴随两声有节奏的鸣笛，刻意提醒的意思明显，江偌、高随齐齐往来车的方向看去。

车正是江偌早上去江氏的时候坐的那辆车。

车灯的光影中浮尘滚动，江偌看见陆淮深面无表情的脸。他的双眸盯在自己和高随身上，虽然神情与平时无异，但江偌能察觉他眼神里细微的不同。

江偌定住脚步，陆淮深熄了火，下车。

"你怎么提前过来了？"

江偌听他电话里说来接她，没说时间，便自动理解为饭后，没想到他会这个时候过来。

陆淮深看她一眼，说："我不是在电话里跟你说了？"

江偌发现他说话的方式也阴阳怪气，于是不再囿于这茬："下午高律师跟我去了爷爷那边，我没开车，高律师送我过来，我顺便请他去家里吃晚饭。"

高随与陆淮深点头招呼示意。

陆淮深笑了笑，客气道："今天给高律师添麻烦了。"

"应该的。"

陆淮深从高随手里接过购物袋，高随并非不知趣的人，除了红酒，其他物品全到了陆淮深手上。

暮色四合，乔惠等回江偌，起身去做饭。她第一次见高随，两人都很客气，乔惠让他们在沙发上坐会儿。

她身体几乎无碍，做饭什么的不在话下，江偌走进厨房给她打下手。

怀孕之后，乔惠将她想得异常脆弱，连碗都舍不得让她洗一只，见她进来，立马要赶她出去。

江偌赖着不走："怀孕哪有那么娇贵，又不是玻璃杯，一碰就会碎。"

她想伸手进水池帮忙，乔惠"啪"地拍开她的手。

"不是怀孕娇贵，是你娇贵。以前我怀程啸的时候，还是一样做家务，但你们这一代跟我们不一样，没做过真正的体力活，身体素质跟我们不能比。"乔惠有点吐槽的意思，"尤其是你，不是发烧感冒就是胃痛，年纪轻轻身体就不行了。"

江偌好笑："您怎么损我还不忘夸自己呢？"

乔惠自己都笑了。

江偌看了她一眼，没说话，乔惠低头洗菜，江偌帮她调小水龙头，然后从后面将头枕在她肩上。

小时候她也爱这样，那时候乔惠微胖，靠着舒服有安全感，但现在她都能感受到肩头突出的骨头轮廓。

乔惠问她："怎么了啊？"

"没什么，有点累。"

乔惠沉默一下，用头贴了贴她的脸，安慰她："不要太累，别给自己太大压力，一切顺其自然就好。"

江偌点头，眼眶温热。

江偌靠了一会儿，心情好些了，还是帮着洗菜切菜，乔惠热锅。

江偌说："待会儿我来煎牛排。"

"你朋友来了，你不出去陪着说说话啊？"

"陆淮深在呢。"

陆淮深和高随两人都在阳台。

阳台外放着一排植物，品种多样，但无一例外都已残败。因为初冬气候不佳和料理不当，盆栽里基本都是残枝败叶，偶见其间有一两片还没死透的叶子，只有室内花艺架上的多肉和仙人掌还存活。

高随先挑开的话题："你知道今天江氏高层会议表决的最终结果吗？"

陆淮深点头："知道。"

"江老先生的意见是，让江偌卖掉股份，用以赔偿江氏的经济损失。"

陆淮深看着阳台外，没什么意外地问："是吗？"

高随偏头看了眼陆淮深，也许能猜到他一星半点的想法，但绝看不清这个人。

陆淮深收回思绪，问："高律师跟江家是否有什么渊源？"

"渊源？谈不上。"

"那么就是多少有点。"

高随模棱两可道："可能算吧。"

两人交流简短，高随回了客厅坐在沙发上，陆淮深依然站在阳台，撑着窗沿望向外边，背影跟环境融为一体。

餐桌上，大家都没谈和今天会议有关的事情，高随和陆淮深聊股市金融和业内轶闻，江偌跟乔惠聊菜价和陈年八卦。

饭后三人离开，在小区门口，两辆车去往不同方向，高随向后挥挥手，右拐。

陆淮深开车往左，一路过去，江偌发现车是往华领府去的。

江偌手搭在酒足饭饱后愈发圆滚的肚子上，问："不回家里吗？"

"再在那边住一晚。"

"那我晚上饿了怎么办？冰箱里没现成的东西，你给我做吃的？"

"你昨晚怎么不饿？"

"因为我能绷。"

陆淮深眼露笑意看向她，她看着窗外。

附近是个公园，人行道上一家三口在散步，有个小孩穿着卡通熊的连体棉衣，走路还蹒跚，爸爸手里拽着根绳子，绳子另一头在小孩背着的毛绒书包上。

江偌满脸开心："那个爸爸遛孩子好像遛狗哦。"

陆淮深看着她充满憧憬的眼神，心中不免动容，神色跟着温柔下来。

怕她晚上真饿，路过商场时，他进去买了一些夜宵带回去。

上次留在公寓的衣服不多，睡衣都还是初秋时节的，回到家江偌便开了中央空调，洗了澡出来，室内已经暖烘烘的。

江偌有些饿，她平常在家也是少食多餐，晚饭吃不了太多，同样饿得也快。现在正到消夜时间，她穿着睡衣到餐厅想弄点吃的。

路过客厅一角，那儿放着电子秤，江偌随便站上去，盯着显示屏最终停下的数字，她怀疑秤坏了，下来又重新站上去，片刻后，嘴里自言自语地下来。

陆淮深出来拿放在外面浴室的洗漱用品，看见她皱眉在说什么，问她怎么了。

江偌不吱声，随后又让他过来，拉他到秤前，说："你站上去。"

陆淮深上去了，他的体重常年无差。

江偌终于接受"不是秤坏了而是她真的胖了不少"这个事实。

陆淮深见她那样就知道怎么回事，他挑眉笑笑："胖了？"

江偌转身走开，没好气地说："我现在是两个人的体重，当然比以前重一点点。"

话没说完，陆淮深过来将她拦腰抱起，江偌轻呼一声，转眼已经被抱着上了秤。

陆淮深看了眼体重秤上的数字，似笑非笑说："的确只胖了一点点。"

"一点点"还特别咬重了音。

江偌面不改色瞟他一眼，不高兴的情绪没太表现在脸上。

陆淮深说："胖点没什么不好，一张嘴养两个人，想吃就吃。"

江偌拍拍他的肩，让他放自己下来。

当初医生建议过，孕期增重最好在一定范围内，江偌将增重最快的孕晚期考虑在内计算过，每周每月增重在多少斤是在正常范围内。

这两天事比较多，她没顾上称体重，一不小心就超标不少。

江偌从小到大最胖的时候是高中，但那时也就在一百斤边缘徘徊而已，现在猛涨不少，要说真的不在意，委实虚伪了些。

怀孕带来的身体和心理改变，让人越发容易因为小事敏感。

尤其是刚才陆淮深抱着她，他的腹部抵着她的腰，那里依然紧实而充满男性力量，是男人魅力无法或缺的部分。

江偌不免往多了想。将来等她到陆淮深这个岁数，她已经生过一个或两个孩子，身体经受的损耗是从内而外的，再加上岁月流逝给身体带来的变化，她会是什么样？而那时候的陆淮深四十多岁，他勤加锻炼，保养良好，越加稳重，岁月的痕迹只会成为他魅力的加持。

江偌承认，她的想法是有些消极，毕竟身边也有三十几岁依然风华夺目的女性，例如季澜芷，又例如 Gisele。

她一边胡思乱想，一边洗了盒草莓。

王昭在微信上找她，问她在干什么。

江偌回："在吃草。"

王昭发来三个问号。

江偌把洗好的草莓拍了照发给她。

王昭："你这两天受刺激太大，出现认知错乱了？"

江偌："没有，任何不抵饱的食物在我眼里就是草。"

王昭："怀孕了就敞开吃。"

江偌把自己最近的增重情况，以及多餐内容告诉她，王昭回："是该节制点了……"

王昭问她之后有什么打算，江偌没隐瞒，说了大概计划。

王昭："你跟陆淮深商量好了？"

陆淮深洗了澡出来，见客厅里电视开着，正在放新闻，江偌光着脚躺在沙发上用手机发消息，茶几上的水果碗里还剩一颗草莓。

江偌听见声音，往陆淮深那边看了眼，把最后一颗放进嘴里，继续回王昭："还没有，等下跟他说。"

"在这儿体验我昨晚如何落枕的？"陆淮深走过来，将沙发上的毯子盖在她脚上。

江偌脑后正是他昨晚用来当枕头的抱枕，陆淮深在她腿边坐下，双腿支开，一手舒展地搭在沙发背上，一手放在她脚上。

江偌往前蹭了蹭，把脚放在了他腿上。

陆淮深侧眸看了看她，拉了拉毯子，将她露出来的脚背盖好。

江偌曲起腿撑坐起来，陆淮深看着她的眼神越发深沉，手掌心隔着薄薄的毯子在脚背和脚踝摩挲。

被子底下，她两脚搁进他两腿间，脚心贴在他左腿内侧。

陆淮深洗完澡只穿了睡袍，绸质深灰色，跟她身上的是同一款，里面就一条贴身短裤，他坐下，睡袍敞开。此刻两人是肌肤紧贴。

江偌肚子突出来，抱膝的动作不太舒服，只好上身微微后仰，双手撑在两旁。

陆淮深看着她，不知道是自己心猿意马，还是她故意而为，总觉得那眼神别样勾人。

毯子下的脚趾微动，在他腿上撩撩一下又收走。

江偌本来只是想逗逗他，见他眼神变了味，脚上那手的力道也变大，一紧一慢地捏弄着。

有擦枪走火的嫌疑。

江偌心跳加速，赶紧想要将脚抽回来，陆淮深直接探过来，手垫在她背后将她放在沙发上。

他微喘着粗气，抵着她的鼻尖，嗓音略哑："欲擒故纵？"

"没……"话音未完，呼吸和呼之欲出的辩解都被他绞入口中。

江偌瞬间软下来，一股酥麻从脚趾蹿上头皮，她闭着眼抓着他的手臂。

动作间，江偌衣摆上蹭，陆淮深探下手，直接就摸到了滑嫩微鼓的肚子。意乱情迷的两人皆是一怔。

江偌轻轻推他，两人隔得近，呼吸都未平复，鼻息交融，江偌咬了下唇，然后开口："我跟你说个事。"

他垂着目光，往她唇上扫了下，微蹙了一下眉："这时候？"

陆淮深的手还没挪开，直接将衣摆撩上去，露出她鼓鼓的小腹。

肚子还不算很大，再加上江偌腰身本来就小，他张开大掌就将其完全覆住。

"今天高随和爷爷商量了，打算把我在江氏的股份给你。"江偌手摸着他脸侧的胡楂，声音轻柔。

他一呼一吸，有些粗沉，然后笑了下："但你为什么要用在床上的声音说这事？"

江偌脸热，立刻又推他一把，将距离拉远至安全范围。

但陆淮深骨指分明的大掌仍然贴在她肚子上，指腹轻轻摩挲过她肚脐下方，眼底欲流涌动，深沉又放浪，心思显然没集中在她所说的事上。

江偌怕痒，捏住他的手，说："你满脑子想着那回事，没法听我好好讲。"

"你说，我听着。"陆淮深反手握住她的手，又低头挨近她，鼻尖似有似无地磨蹭在她脸颊上，嗓音低沉惑人。

江偌偏头本想闪躲，双唇却无意刮过他鼻尖，她抬眸看着他的眼睛，问他："那你觉得我刚才说的，可不可以？"

陆淮深怕压到她的肚子，始终未将身体的丝毫重量放在她身上，虽然与她依然是面面相贴的姿势，但眼神已清明不少。

江偌知道他在思考。

他支起身坐起来，换了个谈事情的姿势，绕了个弯子："你希望我答'可以'还是'不可以'？"

他说时，向她投去个兴味眼神。

"我想不到任何你说'不可以'的理由。"江偌也坐起来盘着腿，面向着他，趴在沙发背上，似笑非笑看着他。

"为什么？"陆淮深的手伸进她的脸和沙发之间，捏她软糯的耳垂。

江偌不假思索："这是一笔划算买卖。"

他笑："哪里划算了？"

江偌凑到他耳边，用气音悄声说："我给你算便宜点，市价很贵的，"说完又清清嗓，一副"过了这个村儿就没这个店"的模样，"要不是我急着用钱，又看在你是我孩子爸的面子上，可不会有这好价钱的。"

陆淮深附和着她，故意道："低价转让的东西，理论上来讲，可能隐藏着不为人知的风险，万一被坑了怎么办？"

江偌说："既然你人傻钱多，那原价卖给你好了。"

陆淮深笑而不语。

江偌沉不住气，戳戳他："要是不要？"

陆淮深拨了拨她的耳垂，说："可以要，但是也不会让你吃亏，按市价，该给你的，一分都不会少。"

江偌嘴角挂着淡淡的笑，看着他，良久没作声，片刻后才问："为什么？"

陆淮深说："因为你是孩子妈。"

翌日开始，股权转让事项开始提上日程，由高随和陆淮深的律师顾问共同经手。

江氏百分之十股权不是小数目，陆淮深给了江偌需要的现金，用以填补江氏开出的经济索赔，另一部分以等价的股票和基金交换，还可以在市场中获利。

江觐也迫不及待，让财务部加快进度，没过多久，一份详细索赔账单便到了江偌手上。

最终金额肯定跟实际损失有出入，但相差无几，如果她提出异议，让第三方专业公司重新审计，或者再打个官司，耗时耗力。按江觐的意思来看，如果她敢有异议，他也不介意继续再制造一系列麻烦。江偌接受最终结果，多的那部分钱，就当是给江觐的小费了。

江偌给江氏的款项到账后，警方那边对她受贿一案以罪名不成立为由不予上诉处理。

　　万事看似尘埃落定，已经到了十二月。

　　陆淮深和江偌在去医院产检的路上，车里开了电台，主持人用低沉而有磁性的嗓音字正腔圆地预报天气："今天是十二月四号星期四……中央气象台今天早上八点钟发布寒潮预警……冷空气将再次席卷全国大部分地区，自今日起东临市将迎来大幅降温，降雨将会持续到十一号，并伴有雨夹雪，大家准备好迎接初雪了吗？"

　　雨从昨天开始下，今天雨虽小，但气温陡降几度，让人初尝到冬日的苦寒。车里开着空调，暖而闷，跟湿冷的车外仿佛截然不同的世界。雨刮器有规律地刮动着，挡风玻璃无数次被雨雾铺陈，又瞬间被雨刷刮净。

　　江偌坐在副驾驶座，穿着厚厚长长的竖领羊绒大衣，扣子扣到最上面，下巴颏埋在衣领里，脚上穿着过膝长靴，整个人裹得严严实实。

　　两天前她第一次感受到明显的胎动，其实一周前她就感觉到了一次，但相当轻微，且那之后似乎又安安静静，她便没放在心上。

　　这两天，肚子里时不时有小鱼吐泡泡似的动静，有时候又像在蠕动，不算特别强烈，但很容易感知到。

　　一开始她兴奋得难以言喻，胎动终于让她有了肚子里揣着的是个活物的感觉，现在新鲜劲过了，江偌已经很平静坦然。

　　刚感觉到胎动那天，江偌告诉了陆淮深，他公司有事晚上回来得晚，江偌已经饭后散完步准备去洗澡了，他说："让我摸摸。"

　　运动完，小团子本来很兴奋，陆淮深的手一摸上去，没动静了。

　　一直到睡前，小团子也一动不动，陆淮深觉得这家伙跟他不对盘。

　　陆淮深抱着江偌，告诉她肚子里那位："再给你最后一次机会，动一动，你就是你爸的好孩子。"

　　但是陆小朋友很有气性，偏不动。

　　后来关了灯，江偌似睡非睡的时候，那家伙突然颤了颤，然后扎了她一脚。

　　江偌瞬间清醒，盯着天花板。

　　你开心就好。

[番外一]

周岁宴

　　江偌在春天诞下一子，取名陆之隅，小名满满。

　　由于怀孕期间不太平，历经了些波折，尽管江偌很努力地养着身体，还是于不到三十六周时早产。

　　江偌孕晚期的时候，博陆内部正经历着大洗牌，陆淮深正是最忙碌的时候，但他还是提前取消了自江偌预产期前两周起的一切要出差的工作行程。

　　陆淮深那天下午本来准备飞往北美，计划中，那是江偌生产前他最后一次出差。只是没料到突发状况，江偌还没入盆，早上起床后发现破水，被紧急送往医院。

　　江偌孕期一直按医嘱朝顺产方向努力，结果因为情况紧急，她被迫选择了剖腹产。

　　陆淮深全程陪产，也是第一个看到孩子的。

　　听见婴儿的第一声啼哭，江偌先是松了一口气，随后便在陆淮深眼中看到了盈眶热泪，她为之一震。

　　陆淮深看了眼孩子后，俯身隔着口罩亲了下江偌的额头，嗓音微微颤抖："小名叫满满。"

　　江偌点头，都没意识到自己也在哭。

305

满满小朋友因为早产以及身体的一些小问题，在新生儿科待了半个月。江偌也因为身体恢复不太理想，一直在休养。等满满出新生儿科后，母子俩才第一次见面。

因为出生过程太坎坷，身体又有些先天孱弱，满满半岁之前小病不断。陆淮深和江偌格外宠爱呵护这个孩子，付出了许多心力。

满满到一岁时，终于长成了健康白嫩的小胖仔。

江偌和陆淮深将孩子的周岁宴举办在了自家家里，当天前后院和客厅都以蓝色为基调，用卡通元素和气球、鲜花等装饰。

时值四月春暖花开的时候，碧空无云，陆氏夫妇邀请了至亲好友和关系不错的邻居们，其中不乏孩子，现场到最后成了儿童乐园。

贺宗鸣是陆淮深所有朋友中最招满满喜欢的。

说来，满满刚会说话那会儿，见到贺宗鸣，江偌教他喊"贺叔叔"。

满满："贺……贺贺呵呵嘿嘿哈哈哈哈……"到最后乐不可支，傻笑个不停。

贺宗鸣也乐了："这孩子太喜庆了，大过年的，见面就'贺贺'。"

于是他阔绰地包了个大红包，认了满满当干儿子。

满满的周岁宴，这位干爹的礼物也是最厚重的。

客厅有一个角落堆放着宾客送的礼物，都是契合主题的蓝色调精致包装，随意堆放，竟也起了装饰作用。

夜里，众宾散去，负责生日宴的团队收拾好屋子后散去，家里恢复整洁与宁静。

陆淮深给满满洗澡时被他溅了一身水，把他裹好放婴儿床里便去洗澡了，江偌负责来给他换衣服、哄他睡觉。如今他们在培养满满自己一个人睡，等他睡着江偌便退出了房间。

陆淮深洗完澡出来，没在婴儿房看见江偌，找了一圈发现她坐在楼下客厅地毯上拆礼物。

看见他下楼，江偌朝他招招手，陆淮深在她身边坐下。

她正在拆一份比满满还高的礼物，包装上有一行字：小心轻放，只给江偌。——王昭。

里面是一台黑胶唱片机。

江偌这个人有点收集癖，小到圣诞限定杯子、书籍、手办，大到鞋子、包包、香水，收集黑胶唱片是她这两年才有的爱好。

王昭前几个月聊天时问过她喜欢哪些歌，原来从那时候就开始准备了。

随唱片机一起送给她的还有好几张黑胶唱片，有特意为她定制的，也有二十世纪的一些很难找的珍藏版唱片。

江偌让陆淮深把唱片机搬到多媒体室安装好，连上功放设备，选出一张唱片播放。

前奏娓娓响起，江偌侧过头朝陆淮深笑：“*This Never Happened Before.*（《从未发生过》。）”

陆淮深打开了氛围灯，瞬间光线朦胧、气氛缱绻起来。

江偌说：“我第一次听见这首歌，是在一部电影里，”她走向陆淮深，牵起他的手，另一只手搭在他肩上，她低低地笑着发出邀请，“男女主角在跳舞。”

陆淮深随即很应景地揽住她的腰，让她靠在自己肩上，说：“什么电影？”

“《触不到的恋人》。”

“结局是好的吗？”

江偌蹭着他肩膀点头，脚步缓缓移动，亲昵依偎。

享受了一会儿宁静，江偌低语问他：“你为什么给宝宝取小名叫满满？”

这件事，江偌从未与他认真探讨过，她只问过一次，他说是圆满的意思。那时他的神情有些不对劲，江偌便没再问下去。

陆淮深沉默了一下，下巴在她耳畔摩挲着，说：“这本来是我的小名，我妈给我取的。”

江偌从未意想到有这样的渊源，低声“嗯”了下，等他继续说下去。

“我出生那天，我妈才知道我爸出轨了，说起来，我也是早产儿。”陆淮深摸着她的头发，“我妈那时仍想挽回他，希望能和他圆满，所以给我取小名叫满满。显然天不如她愿，我刚上小学的时候，她被伤透心，这个小名她可能觉得没意义了，便再没叫过。”

江偌没有说话，贴着他的脖颈，抱着他宽阔的肩背。

这个名字里，寄存着陆淮深的遗憾与希冀。

圆满，是他母亲当年的心愿，也是他现在的祈愿。

陆淮深闭着眼，将脸埋在她的颈窝："谢谢你生下满满。"

歌里循环着一句歌词：这就是爱情本来的模样。

　

深夜入睡时，江偌想起那一幕仍然动容，转身投入他怀里，埋在他胸口低声喊了句："满满。"

陆淮深以为她迷迷糊糊在说梦话，抚着她的发梢说："儿子在隔壁睡了。"

江偌忽然抬起头，亲亲他的下巴："我们满满睡了，我的满满还没睡。"

陆淮深才反应过来这"满满"是叫他，有些尴尬地装没听见。

"满满。"江偌又喊。

陆淮深仍不应答。

"满满。"江偌揉他的脸，"我们的满满长大，会不会长得跟这个满满一样又高又好看呢？"

陆淮深抓住她的手，语气中带着危险的意味："你是不是不想睡？"

江偌忍笑蹭了蹭，说："对啊，要满满你哄我睡。"

陆淮深突然笑了一声："那我只有一种方法。"

江偌挑衅地亲亲他："都可以哦。"

陆淮深紧拥她时，江偌在他耳畔说："你的愿望一定会实现的，满满。"

1.

因为出轨事件持续发酵，陆清时被他爹停了手上正在进行的所有工作。

而季澜芷不再将目光和心思全部放在陆家，寻思着开始自己的事业。

季澜芷态度一如既往，夫妻关系无法升温，事业遇阻，这令陆清时一时消沉。

这天，季澜芷要出门跟朋友谈事情，一身利落女士西装，头发一拨，拎了高跟鞋在门口换。

陆清时待业家中，无所事事，穿着睡衣晃晃悠悠跟在她身后，头发乱糟糟，半张脸都是胡楂。

"你要去哪儿？"

"有事。"季澜芷头也不回，撑着鞋柜将脚往高跟鞋里塞。

"什么事？"

"你管不着。"

"你……"

"把狗喂了。"

"保姆会喂。"

季澜芷穿稳高跟鞋，漠然看着他。

陆清时投降："喂，我喂。"

"砰"，门关上。

陆清时一垂眼，看见罗奇就坐在他脚边，满脸写着：该喂狗了。

陆清时无所谓地捋了把头发，准备睡个回笼觉。

罗奇忽然声音洪亮地冲他汪汪叫了两声。

陆清时气得不行，转身过去戳着它的狗脑袋："你也跟我作对是不是？"

罗奇叫得更大声。

刚开车从车库里出来的季澜芷将车停在院子里，摇下车窗看向家里。

陆清时按住蹦跶的狗子，从牙缝里逼出几个字："闭嘴，我喂行了吧！"

喂狗与失婚，他选择前者。

2.

得知陆淮深跟江偌因为杜盛仪而感情破裂之后，陆清时就特别喜欢找陆淮深喝酒。

陆淮深也不好拒绝，心情不好，喝两杯也无妨。

但陆淮深最不能忍的就是，每次陆清时喝大了就喜欢在他耳边念，开头总是："我们叔侄俩暂时抛开过去的恩恩怨怨……"

其实陆清时有点嫉妒陆淮深，同样都是濒临失婚的男人，为什么陆淮深仍然英俊倜傥，而他……

用季澜芷的话说，他现在就是个自暴自弃、胡子拉碴的失业中年男。

而且，洗澡的时候他发现因为自己许久没运动，肚子已经有些长膘。

陆清时左手一支烟，右手一罐啤酒，惆怅道："现在我们也算同病相怜，我……"

陆淮深凉凉打断他的话："我跟你没有相同之处。"

"我们都姓陆。

"我老婆想跟我离婚，你老婆也想跟你离婚。

"咱们俩都出过轨。"

陆淮深脸色一变，冷声冷调说："谁跟你是咱俩？我没出过轨。"

陆清时打了个酒嗝，同情地拍拍陆淮深的肩，以过来人的口吻说："大侄子不仅情场失意，连精神都错乱了。不过你放心，我也经历过这么一段时期，一开始的表现就是否认事实，后来我老婆给了我一巴掌我就清醒了……欸，以前都没发现啤酒是个好东西，德国运回来的，你觉得如何？"

陆淮深不想说话。

他真是精神错乱了才跟陆清时出来喝酒。

3.

七夕。

江偌二胎已是孕晚期，陆淮深在俄罗斯出差，回来时遇上台风，航班延误，无法在十二点前入境，让江偌自己去衣帽间里找他提前准备好的七夕礼物。

一双鞋，江偌因怀孕脚肿，穿不下。

一枚戒指，江偌手也肿，卡在指节上戴不进去。

江偌拍下照片，发微信给他，只用一个微笑的表情结尾。

陆淮深回："很白嫩。"

江偌气到不想说话，撂下手机，一直到晚上也没回他消息。

晚上她准备洗澡睡觉，刚打开浴室门，便见陆淮深站在面前，外面依然风大雨大。

她怔住，陆淮深朝她伸出手："这算不算惊喜？"

江偌没讲话，矜持了半晌，上前两步抱住他的腰，将润润的脸埋进他的颈窝。

感谢俄罗斯航空，感谢"战斗民族"。

4.

孩子出生的第二年年末，陆淮深到港城出差，跨年和元旦都回不来，便带上江偌一起去。

跨年夜十二点钟声敲响，港口烟火升腾，陆淮深让人订了视野最佳的酒店，夫妻拥吻难舍难分。

烟花会演结束，陆淮深去洗澡。

江偌上微博，有不少"大V"转播跨年盛况，然后她无意中发现杜盛仪转发了此条微博——

"记忆最深刻的一次是，少年时和喜欢的人在烟花绽放刹那牵了手。"配上两个调皮的表情。

陆淮深洗完澡出来，见江偌面无表情不拿正眼瞧他，拿着外套往外走。

陆淮深："你这个点去哪儿？"

江偌："为了让今晚更加记忆深刻，我决定做点什么。"

陆淮深蹙眉："做什么？"

江偌头也不回："让你独守空房。"

陆淮深一脸茫然。

洗个澡的时间，老婆换了个人？